THE MORTAL INSTRUMENTS

LA CITÉ DES ANGES DÉCHUS

L'auteur

Cassandra Clare est une journaliste new-yorkaise d'une trentaine d'années. Elle a beaucoup voyagé dans sa jeunesse et lu un nombre incroyable de romans d'*horror fantasy*. C'est forte de ces influences et de son amour pour la ville de New York qu'elle a écrit la série à succès *The Mortal Instruments* et la genèse de celle-ci : *Les Origines*.

Dans la même série :

The Mortal Instruments

1. La cité des ténèbres
2. La cité des cendres
3. La cité de verre
4. La cité des Anges Déchus

The Mortal Instruments - Les Origines

1. L'ange mécanique
2. Le prince mécanique

Cassandra Clare

THE MORTAL INSTRUMENTS

LA CITÉ DES ANGES DÉCHUS

Précédemment paru sous le titre
La Cité des Ténèbres – Les anges déchus

Traduit de l'anglais (États-Unis)
par Julie Lafon

POCKET JEUNESSE
PKJ·

Directeur de collection :
Xavier d'Almeida

Titre original :
City of Fallen Angels
Livre 4 de *The Mortal Instruments*

First published in 2011 by Margaret K. McElderry Books
An imprint of Simon & Schuster Children's Publishing Division, New York.
Copyright © 2011 by Cassandra Clare, LLC.

© 2012, éditions Pocket Jeunesse, département d'Univers Poche,
pour la traduction française.
© 2013, éditions Pocket Jeunesse, département d'Univers Poche,
pour la présente édition.

ISBN : 978-2-266-24442-8

À Josh
Sommes-nous les deux livres d'un même ouvrage[1] ?

---

1. En français dans le texte. (*N.d.T.*)

Première partie :

Anges exterminateurs

Il est des maux qui rôdent dans l'obscurité ; et il est des anges exterminateurs qui volent, drapés dans les replis de l'immatérialité et d'une nature non communicante ; si nous ne pouvons les voir, nous ressentons leur force et plions devant leur épée.

Jeremy Taylor, *Un sermon funèbre*

1

LE MAÎTRE

— UN CAFÉ, s'il vous plaît.

La serveuse leva ses sourcils soulignés au crayon.

— Vous ne voulez rien manger ?

Elle parlait avec un fort accent et semblait déçue.

Simon Lewis ne pouvait pas l'en blâmer. Elle espérait sans doute mieux que le pourboire insignifiant qu'elle gagnerait sur un malheureux café. Mais ce n'était pas la faute de Simon si les vampires ne mangeaient pas. Parfois, au restaurant, il commandait un plat pour sauver les apparences. Un mardi tard dans la soirée, alors que le Veselka était quasiment désert, il n'en voyait pas l'intérêt.

— Un café, c'est tout.

Avec un haussement d'épaules, la serveuse lui prit des mains le menu plastifié et alla s'occuper de sa commande. Simon se renfonça dans sa chaise en plastique inconfortable et jeta un regard autour de lui. Le Veselka, une gargote située au coin de la Neuvième Rue et de la Seconde Avenue, était l'un de ses endroits favoris dans le Lower East Side, un vieil établissement de quartier aux murs recouverts de peintures noires et blanches, où il pouvait passer ses journées à condition de commander un café toutes les demi-heures. On y servait aussi du bortsch et des pierogi végétariens, ses préférés à une époque désormais révolue.

On était à la mi-octobre, et le Veselka venait à peine d'installer les décorations d'Halloween : une pancarte de guingois sur laquelle était inscrit « Des bonbons ou un bortsch ! » et la silhouette en carton d'un vampire surnommé comte Blintzula[1]. Avant, Simon et Clary trouvaient ces décorations ringardes très amusantes. Aujourd'hui, avec ses crocs factices et sa cape noire, le comte ne faisait plus beaucoup rire Simon.

Il jeta un regard vers la vitrine. La nuit était froide, et le vent balayait les feuilles. Une fille aux longs cheveux noirs agités par la brise, moulée dans un trench-coat ceinturé, marchait dans la Seconde Avenue. En voyant les passants se retourner sur elle, Simon se souvint que, par le passé, il avait louché sur des filles comme elle en se demandant vaguement où elles allaient et qui elles retrouvaient. Pas des types comme lui, ça il le savait.

Pourtant, cette fille-là avait rendez-vous avec lui. Le carillon de la porte retentit et Isabelle Lightwood entra. Elle sourit en apercevant Simon, s'avança vers sa table, ôta son trench et le drapa sur le dossier. Sous son imperméable, elle portait une de ces « robes typiques d'Isabelle », pour reprendre les termes de Clary : courte et moulante, en velours, avec des collants résille et des bottes. Dans l'une d'elles, elle avait glissé une dague que seul Simon pouvait voir. Tous

---

1. De blintz, sorte de blini. (*N.d.T.*)

les clients du restaurant avaient les yeux fixés sur elle quand elle s'assit en rejetant ses cheveux en arrière. Quelle que fût sa tenue, Isabelle ne passait jamais inaperçue.

La belle Isabelle Lightwood ! Quand Simon avait fait sa connaissance, il avait supposé qu'il ne l'intéressait pas et il n'avait pas tout à fait tort. Isabelle aimait les garçons qui suscitaient la désapprobation de ses parents, ce qui, dans son monde, désignait les Créatures Obscures : fées, loups-garous et vampires. Le fait qu'ils sortent ensemble depuis environ un mois l'étonnait encore, même si leur relation se limitait en général à quelques rencontres comme celle-ci. Cependant, il ne pouvait pas s'empêcher de s'interroger : s'il n'avait pas été transformé en vampire, si toute son existence n'avait pas été bouleversée à ce moment précis, aurait-il trouvé grâce à ses yeux ?

Elle glissa une mèche de cheveux derrière son oreille et lui adressa un sourire rayonnant.

— Tu es chic.

Simon jeta un coup d'œil à son reflet dans la vitrine. La patte d'Isabelle était indéniable dans les changements qu'il avait opérés sur son apparence depuis qu'ils sortaient ensemble. Elle l'avait forcé à troquer ses sweat-shirts à capuche pour un blouson en cuir et ses baskets pour une paire de boots de créateur qui, entre parenthèses, lui avait coûté la modique somme de trois cents dollars. Et s'il n'avait pas renoncé à ses tee-shirts à slogan, ses jeans n'avaient plus de trous aux genoux ni de poches déchirées. Il s'était laissé pousser les cheveux, si bien qu'ils lui cachaient le front et lui tombaient sur les yeux – mais c'était plus par nécessité que pour plaire à Isabelle.

Clary se moquait de son nouveau look, mais, en fait, elle trouvait tout ce qui touchait à sa vie amoureuse à la limite du désopilant. Elle ne prenait pas au sérieux sa relation avec Isabelle et, bien entendu, elle n'en pensait pas moins de son histoire avec Maia Roberts, une amie lycanthrope. En outre, elle n'en revenait pas que Simon n'ait toujours pas évoqué le problème avec l'une et l'autre.

Il ne savait pas trop comment c'était arrivé. Maia aimait bien venir chez lui pour jouer à la Xbox ; il n'y avait pas de console de jeux dans l'ancien commissariat de police où la meute avait élu domicile. Au bout de la troisième ou quatrième fois, elle s'était penchée pour l'embrasser avant de partir. Cela lui avait fait plaisir et il avait appelé Clary pour lui demander s'il fallait en parler à Isabelle.

— Essaie d'abord de savoir ce qui se passe avec elle, avait-elle répondu.

Ce conseil ne s'était pas révélé très judicieux. Cela faisait un mois, et il ne savait toujours pas ce qui se passait avec Isabelle, aussi n'avait-il rien dit. Et plus le temps passait, plus l'aveu lui semblait difficile. Jusqu'à présent, il s'était bien débrouillé. Isabelle et Maia n'étaient pas vraiment amies, elles se voyaient rarement. Malheureusement pour lui, la mère de Clary allait se marier avec Luke, son compagnon de longue date, et Isabelle et Maia étaient invitées toutes les deux. Simon trouvait cette perspective plus effrayante que l'idée d'être pourchassé dans les rues de New York par une horde de chasseurs de vampires enragés.

— Bon, fit Isabelle, l'arrachant à ses réflexions. Pourquoi ici et pas chez Taki's ? Ils servent du sang là-bas.

Au ton de sa voix, Simon tressaillit. Isabelle n'était pas un modèle de discrétion. Par chance, personne ne leur prêtait attention, pas même la serveuse qui posa d'un geste brusque une tasse de café devant Simon, jeta un coup d'œil à Isa et s'éloigna sans avoir pris sa commande.

— J'aime bien cet endroit, répondit-il. Clary et moi, on venait souvent ici quand elle prenait des cours de dessin dans le quartier. Leur bortsch et leurs blintz sont délicieux ; ce sont des espèces de crêpes à base de fromage blanc. Et puis ils sont ouverts toute la nuit.

Mais Isabelle ne l'écoutait plus. Elle fixait quelque chose derrière lui.

— Qu'est-ce que c'est que ça ?

— C'est le comte Blintzula.

— Le comte Blintzula ?

Simon haussa les épaules.

— C'est une déco d'Halloween pour les enfants. Un peu comme le comte Chocula, ou le comte de Sesame Street.

Il sourit devant son air interdit.

— Tu sais bien. Il apprend à compter aux enfants.

Isabelle secoua la tête.

— Il y a un programme de télé avec un vampire qui apprend à compter aux enfants ?

— Tu comprendrais si tu l'avais vu, marmonna Simon.

— Il y a une explication mythologique à cette interprétation, déclara Isabelle d'un ton professoral. D'après certaines légendes, les vampires seraient obsédés par les chiffres, à tel point que si on leur lançait des grains de riz, ils s'interrompaient dans leur tâche pour les compter. Il n'y a aucun fond de vérité là-dessous, évidemment, comme avec l'ail. Et les vampires n'ont rien à faire avec des enfants. Ce sont des créatures terrifiantes.

— Merci, répliqua Simon. C'est une blague, Isabelle. Le comte aime compter. Tu piges ? Qu'a mangé le comte, aujourd'hui, les enfants ? Un cookie au chocolat, deux cookies au chocolat, trois cookies au chocolat...

Un client poussa la porte du restaurant et un souffle d'air glacial s'engouffra dans la salle. Isabelle frissonna et prit son écharpe en soie noire.

— Ce n'est pas réaliste.

— Tu préférerais quoi ? Qu'a mangé le comte aujourd'hui, les enfants ? Un pauvre villageois, deux pauvres villageois, trois pauvres villageois...

— Chuuut.

Isabelle finit de nouer son écharpe autour de son cou et se pencha pour prendre le poignet de Simon. Ses grands yeux sombres s'étaient soudain mis à briller comme chaque fois qu'elle s'apprêtait à traquer des démons.

— Regarde de ce côté.

Simon suivit son regard. Deux hommes étaient plantés près de la vitrine à pâtisseries où étaient disposés des gâteaux nappés d'un glaçage épais, des assiettes de rugelach et des feuilletés fourrés à la crème. Mais ni l'un ni l'autre n'avait l'air de s'intéresser aux pâtisseries. Ils étaient tous deux de petite taille et d'une maigreur telle que les os de leurs pommettes saillaient sur leurs joues livides. Ils avaient les cheveux gris et clairsemés, des yeux argent très pâle et leurs manteaux ceinturés couleur ardoise leur descendaient jusqu'aux pieds.

— À ton avis, à quoi on a affaire ?

Simon, paupières plissées, observa les nouveaux venus. À leur tour, ils posèrent sur lui leurs yeux vides dépourvus de cils.

— On dirait des nains de jardin malfaisants.

— Ce sont des humains, des assujettis, siffla Isabelle. Ils appartiennent à un vampire.

— Comment ça, ils « appartiennent » ?

Elle laissa échapper un grognement d'impatience.

— Par l'Ange, tu ne sais vraiment rien sur ton espèce ! Est-ce que tu sais au moins comment on fait un vampire ?

— Eh bien, quand une maman vampire et un papa vampire s'aiment très fort...

Isabelle lui fit une grimace.

— D'accord, tu sais que les vampires n'ont pas besoin d'avoir des rapports sexuels pour se reproduire, mais je parie que tu ne sais même pas comment ça marche.

— Bien sûr que si, protesta Simon. Je suis devenu vampire parce que j'ai bu le sang de Raphaël avant de mourir. Mort plus absorption de sang égale vampire.

— Ce n'est pas exactement ça. Tu es un vampire parce que tu as bu le sang de Raphaël, c'est vrai, mais tu as été mordu par d'autres vampires, et ensuite tu es mort. Il faut avoir été mordu à un moment donné.

— Pourquoi ?

15

— La salive vampirique a des propriétés… particulières. Des propriétés de transformation.

— Berk.

— À d'autres ! C'est toi qui as une salive magique. Certains vampires gardent des humains près d'eux pour se nourrir quand ils sont à court de sang. Un peu comme des distributeurs de casse-croûtes ambulants, expliqua Isabelle avec un air de dégoût. On pourrait penser que le fait de donner constamment leur sang les affaiblit, or la salive de vampire a aussi des propriétés curatives. Elle augmente le nombre de leurs globules rouges, les rend plus forts, plus résistants aux maladies, et prolonge leur durée de vie. C'est pourquoi il n'est pas illégal pour un vampire de se nourrir d'un humain. Ça ne les affecte pas trop. Bien sûr, de temps en temps, le vampire veut plus qu'un casse-croûte et crée un assujetti en donnant à l'humain qu'il mord de petites quantités de sang pour qu'il devienne docile et lui reste attaché. Un assujetti vénère son maître et adore le servir. Il ne cherche qu'à rester près de lui. Un peu comme toi lorsque tu es retourné à l'hôtel Dumort. Tu étais attiré par le vampire dont tu avais bu le sang.

— Raphaël, dit Simon d'un ton morne. Je n'ai pas une folle envie d'être auprès de lui, ces derniers temps, crois-moi.

— Non, les effets se dissipent quand on devient vampire à part entière. Seuls les assujettis révèrent leur maître et leur obéissent au doigt et à l'œil. À l'hôtel Dumort, le clan de Raphaël t'a vidé de ton sang. Tu es mort, puis tu es devenu un vampire. Si, au lieu de te saigner à blanc, ils t'avaient donné plus de sang de vampire, tu serais maintenant un assujetti.

— Tout ça est très intéressant, mais ça n'explique pas pourquoi ils nous observent fixement.

Isabelle jeta un autre coup d'œil dans leur direction.

— C'est toi qu'ils regardent. Peut-être que leur maître est mort et qu'ils cherchent un autre vampire pour les prendre sous son aile. Ça te ferait des animaux de compagnie, ajouta-t-elle en souriant.

— Ou alors ils raffolent des desserts maison.

— Les assujettis ne consomment qu'un mélange de sang de vampire et de sang animal, qui les maintient dans un état végétatif. Ils ne deviennent pas immortels pour autant, mais ils vieillissent très lentement.

— Hélas pour eux, le physique ne suit pas, déclara Simon en les jaugeant du regard.

Isabelle se redressa.

— Ils viennent par ici. On va enfin savoir ce qu'ils veulent, j'imagine.

Les deux assujettis donnaient moins l'impression de marcher que de glisser sans bruit sur le sol, comme s'ils étaient montés sur roulettes. Il ne leur fallut que quelques secondes pour traverser la salle. Entre-temps, Isabelle avait dégainé la dague en argent massif, avec des croix gravées sur le manche, qu'elle dissimulait dans sa botte. Elle la posa sur la table. La lame étincela à la lumière des néons. La plupart des armes antivampires étaient ornées de croix, car on supposait que les vampires étaient chrétiens, songea Simon. Qui aurait cru qu'être adepte d'une religion minoritaire puisse comporter autant d'avantages ?

— C'est assez près, dit Isabelle, la main à quelques centimètres de la dague, au moment où les deux assujettis faisaient halte près de la table. Qu'est-ce que vous voulez, tous les deux ?

— Chasseuse d'Ombres, dit la créature de gauche dans un murmure, nous ne pensions pas te trouver ici.

Isabelle leva un sourcil.

— Ah, parce que ça change quelque chose ?

Le second assujetti désigna Simon d'un long doigt gris à l'ongle pointu et jauni.

— Nous avons une affaire à régler avec le vampire diurne.

— Sûrement pas, répliqua Simon. Je ne sais pas qui vous êtes. Je ne vous ai jamais vus.

— Je suis M. Walker, dit la première créature, et voici M. Archer. Nous servons le vampire le plus puissant de New York, le chef du plus gros clan de Manhattan.

— Raphaël Santiago, lâcha Isabelle. Dans ce cas, vous devez savoir que Simon n'appartient à aucun clan. Il joue cavalier seul.

M. Walker esquissa un mince sourire.

— Mon maître espère que la situation pourra évoluer.

Simon et Isabelle échangèrent un regard, puis elle haussa les épaules.

— Raphaël ne t'avait pas demandé de rester à l'écart du clan ?

— Il a peut-être changé d'avis, répondit Simon. Tu sais comment il est : lunatique, inconstant...

— Non, je l'ignorais. Je ne l'ai pas revu depuis la

fois où je l'ai menacé avec un candélabre. Il l'a bien pris, d'ailleurs. Il n'a pas bronché.

— Super, marmonna Simon.

Les deux assujettis le fixaient de leurs yeux d'un gris laiteux, de la même teinte que la neige sale.

— Si Raphaël tient à me faire entrer dans son clan, c'est parce qu'il veut quelque chose de moi, poursuivit Simon. Vous feriez peut-être mieux de me le dire tout de suite.

— Nous ne connaissons pas les projets de notre maître, rétorqua M. Archer d'un ton condescendant.

— Alors c'est non. Je ne viens pas.

— Si tu refuses de nous accompagner, nous sommes autorisés à employer la force pour t'y contraindre.

Simon eut l'impression que la dague venait de jaillir dans la main d'Isabelle ; ou du moins, il la vit à peine bouger, et l'instant d'après elle la brandissait entre ses doigts. Elle la fit tourner d'un geste désinvolte.

— Je m'abstiendrais si j'étais vous.

M. Archer lui sourit.

— Depuis quand les Enfants de l'Ange jouent-ils les gardes du corps pour des Créatures Obscures en perdition ? Je te croyais au-dessus de tout cela, Isabelle Lightwood.

— Je ne suis pas son garde du corps, je suis sa copine. Ça me donne donc le droit de vous botter les fesses si vous vous en prenez à lui. C'est comme ça que ça marche.

« Sa copine » ? Simon la considéra, bouche bée d'étonnement. Elle regardait les deux assujettis, et ses yeux sombres lançaient des éclairs. Jusqu'ici, il ne se souvenait pas l'avoir entendue se désigner comme sa petite amie. D'un autre côté, c'était assez révélateur de la tournure étrange qu'avait prise son existence : c'était ce détail-là qui le frappait ce soir, plus encore que le fait qu'il ait été convoqué par le vampire le plus puissant de New York.

— Mon maître, reprit M. Walker d'un ton qui se voulait conciliant, a une proposition à soumettre au vampire diurne...

— Il s'appelle Simon Lewis.

— À soumettre à M. Lewis. Je peux vous assurer qu'il est dans l'intérêt de M. Lewis de nous suivre et d'écouter mon maître jusqu'au bout. Je jure sur l'honneur de mon maître qu'il ne te sera fait aucun mal, vampire, et que tu es libre de refuser l'offre de mon maître.

« Mon maître, mon maître »... M. Walker répétait ces mots avec un mélange d'adoration et de crainte. Simon frémit intérieurement. Quelle horreur d'être enchaîné ainsi à quelqu'un, de n'avoir aucune volonté propre !

Isabelle secoua la tête à l'intention de Simon et lui fit signe de refuser. Elle avait sans doute raison, songea-t-il. Après tout, Isabelle était une excellente Chasseuse d'Ombres. Depuis l'âge de douze ans, elle pourchassait les démons ou les Créatures Obscures hors la loi – vampires dévoyés, sorciers pratiquant la magie noire, loups-garous devenus incontrôlables, qui avaient fini par dévorer quelqu'un – et elle était probablement meilleure que les autres Chasseurs d'Ombres de son âge, à l'exception de son frère adoptif, Jace. Le seul qui aurait pu les surpasser tous les deux, c'était Sébastien, pensa Simon. Mais il était mort.

— D'accord, dit-il. J'irai.

Isabelle ouvrit de grands yeux.

— Simon !

Les deux assujettis se frottèrent les mains comme les méchants d'une bande dessinée. Ce n'était pas tant le geste en lui-même qui faisait froid dans le dos que le fait qu'ils l'exécutent à l'unisson et de manière identique, telles deux marionnettes dont on aurait actionné les fils en même temps.

— Parfait, déclara M. Archer.

Isabelle reposa brusquement la dague et se pencha vers Simon. Sa longue chevelure noire et lustrée frôla la table.

— Simon, dit-elle dans un souffle, ne fais pas l'idiot. Il n'y a aucune raison que tu les suives. Et Raphaël est un sale type.

— Raphaël est un chef vampire. C'est son sang qui m'a fait. Il est mon... quel que soit le nom qu'on leur donne.

— Ton maître, ton créateur, il existe une foule de noms pour désigner ça, observa Isabelle d'un air distrait. Peut-être que son sang a fait de toi un vampire, mais ce n'est pas lui qui t'a donné le pouvoir de supporter la lumière du jour.

Son regard se posa sur Simon. « C'est Jace », semblait-il dire. Cependant, elle se garda de formuler la remarque à voix haute. Ils n'étaient qu'une poignée à connaître toute la vérité sur Jace et l'incidence que cela avait eue sur la transformation de Simon.

— Tu n'es pas obligé de lui obéir, conclut-elle.

— Bien sûr que non, dit Simon en baissant la voix.

Mais si je refuse d'y aller, tu crois que Raphaël va laisser tomber ? Tu parles ! Il ne me lâchera jamais.

Il jeta un regard en coin aux deux créatures. Elles semblaient de son avis.

— Ils me harcèleront où que j'aille. Dès que je mettrai un pied dehors, au lycée, chez Clary...

— Et alors ? Clary ne va pas s'en remettre ? s'exclama Isabelle en levant les bras au ciel. D'accord. Mais laisse-moi au moins t'accompagner.

— Certainement pas, intervint M. Archer. Cette discussion ne regarde pas les Chasseurs d'Ombres. Elle ne concerne que les Enfants de la Nuit.

— Je ne...

— La loi nous autorise à conduire nos affaires en privé, lâcha M. Walker d'un ton cassant. Avec les membres de notre espèce.

Simon se tourna vers les deux créatures.

— Laissez-nous un moment, s'il vous plaît. Je veux parler à Isabelle.

Il y eut un silence. Autour d'eux, la vie se poursuivait dans le restaurant, qui connaissait un regain d'activité depuis que le cinéma du coin avait libéré ses derniers spectateurs, et les serveuses passaient près d'eux à toute allure, chargées d'assiettes fumantes. Des couples riaient et bavardaient aux tables voisines. Les cuisiniers s'interpellaient derrière le comptoir. Personne ne semblait s'intéresser à eux ou s'apercevoir qu'il se passait quelque chose de bizarre. Simon avait fini par s'accoutumer aux charmes, mais parfois, quand il était avec Isabelle, il avait l'impression d'être prisonnier d'une paroi de verre invisible, coupé du

reste de l'humanité et de ses occupations quoti-
diennes.

M. Walker recula.

— Très bien. Cela dit, mon maître n'aime pas
attendre.

Les deux créatures battirent en retraite près de la
porte et se figèrent comme des statues, apparemment
insensibles aux courants d'air glacials qui s'engouf-
fraient dans la salle dès que quelqu'un entrait ou sortait. Simon se tourna vers Isabelle.

— Tout ira bien. Ils ne me feront aucun mal. Ils
en sont bien incapables. Raphaël est au courant
pour...

Il indiqua son front d'un air gêné.

— ... pour ça.

Isabelle se pencha par-dessus la table et repoussa ses
cheveux en arrière d'un geste plus clinique qu'affec-
tueux. Elle fronça les sourcils. Simon avait suffisamment examiné la Marque dans le miroir pour la
connaître par cœur. On aurait dit un dessin rudimen-
taire tracé au pinceau entre les deux yeux. Il lui semblait parfois que sa forme se modifiait à l'instar de ces
images changeantes qu'on distingue dans les nuages,
mais ses lignes n'en demeuraient pas moins noires,
bien définies, et un peu menaçantes comme un panneau avertisseur rédigé dans une langue inconnue.

— Ça... marche vraiment ? murmura-t-elle.

— Raphaël semble penser que oui, répondit Simon.
Et je n'ai aucune raison de lui donner tort.

Il prit le poignet d'Isabelle pour éloigner sa main
de son visage.

— Tout ira bien, Isabelle.

Elle poussa un soupir.

— D'après mon expérience, ce n'est pas une bonne idée.

Simon serra ses doigts dans les siens.

— Allez, tu as envie de savoir ce que veut Raphaël, non ?

Isabelle se renfonça dans sa chaise.

— Tu me raconteras. Appelle-moi dès ton retour.

— Promis.

Simon se leva en remontant la fermeture Éclair de son blouson.

— Et accorde-moi une faveur, tu veux bien ? Deux faveurs, en fait.

Elle le considéra avec une méfiance amusée.

— Quoi ?

— Clary s'entraîne à l'Institut ce soir. Si tu la vois ne lui dis pas où je suis. Inutile qu'elle s'inquiète.

Isabelle leva les yeux au ciel.

— D'accord. Et la deuxième ?

Simon se pencha pour l'embrasser sur la joue.

— Goûte leur bortsch. Il est délicieux.

M. Walker et M. Archer n'étaient pas des compagnons très bavards. Ils guidèrent Simon sans un mot dans les rues du Lower East Side en marchant à quelques pas devant lui. Malgré l'heure tardive, les trottoirs étaient bondés – des employés ayant terminé leur service de nuit et des noctambules pressés de rentrer chez eux après un dîner, tête baissée, le col relevé pour lutter contre le vent glacial. À St. Mark's Place, des étals alignés le long du trottoir offraient tout un assortiment, allant de paires de chaussettes bon marché à des esquisses au crayon de New York en passant par des bâtons d'encens au santal. Les feuilles mortes crissaient sur le béton comme des ossements séchés. Le parfum du santal s'attardait dans l'air saturé de gaz d'échappements, ainsi que de l'odeur plus ténue des corps, de la peau et du sang.

L'estomac de Simon se noua. Afin de ne jamais avoir faim, il veillait à stocker assez de flacons de sang animal dans un mini-frigo caché au fond de son placard, hors de vue de sa mère. Le sang le dégoûtait. Il avait cru qu'il finirait par s'y habituer, et même par en avoir envie, mais s'il apaisait les tiraillements de la faim, Simon n'en retirait pas le plaisir qu'il éprouvait autrefois à manger du chocolat, des burritos végétariens ou de la glace au café.

Cependant, la faim était pire que le dégoût. À cause d'elle, il commençait à détecter des odeurs qu'il aurait préféré ignorer : le sel de la peau, les effluves douceâtres de fruit trop mûr du sang exsudé par les pores des étrangers, et qui lui donnaient l'impression d'être un monstre. Il voûta le dos, enfouit les poings dans les poches de son blouson et s'efforça de respirer par la bouche.

Après avoir bifurqué dans la Troisième Avenue, ils s'arrêtèrent devant un restaurant. L'enseigne annonçait : Café du Cloître. Jardin ouvert toute l'année.

— Qu'est-ce qu'on vient faire ici ? demanda Simon.

— C'est le lieu de rendez-vous qu'a choisi notre maître, répondit M. Walker d'une voix blanche.

— Mmm, fit Simon, déconcerté. J'aurais pensé que Raphaël était du genre à donner ses rendez-vous au sommet d'une cathédrale ou dans une crypte remplie d'ossements. Je n'aurais jamais imaginé qu'il aimait les restos branchés.

Les deux assujettis le dévisagèrent.

— Il y a un problème, vampire ? demanda M. Archer après un silence.

Simon perçut confusément qu'on le remettait à sa place.

— Non, aucun.

L'intérieur du restaurant était plongé dans la pénombre. Un bar recouvert de marbre courait le long du mur. Aucun serveur ne vint les accueillir tandis qu'ils traversaient la salle pour gagner une porte qui menait au jardin.

À cette époque de l'année, la plupart des terrasses de restaurant étaient fermées. Celle-ci avait été aménagée dans une cour, dont les murs peints en trompe l'œil représentaient un jardin italien débordant de fleurs. Les arbres aux feuilles dorées et roussies par l'automne étaient enguirlandés de loupiotes blanches et des lampes chauffantes dispensaient une lueur rougeâtre. Une petite fontaine murmurait au milieu de la cour.

Seule une des tables était occupée, par une femme mince coiffée d'un chapeau à large bord. Simon, médusé, la vit faire un signe de la main. Il se retourna ; évidemment, il n'y avait personne. Walker et Archer se remirent en marche. Hébété, Simon leur emboîta le pas, et tous trois s'arrêtèrent à quelques pas de l'inconnue.

Walker s'inclina jusqu'à terre.

— Maître, dit-il.

La femme sourit.

— Walker... Archer... Beau travail ! Merci de m'avoir amené Simon.

— Attendez une seconde.

Simon regarda tour à tour la femme et ses deux serviteurs.

— Vous n'êtes pas Raphaël.

— Grands dieux, non !

La femme ôta son chapeau. Une masse de cheveux blond cendré brillant sous la lumière des guirlandes tomba sur ses épaules. D'immenses yeux verts éclairaient un beau visage lisse et blanc à l'ovale parfait. Elle était vêtue de noir : de longs gants, un chemisier en soie, une jupe crayon, ainsi qu'une écharpe nouée autour du cou. Il était impossible de lui donner un âge, ou du moins de deviner celui qu'elle avait quand elle avait été transformée en vampire.

— Je m'appelle Camille Belcourt. Ravie de te connaître.

Elle tendit la main à Simon.

— Je devais retrouver Raphaël Santiago, déclara celui-ci sans faire mine de la serrer. Vous travaillez pour lui ?

Camille Belcourt partit d'un rire cristallin.

— Certainement pas ! Mais, à une époque, il a travaillé pour moi.

Un souvenir s'insinua dans l'esprit de Simon. « Je croyais que le chef vampire, c'était quelqu'un d'autre », avait-il dit un jour à Raphaël, à Idris. Il lui semblait qu'une éternité s'était écoulée depuis.

« Camille n'est pas encore rentrée, avait répondu Raphaël. Pour le moment, je la remplace. »

27

— C'est vous, le chef vampire du clan de Manhattan, lança Simon.

Se tournant vers les deux assujettis, il ajouta :

— Vous m'avez mené en bateau ! Vous m'avez dit que j'allais rencontrer Raphaël.

— Je t'ai dit que tu allais rencontrer notre maître, objecta Walker. Et la voilà.

Ses yeux étaient si dénués d'expression que Simon se demanda s'ils avaient délibérément cherché à le fourvoyer ou s'ils étaient programmés comme des robots pour répéter mot pour mot le message de leur maître.

— Eh oui, fit Camille en adressant un sourire rayonnant à ses serviteurs. Laissez-nous, s'il vous plaît. Je dois parler à Simon en privé.

Quelque chose, dans sa façon de prononcer son nom et le mot « privé », évoquait une caresse secrète.

Les créatures s'inclinèrent avant de se retirer. Alors que M. Archer se détournait, Simon entrevit sur sa gorge une marque d'un bleu si sombre qu'on aurait dit de la peinture, avec en son milieu deux trous plus foncés bordés d'une croûte de chair séchée. Il tressaillit.

— Je t'en prie, assieds-toi, dit Camille en tapotant le siège à côté du sien. Tu veux du vin ?

Simon se percha sur le bord de la chaise en métal.

— Je ne bois pas.

— Bien sûr, dit-elle d'un ton compatissant, tu n'es encore qu'un novice. Ne t'en fais pas. Avec le temps, tu parviendras à absorber du vin et d'autres boissons. Certains parmi les plus vieux de notre espèce sont même capables de consommer de la nourriture sans trop de désagréments.

« Sans trop de désagréments » ? La remarque de Camille ne rassura guère Simon.

— Ça va prendre longtemps ? demanda-t-il en jetant un regard appuyé à son téléphone portable, qui lui indiqua qu'il était plus de dix heures et demie. Il faut que je rentre chez moi.

Camille prit une gorgée de son vin.

— Ah oui ? Et pourquoi donc ?

« Parce que ma mère m'attend. » Bon, il n'avait aucune raison de révéler cette information à une étrangère.

— Vous avez interrompu mon tête-à-tête. Je me demandais ce qu'il pouvait y avoir de si important.

— Tu vis toujours avec ta mère, n'est-ce pas ? lâcha-t-elle en reposant son verre. C'est plutôt bizarre, non, qu'un vampire aussi puissant que toi refuse de quitter son foyer pour rejoindre un clan ?

— Si je comprends bien, vous avez gâché ma soirée pour vous moquer de moi parce que j'habite encore chez mes parents ? Vous n'auriez pas pu choisir un soir où je n'avais pas de rendez-vous ? Ce qui m'arrive très souvent, au cas où l'information vous intéresserait.

— Je ne me moque pas de toi, Simon, protesta-t-elle en passant sa langue sur sa lèvre inférieure comme pour goûter le vin qu'elle venait de boire. Je veux savoir pourquoi tu n'as pas rejoint le clan de Raphaël.

« Soit le vôtre, non ? » songea Simon.

— J'ai la nette impression qu'il n'avait pas envie que j'en fasse partie, dit-il. Il m'a plus ou moins expliqué qu'il me laisserait tranquille si j'en faisais autant. Alors, c'est ce que j'ai fait.

— Vraiment ? fit Camille, les yeux étincelants

— Je n'ai jamais voulu être un vampire, déclara Simon, surpris de se confier à cette femme étrange. Je souhaitais mener une existence ordinaire. Quand j'ai découvert que je pouvais sortir le jour, j'ai décidé de vivre le plus normalement possible. Je peux continuer à aller au lycée, à vivre chez moi, à voir ma mère et ma sœur…

— Tant que tu ne te nourris pas devant elles, lui rappela Camille, et que tu caches tes besoins… Tu n'as jamais goûté au sang humain, n'est-ce pas ? Tu ne connais que le sang animal en sachets ?

Elle fronça le nez. Simon songea à Jace et s'empressa de chasser cette pensée de son esprit. Jace n'était pas tout à fait humain.

— C'est vrai.

— Tu y viendras. Et quand tu y auras goûté, tu ne pourras plus l'oublier.

Elle se pencha vers lui et ses cheveux blonds frôlèrent sa main.

— Tu ne pourras pas cacher indéfiniment ta véritable nature.

— Qui n'a jamais menti à ses parents ? répliqua Simon. Et puis, qu'est-ce que ça peut vous faire ? À vrai dire, je ne comprends toujours pas pourquoi je suis là.

Camille se pencha de nouveau, et le col de son chemisier bâilla. Si Simon avait encore été humain, il aurait rougi.

— Tu veux bien me la montrer ?

Simon écarquilla les yeux.

— Vous montrer quoi ?

Elle sourit.

— La Marque, idiot ! La Marque du Vagabond.

Simon ouvrit la bouche, puis se ravisa. Comment était-elle au courant ? Rares étaient ceux qui savaient que Clary avait imprimé une Marque sur son front à Idris. Raphaël avait précisé que le fait devait être tenu secret et Simon avait suivi son conseil.

Cependant, Camille ne cillait pas et, pour une raison mystérieuse, Simon avait envie de lui obéir... À cause de son regard, de la musicalité de sa voix. Il écarta ses cheveux de son front.

Camille, les yeux écarquillés, les lèvres entrouvertes, porta la main à sa gorge comme pour chercher un pouls qui ne battait plus depuis très longtemps.

— Oh, fit-elle. Quelle chance tu as, Simon !

— C'est une malédiction. Vous devez le savoir, non ?

— « Alors Caïn dit à l'Éternel : "Ma peine est trop lourde à porter." » C'est plus que tu n'en peux supporter, Simon ?

Simon se redressa sur son siège et laissa retomber sa mèche.

— Je m'en sors très bien.

— Mais tu ne veux pas de ce fardeau.

Sans le quitter du regard, elle promena un doigt ganté sur le bord de son verre.

— Et si je t'offrais le moyen de transformer en atout ce que tu considères comme une malédiction ?

« Je répondrais que vous en venez enfin au fait. C'est un début. »

— Je vous écoute.

— Tu as reconnu mon nom quand je me suis présentée. Raphaël l'a déjà mentionné, n'est-ce pas ?

Elle avait un accent presque imperceptible que Simon ne parvenait pas à identifier.

— Il a dit que vous étiez le chef du clan et qu'il vous remplaçait en votre absence. Qu'il agissait en votre nom comme... comme un vice-président, en quelque sorte.

— Ah.

Elle se mordilla la lèvre inférieure.

— Ce n'est pas tout à fait vrai. J'aimerais rétablir la vérité, Simon. J'ai une offre à te soumettre. Mais tout d'abord, tu dois me promettre une chose.

— Laquelle ?

— Que tout ce qui sera dit ce soir ne sortira pas d'ici. Personne ne doit savoir. Pas même ta petite amie rousse, Clary. Ni tes autres copines. Ni les Lightwood. Personne.

— Et si je n'ai pas envie de vous faire cette promesse ?

— Eh bien, va-t'en. Sauf que, dans ce cas, tu ne sauras jamais ce que je voulais te dire, et tu le regretteras.

— Je suis curieux, mais pas à ce point.

Une lueur de surprise amusée s'alluma dans les yeux de Camille. Simon crut même y déceler un certain respect.

— Ce que j'ai à te dire ne les concerne pas. Cela n'affectera ni leur sécurité ni leur bien-être. Le secret n'est que le garant de ma propre protection.

Simon l'observa d'un air suspicieux. Était-elle sincère ? Contrairement aux fées, les vampires pouvaient mentir. Pourtant, il devait admettre qu'il était curieux.

— OK. Je tiendrai ma langue. Mais si ce secret devait menacer mes amis, notre accord ne tient plus.

Elle esquissa un sourire glacial, et Simon comprit qu'elle n'aimait pas qu'on mette sa parole en doute.

— Très bien. Je suppose que je n'ai pas le choix puisque j'ai désespérément besoin de ton aide.

Elle se pencha vers lui en jouant avec le bord de son verre d'une main gracile.

— Jusqu'à récemment, c'était moi qui dirigeais le clan de Manhattan. Nous avions installé nos quartiers généraux dans un bel immeuble d'avant-guerre de l'Upper West Side, qui n'avait rien à voir avec l'hôtel minable où Santiago parque mes gens à présent. Santiago – Raphaël, si tu préfères – était mon second, mon plus loyal compagnon, ou du moins le croyais-je. Un soir, j'ai découvert qu'il attirait des humains dans ce vieil hôtel de Spanish Harlem, buvait leur sang pour son plaisir et jetait leurs ossements dans une benne. Il prenait des risques insensés en enfreignant la Loi du Covenant. (Elle avala une gorgée de vin.) Quand j'ai voulu le mettre au pied du mur, j'ai compris qu'il avait raconté au reste du clan que c'était moi la meurtrière, la hors-la-loi. J'étais l'objet d'une machination. Il projetait de m'assassiner pour prendre le pouvoir. J'ai fui avec Walker et Archer pour seule protection.

— Et pendant tout ce temps il a prétendu qu'il vous remplaçait jusqu'à votre retour ?

Elle fit la grimace.

— Santiago est un menteur consommé. Il attend mon retour, c'est certain… mais uniquement pour me tuer et contrôler le clan pour de bon.

Simon ne savait que répondre. Il n'avait pas l'habitude qu'une femme adulte le regarde, les yeux remplis de larmes, en lui confiant l'histoire de sa vie.

— Je suis désolé, dit-il enfin.

Elle haussa les épaules d'un mouvement très expressif qui lui fit soupçonner que son accent était peut-être français.

— C'est du passé. Je me suis réfugiée à Londres, où j'ai cherché des alliés en rongeant mon frein. Puis j'ai entendu parler de toi. Je n'ai pas le droit de te révéler dans quelles conditions. Mais dès lors, j'ai eu la certitude que tu étais celui dont j'espérais la venue.

— Qui ? Moi ?

Elle se pencha pour lui saisir la main.

— Raphaël a peur de toi, Simon, et à juste titre. Tu es un vampire, un membre de son espèce, mais tu ne peux pas être tué. Il ne peut pas lever la main sur toi sans s'attirer la colère de Dieu.

Il y eut un silence. Simon perçut le faible bourdonnement des guirlandes au-dessus de sa tête, le clapotis de l'eau dans la vasque de pierre, ainsi que le murmure de la ville.

— Vous l'avez dit, observa-t-il à mi-voix.

— Quoi donc, Simon ?

— Le mot. La colère de…

Comme chaque fois, cette simple syllabe lui brûla la langue.

— Ah oui, Dieu.

Elle retira sa main, mais ses yeux se firent caressants.

— Il y a tant de secrets relatifs à notre espèce, tant de choses que je pourrais te révéler et te montrer. Tu t'apercevrais alors que tu n'es pas damné.

— Madame...

— Camille. Appelle-moi Camille.

— Je ne comprends toujours pas ce que vous attendez de moi.

— Vraiment ? (Elle secoua la tête en faisant voler ses cheveux brillants.) Je veux que tu combattes Santiago à mes côtés, Simon. Nous entrerons ensemble dans son hôtel infesté de rats ; dès que ses partisans constateront que tu es avec moi, ils lui tourneront le dos. Je crois qu'au-delà de la crainte qu'il leur inspire ils sont restés loyaux envers moi. Une fois qu'ils nous auront vus ensemble, cette crainte s'envolera et ils rejoindront notre camp. L'homme ne peut se mesurer au divin.

— Je n'en jurerais pas, protesta Simon. Dans la Bible, Jacob s'est battu contre un ange, et il a gagné.

Camille l'observa en levant les sourcils, et il haussa les épaules.

— L'école hébraïque.

— « Jacob donna à cet endroit le nom de Penuel, "car, dit-il, j'ai vu Dieu face à face et j'ai eu la vie sauve". » Tu vois, tu n'es pas le seul à connaître vos Écritures. (Son regard s'adoucit et elle retrouva le sourire.) Même si tu n'en as peut-être pas conscience, aussi longtemps que tu porteras la Marque, tu resteras le bras vengeur des cieux. Personne ne peut se mesurer à toi. Et certainement pas un vampire.

— Vous avez peur de moi ?

Il regretta immédiatement sa question. Les yeux verts de Camille s'assombrirent comme un ciel d'orage.

— Moi, peur de toi ?

Puis elle s'efforça de se maîtriser, ses traits se détendirent, son expression se fit insouciante.

— Bien sûr que non. Tu es un garçon intelligent. Je suis convaincue que tu verras la sagesse de ma proposition et que tu finiras par faire alliance avec moi.

— Et en quoi consiste votre proposition, au juste ? J'ai compris la partie où on défie Raphaël, mais ensuite ? Je n'ai rien contre ce type, et je n'ai pas envie de me débarrasser de lui juste pour le plaisir. Il me laisse tranquille. C'est tout ce que je demande.

Camille croisa les mains devant elle. Elle portait un anneau d'argent serti d'une pierre bleue au majeur de la main gauche, par-dessus son gant.

— C'est ce que tu crois, Simon. Tu t'imagines que Raphaël te fait une faveur en te laissant tranquille, pour reprendre tes mots. En réalité, il t'a banni. Pour l'instant, tu penses que tu n'as pas besoin des gens de ton espèce. Tu te contentes des amis que tu as déjà, des humains et des Chasseurs d'Ombres. Tu préfères dissimuler des flacons de sang dans ta chambre et mentir à ta mère sur ta véritable nature.

— Comment...

Elle poursuivit sans se soucier de son interruption.

— Mais dans dix ans, quand tu seras censé avoir vingt-six ans ? Et dans vingt ans ? Dans trente ans ? Tu crois que personne ne s'apercevra que tu ne changes pas ?

Simon ne répondit pas. Il refusait d'admettre qu'il n'y avait pas songé, qu'il ne voulait pas se projeter trop loin dans l'avenir.

— Raphaël a fini par te persuader que les autres vampires étaient un poison pour toi. Or ce n'est pas forcément le cas. L'éternité paraît longue quand on est seul, sans le soutien de ses semblables. Tu as beau fréquenter des Chasseurs d'Ombres, tu ne seras jamais comme eux. Tu seras toujours tenu à l'écart. Avec nous, tu te sentirais chez toi.

Comme elle se penchait encore vers lui, sa bague étincela et son éclat laiteux lui picota les yeux.

— Nous avons accumulé des connaissances pendant des milliers d'années. Nous pourrions les partager avec toi, Simon. Tu apprendrais à protéger ton secret, à boire et à manger, à prononcer le nom de Dieu. Par cruauté, Raphaël t'a caché cet enseignement et t'a même poussé à croire que c'était impossible. Il t'a menti. Moi, je suis à même de t'aider.

— Si je vous aide d'abord.

Elle sourit en découvrant ses dents blanches et pointues.

— Nous nous entraiderons.

Simon s'adossa. La chaise en fer était dure, inconfortable, et soudain il se sentait fatigué. Baissant les yeux, il s'aperçut qu'un réseau de veines foncées courait sur les jointures de ses doigts. Il avait besoin de sang. Il avait besoin de parler à Clary. Il avait besoin de réfléchir.

— Je t'ai choqué, reprit Camille. Je sais. Cela fait beaucoup de choses à digérer. J'aurais bien voulu te donner tout le temps nécessaire pour parvenir à une décision. Mais le temps presse, Simon. Tant que je reste en ville, je suis à la merci de Raphaël et de ses sbires.

— De ses sbires ? répéta Simon.

Malgré la gravité du moment, il ne put s'empêcher de sourire. Camille parut désarçonnée.

— Oui ?

— Eh bien, c'est juste... le mot « sbires ». C'est comme si vous disiez « scélérat » ou « acolyte ».

Comme elle le regardait sans comprendre, il ajouta avec un soupir :

— Désolé. Vous n'avez probablement pas vu autant de mauvais films que moi.

Camille fronça imperceptiblement les sourcils.

— On m'avait dit que tu étais singulier... Peut-être est-ce seulement parce que je ne connais guère de vampires de ta génération. Cela me fera du bien de fréquenter quelqu'un d'aussi jeune.

— Du sang neuf, quoi.

La remarque de Simon la fit sourire.

— Alors, tu es prêt à accepter mon offre ?

Simon leva les yeux vers le ciel. Les guirlandes de loupiotes blanches masquaient les étoiles.

— Écoutez, j'apprécie votre proposition. Sincèrement.

« Zut », songea-t-il. Il devait bien exister un moyen de lui faire passer le message sans avoir l'air de l'éconduire tel un lycéen qui décline une invitation au bal de fin d'année : « Je suis vraiment flatté que tu m'invites, mais... » Camille, à l'instar de Raphaël, s'exprimait de manière un peu sèche et formelle, comme une héroïne de conte de fées. Il pouvait toujours essayer.

— Je sollicite un délai pour prendre ma décision. J'ose espérer que vous me comprenez.

Elle esquissa un sourire gracieux qui découvrait juste la pointe de ses crocs.

— Cinq jours – pas un de plus.

Sur ce, elle tendit sa main gantée. Quelque chose scintilla au creux de sa paume. C'était une petite fiole en verre, de la taille d'un échantillon de parfum, remplie d'une poudre brunâtre.

— Cette terre provient d'un cimetière. Éparpille-la autour de toi pour m'appeler. Si tu ne te manifestes pas d'ici cinq jours, j'enverrai Walker quérir ta réponse.

Simon prit la fiole et la glissa dans sa poche.

— Et si ma réponse est non ?

— Eh bien, je serai déçue. Toutefois, nous nous quitterons bons amis. (Elle repoussa son verre.) Au revoir, Simon.

Simon se leva en faisant racler sa chaise contre le sol. Il sentit qu'il devait ajouter quelque chose, sans savoir quoi. Pour le moment, en tout cas, on lui donnait congé. Bah… plutôt passer pour l'un de ces vampires modernes bizarres et dépourvus de bonnes manières que de risquer de devoir poursuivre la conversation. Il partit donc sans ajouter un mot.

En sortant du restaurant, il croisa Walker et Archer, qui se tenaient près du bar recouvert de marbre, les épaules voûtées sous leur long manteau gris. Il sentit le poids de leur regard et agita la main à leur adresse, d'un geste à mi-chemin entre le salut amical et le mépris. Archer retroussa ses lèvres, révélant de petites dents rectangulaires d'humain et regagna le jardin, Walker sur ses talons. Simon les vit s'asseoir en face de Camille. Elle ne leva pas les yeux, mais les lumières blanches s'éteignirent toutes brusquement, et Simon se retrouva à fixer les ténèbres comme si quelqu'un venait de moucher les étoiles. Quand les serveurs se précipitèrent pour rallumer les lampions, inondant le jardin d'une clarté laiteuse, Camille et ses assujettis avaient disparu.

Simon entrouvrit la porte de sa maison, identique à la succession de façades en brique qui bordaient sa rue de Brooklyn, et dressa l'oreille.

Il avait dit à sa mère qu'il allait répéter avec Éric et les autres membres du groupe en prévision du concert de samedi. En d'autres temps, elle l'aurait cru. Elaine Lewis avait toujours été une mère souple : elle n'avait jamais imposé de couvre-feu à Simon ou à sa sœur ni insisté pour qu'ils rentrent tôt les veilles d'école. Simon avait pris l'habitude de sortir très tard avec Clary, d'entrer avec sa clé et de s'écrouler sur son lit à deux heures du matin, ce qui ne suscitait pas beaucoup de commentaires de la part de sa mère.

Or les choses avaient changé. Il avait séjourné à Idris, la patrie des Chasseurs d'Ombres, pendant près de deux semaines. Il avait déserté la maison sans avoir eu l'occasion de fournir une excuse ou une explication. Le sorcier Magnus Bane était intervenu pour administrer un sortilège d'oubli à Elaine Lewis, si bien qu'elle n'avait aucun souvenir de son absence. Ou, du moins, aucun souvenir conscient. Ces derniers temps, cependant, elle était devenue suspicieuse, rôdait autour de Simon, le surveillait sans cesse, insistait pour qu'il soit de retour à l'heure dite. La dernière fois qu'il était rentré d'un rendez-vous avec Maia, il l'avait trouvée dans le vestibule, assise sur une chaise face à la porte, les bras croisés sur la poitrine et une expression de fureur à peine contenue sur le visage.

Cette nuit-là, il avait perçu son souffle avant de la voir. À présent, il n'entendait que le faible ronron de la télévision en provenance du salon. Elle devait l'attendre, en regardant à la suite des épisodes de soap operas en milieu hospitalier, qu'elle aimait tant. Simon referma la porte derrière lui et s'adossa au battant en s'efforçant de rassembler ses forces pour lui mentir.

C'était déjà assez difficile de ne pas se nourrir en présence de sa famille. Par bonheur, sa mère se levait tôt pour aller travailler et rentrait tard. Quant à Rebecca, qui était inscrite dans une université du New Jersey, elle passait parfois en coup de vent pour faire sa lessive et ne s'attardait pas assez longtemps pour remarquer quoi que ce soit. D'ordinaire, à l'heure où il se levait, sa mère était déjà partie en laissant sur le comptoir de la cuisine le petit-déjeuner et le déjeuner qu'elle avait préparés avec amour. Sur le trajet du lycée, il jetait le tout dans une poubelle. Le dîner, c'était une autre paire de manches. Les soirs où elle était là, il devait pousser la nourriture dans un coin de son assiette en prétextant qu'il n'avait pas faim ou qu'il préférait emporter son repas dans sa chambre pour manger pendant qu'il révisait. À une ou deux reprises, il s'était forcé à manger pour lui faire plaisir et, par la suite, il avait passé des heures enfermé dans la salle de bains à transpirer et à vomir jusqu'à ce que son organisme ait tout évacué.

Il se détestait de devoir lui mentir. Il avait toujours eu un peu de peine pour Clary, qui avait des rapports tendus avec Jocelyne, la mère la plus protectrice qu'il ait jamais rencontrée. Maintenant, c'était l'inverse. Depuis la mort de Valentin, Jocelyne avait lâché la bride à Clary jusqu'à devenir une mère comme les autres ou presque. D'un autre côté, dès que Simon était à la maison, il sentait le regard de sa mère peser sur lui comme une accusation.

Redressant les épaules, il abandonna sa sacoche près de la porte et se dirigea vers le salon pour affronter l'orage. Les nouvelles locales défilaient à plein volume sur l'écran. Le présentateur relatait un drame – un bébé trouvé dans une ruelle derrière un hôpital. Simon fut surpris : sa mère détestait regarder les infos, elle trouvait ça déprimant. Il lança un regard vers le canapé, et son étonnement reflua. Sa mère dormait, ses lunettes posées sur la table basse à côté d'elle, un verre à moitié vide abandonné par terre. Même à cette distance, Simon reconnut l'odeur du whisky. Son cœur se serra : sa mère ne buvait pratiquement jamais.

Il alla dans la chambre maternelle et en revint avec une couverture en crochet. Sa mère dormait toujours ; sa respiration était lente et régulière. Elaine Lewis était une toute petite femme avec un halo de cheveux bruns et bouclés striés de mèches grises qu'elle refusait de teindre. Elle travaillait dans une association environnementale, et la plupart de ses vêtements étaient ornés de motifs d'animaux. Ce jour-là, elle portait une robe tie and dye imprimée de dauphins et de vagues, et une broche qui avait été jadis un poisson bien vivant trempé dans de la résine. Son œil laqué sembla le fixer d'un air accusateur tandis qu'il se penchait pour draper la couverture sur les épaules de sa mère.

Elle remua dans son sommeil et détourna la tête en murmurant :

— Simon. Simon, où es-tu ?

Bouleversé, Simon lâcha la couverture et se redressa brusquement. Il aurait peut-être dû la réveiller pour la rassurer, mais s'ensuivraient des questions auxquelles il ne voulait pas répondre et cette expression peinée sur son visage qu'il ne supportait pas.

Après s'être jeté sur son lit, il prit son téléphone. Au moment de composer le numéro de Clary, il marqua un temps d'arrêt en écoutant la tonalité. Il ne pouvait pas lui parler de Camille ; il avait promis à la femme vampire de garder le secret et, bien qu'il ne se sentît aucunement redevable vis-à-vis d'elle, s'il avait appris quelque chose au cours des derniers mois, c'est qu'il ne fallait jamais manquer à sa parole avec les créatures surnaturelles. Pourtant, il avait envie d'entendre la voix de Clary, comme chaque fois qu'il avait passé une mauvaise journée. Il pourrait toujours se plaindre de sa vie amoureuse ; cela semblait l'amuser énormément. Roulant sur les couvertures, il glissa un oreiller sous sa tête et composa le numéro.

2
L'art de la chute

— Alors, c'était bien, ton rendez-vous avec Isabelle ?

Clary, le téléphone vissé sur l'oreille, passa prudemment d'une poutre à une autre. Six ou sept mètres séparaient les poutres du grenier de l'Institut, où avait été installée la salle d'entraînement. Cet exercice avait pour but d'améliorer son équilibre. Or, Clary l'avait en horreur. Sa peur du vide rendait la séance très éprouvante malgré la corde élastique attachée autour de sa taille, censée lui éviter de s'écraser sur le sol en cas de chute.

— Tu as fini par lui parler de Maia ?

Pour toute réponse, Simon émit un vague grognement qu'elle interpréta comme un « non ». Elle entendait de la musique en fond sonore et se l'imaginait allongé sur son lit avec la chaîne stéréo fonctionnant en sourdine tandis qu'il lui parlait. Au son de sa voix, il lui sembla épuisé, et elle en déduisit que son ton badin ne reflétait pas son humeur. Elle lui avait déjà demandé plusieurs fois s'il allait bien au début de la conversation, mais il avait balayé ses inquiétudes.

Elle ricana.

— Tu joues avec le feu, Simon. J'espère que tu t'en rends compte.

— Je ne sais pas. Tu trouves vraiment que c'est un problème ? s'enquit-il d'une voix plaintive. On n'a pas évoqué une seule fois la question de l'exclusivité, que ce soit avec Maia ou avec Isabelle.

— Laisse-moi t'expliquer quelque chose sur les filles.

Clary s'assit sur une poutre en laissant ses jambes pendre dans le vide. Les fenêtres en demi-lune du grenier étaient ouvertes, et l'air froid de la nuit s'y engouffrait en glaçant sa peau couverte de sueur. Elle avait toujours cru que les Chasseurs d'Ombres s'entraînaient dans leur tenue aussi résistante que du cuir mais, en fin de compte, celle-ci était réservée à l'étape supérieure qui incluait l'usage des armes. Pour le genre d'entraînement qu'on lui imposait, des exercices censés améliorer sa souplesse, sa rapidité et son sens de l'équilibre, elle portait un léger débardeur et un pantalon fermé par un cordon qui lui rappelait les vêtements du personnel hospitalier.

— Même si tu n'as pas eu cette conversation avec elles, poursuivit-elle, elles vont quand même piquer une crise si elles apprennent que tu sors avec quelqu'un qu'elles connaissent sans l'avoir mentionné. C'est la règle.

— Ah bon ? Je ne la connaissais pas.

— Tout le monde connaît cette règle.

— Je croyais que tu étais de mon côté.

— Mais je le suis !

45

— Alors pourquoi tu ne compatis pas un peu plus à mes problèmes ?

Clary colla son téléphone sur son autre oreille et scruta l'obscurité en dessous d'elle. Où était passé Jace ? Il était parti chercher une autre corde en promettant de revenir dans cinq minutes. Évidemment, s'il la surprenait au téléphone ici, il lui tordrait le cou. Il se chargeait rarement de son entraînement : en général, c'était Maryse, Kadir ou l'un des nombreux membres de la Force basés à New York qui s'en occupaient en attendant de trouver un remplaçant à Hodge, l'ancien professeur de l'Institut. Mais quand c'était son tour, il prenait son rôle très au sérieux.

— Parce que tes problèmes n'en sont pas vraiment, répondit-elle. Tu sors avec deux jolies filles en même temps. Penses-y. Ce sont des préoccupations de rock star.

— C'est peut-être le seul aspect de la vie d'une rock star que je connaîtrai jamais.

— Personne ne t'a forcé à baptiser ton groupe Salacious Mold, mon cher.

— On s'appelle Millennium Lint maintenant, protesta Simon.

— Écoute, débrouille-toi pour régler ça avant le mariage. Si elles pensent toutes les deux qu'elles y vont avec toi et qu'elles découvrent la vérité le jour de la cérémonie, elles vont te massacrer. (Clary se redressa.) Le mariage de ma mère sera gâché, et elle te massacrera, elle aussi. Ça fera deux morts à ton actif. Enfin, trois, techniquement...

— Je ne leur ai jamais promis d'aller au mariage avec elles ! répliqua Simon, affolé.

46

— Oui, mais c'est ce qu'elles attendent de toi. C'est pour ça que les filles ont des petits copains. Pour qu'ils les accompagnent dans les réceptions casse-pieds.

Clary s'avança vers le bord de la poutre et contempla au-dessous d'elle les ombres formées par la lumière de sort. Un cercle d'entraînement avait été tracé à la craie sur le sol ; vu d'en haut, il ressemblait au centre d'une cible.

— Bon, il faut que je saute de cette poutre au risque de me précipiter vers une mort horrible. On se voit demain ?

— J'ai une répétition à deux heures, tu te souviens ? On se verra là-bas.

— OK, à demain.

Après avoir raccroché, elle glissa son téléphone dans son soutien-gorge ; ses vêtements légers n'avaient pas de poches, alors quelle autre solution s'offrait à elle ?

— Tu comptes rester perchée là-haut toute la nuit ?

Jace s'avança au centre du cercle et leva les yeux vers elle. Il portait sa tenue de combat et ses cheveux blonds ressortaient de manière saisissante sur le noir de son équipement. Ils avaient légèrement foncé depuis la fin de l'été, et Clary trouvait que cela lui allait encore mieux. Elle se sentait bêtement heureuse à l'idée de le connaître depuis assez longtemps pour relever les petits changements dans son apparence.

— Je croyais que c'était toi qui montais, cria-t-elle. Tu as changé d'avis ?

— C'est une longue histoire, répondit-il en souriant. Alors ? Tu veux t'entraîner au flip ?

Clary soupira. Cet exercice consistait à se jeter dans le vide et, avec le soutien de la corde, à faire la culbute, à se baisser et à donner des coups de pied sans risquer de se faire mal. Elle avait vu Jace en pleine action : dans ces moments-là, il ressemblait à un ange volant dans les airs et tournoyant avec la grâce d'un danseur de ballet. Clary, quant à elle, se pelotonnait sur elle-même comme un doryphore à l'approche du sol, et elle avait beau savoir qu'elle n'allait pas s'écraser, cela ne faisait aucune différence.

Elle en venait à se demander si le fait de ne pas être née Chasseuse d'Ombres n'avait pas une influence sur ses résultats ; peut-être était-il trop tard pour faire d'elle une recrue efficace. À moins que les dons qui les caractérisaient, Jace et elle, n'aient été distribués de façon inégale, de sorte qu'il avait hérité de toute la grâce physique.

— Allez, Clary, dit-il. Saute.

Elle ferma les yeux et s'élança. Pendant un bref moment, elle eut l'impression d'être suspendue dans le vide et libérée de tout. Mais la gravité reprit bien vite le dessus, et elle piqua vers le sol. Instinctivement, elle replia les jambes et les bras, et ferma les yeux. La corde se tendit et Clary rebondit, s'éleva de nouveau puis retomba. Au moment où sa vitesse se réduisait, elle ouvrit les yeux et se trouva suspendue au bout de la corde, à un mètre cinquante au-dessus de Jace qui souriait d'un air narquois.

— Joli, commenta-t-il. Tu es aussi gracieuse qu'un flocon de neige.

— Est-ce que j'ai crié ? s'enquit-elle avec une curiosité sincère. Tu sais, en tombant ?

Il hocha la tête.

— Heureusement qu'il n'y a personne à l'Institut, sinon on aurait pu croire que j'étais en train de t'étriper.

— Tu ne peux même pas m'attraper, répliqua-t-elle en donnant un coup de pied dans le vide pour tourner paresseusement sur elle-même.

Les yeux de Jace étincelèrent.

— Tu veux parier ?

Clary connaissait cette expression.

— Non, s'empressa-t-elle de répondre. Je ne sais pas ce que tu mijotes...

Mais il était déjà trop tard. Quand Jace bougeait vite, il était presque impossible de décomposer ses mouvements. Elle le vit porter la main à sa ceinture, puis quelque chose étincela dans l'air. Elle perçut un craquement au moment où la corde cédait au-dessus de sa tête. Une fois libérée de son lien, elle tomba directement dans les bras de Jace, trop étonnée pour crier. Sa chute le projeta en arrière, et ils atterrirent ensemble sur un des tapis de sol rembourrés, Clary à califourchon sur lui. Il sourit de toutes ses dents.

— Là, c'était beaucoup mieux. Tu n'as pas crié du tout.

— Je n'en ai pas eu le temps.

Clary avait du mal à reprendre son souffle, et sa chute n'y était pas pour grand-chose. Le fait d'être vautrée sur Jace, de sentir son corps contre le sien, faisait trembler ses mains et battre son cœur plus vite. Elle s'était dit que ce genre de réaction physique, de son côté comme du sien, passerait avec le temps, mais il n'en était rien. Maintenant qu'elle le voyait plus souvent, c'était peut-être même devenu pire – ou meilleur, selon le point de vue qu'on adoptait.

Il leva vers elle ses yeux d'un or sombre. Elle avait l'impression que leur couleur s'était accentuée depuis sa rencontre avec l'ange Raziel, sur les berges du lac Lyn à Idris. Elle ne pouvait pas solliciter un autre avis : si tout le monde était au courant que Valentin avait invoqué l'Ange, et que celui-ci avait guéri Jace de ses blessures, personne hormis Clary et Jace ne savait que Valentin ne s'était pas contenté de blesser son fils adoptif. Il avait poignardé Jace en plein cœur pour compléter la cérémonie d'invocation et l'avait tenu dans ses bras tandis qu'il agonisait. À la demande de Clary, Raziel avait ramené Jace à la vie. L'énormité de cet acte la bouleversait encore et elle soupçonnait Jace d'être aussi ébranlé qu'elle. Ils avaient convenu de ne jamais révéler à personne qu'il était bel et bien mort, même pendant un laps de temps très court. C'était leur secret à tous deux.

Il tendit la main pour écarter ses cheveux de son visage.

— Je plaisante. Tu ne t'en sors pas si mal. Tu y arriveras. Tu aurais dû voir Alec faire des flips au début. Je crois me souvenir qu'une fois il s'est donné un coup de pied dans la tête.

— D'accord, fit Clary, mais il avait quel âge ? Onze ans ? (Elle examina Jace de la tête aux pieds.) Je parie que toi, tu as toujours été super doué.

— Je suis né avec un don.

Elle frissonna au contact léger de ses doigts sur sa joue et ne répliqua pas : il plaisantait, mais en un sens, c'était la vérité.

— Jusqu'à quelle heure tu peux rester ce soir ?

Elle esquissa un petit sourire.

— On en a fini avec l'entraînement ?

— J'aimerais me dire qu'on en a terminé avec la partie de la soirée obligatoirement dédiée à ça. Mais on a encore deux ou trois points à travailler...

Au moment où il attirait Clary contre lui, la porte s'ouvrit et Isabelle entra en faisant claquer sur le plancher les talons vertigineux de ses bottes.

En découvrant Jace et Clary vautrés par terre, elle leva les sourcils.

— On se bécote, à ce que je vois. Je croyais que vous étiez censés vous entraîner.

— On ne t'a jamais appris à frapper avant d'entrer ? répliqua Jace sans bouger, en se contentant de tourner la tête de côté, tiraillé entre affection et agacement.

Clary, elle, jugea plus sage de se lever. Elle se redressa tant bien que mal en lissant ses vêtements froissés.

— C'est la salle d'entraînement. C'est un lieu public. (Isabelle ôta l'un de ses gants en velours rouge vif.) Je les ai achetés en solde chez Trash & Vaudeville. Tu les aimes, dis ? Hein que tu voudrais les mêmes ?

Elle agita les doigts dans leur direction.

— Je ne sais pas, lâcha Jace. Je pense qu'ils jureraient avec ma tenue.

Isabelle lui fit une grimace.

— Vous avez entendu parler du Chasseur d'Ombres qu'on a retrouvé mort à Brooklyn ? Comme le corps était très mutilé, ils ne l'ont pas encore identifié. Je suppose que c'est là-bas que maman est allée.

— Oui, fit Jace en se redressant. Réunion de l'Enclave. Je l'ai croisée quand elle partait.

— Tu ne m'as rien dit, s'étonna Clary. C'est pour ça que tu as été aussi long à trouver une corde ?

Il acquiesça.

— Désolé. Je ne voulais pas t'inquiéter.

— Tu parles ! intervint Isabelle. Il ne voulait pas gâcher l'atmosphère romantique. (Elle se mordit la lèvre.) J'espère juste que ce n'est pas quelqu'un qu'on connaît.

— Je ne pense pas que ce soit le cas. Le corps a été abandonné il y a plusieurs jours dans une usine désaffectée. Si c'était quelqu'un de notre connaissance, on aurait remarqué sa disparition.

Jace repoussa ses cheveux derrière ses oreilles. Son attitude vis-à-vis d'Isabelle trahissait une certaine impatience, remarqua Clary, comme s'il était irrité par le fait qu'elle ait abordé le sujet. Clary aurait préféré qu'il lui en parle plus tôt, quitte à gâcher l'ambiance. Elle avait conscience que leurs activités les amenaient à côtoyer fréquemment la mort. Chacun à sa manière, les Lightwood pleuraient encore la perte du plus jeune fils de la famille, Max, qui était mort seulement parce qu'il se trouvait au mauvais endroit au mauvais moment. Bizarrement, Jace avait accepté sans la moindre protestation la décision de Clary de quitter le lycée pour commencer l'entraînement, mais il répugnait à discuter avec elle des dangers inhérents à la vie d'un Chasseur d'Ombres.

— Je vais me changer, annonça-t-elle en se dirigeant vers la porte qui menait au petit vestiaire jouxtant la salle d'entraînement.

La pièce était pour le moins dépouillée avec ses murs en bois clair, un miroir fixé sur l'un d'eux, une douche et des crochets pour suspendre les vêtements. Une pile de serviettes était posée sur un banc en bois près de la porte. Clary se doucha rapidement et enfila sa tenue de ville : un collant, des bottes, une jupe en jean et un nouveau pull rose. En s'examinant dans le miroir, elle s'aperçut que son collant était troué, et que ses boucles rousses encore mouillées avaient déjà pris un mauvais pli. Elle ne serait jamais tirée à quatre épingles comme Isabelle, mais Jace ne semblait pas s'en plaindre.

Quand elle retourna dans la salle d'entraînement, Isabelle et Jace avaient mis de côté la mort du Chasseur d'Ombres pour aborder un sujet que Jace trouvait apparemment encore plus horrifiant : le rendez-vous d'Isabelle avec Simon.

— Je n'arrive pas à croire qu'il t'ait emmenée dans un vrai restaurant.

Jace s'était mis à ranger les tapis de sol et l'équipement pendant qu'Isabelle jouait avec ses gants neufs, adossée contre un mur.

— Je pensais que son idée d'un rendez-vous, c'était de te faire assister à ses parties de World of Warcraft avec ses amis débiles.

— Je fais partie de ses amis débiles, merci, lui rappela Clary.

Jace lui adressa un large sourire.

— Ce n'était pas vraiment un restaurant, déclara Isabelle d'un air songeur. C'était plus le genre d'endroit où on sert des snacks. Et notamment une soupe rose qu'il voulait absolument me faire goûter. Il a été très gentil.

Clary se sentit immédiatement coupable de ne pas avoir parlé, ni à Isabelle ni à Jace, de Maia.

— Oui, il m'a dit que c'était sympa.

Le regard d'Isabelle se posa sur elle. Elle avait un drôle d'air comme si elle cachait quelque chose, mais elle retrouva son expression habituelle avant que Clary ait pu s'interroger à ce sujet.

— Tu lui as parlé ?

— Oui, il m'a appelée il y a quelques minutes pour prendre des nouvelles, répondit Clary avec un haussement d'épaules.

— Je vois, fit Isabelle d'un ton brusque. Eh bien, comme je l'ai dit, il est très gentil. Un peu trop, peut-être. Ça peut devenir lassant à la longue. (Elle glissa ses gants dans ses poches avant de poursuivre.) De toute manière, ça ne va pas durer. Pour l'instant, on s'amuse.

La culpabilité de Clary se dissipa.

— Est-ce que vous avez déjà envisagé... tu sais... une relation exclusive ?

Isabelle parut horrifiée.

— Bien sûr que non ! (Elle bâilla en s'étirant comme un chat.) Allez, au lit. À plus tard, les tourtereaux.

À ces mots, elle sortit en laissant dans son sillage un nuage de jasmin.

Jace se tourna vers Clary. Il avait commencé à défaire son équipement qui s'attachait au niveau du dos et des poignets, formant une carapace protectrice sur ses vêtements.

— Je suppose que tu dois rentrer chez toi ?

Clary hocha la tête à contrecœur. Avant que sa mère accepte de la laisser suivre l'entraînement des Chasseurs d'Ombres, elle avait dû mener de longues négociations fort désagréables. Jocelyne était longtemps restée campée sur ses positions, arguant qu'elle avait consacré sa vie à essayer de tenir Clary à l'écart de la culture des Chasseurs d'Ombres, qu'elle trouvait dangereuse et non seulement violente, mais aussi isolationniste et cruelle. Elle rappelait souvent à sa fille qu'à peine un an plus tôt sa décision de suivre l'entraînement des Chasseurs d'Ombres aurait mis un terme à leur relation. Clary lui faisait toujours la même réponse : l'abrogation de ce genre de règles par l'Enclave, maintenant que le nouveau Conseil révisait les textes de loi, montrait bien que les choses avaient changé depuis l'époque où Jocelyne était encore une jeune fille. En outre, Clary devait apprendre à se défendre.

— J'espère que ce n'est pas seulement à cause de Jace, avait conclu Jocelyne. Je sais ce que c'est d'être amoureuse. On veut passer tout son temps avec l'être aimé et faire les mêmes choses, mais, Clary...

— Je ne suis pas comme toi, avait-elle rétorqué en s'efforçant de maîtriser sa colère. Les Chasseurs d'Ombres n'ont plus rien à voir avec le Cercle, et Jace n'est pas Valentin.

— Je ne l'ai même pas mentionné !

— Mais tu y as pensé. Peut-être que Valentin a élevé Jace. Pour autant il ne lui ressemble pas.

— Je l'espère, avait dit Jocelyne avec douceur. Pour notre salut à tous.

Elle avait fini par céder, avec quelques conditions : Clary ne vivrait pas à l'Institut, mais avec elle chez Luke. Jocelyne exigeait un compte rendu hebdomadaire des progrès de sa fille rédigé de la main de Maryse, afin, sans doute, de s'assurer que Clary apprenait et qu'elle ne passait pas ses journées à batifoler avec Jace. En outre, Clary n'était en aucun cas autorisée à rester la nuit à l'Institut.

— Il est hors de question que tu dormes avec ton copain, avait décrété Jocelyne d'un ton sans appel. Je me fiche que ce soit à l'Institut. C'est non.

« Ton copain. » Clary avait encore du mal à s'habituer à ce mot. Pendant très longtemps, il avait été totalement impossible que Jace puisse être plus qu'un frère pour elle, et ils avaient vécu un véritable enfer. Ils en étaient venus à décider qu'il était plus supportable de ne jamais se revoir, et pourtant cela revenait à mourir. Puis, par miracle, ils avaient été délivrés de leur supplice. Cela faisait maintenant six semaines, mais Clary ne s'était pas encore lassée de ce mot.

— Il faut que je rentre chez moi, dit-elle. Il est presque onze heures et ma mère flippe quand je reste ici après dix heures.

— D'accord.

Jace jeta son équipement sur le banc. En dessous, il portait un tee-shirt fin qui laissait voir ses Marques comme de l'encre filtrant à travers une feuille de papier humide.

— Je vais te raccompagner.

Ils traversèrent l'Institut silencieux. Il n'y avait aucun Chasseur d'Ombres en visite ces temps-ci. Robert, le père d'Isabelle et d'Alec, se trouvait à Idris, où il participait à la création d'un nouveau Conseil. Maintenant que Max et Hodge n'étaient plus et qu'Alec était à l'étranger avec Magnus, Clary avait l'impression que les derniers occupants de l'Institut menaient la vie des clients d'un hôtel presque désert. Elle regrettait que les autres membres de la Force ne viennent pas plus souvent, mais elle les soupçonnait tous de vouloir laisser un peu de temps aux Lightwood. Du temps pour se souvenir de Max, et du temps pour oublier.

— Alors, tu as reçu des nouvelles d'Alec et de Magnus dernièrement ? demanda-t-elle. Ça se passe bien ?

— Ça en a l'air.

Jace sortit son téléphone de sa poche et le tendit à Clary.

— Alec n'arrête pas de m'envoyer des photos agaçantes avec des légendes du type : « Dommage que vous ne soyez pas là... Non, je plaisante. »

— Il ne faut pas lui en vouloir. Ce sont des vacances romantiques, en principe.

Clary passa en revue les photos sur le téléphone de Jace et s'esclaffa. On y voyait Alec et Magnus posant devant la tour Eiffel, Alec en jean, comme d'habitude, et Magnus en marinière et pantalon de cuir, un énorme béret vissé sur la tête. Dans les jardins de Boboli, Alec portait toujours le même jean et Magnus une cape vénitienne trop grande pour lui ainsi qu'un chapeau de gondolier ; il ressemblait au Fantôme de l'Opéra. Devant le Prado, il arborait une veste rutilante de matador et des boots à talon compensé tandis qu'à l'arrière-plan Alec nourrissait tranquillement un pigeon.

— Je t'enlève ça des mains avant que tu arrives à l'étape indienne de leur voyage, dit Jace en reprenant son téléphone. Magnus en sari. Une image qui ne s'oublie pas. .

Clary éclata de rire. Ils étaient déjà arrivés devant l'ascenseur, dont la grille s'ouvrit dans un grincement quand Jace pressa le bouton d'appel. Elle s'avança à l'intérieur, et il la suivit. Au moment où l'ascenseur se mettait en branle – Clary ne pensait pas pouvoir s'habituer un jour à la secousse qui lui soulevait le cœur chaque fois que la machine amorçait sa descente – il l'attira contre lui. Elle posa les mains sur son torse, sentit ses muscles durs sous son tee-shirt et les battements de son cœur. Les yeux de Jace brillèrent dans la pénombre.

— Pardon de ne pas pouvoir rester, murmura-t-elle.

— Ne t'excuse pas, dit-il d'un ton triste qui la surprit. Jocelyne ne veut pas que tu finisses comme moi. Je ne peux pas lui en vouloir.

— Jace, fit-elle, un peu désarçonnée par l'amertume qui perçait dans sa voix, tu vas bien ?

En guise de réponse, il l'embrassa en se plaquant contre elle. Elle sentit le contact froid du miroir dans son dos tandis qu'il glissait les mains sous son pull. Elle avait toujours aimé sa façon de la tenir dans ses bras. Il était doux sans l'être trop, de sorte qu'elle sentait bien qu'il ne contrôlait pas plus qu'elle la situation. Ni lui ni elle n'étaient capables de maîtriser ce qu'ils ressentaient l'un pour l'autre, et elle aimait ce vertige, la façon dont leurs cœurs battaient à l'unisson, les mots qu'il murmurait à sa bouche tandis qu'elle lui rendait ses baisers.

L'ascenseur s'arrêta dans un bruit de ferraille. Derrière la grille, Clary distingua la nef déserte de la cathédrale et la lueur tremblotante des candélabres alignés le long de l'allée centrale. Elle se cramponna à Jace, soulagée qu'il n'y ait pas assez de lumière dans l'ascenseur pour lui permettre de voir son visage en feu dans le miroir.

— Et si je restais un peu plus longtemps ? suggéra-t-elle à voix basse.

Il ne répondit pas. Elle perçut de la tension chez lui et se raidit à son tour. C'était plus que la tension du désir. Il tremblait de tous ses membres quand il enfouit le visage dans le creux de son cou.

— Jace...

Soudain, il relâcha son étreinte et recula d'un pas. Il avait les joues rouges et ses yeux brillaient d'un éclat fiévreux.

— Non. Je ne veux pas donner à ta mère une autre raison de ne pas m'aimer. Déjà qu'elle me considère comme la réincarnation de mon père...

Il s'interrompit avant que Clary puisse lui rappeler que Valentin n'était pas son père biologique. Dans les rares moments où Jace faisait allusion à Valentin Morgenstern, il veillait à le désigner par son nom sans jamais l'appeler « mon père ». D'habitude, ils évitaient le sujet, et Clary n'avait jamais avoué à Jace que sa mère craignait qu'au fond de lui il soit exactement comme Valentin, sachant que même l'hypothèse l'aurait profondément blessé. La plupart du temps,

Clary faisait son possible pour que ces deux-là ne se croisent jamais.

Avant qu'elle ait pu dire un mot, il tendit le bras pour ouvrir la grille.

— Je t'aime, Clary dit-il, le regard tourné vers la nef et les rangées de cierges allumés dont l'or se reflétait dans ses yeux. Plus que je ne pourrai jamais… (Il s'interrompit.) Plus que je devrais, sans doute. Tu le sais, n'est-ce pas ?

Après être sortie de l'ascenseur, elle se retourna pour lui faire face. Il y avait des milliers de choses qu'elle voulait lui dire, mais il avait déjà détourné le regard et appuyé sur le bouton qui le ramènerait à l'Institut. Elle allait protester – trop tard : l'ascenseur se remettait déjà en marche, la grille se referma avec un clic, et Clary la fixa pendant un bref moment. On y voyait l'Ange, gravé dans le métal, les ailes déployées, les yeux levés vers le ciel. L'Ange était décidément partout.

Quand elle prit enfin la parole, sa voix résonna sinistrement dans la cathédrale déserte.

— Je t'aime aussi, dit-elle.

3

Sept fois

— TU SAIS ce qui est génial ? s'exclama Éric en reposant ses baguettes. Avoir un vampire dans le groupe. C'est vraiment ça qui va nous conduire au sommet.

Kirk baissa son micro et leva les yeux au ciel. Éric parlait sans cesse de gloire, et jusqu'à présent aucun de ses rêves de grandeur ne s'était réalisé. Le mieux qu'ils aient connu, c'était un concert à la Knitting Factory, une salle de concerts à Brooklyn, et seules quatre personnes étaient venues les applaudir, l'une d'elles étant la mère de Simon.

— Je ne vois pas comment si on n'a pas le droit de répéter qu'il est un vampire.

— Eh oui, dommage, lâcha Simon qui s'était assis sur l'une des enceintes à côté de Clary, laquelle était absorbée dans la rédaction d'un texto sans doute destiné à Jace. Personne ne vous croirait, de toute façon. Regardez, je suis là et il fait jour.

Il leva les bras pour montrer le soleil qui se déversait par les trous dans le toit du garage d'Éric, leur lieu de répétition actuel.

— C'est vrai que ça remettrait en cause notre

crédibilité, concéda Matt en écartant de ses yeux ses cheveux d'un roux incendiaire pour scruter Simon. Peut-être que tu devrais porter des crocs en plastique.

— Il n'a pas besoin de crocs en plastique, maugréa Clary en levant les yeux de son téléphone. Il en a des vrais. Vous les avez vus, non ?

Elle disait vrai. Simon avait dû sortir les crocs quand il avait annoncé la nouvelle au groupe. D'abord, ils avaient cru qu'il était tombé sur la tête ou qu'il faisait une dépression nerveuse. Une fois qu'il leur avait montré ses crocs, ils avaient changé d'avis. Éric avait même admis qu'il n'était pas particulièrement surpris. « J'ai toujours su que les vampires existaient, avait-il dit. Vous savez pourquoi certaines personnes gardent la même tête alors qu'elles sont super vieilles ? Comme David Bowie, par exemple ? C'est parce que ce sont des vampires. »

Simon n'était pas allé jusqu'à leur révéler que Clary et Isabelle étaient des Chasseuses d'Ombres. Ce secret n'était pas le sien. Ils ne savaient pas non plus que Maia était une lycanthrope. Ils considéraient juste Isabelle et Maia comme deux filles sexy qui, par quelque mystère, avaient accepté de sortir avec Simon. Ils mettaient cela sur le compte de ce que Kirk appelait son « aura de vampire ». Simon se moquait pas mal de ce qu'ils pensaient, tant qu'ils ne gaffaient pas devant Maia ou Isabelle. Jusqu'à présent, il avait réussi à les faire venir à des concerts différents, si bien qu'elles ne se trouvaient jamais au même endroit au même moment.

— Peut-être que tu devrais sortir les crocs sur scène, suggéra Éric. Allez, juste une fois...

— S'il fait ça, le chef du clan vampire de New York vous zigouillera tous, lâcha Clary. Vous le savez, n'est-ce pas ? (Elle secoua la tête à l'intention de Simon.) Je n'arrive pas à croire que tu leur aies confié ton secret, ajouta-t-elle en baissant la voix pour ne pas être entendue des autres. Ce sont des idiots, au cas où tu ne l'aurais pas remarqué.

— Mais ce sont mes amis, marmonna Simon.

— Ce sont tes amis, or ce sont des idiots.

— Je veux que mes proches sachent la vérité sur moi.

— Ah oui ? fit sèchement Clary. Alors quand comptes-tu mettre ta mère au courant ?

Avant que Simon ait pu protester, quelqu'un frappa bruyamment à la porte du garage. Un instant plus tard, elle coulissa et la lumière du jour s'engouffra à l'intérieur. Simon tourna la tête en clignant des yeux, un réflexe qu'il avait gardé du temps où il était humain. Désormais, il ne fallait pas plus d'une fraction de seconde à sa vue pour s'ajuster à la lumière ou à l'obscurité.

Un garçon attendait sur le seuil du garage, éclairé de dos par le soleil automnal. Il tenait un papier à la main, vers lequel il baissa les yeux d'un air hésitant avant de reporter le regard sur les membres du groupe.

— Salut, c'est bien ici que je peux trouver le groupe Dangerous Stain ?

— On s'appelle Dichotomous Lemur maintenant, répondit Éric en s'avançant. Qui nous demande ?

— Je m'appelle Kyle, dit le garçon en se penchant pour franchir le seuil.

Il repoussa les mèches brunes qui lui tombaient sur les yeux et tendit le bout de papier à Éric.

— Il paraît que vous cherchez un chanteur.

— Waouh ! fit Matt. On a fait passer cette annonce il y a plus d'un an. Je l'avais complètement oubliée.

— On était dans un autre délire à l'époque, ajouta Éric. Ces derniers temps, on se débrouille sans chanteur. Tu as de l'expérience ?

Kyle – qui était très grand sans être dégingandé, remarqua Simon – haussa les épaules.

— Pas vraiment. Mais il paraît que je sais chanter.

Il parlait d'une voix un peu traînante. Les membres du groupe échangèrent un regard dubitatif. Éric se gratta l'oreille.

— Tu peux nous donner une seconde, mec ?

— Bien sûr.

Kyle sortit du garage et referma la porte derrière lui. Simon l'entendit siffloter un air connu et se fit la réflexion qu'il ne sonnait pas très juste.

— Je ne suis pas sûr qu'on puisse accepter un nouveau membre en ce moment, déclara Éric. On n'a pas le droit de lui dire pour cette histoire de vampire, si ?

— Non, fit Simon, vous n'avez pas le droit.

— Bon, dans ce cas... (Matt haussa les épaules.) C'est dommage, quand même. On aurait bien besoin d'un chanteur. Kirk est nul. Ne le prends pas mal, Kirk.

— Va te faire voir ! s'exclama celui-ci. Je ne suis pas nul.

— Mais si. Tu es même nul à...

Clary éleva la voix pour les interrompre.

— Je crois que vous devriez le laisser essayer.

Simon la considéra d'un air étonné.

— Pourquoi ?

— Parce qu'il est super canon, répondit-elle à sa stupéfaction.

Il n'avait pas été particulièrement impressionné par l'apparence de Kyle, mais il n'était peut-être pas le meilleur juge en matière de beauté masculine.

— Et votre groupe a besoin de sex-appeal, poursuivit-elle.

— Merci, rétorqua Simon. De la part de nous tous, merci beaucoup.

Clary poussa un grognement d'impatience.

— Oui, oui, vous êtes tous beaux garçons. Surtout toi, Simon, ajouta-t-elle en lui tapotant la main. Mais Kyle, c'est la catégorie supérieure. À mon avis, si vous le prenez dans votre groupe, vous allez doubler votre fan-club féminin.

— Ce qui signifie qu'on aura deux fans au lieu d'une, observa Kirk.

— Quelle fan ? demanda Matt, l'air sincèrement intrigué.

— La copine de la petite cousine d'Éric. Comment elle s'appelle, déjà ? Celle qui a le béguin pour Simon. Elle assiste à tous nos concerts et elle raconte à tout le monde qu'elle sort avec lui.

Simon fit la grimace.

— Elle a treize ans.

— C'est à cause de ton aura de vampire, mec, déclara Matt. Ces dames ne peuvent pas te résister.

— Oh, ça suffit ! s'exclama Clary. L'aura de vampire, ça n'existe pas. (Elle pointa du doigt Éric.) Et ne t'avise pas de dire qu'« aura de vampire », ça sonne comme un nom de groupe, ou je...

La porte du garage s'ouvrit de nouveau

— Euh... les gars ?

C'était Kyle qui revenait.

— Écoutez, si vous n'avez pas envie de me mettre à l'essai, ce n'est pas grave. Peut-être que vous avez changé de son. Vous n'avez qu'un mot à dire et je m'en vais.

Éric pencha la tête de côté.

— Viens ici qu'on t'examine.

Kyle entra dans le garage. Simon l'observa sous toutes les coutures en essayant de comprendre ce que Clary lui trouvait. Il était grand, mince avec de larges épaules, des pommettes saillantes, des cheveux châtains un peu trop longs qui bouclaient sur son front et sa nuque, et une peau caramel qui n'avait pas encore perdu son hâle d'été. De longs cils épais bordaient ses beaux yeux noisette, lui donnant l'air d'une rock star. Il portait un tee-shirt vert et un jean moulants, et ses bras nus étaient couverts de tatouages – des tatouages ordinaires et non des Marques. On aurait dit un manuscrit se déroulant sur sa peau, qui disparaissait sous les manches de son tee-shirt.

Simon dut admettre qu'il n'était pas hideux.

— Vous savez quoi ? dit Kirk après un silence. C'est vrai. Il est assez canon dans son genre.

Kyle ouvrit de grands yeux et se tourna vers Éric.

— Alors, vous voulez que je chante ou pas ?

Éric détacha le micro de son pied et le lui tendit.

— Vas-y. Montre-nous.

— Franchement, il a été assez bon, dit Clary. Je blaguais plus ou moins quand je vous ai suggéré de le prendre dans le groupe, mais il sait vraiment chanter.

Ils marchaient le long de Kent Avenue vers la maison de Luke. Le ciel avait viré au gris en prélude au crépuscule et des nuages bas planaient sur l'East River. Clary promenait sa main gantée sur le grillage qui les séparait de la berge bétonnée en faisant cliqueter le métal.

— Tu dis juste ça parce que tu le trouves sexy, objecta Simon.

Un sourire creusa les fossettes de Clary.

— Pas si sexy que ça. Ce n'est pas le plus beau garçon que j'aie jamais vu.

Simon en déduisit qu'elle faisait référence à Jace, bien qu'elle eût la délicatesse de ne pas le citer.

— Mais, honnêtement, je pense que ce serait une bonne idée de le prendre dans le groupe. Si Éric et le reste de la bande ne lui révèlent pas que tu es un vampire, c'est qu'ils sont capables de tenir leur langue avec d'autres. Espérons que ça leur fera passer cette idée stupide.

Ils approchaient de la maison de Luke ; Simon l'aperçut de l'autre côté de la rue, avec ses fenêtres éclairées qui se détachaient sur le soir tombant. Clary s'arrêta devant un trou dans le grillage.

— Tu te rappelles le jour où on a tué une bande de Raums ici ?

— C'est toi et Jace qui les avez tués. Moi j'ai failli vomir.

Simon se souvenait de cet épisode, mais il avait l'esprit ailleurs ; il repensait aux paroles de Camille :

« Tu fréquentes des Chasseurs d'Ombres, mais tu ne seras jamais comme eux. Tu seras toujours tenu à l'écart. » Il regarda Clary du coin de l'œil en se demandant quelle serait sa réaction s'il lui parlait de son entrevue avec la femme vampire et de son offre. Il supposa qu'elle serait terrifiée. Le fait qu'on ne puisse plus faire de mal à son ami ne l'empêchait pas de s'inquiéter pour sa sécurité.

— Maintenant, tu n'aurais plus peur, dit-elle avec douceur comme si elle lisait dans ses pensées. Maintenant tu as la Marque. (Appuyée au grillage, elle se tourna vers lui.) Est-ce que quelqu'un l'a déjà remarquée ou t'a questionné à son sujet ?

Il secoua la tête.

— Elle est cachée par mes cheveux, et puis elle s'est beaucoup atténuée, regarde.

Il écarta ses mèches. Clary toucha son front. Son regard exprimait la tristesse, comme ce jour-là dans la Salle des Accords d'Alicante, quand elle avait gravé sur sa peau la plus ancienne malédiction du monde.

— Ça fait mal ?

— Non, pas du tout.

« Alors Caïn dit à l'Éternel : "Ma peine est trop lourde à porter." »

— Tu sais que je ne t'en veux pas, hein ? reprit Simon. Tu m'as sauvé la vie.

— Oui, je sais.

Les yeux de Clary brillaient. Elle s'essuya le visage du revers de son gant.

— Bon sang ! Je déteste pleurer.

— Eh bien, tu ferais mieux de t'y faire, répliqua Simon, et, comme elle ouvrait de grands yeux, il ajouta avec empressement : Je parlais du mariage. C'est quand, samedi prochain ? Tout le monde pleure lors des mariages.

Elle ricana.

— Au fait, comment vont Luke et ta mère ?

— Ils sont fous amoureux, c'est répugnant. Bon... (Elle lui tapota l'épaule.) Il faut que je rentre. On se voit demain ?

Il hocha la tête.

— Oui, à demain.

Il la regarda traverser la rue en courant et monter quatre à quatre les marches du perron. Il se demanda à quand remontait la dernière fois où il avait passé plusieurs jours sans la voir. Il pensa à ces mots, « un errant parcourant la terre », empruntés à la Bible à la fois par Camille et par Raphaël. « Écoute le sang de ton frère crier vers moi du sol ! » Il n'était pas Caïn, qui avait assassiné son frère, et pourtant la malédiction le prenait pour lui. « Comme c'est étrange, songea-t-il, d'attendre de tout perdre sans savoir si ça arrivera un jour. »

La porte se referma sur Clary. Simon reprit Kent Avenue dans le sens inverse, en direction de la station de métro de Lorimer Street. Il faisait presque nuit à présent, et le ciel se teintait de gris et de noir. Simon entendit des pneus crisser sur la route derrière lui, mais il ne se retourna pas. Malgré les ornières, les voitures roulaient toujours trop vite dans cette rue. Ce n'est que lorsque le van bleu s'arrêta à son niveau qu'il tourna la tête.

Le conducteur du véhicule arracha les clés du contact, ce qui coupa brusquement le moteur, et ouvrit la portière. C'était un homme de haute taille, vêtu d'un survêtement gris à capuche et chaussé de baskets. Sa capuche était rabattue sur sa tête de manière à dissimuler en grande partie les traits de son visage. Il bondit de son siège, et un long couteau étincela dans sa main.

Par la suite, Simon regretterait de ne pas avoir pris la fuite. Étant un vampire, il courait plus vite que n'importe quel être humain. Il aurait dû s'enfuir, mais trop surpris, il resta cloué sur place. D'une voix sourde et gutturale, l'homme marmonna quelques mots dans une langue inconnue.

Simon recula d'un pas.

— Écoutez, dit-il en fouillant sa poche, vous pouvez prendre mon portefeuille...

L'homme s'avança pour poignarder Simon en pleine poitrine. Incrédule, Simon baissa les yeux. Tout sembla se dérouler au ralenti. Il vit la pointe du couteau entrer dans le cuir de son blouson puis dévier brusquement de sa cible comme si quelqu'un avait saisi la main de son agresseur. L'homme poussa un hurlement et fut projeté dans les airs, telle une marionnette. Simon jeta un regard affolé autour de lui quelqu'un les avait forcément vus ou entendus, mais personne ne vint. L'homme continuait à crier, le corps agité de soubresauts, tandis qu'une main invisible déchirait son sweat-shirt.

Sous le regard horrifié de Simon, d'énormes plaies apparurent sur le torse de l'homme. Il renversa la tête en arrière, et un flot de sang jaillit de sa bouche. Il cessa brusquement de crier et retomba comme si la main invisible l'avait relâché. En heurtant le sol, il se désintégra en d'innombrables particules brillantes qui s'éparpillèrent sur le trottoir.

Simon tomba à genoux. Le couteau gisait tout près de lui, à portée de main. C'était tout ce qui restait de son agresseur, à l'exception d'un tas de cristaux scintillants qu'une bourrasque emporta au loin. Avec mille précautions, il en ramassa un pour l'examiner.

C'était du sel. Il regarda ses mains. Elles tremblaient. Il comprit soudain ce qui s'était passé.

« L'Éternel lui répondit : "Aussi bien, si quelqu'un tue Caïn, on le vengera sept fois." »

Alors c'était à ça que la vengeance ressemblait.

Il avait à peine atteint le caniveau que, plié en deux, il vomit du sang sur la chaussée.

Dès l'instant où Simon ouvrit la porte, il comprit qu'il avait mal calculé son coup. Il pensait trouver sa mère endormie, or elle l'attendait, assise dans un fauteuil face à la porte d'entrée, le téléphone posé sur la table près d'elle. En le voyant, elle remarqua immédiatement le sang sur ses vêtements. À son étonnement, elle ne cria pas.

— Simon, souffla-t-elle en portant la main à sa bouche.

— Ce n'est pas mon sang, dit-il avec empressement. J'étais chez Éric, et Matt a saigné du nez…

— Je ne veux rien entendre.

Ce ton cassant n'était pas dans ses habitudes ; il lui rappela sa façon de parler pendant les derniers mois de la maladie de son père, quand l'anxiété affleurait jusque dans sa voix.

Il posa les clés sur la table.

— Maman...

— Tu mens sans arrêt. J'en ai assez.

— Ce n'est pas vrai, protesta-t-il. C'est juste qu'il se passe beaucoup de choses dans ma vie en ce moment.

— Je sais.

Elle se leva de son fauteuil. Elle avait toujours été maigre, mais ces derniers temps elle était rachitique. Ses cheveux noirs, de la même couleur que les siens, lui parurent plus grisonnants.

— Suis-moi !

Perplexe, Simon entra dans la cuisine tout illuminée. Elle s'arrêta devant le plan de travail.

— Tu veux bien m'expliquer de quoi il s'agit ?

Simon sentit sa bouche devenir sèche : les flacons de sang qu'il conservait dans le mini-frigo installé à l'intérieur de son placard étaient alignés comme une rangée de petits soldats. L'un d'eux était à moitié vide, les autres étaient tous pleins à ras bord ; le liquide rouge à l'intérieur était un aveu à lui seul. Elle avait aussi trouvé les poches de sang vides qu'il rinçait minutieusement puis stockait dans un sac en plastique avant de les jeter à la poubelle. Elles étaient elles aussi étalées sur le plan de travail comme une décoration grotesque.

— D'abord j'ai cru que c'était du vin, dit Elaine Lewis d'une voix tremblante. Puis j'ai trouvé les poches. Alors j'ai ouvert l'un des flacons. C'est du sang, n'est-ce pas ?

Simon resta sans voix.

— Tu te comportes si bizarrement depuis quelque temps, poursuivit sa mère. Tu sors à n'importe quelle heure du jour et de la nuit, tu ne manges plus, tu dors à peine, tu fréquentes des gens que tu ne m'as jamais présentés. Tu crois que je ne m'en aperçois pas quand tu me mens ? Je vois tout, Simon. Je croyais que tu prenais de la drogue.

Retrouvant sa voix, il s'écria :

— Alors tu as fouillé ma chambre ?

Sa mère s'empourpra.

— Il le fallait bien ! Je pensais... je pensais qu'en trouvant la preuve que tu te droguais je pourrais t'aider, t'envoyer en cure de désintoxication, mais ça ? (Elle désigna les flacons d'un geste furibond.) Je ne sais même pas quoi en penser. Qu'est-ce qui se passe, Simon ? Tu es entré dans une secte, c'est ça ?

Simon secoua la tête.

— Alors éclaire-moi ! s'exclama-t-elle, les lèvres tremblantes. Parce que les seules explications qui me viennent à l'esprit sont horribles et tordues. Simon, ie t'en prie...

— Je suis un vampire, dit-il tout à trac.

Ses mots restèrent suspendus dans l'air comme un gaz toxique. Les genoux de sa mère se dérobèrent sous elle et elle se laissa choir sur une chaise.

— Qu'est-ce que tu as dit ? souffla-t-elle.

— Je suis un vampire, répéta Simon. Ça fait presque deux mois. Je suis désolé de ne pas te l'avoir dit avant. Je ne savais pas comment te l'annoncer.

Le visage d'Elaine Lewis était devenu livide.

— Les vampires n'existent pas, Simon.

— Si, ils existent. Je n'ai pas demandé à en devenir un. On m'a attaqué. Je n'avais pas le choix. Je changerais si je le pouvais.

Pris de panique, il repensa à la brochure que lui avait donnée Clary, qui expliquait comment faire son coming-out auprès de ses parents. À l'époque, il avait trouvé l'analogie amusante ; désormais, elle n'avait plus rien de drôle.

— Tu te prends pour un vampire, dit sa mère d'une voix blanche. Tu crois que tu dois boire du sang.

— Je bois du sang. Du sang d'animal.

— Mais tu es végétarien ! s'exclama-t-elle, au bord des larmes.

— Je l'étais. Mais je ne le suis plus. Il me faut du sang pour vivre. (Simon sentit sa gorge se serrer.) Je n'ai jamais fait de mal à personne. Je ne boirais jamais le sang de quelqu'un. Je suis resté le même. Je suis toujours moi.

Sa mère semblait lutter pour se maîtriser.

— Tes nouveaux amis... Ce sont des vampires, eux aussi ?

Simon pensa à Isabelle, à Maia, à Jace. Il ne pouvait pas lui parler des Chasseurs d'Ombres et des loups-garous. C'était trop pour elle.

— Non. Mais ils savent.

— Est... est-ce qu'ils t'ont drogué ? Est-ce qu'ils t'ont forcé à prendre quelque chose qui te donnerait des hallucinations ?

Elle ne paraissait pas avoir entendu sa réponse.

— Non, maman. C'est la réalité.

— Non, murmura-t-elle. C'est ce que tu crois. Oh, mon Dieu. Simon. Je suis vraiment désolée. J'aurais dû m'en apercevoir avant. On va te trouver de l'aide. Un médecin. Quel que soit le prix...

— Je ne peux pas aller chez le médecin, maman.

— Mais si. Il faut t'emmener à l'hôpital, peut-être...

Il tendit son poignet.

— Prends mon pouls.

Elle le considéra avec ébahissement.

— Quoi ?

— Mon pouls. Vas-y. Si tu sens quelque chose, d'accord. J'irai à l'hôpital avec toi. Dans le cas contraire, il faudra que tu me croies.

Séchant ses larmes, elle lui prit le poignet. Après avoir veillé son père pendant si longtemps quand il était malade, elle connaissait les gestes aussi bien que n'importe quelle infirmière. Elle pressa l'index sur l'intérieur de son poignet et attendit.

Simon vit son expression passer du chagrin à l'inquiétude, puis de la perplexité à la terreur. Lui lâchant le poignet, elle se leva et recula. Ses yeux sombres ressortaient sur son visage blême.

— Qui es-tu ?

Simon sentit son estomac se nouer.

— Je te l'ai dit. Je suis un vampire.

— Tu n'es pas mon fils. Tu n'es pas Simon. (Elle tremblait comme une feuille.) Quelle sorte de créature n'a pas de pouls ? Quel genre de monstre es-tu ? Qu'est-ce que tu as fait de mon fils ?

— C'est moi, Simon... gémit-il en faisant un pas vers elle.

Elle poussa un hurlement horrible. Jamais il ne l'avait entendue crier ainsi. Sa voix se brisa.

— Éloigne-toi de moi. Ne t'approche pas !

Elle se mit à psalmodier à voix basse :

— *Barukh ata Adonai sho'me'a t'fila...*

Simon mit du temps à comprendre qu'elle récitait une prière. Elle avait si peur de lui qu'elle priait pour qu'il s'en aille, et le pire c'est qu'il le sentait jusqu'au tréfonds de son âme. Le nom de Dieu lui nouait l'estomac et meurtrissait sa gorge.

« Elle a raison de prier, songea-t-il, au désespoir. Je suis maudit. Je n'ai pas ma place dans ce monde. » Quelle sorte de créature n'avait pas pouls ?

— Maman, murmura-t-il. Maman, arrête.

Sans cesser de psalmodier, elle le regarda, les yeux écarquillés d'horreur.

— Maman, ne te mets pas dans tous tes états.

Sa voix résonna dans ses oreilles, douce et apaisante, comme si c'était celle d'un autre. Tout en parlant, il garda les yeux fixés sur sa mère, s'efforçant de capturer son regard comme un chat hypnotisant une souris.

— Il ne s'est rien passé. Tu t'es endormie dans le fauteuil du salon. Tu as rêvé qu'en rentrant à la maison je t'annonçais que j'étais un vampire. Mais c'est complètement dingue. Les vampires n'existent pas.

Elle avait cessé de prier. Elle cligna des yeux et répéta :

— Je rêve.

— C'est un cauchemar, chuchota Simon en posant la main sur son épaule.

Elle ne fit pas mine de se dégager et dodelina de la tête tel un enfant fatigué.

— Juste un cauchemar, poursuivit Simon. Tu n'as rien trouvé dans ma chambre. Il ne s'est rien passé. Tu t'es endormie, c'est tout.

Il la prit par la main et la conduisit jusqu'au salon. Là, il l'installa dans le fauteuil. Elle lui sourit tandis qu'il drapait une couverture autour d'elle, puis ferma les yeux.

De retour dans la cuisine, avec des gestes prompts et méthodiques, il mit les flacons et les poches de sang dans un sac-poubelle dont il noua l'extrémité avant de l'emporter dans sa chambre. Là, il troqua sa veste couverte de sang pour un vêtement propre, et jeta quelques affaires dans un sac de sport. Après avoir éteint la lumière, il quitta la pièce en fermant la porte derrière lui.

Sa mère dormait déjà quand il pénétra dans le salon. Il se pencha pour effleurer sa main.

— Je serai absent quelques jours, dit-il à voix basse. Mais tu ne vas pas t'inquiéter. Tu n'attendras pas mon retour. Tu crois que je suis parti en voyage scolaire. Ce n'est pas la peine d'appeler. Tout va bien.

Dans la pénombre, sa mère semblait à la fois plus jeune et plus âgée. Ainsi emmitouflée dans sa couverture, elle semblait aussi menue qu'une enfant, mais des rides qu'il n'avait jamais remarquées jusqu'alors creusaient son visage.

— Maman, murmura-t-il.

Il lui toucha la main, et elle remua dans son sommeil. De peur de la réveiller, il recula brusquement et gagna sans bruit la porte en ramassant ses clés au passage.

C'était le grand calme à l'Institut. Ces temps-ci, il n'y avait guère d'agitation. Jace avait pris l'habitude de laisser sa fenêtre ouverte la nuit pour entendre le ronron du trafic, la plainte occasionnelle d'une sirène d'ambulance et les coups de klaxon dans York

Avenue. Il y avait aussi les bruits que les Terrestres ne pouvaient pas déceler, qui s'insinuaient dans ses rêves : le souffle d'air déplacé par une moto de vampire, le bruissement d'ailes d'une fée, le hurlement lointain des loups les soirs de pleine lune.

Cette nuit, elle dispensait assez de clarté pour lui permettre de lire, allongé sur son lit. La boîte en argent contenant les effets de son père était ouverte devant lui et il passait en revue son contenu. Une des stèles se trouvait à l'intérieur, ainsi qu'un couteau de chasse en argent avec les initiales SWH gravées sur le manche et, le plus intéressant aux yeux de Jace, une pile de lettres.

Au cours des six dernières semaines, il avait pris l'habitude de lire une lettre chaque soir afin de mieux cerner son père biologique. Une image commençait lentement à émerger, celle d'un jeune homme pensif issu d'une famille autoritaire, qui s'était tourné vers Valentin et le Cercle parce qu'ils lui offraient une occasion de sortir du lot. Il avait continué à correspondre avec Amatis même après leur divorce, bien qu'elle n'y ait jamais fait allusion. Dans ces lettres, sa déception vis-à-vis de Valentin et son dégoût pour les agissements du Cercle ne laissaient aucun doute, mais il mentionnait rarement Céline, la mère de Jace. C'était logique, en un sens : Amatis n'avait probablement aucune envie d'entendre parler de sa remplaçante, et cependant Jace ne pouvait s'empêcher d'en vouloir un peu à son père. S'il n'aimait pas cette femme, pourquoi l'avoir épousée ? S'il détestait autant le Cercle, pourquoi ne pas l'avoir quitté ? Valentin était peut-être un fou, mais lui au moins était resté fidèle à ses principes.

Et puis, évidemment, Jace se reprochait de préférer Valentin à son vrai père. Quelle image cela renvoyait-il de lui ?

Un coup frappé à la porte l'arracha à ses réflexions. Il se leva et alla ouvrir, s'attendant à trouver Isabelle venue lui emprunter un objet ou se plaindre.

Mais ce n'était pas Isabelle. C'était Clary.

Elle n'était pas habillée comme d'habitude. Elle portait un chemisier blanc noué à la taille, ouvert sur un débardeur noir décolleté, et une jupe courte qui révélait les courbes de ses jambes jusqu'à mi-cuisse. Ses cheveux roux étaient rassemblés en nattes, et quelques mèches rebelles bouclaient sur ses tempes comme s'il bruinait dehors. Elle souriait, en le regardant, ses sourcils cuivrés rehaussant ses yeux verts.

— Tu vas te décider à me laisser entrer ?

Il jeta un coup d'œil de part et d'autre du couloir. Dieu merci, il n'y avait personne. Prenant Clary par le bras, il l'attira à l'intérieur et referma la porte. Après s'être adossé au panneau, il demanda :

— Qu'est-ce que tu fais ici ? Il s'est passé quelque chose ?

— Non, tout va bien.

Elle envoya valser ses chaussures et s'assit au bord du lit. Sa jupe retroussée montrait encore un peu plus de cuisse, et Jace avait toutes les peines du monde à se concentrer.

— Tu m'as manqué, poursuivit-elle. Maman et Luke dorment. Ils ne s'apercevront pas de mon absence.

— Tu ne devrais pas être ici, grommela-t-il.

Il détestait l'accueillir de la sorte mais, pour des raisons qu'elle ignorait et qu'il espérait ne jamais devoir lui révéler, il le fallait bien.

— Si tu veux que je parte, je m'en vais, répliqua-t-elle en se levant.

Ses yeux verts étincelèrent. Elle fit un pas dans sa direction.

— J'ai fait tout ce chemin pour te voir. Tu pourrais au moins m'embrasser avant que je m'en aille.

Il l'attira contre lui et l'embrassa. Il ne pouvait pas s'en empêcher, même si c'était une mauvaise idée. Elle se colla à lui comme une soie délicate. Il passa les doigts dans ses cheveux et dénoua ses nattes pour laisser flotter librement ses cheveux sur ses épaules, comme il les aimait. Il se souvint avoir eu envie de faire cela la première fois qu'il l'avait vue, et avoir chassé cette idée folle de son esprit. Elle était une Terrestre, une étrangère, il n'avait donc aucune raison de la désirer. Quand il l'avait embrassée dans la serre, il avait bien cru perdre la tête. Ils étaient retournés à l'étage inférieur, et c'est alors que Simon les avait interrompus. En cet instant, il n'avait jamais autant eu envie d'étrangler quelqu'un bien qu'il sût, en toute logique, que Simon n'y était pour rien. Mais ce qu'il ressentait n'avait rien à voir avec la logique et, à cette époque-là, quand il s'imaginait Clary le quittant pour Simon, cela l'effrayait bien plus que n'importe quel démon.

Puis Valentin leur avait révélé qu'ils étaient frère et sœur, et Jace avait pris conscience qu'il existait des choses infiniment pires que de perdre Clary au profit de quelqu'un d'autre, comme le fait de découvrir que son amour pour elle était contre nature. Soudain, ce qu'il avait d'abord considéré comme le sentiment le plus pur et le plus irrépréhensible de son existence devenait un péché au-delà de toute rédemption. Son père lui avait dit un jour que c'était un supplice pour les anges d'être déchus une fois qu'ils avaient vu le visage de Dieu, parce qu'ils savaient qu'ils ne le reverraient plus jamais. Or, il avait eu l'impression de savoir ce qu'ils ressentaient.

Pour autant il ne l'avait pas moins désirée ; au contraire, c'était devenu une torture. Parfois, l'ombre de ce tourment assombrissait ses souvenirs quand il l'embrassait comme en ce moment, et il la serra plus fort contre lui. Elle poussa une exclamation de surprise mais ne protesta pas, quand il la souleva pour la porter vers le lit.

Ils s'allongèrent en froissant les lettres éparpillées, et Jace poussa la boîte par terre pour faire de la place. Son cœur tambourinait dans sa poitrine. Ils n'avaient jamais vraiment partagé le même lit jusqu'à présent. Il y avait bien eu cette nuit à Idris, mais ils s'étaient à peine touchés. Jocelyne ne les laissait jamais passer la nuit l'un chez l'autre. Jace la soupçonnait de ne pas beaucoup l'aimer, et il ne pouvait pas lui en vouloir. À sa place, il aurait eu les mêmes réserves à son égard.

— Je t'aime, murmura Clary. Je ne veux plus jamais te perdre.

Elle avait ôté le tee-shirt de Jace et promenait les doigts sur ses cicatrices, notamment celle en forme d'étoile qui ornait son épaule, une jumelle de la sienne, relique de l'ange dont ils partageaient tous deux le sang.

Au moment où il défaisait le nœud de son chemisier, son autre main rencontra le métal froid du couteau de chasse. Il avait dû tomber sur le lit avec le reste de la boîte.

— Ça n'arrivera plus.

Elle leva vers lui ses yeux brillants.

— Comment tu peux en être aussi sûr ?

Sa main se referma sur le manche du couteau. Le clair de lune se déversant par la fenêtre fit étinceler la lame quand il la brandit au-dessus de sa tête.

— Parce que, dit-il en la poignardant.

La lame transperça sa peau comme une feuille de papier, ses lèvres formèrent un « oh ! » de surprise et, tandis que du sang éclaboussait sa chemise blanche, il pensa : « Mon Dieu, encore ! »

En s'éveillant de son cauchemar, il éprouva le même choc que s'il venait de traverser une paroi de verre. Il sentait presque les débris coupants lui transpercer la peau quand il se redressa, haletant. Sur une impulsion, il bondit hors du lit et tomba à genoux sur le sol. Le froid qui entrait par la fenêtre ouverte le fit frissonner et chassa les dernières traces de son rêve.

Il contempla ses mains et n'y vit aucune trace de sang. Le lit était en désordre, les draps et les couvertures roulés en boule dans un coin, mais le coffret contenant les effets de son père se trouvait toujours sur la table de nuit, à l'endroit où il l'avait laissé avant de s'endormir.

Les premières fois qu'il avait fait ce cauchemar, il avait vomi à son réveil. Désormais, il veillait à ne pas manger pendant les heures précédant le coucher, mais son corps prenait sa revanche en lui infligeant des spasmes et des accès de fièvre. Son estomac se convulsa et, plié en deux, il retint son souffle jusqu'à ce que la nausée reflue.

Une fois calmé, il appuya le front contre la pierre froide du sol. Une sueur glaciale collait son tee-shirt à sa peau, et il se demanda négligemment si ses rêves ne finiraient pas par le tuer. Il avait tout essayé pour se prémunir contre eux : les somnifères en comprimés ou en potions, les runes de sommeil, de tranquillité ou de guérison. Rien ne marchait. Ces cauchemars s'insinuaient comme du poison dans son esprit et il ne parvenait pas à leur en barrer l'accès.

Pendant la journée, il avait du mal à regarder Clary en face. Elle était capable de le percer à jour mieux que n'importe qui, et il n'osait imaginer ce qu'elle penserait si elle apprenait de quoi il rêvait. Il roula sur le côté, regarda la boîte posée sur la table de nuit, qui étincelait au clair de lune, et songea à Valentin. Valentin, qui avait torturé et emprisonné la seule femme qu'il ait jamais aimée. Valentin, qui avait enseigné à son fils, à ses deux fils, qu'aimer c'était détruire.

En proie à un tumulte intérieur, il se répéta inlassablement les mêmes mots pour se calmer. Ils avaient quasiment pris une tournure incantatoire et, comme dans toute prière, ils commençaient à perdre leur sens.

« Je ne suis pas comme Valentin. Je ne veux pas être

comme lui. Je ne deviendrai jamais comme lui. Jamais. »

Il vit Sébastien – Jonathan, de son vrai nom –, son frère, en quelque sorte, lui sourire derrière ses mèches d'un blond presque blanc, ses yeux noirs illuminés d'une joie mauvaise. Puis il vit sa propre main poignarder Jonathan, son corps dégringoler jusqu'au ruisseau, son sang maculer l'herbe de la berge.

« Je ne suis pas comme Valentin. »

Il ne regrettait pas d'avoir tué Jonathan. Si c'était à refaire, il le ferait.

« Je ne veux pas être comme lui. »

Mais ce n'était pas normal de tuer quelqu'un – son frère adoptif, en l'occurrence – et de ne rien éprouver du tout.

« Je ne deviendrai jamais comme lui. »

Cependant, son père lui avait appris que tuer sans remords était une vertu et, même avec tous les efforts du monde, peut-être qu'il était impossible d'oublier l'enseignement de ses parents.

« Je ne deviendrai jamais comme lui. »

Peut-être qu'on ne changeait pas, en fin de compte.

« Jamais. »

4

L'art du combat

HERE ARE ENSHRINED THE LONGING OF GREAT HEARTS
AND NOBLE THINGS THAT TOWER ABOVE THE TIDE, THE
MAGIC WORD THAT WINGED WONDER STARTS, THE GAR-
NERED WISDOM THAT HAS NEVER DIED[1].

Ces mots étaient gravés sur la façade de la bibliothèque municipale de Brooklyn, à Grand Army Plaza.
Assis sur les marches, Simon contemplait l'inscription
qui se détachait sur la pierre en lettres d'un or terne
que les phares des voitures ravivaient de temps à autre.

Cette bibliothèque comptait parmi ses endroits
favoris lorsqu'il était petit. Il y avait une entrée séparée pour les enfants sur un côté de l'édifice, et c'était
là, chaque samedi, qu'il avait donné rendez-vous à
Clary pendant des années. Après avoir choisi une pile
de livres, ils allaient au Jardin botanique juste à côté,
et lisaient pendant des heures, allongés dans

_____

1. « Ici sont précieusement conservés les désirs des grands
cœurs et les nobles choses qui dominent le courant, le mot
magique qui a suscité l'émerveillement, la sagesse engrangée qui
ne meurt jamais. » (*N.d.T.*)

l'herbe, bercés par le ronron lointain et régulier de la circulation.

Comment avait-il atterri là ce soir ? Il ne savait pas précisément. Il s'était enfui à toutes jambes de chez lui, pour s'apercevoir qu'il n'avait nulle part où aller. Il n'avait pas le courage de se rendre chez Clary : elle serait horrifiée par ce qu'il avait fait et lui demanderait de retourner là-bas pour tout arranger. Éric et les autres ne comprendraient pas. Jace ne l'aimait pas et, en outre, il ne pouvait pas pénétrer dans l'Institut. C'était une église, et si les Nephilim s'installaient dans ce genre d'endroit, c'était précisément pour tenir à l'écart les créatures de son espèce. Pour finir, il avait compris qu'il ne lui restait qu'une personne à appeler, mais cette perspective était si déplaisante qu'il lui fallut un moment pour trouver le culot de le faire.

Il entendit la moto avant de la voir : le rugissement assourdissant du moteur dominait celui du trafic. Après avoir tourné au croisement, l'engin bondit sur le trottoir puis se cabra pour monter à l'assaut des marches. Simon s'écarta au moment où il atterrissait gracieusement à côté de lui, et Raphaël lâcha le guidon.

La moto s'immobilisa sur-le-champ. Ces machines qui fonctionnaient à l'énergie démoniaque et, tels des animaux domestiques, obéissaient aux moindres désirs de leur propriétaire, donnaient la chair de poule à Simon.

— Tu voulais me voir ?

Raphaël, élégant comme toujours dans sa veste noire et son jean coûteux, descendit de selle et appuya sa moto contre le mur de la bibliothèque.

— J'espère que tu as une bonne raison. Je ne me déplace pas pour rien jusqu'à Brooklyn. Raphaël Santiago ne sort pas facilement de son quartier.

— Oh, super. Tu commences à parler de toi à la troisième personne. Ce n'est pas un signe de mégalomanie rampante, rassure-toi.

Raphaël haussa les épaules.

— Dis-moi ce que tu as à me dire ou je m'en vais. À toi de voir. (Il jeta un coup d'œil à sa montre.) Tu as trente secondes.

— J'ai annoncé à ma mère que je suis un vampire.

Raphaël leva ses sourcils, si noirs et si fins que Simon s'était parfois demandé s'il ne les redessinait pas au crayon.

— Et qu'est-ce qui s'est passé ?

— Elle m'a traité de monstre et elle s'est mis à prier.

Ce souvenir fit remonter un goût amer de vieux sang dans sa gorge.

— Et ensuite ?

— Je ne sais pas trop ce qui s'est passé. Je me suis mis à lui parler d'une drôle de voix ; je lui ai raconté que rien ne s'était passé, qu'elle avait juste fait un mauvais rêve.

— Et elle t'a cru.

— Oui, elle m'a cru, répondit Simon à contrecœur.

— C'est normal. Tu es un vampire. C'est un de nos pouvoirs. *El incanto.* La séduction. Le pouvoir de persuasion, comme on dit. Tu peux faire avaler aux Terrestres tout et n'importe quoi si tu apprends à t'en servir correctement.

— Mais je ne voulais pas m'en servir sur elle. C'est ma mère. Il n'y aurait pas un moyen de tout arranger ?

— Pour qu'elle te déteste à nouveau ? C'est une drôle de façon d'arranger les choses.

— Je m'en fiche. Alors ?

— Non, il n'y en a pas, dit gaiement Raphaël. Tu saurais tout ça, bien sûr, si tu ne dédaignais pas autant ta propre espèce.

— Comme si c'était moi qui vous avais rejetés. Je te rappelle que tu as tenté de m'éliminer.

Raphaël haussa les épaules.

— C'était de la politique. Ça n'avait rien de personnel.

Il s'adossa à la rampe de l'escalier et croisa les bras. Il portait des gants noirs de moto. Simon dut admettre que ça lui donnait un air cool.

— S'il te plaît, dis-moi que tu ne m'as pas fait venir pour me raconter une histoire assommante au sujet de ta sœur, reprit Raphaël.

— Ma mère, le corrigea Simon.

Raphaël balaya sa remarque d'un geste dédaigneux.

— Si tu veux. Une femme t'a rejeté, et alors ? Ce ne sera pas la dernière fois, je peux te le garantir. Pourquoi m'ennuies-tu avec ça ?

— Je voulais savoir si je pouvais venir m'installer à l'hôtel Dumort, déclara Simon en parlant très vite pour ne pas être tenté de faire marche arrière.

Il avait du mal à croire qu'il demandait cela. Ses souvenirs de l'hôtel vampire étaient synonymes de sang, de terreur et de souffrance. Du moins, personne n'irait le chercher là, et il ne serait pas obligé de rentrer chez lui. Il était un vampire, par conséquent pourquoi avoir peur d'un hôtel rempli d'autres vampires ?

— Je n'ai nulle part où aller, avoua-t-il.

Les yeux de Raphaël étincelèrent.

— Ah ah, fit-il d'une voix teintée de triomphe, et sa réaction ne plut guère à Simon. Maintenant tu veux quelque chose de moi.

— Oui, je suppose. Bien que ton enthousiasme m'inquiète un peu.

Raphaël ricana.

— Si tu viens t'installer au Dumort, tu ne m'appelleras plus Raphaël mais maître ou seigneur.

Simon s'arma de courage.

— Et Camille ?

Raphaël sursauta.

— Qu'est-ce que tu veux dire ?

— Tu m'as toujours dit que tu n'étais pas vraiment le chef du clan, répondit Simon d'un ton mielleux. À Idris, tu m'as même raconté que c'était quelqu'un qui s'appelait Camille et qu'elle n'était pas encore rentrée à New York. Mais je suppose qu'à son retour elle reprendra sa place, c'est ça ?

Le regard de Raphaël s'assombrit.

— Je ne suis pas sûr d'aimer l'enchaînement de tes questions.

— J'ai le droit de savoir, non ?

— Non, répliqua Raphaël, tu n'as pas le droit. Tu viens me demander si tu peux t'installer dans mon hôtel parce que tu n'as pas d'autre endroit où aller et non parce que tu veux rester avec les tiens. Tu nous évites.

— Comme je te l'ai déjà dit, mon attitude n'est pas sans rapport avec la fois où tu as essayé de me tuer.

— Le Dumort n'est pas un centre d'accueil pour vampires honteux. Tu vis parmi les humains, tu te promènes en plein jour, tu joues dans ton groupe idiot... Quoi, tu croyais que je n'étais pas au courant ? À tout point de vue, tu renies ce que tu es vraiment. Et tant que ça restera le cas, tu ne seras pas le bienvenu au Dumort.

Simon repensa aux paroles de Camille : « Dès que ses partisans verront que tu es avec moi, ils lui tourneront le dos. Je crois qu'au-delà de la peur qu'il leur inspire, ils sont restés loyaux envers moi. Une fois qu'ils nous auront vus ensemble, cette peur s'envolera et ils se rangeront de notre côté. »

— Tu sais, dit-il, on m'a fait d'autres propositions.

Raphaël le considéra comme s'il avait perdu la tête.

— Quelles propositions ?

— Des... propositions, c'est tout, répondit Simon d'une petite voix.

— Tu n'es vraiment pas doué pour la politique, Simon Lewis. Je te suggère de ne pas retenter le coup.

— Très bien, marmonna Simon. J'étais venu te dire quelque chose, mais finalement je vais m'abstenir.

— Je suppose que tu comptes aussi jeter le cadeau d'anniversaire que tu m'avais apporté, lâcha Raphaël. Quelle tragédie.

Il enfourcha sa moto et le moteur se mit à gronder. Des étincelles rouges jaillirent du tuyau d'échappement.

— Si tu me déranges encore, tu as intérêt à ce que

ce soit pour une bonne raison ou je ne te le pardonnerai pas.

Et à ces mots, la moto bondit. La tête renversée en arrière, Simon regarda Raphaël, tel l'ange dont il tenait son nom, s'élever dans le ciel en laissant derrière lui une traînée de flammes.

Assise avec son bloc à dessin sur les genoux, Clary mordillait pensivement le bout de son crayon. Elle avait croqué Jace des dizaines de fois – c'était peut-être sa version du journal intime, dans lequel les filles écrivaient sur leur petit ami – mais elle n'arrivait jamais à en faire un portrait fidèle. Pour commencer, il ne savait pas se tenir tranquille, alors elle s'était dit que ce serait parfait de le dessiner pendant qu'il dormait. Pourtant, le résultat ne la satisfaisait toujours pas : ce n'était pas ressemblant.

Elle jeta le bloc sur la couverture avec un soupir exaspéré et, les genoux ramenés contre la poitrine, elle le regarda dormir. Elle ne s'attendait pas qu'il tombe comme une mouche. Ils étaient venus à Central Park pour déjeuner et s'entraîner dehors tant que le temps le permettait encore. Des emballages de chez Taki's étaient éparpillés dans l'herbe autour de la couverture. Jace n'avait pas beaucoup mangé, picorant dans son carton de nouilles au sésame avant de le mettre de côté pour s'allonger sur la couverture, les yeux levés vers le ciel. Clary avait admiré les nuages se reflétant dans ses yeux limpides, le tracé des muscles de ses bras croisés sous sa tête, la bande de peau lisse visible entre le bord de son tee-shirt et la taille de son jean. Réprimant l'envie de passer la main sur son estomac plat et dur, elle avait cherché des yeux son bloc à dessin. Quand elle s'était retournée, le crayon à la main, il avait les paupières fermées et le souffle régulier.

Elle en était à présent à son troisième croquis, et aucun ne la satisfaisait. Tout en l'observant, elle se demanda pourquoi elle n'arrivait pas à le dessiner. La lumière d'octobre, douce et cuivrée, était parfaite ; elle jetait des reflets dorés sur sa peau et sur ses cheveux blonds. Ses paupières closes étaient bordées de cils d'une nuance plus sombre que ses cheveux. Une de ses mains reposait sur son torse, l'autre était ouverte à côté de lui. Son visage semblait détendu et vulnérable, plus doux et moins anguleux quand il dormait. Peut-être était-ce là le problème : il était si rarement détendu et vulnérable qu'il était difficile de reproduire les traits de son visage lorsque c'était le cas. Ils perdaient de leur... familiarité.

À cet instant précis, Jace remua. Il avait commencé à pousser de petits soupirs dans son sommeil, et ses yeux roulaient sous ses paupières closes. Sa main se crispa sur sa poitrine, il se redressa si soudainement qu'il faillit faire tomber Clary. Il ouvrit les yeux. Pendant un bref moment, il parut hébété. Ses joues avaient considérablement pâli.

— Jace ? fit Clary, incapable de dissimuler sa surprise.

Son regard se posa sur elle. Un instant plus tard, il l'attira contre lui sans faire preuve de sa douceur habituelle : après l'avoir installée sur ses genoux, il l'embrassa avec fougue en agrippant ses cheveux. Elle sentait son cœur battre à tout rompre contre le sien.

Ses joues s'empourprèrent : ils étaient dans un endroit public, songea-t-elle, et les gens devaient les regarder.

— Waouh ! s'exclama-t-il en s'écartant d'elle, le sourire aux lèvres. Désolé. Tu ne t'attendais probablement pas à ça.

— C'était une bonne surprise, dit-elle d'une voix qui lui sembla anormalement grave et rauque. À quoi tu rêvais ?

— De toi, répondit-il en entortillant une mèche de ses cheveux roux autour de son doigt. Je rêve toujours de toi.

— Ah oui ? J'ai pourtant cru que tu faisais un cauchemar.

Il se pencha en arrière pour la regarder.

— Parfois je rêve que tu es partie. Je passe mon temps à me demander quand tu vas enfin comprendre que tu mérites mieux que moi et me plaquer.

Clary caressa son visage du bout des doigts en s'attardant sur ses pommettes et la courbe de ses lèvres. Jace ne se confiait jamais à quelqu'un d'autre qu'elle. Alec et Isabelle savaient, à force de vivre avec lui et parce qu'ils l'aimaient, que sous sa carapace protectrice d'humour et de prétendue arrogance, les blessures de sa mémoire et de son enfance le torturaient encore. Cependant, Clary était la seule à qui il parlait de ses idées noires. Elle secoua la tête ; ses cheveux retombèrent sur son front, et elle les repoussa d'un geste impatient.

— J'aimerais pouvoir parler comme toi. Tout ce que tu dis, les mots que tu choisis, c'est parfait. Tu trouves toujours la bonne citation ou le bon argument pour me persuader que tu m'aimes. Si je ne peux pas te convaincre que je ne te quitterai jamais...

Il prit sa main dans la sienne.

— Tu n'as qu'à me le répéter.

— Je ne te quitterai jamais.

— Quoi qu'il arrive et quoi que je fasse ?

— Je ne pourrai jamais me passer de toi. Jamais. Ce que je ressens pour toi... (Elle trébuchait sur les mots.) ... C'est la seule chose qui compte.

« Bon sang » ! se dit-elle. Sa phrase tombait complètement à plat. Mais Jace ne semblait pas être du même avis qu'elle. Il sourit, l'air mélancolique, et murmura :

— « *L'amor che move il sole e l'altre stelle.* »

— C'est du latin ?

— De l'italien, répondit-il. Dante.

Elle promena un doigt sur ses lèvres, et il frissonna.

— Je ne parle pas italien, dit-elle à voix basse.

— En gros, ça signifie que l'amour peut déplacer des montagnes.

Elle retira sa main de la sienne, consciente qu'il la regardait derrière ses paupières mi-closes, puis noua les bras autour de sa nuque et se pencha pour effleurer ses lèvres d'un baiser. Elle sentit le pouls de Jace s'accélérer, et il se pencha à son tour pour capturer sa bouche, mais elle secoua la tête en se cachant derrière ses cheveux des regards éventuels autour d'eux.

— Si tu es fatigué, on pourrait rentrer à l'Institut faire la sieste, dit-elle à mi-voix. On n'a pas dormi dans le même lit depuis... depuis Idris.

Ils échangèrent un long regard, et elle comprit qu'il se souvenait des mêmes détails qu'elle. La lumière ténue qui filtrait à travers la fenêtre de la petite chambre d'amis chez Amatis, le désespoir qui perçait dans sa voix. « Je veux juste m'endormir et me réveiller à tes côtés, une seule fois dans ma vie. » Cette nuit-là, ils avaient dormi côte à côte, sans se toucher hormis pour se tenir la main. Depuis ils avaient souvent été bien au-delà mais ils n'avaient jamais passé la nuit ensemble. Il savait qu'elle lui suggérait davantage qu'une sieste dans l'une des chambres vides de l'Institut. Elle était certaine qu'il pouvait le lire dans ses yeux, bien qu'elle-même ignorât jusqu'où elle voulait aller. Mais ça n'avait pas d'importance. Jace ne lui demanderait jamais rien qu'elle ne veuille lui donner.

— Je voudrais bien...

La lueur dans ses yeux et le ton rauque de sa voix lui confirmèrent qu'il ne mentait pas.

— Mais... on ne peut pas, reprit-il.

Il la prit fermement par les poignets et tint ses mains entre eux deux comme une barrière.

Clary ouvrit de grands yeux.

— Pourquoi ?

Il poussa un gros soupir.

— On est venus ici pour s'entraîner. Si on passe tout notre temps à s'embrasser, ils ne me laisseront plus m'en charger.

— Ils ne sont pas censés embaucher quelqu'un pour me former à temps plein, de toute manière ?

— Si, répondit-il en se levant et en la hissant sur ses pieds, et j'ai bien peur, si tu prends l'habitude d'embrasser tes instructeurs, que tu finisses par te jeter à son cou.

— Ne sois pas sexiste. Ils pourraient très bien me confier à une femme.

— Dans ce cas, tu as ma permission de l'embrasser tant que je peux regarder.

— Sympa, fit Clary avec un sourire forcé en se penchant pour replier la couverture qu'ils avaient apportée. Tu es juste inquiet à l'idée qu'ils recrutent un homme et qu'il soit plus sexy que toi.

Jace leva les sourcils.

— Plus sexy que moi ?

— Ça existe. Enfin, en théorie.

— En théorie, l'univers pourrait brusquement s'ouvrir en deux, me laisser d'un côté et toi de l'autre, nous séparer à jamais, mais je ne m'inquiète pas pour ça non plus. Certaines choses, poursuivit Jace avec son éternel sourire en coin, sont trop improbables pour qu'on s'en préoccupe.

Il tendit la main ; elle la prit et, ensemble, ils se dirigèrent vers un bosquet d'arbres situé au bord de la Pelouse Est, que seuls les Chasseurs d'Ombres semblaient connaître. Clary le soupçonnait de faire l'objet d'un charme, car ils s'entraînaient assez souvent à cet endroit sans jamais être interrompus hormis par Isabelle ou Maryse.

En automne, Central Park était une véritable débauche de couleurs. Les arbres bordant la vaste pelouse avaient revêtu leurs plus beaux atours, cernant l'immensité verte d'or vif, de rouge, de cuivre et de brun orangé. C'était une journée idéale pour faire une promenade romantique dans le parc et s'embrasser sur l'un des ponts de pierre. Mais ce n'était pas au programme. Manifestement, du point de vue de Jace, le parc n'était qu'une extension de la salle d'entraînement de l'Institut, et ils étaient là pour que Clary puisse pratiquer différents exercices, allant de l'orientation sur le terrain aux techniques d'évasion en passant par l'élimination de l'ennemi à mains nues.

En temps normal, elle aurait été enthousiasmée par cette idée. Mais quelque chose la chiffonnait au sujet de Jace. Elle n'arrivait pas à chasser l'impression qu'il avait un problème sérieux. Si seulement il existait une rune capable de le forcer à se confier ! Non qu'elle ait l'intention d'en créer une. Ce n'était pas moral d'utiliser son pouvoir pour contrôler quelqu'un. En outre, depuis qu'elle avait créé la rune d'alliance à Idris, son don semblait s'être mis en sommeil. Elle ne ressentait plus le besoin impérieux de dessiner des runes anciennes, pas plus qu'elle n'avait de visions d'une nouvelle rune à créer. Maryse lui avait promis d'essayer de faire venir un spécialiste pour la former une fois qu'ils auraient réglé la question de son entraînement, mais jusqu'à présent la situation n'avait guère évolué. Non qu'elle s'en inquiétât vraiment. Elle devait admettre qu'elle n'était pas sûre d'éprouver de grands regrets si son pouvoir venait à disparaître définitivement.

— Il t'arrivera de tomber sur un démon sans avoir d'arme à portée de main, disait Jace tandis qu'ils passaient sous une voûte d'arbres chargés de feuilles dont la gamme de couleurs allait du vert à l'or vif. Dans ces cas-là, il ne faut pas paniquer. D'abord, tu dois te rappeler que n'importe quel objet peut être une arme. Une branche d'arbre, une poignée de pièces de monnaie qui font très bien office de coup-de-poing américain, une chaussure, n'importe quoi. Ensuite, garde à l'esprit que tu es toi-même une arme. En théorie, quand tu auras fini ton entraînement, tu devrais être capable de faire un trou dans un mur d'un coup de pied ou de terrasser un élan d'un coup de poing.

— Je ne frapperais jamais un élan, protesta Clary. C'est une espèce protégée.

Jace esquissa un sourire et se tourna vivement vers elle. Ils avaient atteint une petite clairière entourée d'arbres. Des runes étaient gravées sur les troncs tout autour d'eux afin de marquer l'endroit.

— Il existe une ancienne technique de combat appelée muay-thaï, dit-il. Tu en as entendu parler ?

Elle secoua la tête. Le soleil brillait haut dans le ciel, et elle avait presque trop chaud dans son survêtement. Jace ôta sa veste et se tourna de nouveau vers elle en pliant et en dépliant ses doigts de pianiste. Ses yeux mordorés brillaient intensément dans la lumière automnale. Des Marques de vitesse, d'agilité et de force s'entrelaçaient comme du lierre sur ses avant-bras et sur le renflement de ses biceps avant de disparaître sous les manches de son tee-shirt. Elle se demanda pourquoi il avait pris la peine de se marquer comme s'il avait affaire à un ennemi.

— J'ai entendu dire que le nouvel instructeur qui arrive la semaine prochaine est un expert en muay-thaï, annonça-t-il. Et en sambo, lethwei, tomoi, krav maga, ju-jitsu et une autre technique dont j'ai oublié le nom, mais qui consiste à tuer les gens avec des petites baguettes. Mon argument étant qu'il ou elle n'aura pas l'habitude de travailler avec quelqu'un d'aussi jeune et inexpérimenté que toi, donc si on t'enseigne quelques-unes des bases, il ou elle se montrera peut-être un peu plus indulgent à ton égard. (Il posa les mains sur les hanches de Clary.) Mets-toi bien en face de moi.

Clary obéit. Quand ils se faisaient face, le sommet de sa tête lui arrivait au menton. Elle posa les mains sur ses biceps.

— Le muay-thaï est aussi appelé « art des huit membres ». C'est parce qu'on ne se sert pas seulement des poings et des pieds pour frapper, mais aussi des genoux et des coudes.

— Et ça marche sur les démons ?

— Les plus petits seulement. Bon. Pose ta main sur ma nuque.

Clary ne pouvait pas suivre son ordre sans se hausser sur la pointe des pieds. Pour la énième fois, elle se maudit d'être aussi petite.

— Maintenant répète le même geste avec l'autre main, et noue-les autour de ma nuque.

Clary s'exécuta. Le soleil avait réchauffé la peau de Jace, et ses cheveux soyeux lui chatouillaient les doigts. Leurs corps étaient plaqués l'un contre l'autre ; la bague qu'elle portait autour du cou était comprimée entre eux deux comme un caillou serré entre deux paumes.

— Dans un vrai combat, évidemment, tu te déplaces beaucoup plus vite.

À moins que son imagination ne lui joue des tours, elle crut percevoir un léger tremblement dans la voix de Jace.

— Cette prise va te donner un point d'appui pour te hisser et donner de la vitesse à tes coups de genou...

— Ça, par exemple ! fit une voix amusée. À peine

six semaines et ils en sont déjà à se battre ? Comme l'amour se fane vite chez les mortels !

Clary lâcha Jace et fit volte-face. Elle avait déjà reconnu la voix. La reine de la Cour des Lumières se tenait dans l'ombre des arbres. Si Clary n'avait pas su qu'elle était là, elle ne se serait probablement pas aperçue de sa présence, même avec le don de Seconde Vue. La souveraine portait une robe verte comme l'herbe alentour, et ses cheveux tombant sur ses épaules étaient de la couleur d'une feuille morte. Elle était aussi belle et implacable que la fin de l'été. Clary se méfiait d'elle comme de la peste.

— Qu'est-ce que vous faites ici ? demanda Jace en plissant les yeux. Vous êtes sur le territoire des Chasseurs d'Ombres.

— Il se trouve que j'ai des nouvelles à leur communiquer.

Au moment où la reine s'avançait vers eux d'un pas gracieux, un rayon de soleil filtra entre les arbres et se refléta sur la couronne de baies dorées qui ceignait sa tête. Clary se demandait parfois si la reine planifiait ses arrivées théâtrales et, si c'était le cas, comment elle s'y prenait.

— Il y a eu un autre décès.

— Quel genre de décès ?

— C'est l'un des vôtres, un Nephilim. (Une certaine satisfaction perçait dans la voix de la reine.) Le corps a été retrouvé à l'aube sous un pont de Central Park. Or, comme vous le savez, c'est mon domaine. Le meurtre d'un humain ne me concerne pas, mais cette mort ne semble pas être l'œuvre d'un Terrestre. Le corps a été emmené à la Cour pour être examiné

100

par mes médecins. Ils ont déclaré qu'il s'agissait de l'un des vôtres.

Clary jeta un coup d'œil furtif à Jace. Elle gardait à l'esprit la nouvelle du Chasseur d'Ombres trouvé mort deux jours plus tôt. Apparemment, Jace pensait à la même chose : il avait pâli.

— Où est le cadavre ? s'enquit-il.

— Tu mets en doute mon sens de l'hospitalité ? Il est resté à la Cour, et je peux t'assurer que nous lui témoignons tout le respect qui serait dû à un Chasseur d'Ombres bien vivant. Maintenant qu'un membre de mon espèce siège au Conseil à vos côtés, tu ne peux guère douter de notre bonne foi.

— Et Dieu sait si Votre Majesté en a toujours fait preuve !

Le ton de Jace était lourd de sarcasme, mais la reine se contenta de sourire. Clary sentait qu'elle aimait bien Jace, à sa manière, parce que les fées avaient un penchant pour les jolies choses. En revanche, Clary savait qu'elle n'avait aucune affection pour elle, et l'inimitié était réciproque.

— Et pourquoi nous transmettre le message plutôt qu'à Maryse ? L'usage voudrait que...

— Au diable l'usage ! répliqua la reine en balayant d'un geste les convenances. Vous étiez là, le moment m'a semblé opportun.

Jace lui lança un autre regard méfiant et sortit son téléphone de sa poche. Il fit signe à Clary de ne pas bouger et s'éloigna de quelques pas. Elle l'entendit dire : « Maryse ? » puis sa voix fut noyée sous les cris d'enfants en provenance des aires de jeux voisines.

Avec une certaine appréhension, Clary se tourna de

nouveau vers la reine. Elle n'avait pas vu la souveraine de la Cour des Lumières depuis sa dernière soirée passée à Idris, or elle n'avait pas été très polie avec elle, et elle doutait qu'elle ait oublié ou pardonné cet épisode. « Tu ne vas pas refuser une faveur de la reine de la Cour des Lumières ! » s'était-elle exclamée.

— J'ai entendu dire que Meliorn avait obtenu un siège au Conseil, lança Clary. Vous devez être contente.

— En effet, dit la reine en la dévisageant d'un air amusé. Je suis plutôt satisfaite.

— Sans rancune, alors ?

Le sourire de la reine se figea.

— Je suppose que tu fais référence à mon offre, que tu as eu la grossièreté de décliner. Quoi qu'il en soit, mon souhait a été exaucé, comme tu le sais. Tout le monde s'accorderait à dire que tu avais plus à perdre que moi.

— Je ne voulais pas de votre marché, protesta Clary en s'efforçant vainement de masquer sa colère. Dans la vie, on n'obtient pas toujours ce qu'on veut, vous savez.

— Épargne-moi tes leçons, fillette.

Le regard de la reine se posa sur Jace, qui faisait les cent pas en bordure des arbres, le téléphone à la main.

— Il est beau, dit-elle. Je comprends pourquoi tu l'aimes. Mais t'es-tu déjà demandé ce qui l'attire chez toi ?

Clary ne répondit pas.

— C'est le sang des cieux qui vous unit, reprit la reine. Le sang appelle le sang sous la peau. Mais il n'en va pas de même pour l'amour.

— Encore des devinettes, lâcha Clary avec colère. Est-ce que ça signifie vraiment quelque chose quand vous parlez comme ça ?

— Il est lié à toi mais est-ce qu'il t'aime ?

Clary sentit ses mains la démanger. Elle brûlait de tester sur la reine quelques-unes des prises qu'on lui avait enseignées récemment, sauf qu'elle savait que ce serait pure folie.

— Oui, il m'aime.

— Est-ce qu'il te désire ? Car l'amour et le désir ne vont pas toujours de pair.

— Ce ne sont pas vos affaires, répliqua sèchement Clary.

Elle s'aperçut que la reine la fixait d'un regard perçant.

— Tu le désires plus que tout au monde. Ressent-il la même chose pour toi ? (La reine poursuivit d'une voix douce et implacable :) Il peut avoir qui il veut. Tu ne te demandes jamais pourquoi c'est toi qu'il a choisie ? Tu ne te demandes pas s'il regrette son choix ? Son comportement à ton égard a-t-il changé ?

Clary sentit des larmes lui picoter les yeux.

— Non, il est resté le même.

Pourtant, elle repensa à l'expression de son visage l'autre soir dans l'ascenseur, et à son refus quand elle lui avait proposé de rester.

— Tu m'as dit que tu ne voulais pas conclure de marché avec moi parce que je n'avais rien à t'offrir. Tu m'as dit que tu ne désirais rien que tu n'avais déjà. (Les yeux de la reine étincelèrent.) Quand tu imagines ta vie sans lui, es-tu toujours de cet avis ?

« Pourquoi vous me faites ça ? » avait envie de crier Clary, mais elle n'eut pas le temps de protester car, jetant un regard derrière elle, la reine sourit et dit :

— Sèche tes larmes, il est de retour. Cela ne t'aidera guère s'il te voit pleurer.

Clary s'essuya les yeux en hâte d'un revers de main et se retourna. Jace la rejoignit, les sourcils froncés.

— Maryse est en route pour la Cour. Où est passée la reine ?

Clary le considéra d'un air surpris.

— Elle est juste là... répondit-elle en se retournant.

Elle se tut brusquement. La reine avait disparu. À l'endroit où elle se tenait quelques instants plus tôt, il ne restait qu'un tas de feuilles qu'un coup de vent dispersa.

Étendu sur le dos, sa veste roulée en boule sous la tête, Simon contemplait avec fatalisme le plafond criblé de trous du garage d'Éric. Son sac de sport était à ses pieds, son téléphone collé à son oreille. En cet instant, seule la voix familière de Clary à l'autre bout du fil l'empêchait de s'effondrer complètement.

— Simon, je suis vraiment désolée.

Elle devait être quelque part en ville ; le vacarme assourdissant de la circulation couvrait sa voix.

— Sans blague, tu es dans le garage d'Éric ? Il sait que tu es là ?

— Non, répondit Simon. Il n'y a personne à la maison en ce moment et j'ai la clé du garage. C'est le seul endroit qui m'est venu à l'esprit. Et toi, où es-tu, au fait ?

— En ville.

Pour les habitants de Brooklyn, la « ville », c'était toujours Manhattan. Il n'existait pas d'autre métropole.

— Je suis allée m'entraîner avec Jace mais il a été rappelé à l'Institut par une affaire concernant l'Enclave. Là, je rentre chez Luke. (Une voiture klaxonna bruyamment dans le lointain.) Tu veux venir t'installer chez nous ? Tu pourrais dormir sur le canapé de Luke.

Simon hésita. Il avait de bons souvenirs de la maison de Luke. Depuis qu'il connaissait Clary, Luke occupait le même logement délabré mais accueillant au-dessus de sa librairie. Clary possédait une clé. Elle et Simon avaient passé là-bas beaucoup d'heures agréables à lire des livres « empruntés » à la boutique du rez-de-chaussée ou à regarder des vieux films à la télévision.

Mais la situation était différente aujourd'hui.

— Ma mère pourrait peut-être parler à la tienne, suggéra Clary, inquiète de son silence. Et lui faire comprendre.

— Lui faire comprendre quoi ? Que je suis un vampire ? Clary, je crois que ça, elle l'a compris, à sa manière. Ça ne signifie pas qu'elle va l'accepter.

— Tu ne peux pas non plus continuer à effacer ses souvenirs, Simon. Ça ne marchera pas éternellement.

— Et pourquoi ?

Il se rendait compte qu'il n'était pas raisonnable, mais le fait d'être allongé à même le sol dur d'un garage, cerné par l'odeur de l'essence et le bruissement des araignées qui tissaient leur toile dans tous les coins, ne l'encourageait guère à l'être.

— Parce que dès lors, toute ta relation avec elle se

réduirait à un mensonge. Tu ne pourrais plus rentrer chez toi...

— Et alors ? l'interrompit brutalement Simon. Ça fait partie de la malédiction, non ? « Tu seras un errant parcourant la terre. »

Malgré le bruit du trafic et des discussions autour d'elle, il entendit Clary pousser un soupir.

— Tu crois que je devrais aussi lui dire que tu m'as affublé de la Marque de Caïn et qu'à peu de chose près je suis une malédiction ambulante ? Tu crois qu'elle va vouloir de ça dans sa maison ?

Les bruits autour d'elle s'étaient tus ; elle avait dû se réfugier sous un porche. Après avoir refoulé à grand-peine un sanglot, elle dit :

— Simon, je suis vraiment désolée. Tu sais que je suis désolée...

— Ce n'est pas ta faute.

Soudain, il se sentait lessivé. « C'est ça, après avoir terrifié ta mère, fais pleurer ta meilleure amie. C'était ta journée aujourd'hui, Simon. »

— Écoute, visiblement il vaut mieux que je me tienne à l'écart des gens en ce moment. Je vais rester ici le temps qu'Éric revienne, et ensuite j'irai dormir dans sa chambre.

Clary gloussa malgré ses larmes.

— Quoi, Éric n'entre pas dans la catégorie des gens ?

— Ça mérite discussion, répondit-il.

Il hésita avant de poursuivre :

— Je t'appelle demain, d'accord ?

— On se voit demain ! Tu m'as promis de m'accompagner à cet essayage de robe, tu te souviens ?

— Ouh là. Je dois vraiment t'aimer.

— Je sais. Je t'aime aussi.

Après avoir raccroché, Simon se rallongea en serrant le téléphone contre sa poitrine. « Quelle ironie ! » songea-t-il. Désormais, il pouvait dire « je t'aime » à Clary alors que pendant des années il n'avait pas été capable de prononcer ces mots. Maintenant qu'il n'y mettait plus la même signification, c'était facile.

Parfois, il se demandait ce qui se serait passé s'il n'y avait pas eu de Jace Wayland et si Clary n'avait jamais découvert qu'elle était une Chasseuse d'Ombres. Mais il finissait toujours par repousser cette idée : à quoi bon ? On ne changeait pas le passé. La seule solution, c'était d'aller de l'avant. Non qu'il ait la moindre idée de ce que lui réservait l'avenir. Il ne pourrait pas se terrer éternellement dans le garage d'Éric. Même dans son état d'esprit actuel, il devait admettre que l'endroit était sinistre. Il n'avait pas froid – il ne sentait plus la chaleur ni le froid –, mais le sol était dur et il avait du mal à dormir. Il aurait voulu engourdir ses sens. Le bruit assourdissant de la circulation au-dehors l'empêchait de fermer l'œil, sans oublier l'odeur désagréable de l'essence. C'était surtout la perspective inquiétante de ce qu'il devrait faire ensuite qui le rongeait.

Il avait jeté la plus grande partie de sa réserve de sang et stocké le reste dans son sac. Il avait de quoi tenir quelques jours, ensuite les ennuis commenceraient. Éric, où qu'il soit, le laisserait certainement séjourner chez lui s'il le souhaitait, mais cela conduirait peut-être ses parents à appeler sa mère. Et comme elle croyait qu'il était en voyage scolaire, cela ne lui rendrait pas du tout service.

Quelques jours. C'était le temps qui lui restait. Avant d'être à court de sang, avant que sa mère ne commence à se demander où il était passé, avant qu'elle ne finisse par appeler le lycée, avant qu'elle ne se souvienne. Simon était un vampire, avec l'éternité devant lui. Or il ne disposait que de quelques jours.

Pourtant, il avait été prudent, s'efforçant de mener une vie normale, entre l'école, les amis, sa maison, sa chambre. Ça n'avait pas été facile, mais la vie n'était pas toujours une partie de plaisir. Les autres options lui semblaient si tristes et si solitaires qu'il refusait d'y penser. La voix de Camille résonnait encore dans sa tête : « Dans dix ans, quand tu seras censé avoir vingt-six ans, dans vingt ans, dans trente ans… Tu crois que personne ne s'apercevra que tu ne changes pas ? »

Il songea, la mort dans l'âme, que la situation qu'il s'était créée, qu'il avait patiemment forgée à l'image de son ancienne vie n'aurait jamais pu durer. Il s'accrochait à des ombres et à des souvenirs. Il repensa à Camille, à son offre qui lui semblait à présent meilleure qu'auparavant. C'était la perspective d'une communauté, même si ce n'était pas celle qu'il voulait. Il lui restait trois jours avant qu'elle vienne chercher sa réponse. Que lui dirait-il en la voyant ? Il croyait le savoir, or à l'instant il n'en était plus si certain.

Un grincement interrompit ses réflexions. La porte du garage s'ouvrit et un flot de lumière éclaira les ténèbres de la pièce. Simon se redressa, tous les sens en alerte.

— Éric ?

— Non, c'est moi. Kyle.

— Kyle ? répéta Simon, perplexe, avant de se souvenir : c'était le type qu'ils avaient accepté de prendre comme chanteur.

Simon réprima une envie de se rallonger.

— Ah oui. Les autres ne sont pas là... Si tu voulais répéter...

— Non, ce n'est pas pour ça que je suis venu.

Kyle avança en plissant les yeux dans l'obscurité, les mains enfouies dans les poches de son jean.

— Tu es... Comment tu t'appelles ? Le bassiste, c'est ça ?

Simon se leva en époussetant ses vêtements.

— Oui, Simon.

Kyle jeta un regard autour de lui, les sourcils froncés.

— J'ai oublié mes clés ici hier, je crois. Je les ai cherchées partout. Tiens, les voilà.

Il se baissa derrière la batterie, émergea un instant plus tard en brandissant triomphalement un trousseau de clés. Il avait à peu près la même allure que la veille. Il portait un tee-shirt bleu, une veste en cuir et un médaillon en or autour du cou. Ses cheveux bruns étaient tout ébouriffés.

— Hé, fit-il en s'adossant à une enceinte, tu dors ici ou quoi ? À même le sol ?

Simon hocha la tête.

— Je me suis fait virer de chez moi.

Ce n'était pas l'entière vérité, mais c'était tout ce qu'il avait envie de confier.

Kyle acquiesça d'un air compatissant.

— Ta mère a trouvé ta réserve d'herbe, c'est ça ?
Ça craint.

— Non... non. Ce n'est pas une histoire de drogue.
(Simon haussa les épaules.) On n'est pas d'accord sur
mon mode de vie.

— Alors elle est au courant, pour tes deux copines ?
lança Kyle en souriant d'un air entendu.

Il était beau, Simon devait l'admettre. Contrairement à Jace, qui était tout à fait conscient de son
apparence, Kyle n'avait visiblement pas croisé un peigne depuis des semaines. Il y avait une certaine can-
deur chez lui, des manières franches et amicales qui
inspiraient confiance.

— Oui, c'est Kirk qui m'en a parlé, reprit-il. Tant
mieux pour toi, mec.

Simon secoua la tête.

— Ce n'est pas ça non plus.

Un bref silence suivit.

— Je... je n'habite plus chez mes parents, moi non
plus, dit Kyle. Je suis parti il y a deux ans.

Il serra les bras autour de sa poitrine et, la tête
baissée, il poursuivit à mi-voix :

— Je n'ai pas parlé à mes parents depuis. Enfin, je
me débrouille très bien tout seul sauf que... Je comprends.

— Tes tatouages, dit Simon en désignant ses
propres bras. Qu'est-ce qu'ils signifient ?

— *Shaantih shaantih shaantih.* Ce sont des mantras
tirés des Upanishad. Du sanskrit. Des prières pour la
paix.

En temps normal, Simon aurait jugé que le fait de
se faire tatouer sur le corps des citations en sanskrit

était plutôt prétentieux. Maintenant, cela ne le choquait pas.

— *Shalom*, dit-il.

Kyle cligna des yeux.

— Hein ?

— Ça veut dire « paix » en hébreu. Je ne sais pas pourquoi ça m'y a fait penser.

Kyle l'observa longuement, il avait l'air de peser le pour et le contre.

— Ça va peut-être te sembler dingue... dit-il enfin.

— Oh, pas sûr. Ma définition de « dingue » a pas mal évolué au cours de ces derniers mois.

— ... Mais je loue un appart à Alphabet City[1], et mon coloc vient de déménager. Il y a une chambre libre avec un lit et tout. Tu peux t'y installer.

Simon hésita. D'un côté, il ne connaissait Kyle ni d'Ève ni d'Adam, et le fait d'emménager dans l'appartement d'un parfait inconnu lui semblait une idée totalement stupide. En dépit de ses tatouages pacifiques, Kyle était peut-être un serial killer. D'un autre côté, comme il ne le connaissait pas, personne ne viendrait le chercher là. Et quelle importance si Kyle était un meurtrier ? songea-t-il avec amertume. Il courait plus de risques que lui, à en juger par ce qui était arrivé à son agresseur la veille.

— Tu sais quoi ? dit-il. Je crois que je vais te prendre au mot.

Kyle hocha la tête.

---

1. Quartier de Manhattan qui tient son nom du carré que constituent les Avenues A, B, C, D. (*N.d.T.*)

— Ma voiture est garée juste là si tu veux retourner en ville avec moi.

Simon jeta son sac sur son épaule, glissa son téléphone dans sa poche et ouvrit les bras pour indiquer qu'il était prêt.

— On y va ?

5

L'enfer appelle l'enfer

En fin de compte, l'appartement de Kyle fut une bonne surprise. Simon s'attendait à trouver un taudis installé dans un immeuble sale et sans ascenseur de l'Avenue D, avec des cafards sur les murs et un matelas en mousse posé sur des caisses en guise de lit. En réalité, il s'agissait d'un trois pièces propret avec deux chambres, des étagères partout chargées de livres et, sur les murs, de nombreuses photographies de spots de surf célèbres. Apparemment, Kyle faisait pousser des plants de marijuana dans l'escalier de secours, mais on ne pouvait pas tout avoir.

La chambre de Simon était quasiment vide. Son ancien occupant n'avait laissé qu'un futon. Les murs et le plancher étaient nus, et une unique fenêtre donnant sur l'enseigne lumineuse d'un restaurant chinois éclairait la pièce.

— Ça te plaît ? demanda Kyle en posant sur lui ses yeux noisette bienveillants.

— C'est super, répondit Simon en toute sincérité. Exactement ce qu'il me fallait.

113

L'objet le plus précieux de l'appartement était la télévision à écran plat qui trônait dans le salon. Vautrés sur le canapé, ils regardèrent des émissions stupides tandis que le soleil se couchait. Simon décida que Kyle était un gars réglo. Il ne cherchait pas à s'immiscer dans ses affaires, ne posait pas de questions. A priori, il ne demandait rien en échange de la chambre, excepté une participation aux courses. C'était juste un type serviable. Simon en venait à se demander s'il n'avait pas oublié ce qu'était un être humain ordinaire.

Après le départ de Kyle qui devait travailler de nuit, Simon alla s'écrouler sur le matelas de sa chambre et se laissa bercer par le bruit de la circulation sur l'Avenue B.

Depuis sa fuite, il avait été hanté par le visage de sa mère, le regard haineux, horrifié qu'elle lui avait jeté, comme s'il était un étranger dans sa maison. Même s'il n'avait pas besoin de respirer, ce souvenir lui serrait encore la poitrine. Mais maintenant...

Quand il était enfant, il aimait voyager car cela l'éloignait de ses problèmes. Même ici, alors que seul un fleuve le séparait de Brooklyn, les souvenirs qui le rongeaient comme de l'acide – la mort de son agresseur, la réaction de sa mère face à son aveu – lui semblaient lointains et flous.

« Peut-être que c'est le secret, songea-t-il. Continuer à avancer. Se cacher là où personne ne peut te trouver. "Tu seras un errant parcourant la terre." »

Mais ça ne pouvait marcher que si on ne laissait personne derrière soi.

Cette nuit-là, il dormit par intermittence. Sa nature le poussait à dormir pendant le jour malgré ses pouvoirs de vampire diurne et, au terme d'un sommeil agité peuplé de rêves, il s'éveilla tard alors que le soleil se déversait par la fenêtre. Après avoir enfilé les vêtements propres qu'il avait glissés dans son sac, il sortit de la chambre et trouva Kyle dans la cuisine en train de faire frire des œufs au bacon.

— Salut, coloc, lança-t-il d'un ton jovial. Un petit déj' ?

À la vue de la nourriture, Simon sentit son estomac se soulever.

— Non, merci. Je vais juste prendre un café, répondit-il en se perchant sur un tabouret branlant.

Kyle poussa une tasse ébréchée devant lui.

— Le petit-déjeuner est le repas le plus important de la journée, mon pote. Même s'il est déjà midi.

Simon serra la tasse dans ses mains et sentit la chaleur se propager sur sa peau froide. Il chercha un sujet de conversation qui n'ait pas trait à son manque d'appétit.

— Alors, je ne t'ai pas demandé hier... Qu'est-ce que tu fais dans la vie ?

Kyle prit un morceau de bacon dans la poêle et mordit dedans. Simon remarqua que le médaillon en or qu'il portait autour du cou était gravé d'un motif de feuilles et d'une inscription en latin : *Beati Bellicosi.* Il se souvenait que le mot *Beati* avait un rapport quelconque avec les saints : Kyle devait être catholique.

— Je suis coursier, répondit-il. C'est génial. Je me balade à vélo partout dans la ville, je discute avec toutes sortes de gens. C'est beaucoup mieux que le lycée.

— Tu as laissé tomber l'école ?

— J'ai arrêté en terminale. Je préfère l'école de la vie.

Simon aurait trouvé sa réponse ridicule s'il n'avait pas utilisé l'expression « école de la vie » avec la même sincérité absolue que pour tout le reste.

— Et toi ? Des projets ?

« Oh, tu sais. Errer sur la terre, causer la mort et la destruction parmi des innocents. Boire du sang, éventuellement. Vivre éternellement sans jamais trouver le bonheur. La routine, quoi. »

— J'improvise un peu en ce moment.

— Tu veux dire que tu n'as pas envie de devenir musicien ?

Au soulagement de Simon, la sonnerie de son téléphone lui épargna une réponse. Il le sortit de sa poche et jeta un coup d'œil à l'écran. C'était Maia.

— Salut, lança-t-il. Ça va ?

— Tu as toujours prévu d'accompagner Clary à son essayage cet après-midi ? fit une voix entrecoupée. (Elle devait l'appeler du quartier général de la meute à Chinatown, où le signal n'était pas très bon.) Elle m'a dit que tu viendrais lui tenir compagnie.

— Hein ? Ah oui. J'y vais.

Clary avait exigé de Simon qu'il l'emmène essayer sa robe de demoiselle d'honneur afin qu'ensuite ils puissent aller s'acheter des bandes dessinées, et qu'ainsi elle se sente « moins déguisée en nunuche », pour reprendre ses mots.

— Dans ce cas, je viens, moi aussi. Je dois transmettre

à Luke un message de la meute et puis j'ai l'impression de ne pas t'avoir vu depuis des lustres.

— Je sais. Je suis vraiment désolé...

— Ce n'est rien, dit-elle d'un ton dégagé. Mais un de ces jours, il faudra que tu me renseignes sur ta tenue pour le mariage, sinon on ne sera pas assortis.

Sur ces mots, elle raccrocha, et Simon contempla son téléphone d'un œil vide. Clary avait raison. Le grand jour approchait et il n'était pas prêt pour la bataille.

— Une de tes copines ? demanda Kyle, l'air intrigué. La petite rousse que j'ai vue au garage, elle fait partie du lot ? Elle est mignonne.

— Non, ça c'était Clary, ma meilleure amie, répondit Simon en rempochant son téléphone. Et elle n'est pas célibataire. Mais alors pas du tout. Fais-moi confiance.

Kyle sourit.

— Je demandais, juste.

Il déposa la poêle vide dans l'évier.

— Bon, et tes deux copines, à quoi elles ressemblent ?

— Elles sont très, très, très... différentes l'une de l'autre.

À certains égards, elles étaient même diamétralement opposées, songea Simon. Maia était calme et avait les pieds sur terre ; Isabelle vivait toujours à cent à l'heure. Maia était un phare dans la nuit ; Isabelle une étoile filante.

— Mais elles sont toutes les deux géniales. Belles, intelligentes...

— Et elles ne sont pas au courant de la situation ? demanda Kyle.

Simon se surprit à lui expliquer qu'à leur retour d'Idris (bien qu'il se gardât de nommer ce lieu) elles l'avaient chacune appelé pour lui proposer un rendez-vous. Et comme il les aimait bien, l'une et l'autre, il avait accepté. La situation avait pris un tour romantique des deux côtés, et il n'avait jamais trouvé le bon moment pour leur expliquer qu'il voyait quelqu'un d'autre. De fil en aiguille, il en était arrivé là, sans vouloir les blesser, sans savoir non plus comment régler le problème.

— Eh bien, si tu veux mon opinion, déclara Kyle en se retournant pour vider son reste de café dans l'évier, tu devrais en choisir une et cesser de papillonner. C'est juste un avis.

Simon ne pouvait pas voir son visage et, l'espace d'un instant, il se demanda si Kyle n'était pas en colère. Le ton de sa voix était un peu cassant. Mais quand il lui fit face de nouveau, l'expression de son visage était aussi franche et amicale que d'habitude. Simon en déduisit que son imagination lui jouait des tours.

— Je sais, dit-il. Tu as raison. (Il jeta un coup d'œil vers la chambre.) Écoute, tu es sûr que je peux rester ici ? Je peux m'en aller si...

— Non, tout va bien. Reste autant que tu veux.

Kyle ouvrit un tiroir et fouilla son contenu jusqu'à ce qu'il ait trouvé ce qu'il cherchait : un trousseau de clés enfilées sur un élastique.

— Tiens, voilà un double. Tu es le bienvenu ici, d'accord ? Je dois aller travailler mais tu peux traîner, jouer à la console si tu en as envie. Tu seras là à mon retour ?

Simon haussa les épaules.

— Probablement pas. J'ai rendez-vous pour un essayage à trois heures.

— Bien, dit Kyle en jetant son sac sur son épaule avant de se diriger vers la porte. Demande-leur de te trouver quelque chose de rouge. C'est vraiment ta couleur.

— Alors, lança Clary en sortant de la cabine d'essayage, comment tu me trouves ?

Elle fit un tour sur elle-même. Simon, à califourchon sur l'une des chaises blanches peu confortables de la boutique, changea de position, fit la grimace et répondit :

— Bien.

Elle était mieux que cela. Étant l'unique demoiselle d'honneur de sa mère, elle avait été autorisée à porter la tenue de son choix. Elle avait opté pour une robe en soie très simple d'un ton cuivré avec de fines bretelles qui flattaient sa silhouette menue. Elle portait comme seul bijou la bague des Morgenstern pendue à une chaîne en argent autour de son cou, laquelle faisait ressortir ses clavicules et la courbe de sa gorge.

Quelques mois plus tôt, la vue de Clary vêtue pour un mariage aurait suscité chez Simon des sentiments partagés : un profond désespoir – elle ne l'aimerait jamais – et une grande excitation – peut-être qu'elle changerait d'avis s'il trouvait le courage de lui avouer ce qu'il ressentait. Mais désormais, il n'éprouvait plus qu'un peu de nostalgie.

— Bien ? répéta Clary. C'est tout ? Pff. (Elle se tourna vers Maia.) Et toi, qu'est-ce que tu en penses ?

Maia avait renoncé à s'asseoir sur une chaise et s'était installée à même le sol, le dos appuyé contre un mur orné de tiares et de longs voiles en gaze. Elle avait posé la DS de Simon sur un genou et semblait absorbée dans une partie de Grand Theft Auto.

— Ne me demande pas. Je hais les robes. Si je le pouvais, j'irais à ce mariage en jean.

Elle disait vrai. Simon avait rarement vu Maia autrement qu'en jean et tee-shirt. De ce fait, elle était le contraire d'Isabelle, qui portait des robes et des talons même dans les moments les plus inappropriés. (Toutefois, depuis qu'il l'avait vue régler son compte à un démon Vermis de la pointe de son talon aiguille, il était moins enclin à s'en inquiéter.)

Le carillon de la boutique tinta, et Jocelyne entra, suivie de Luke. Ils tenaient tous deux à la main un gobelet de café fumant, et quand Jocelyne regardait Luke, elle avait les joues roses et les yeux brillants. Simon se souvint du commentaire de Clary, qui avait qualifié leur amour de « répugnant ». Il ne partageait pas son avis, mais c'était sans doute parce qu'il ne s'agissait pas de ses propres parents. Tous deux semblaient très heureux, et il trouvait ce spectacle plutôt charmant.

Jocelyne ouvrit de grands yeux en voyant sa fille.

— Ma chérie, tu es magnifique !

— Tu ne peux pas dire autre chose, tu es ma mère, lança Clary en souriant. Oh, est-ce que par hasard ce serait du café noir ?

— Oui, c'est pour s'excuser du retard, répondit

Luke en lui tendant un gobelet. On a été retenus. Des histoires de traiteur à régler. (Il adressa un signe à Simon et à Maia.) Salut, vous deux.

Maia inclina la tête. Luke était le chef de la meute locale dont elle faisait partie. Bien qu'il lui ait fait passer l'habitude de l'appeler « maître » ou « monsieur », elle se montrait respectueuse en sa présence.

— Je t'ai apporté un message de la meute, dit-elle en reposant sa console de jeux. Ils ont des questions sur la fête à l'Aciérie...

Tandis que Luke et Maia se lançaient dans une conversation sur les réjouissances que donnait la meute en l'honneur du mariage de son chef, la propriétaire du magasin s'aperçut que ceux qui payaient pour les robes venaient d'arriver, et elle se précipita pour les accueillir.

— Je viens juste de récupérer votre robe, et elle est magnifique ! s'exclama-t-elle en prenant la mère de Clary par le bras pour l'entraîner vers le fond de la boutique. Venez l'essayer.

Comme Luke s'avançait pour les suivre, elle pointa un index menaçant sur lui.

— Vous, vous restez ici.

En voyant sa fiancée disparaître derrière une porte à deux battants sur lesquels étaient peintes des cloches, Luke parut désarçonné.

— Pour les Terrestres, tu n'es pas censé voir la mariée dans sa robe avant la cérémonie, lui rappela Clary. C'est un mauvais présage. Elle doit trouver ça bizarre que tu sois venu à l'essayage.

— Jocelyne voulait mon avis... (Luke s'interrompit

en secouant la tête.) Bon. Les coutumes terrestres sont très curieuses.

Il se laissa choir sur une chaise et grimaça en sentant les roses sculptées du dossier lui entrer dans le dos.

— Et pour les mariages entre Chasseurs d'Ombres ? s'enquit Maia, intriguée. Il y a des coutumes particulières ?

— Oui, répondit Luke, mais là il ne s'agit pas d'une cérémonie de Chasseurs d'Ombres classique. Ces coutumes ne s'appliquent pas si l'un des mariés n'est pas un Chasseur d'Ombres.

— Ah bon ? fit Maia, l'air stupéfait. Je ne savais pas.

— Une des caractéristiques de ces cérémonies de mariage implique de tracer des runes permanentes sur le corps des époux, expliqua Luke.

Si le ton de sa voix était calme, son regard semblait triste.

— Des runes d'amour et d'engagement. Mais, bien sûr, hormis les Chasseurs d'Ombres, personne ne peut porter les runes de l'Ange, donc Jocelyne et moi, nous nous contenterons d'échanger des anneaux.

— C'est nul, commenta Maia.

À ces mots, Luke sourit.

— Non, pas vraiment. Épouser Jocelyne, c'est ce que j'ai toujours voulu ; je ne me formalise pas beaucoup des détails. Et puis, les choses changent. Les membres du nouveau Conseil ont fait beaucoup de chemin pour convaincre l'Enclave de tolérer ce genre de...

— Clary ! fit la voix de Jocelyne du fond du magasin. Tu peux venir une minute ?

— J'arrive ! cria Clary en avalant le fond de son café. Ouh là. On dirait qu'il y a une urgence vestimentaire.

— Eh bien, bonne chance.

Maia se leva, déposa la DS sur les genoux de Simon avant de se pencher pour l'embrasser sur la joue.

— Il faut que j'y aille. Je retrouve des amis au Hunter's Moon.

Il émanait d'elle un parfum agréable de vanille sous lequel, comme chaque fois, Simon décela les effluves iodés du sang mêlés à une odeur piquante et citronnée propre aux loups-garous. Chaque espèce de Créatures Obscures avait une odeur de sang particulière : les fées dégageaient un parfum de fleur fanée, les sorciers sentaient le soufre, et les autres vampires le métal.

Clary lui avait demandé un jour ce que sentaient les Chasseurs d'Ombres. « Le soleil », avait-il répondu.

— À plus tard, mon chou.

Maia ébouriffa les cheveux de Simon et sortit. Au moment où la porte se refermait sur elle, Clary le fixa d'un œil perçant.

— Il faut que tu mettes de l'ordre dans ta vie amoureuse d'ici à samedi prochain, décréta-t-elle. Je ne plaisante pas, Simon. Si tu ne leur dis rien, c'est moi qui le ferai.

Luke leur jeta un regard perplexe.

— Leur dire quoi ?

Clary secoua la tête à l'intention de Simon.

— Tu es sur la corde raide, Lewis.

Sur ce, elle s'éloigna en relevant le bas de sa robe en soie. Simon remarqua non sans amusement qu'elle portait des baskets vertes.

— Visiblement, il se passe quelque chose et je ne suis pas au courant, déclara Luke.

Simon se tourna vers lui.

— Parfois, j'ai l'impression que c'est la devise de mon existence.

Luke leva les sourcils.

— Qu'est-ce qui t'arrive ?

Simon hésita. Il n'allait certainement pas évoquer sa vie amoureuse devant Luke ; Maia et lui étaient membres de la même bande, or ceux-ci affichaient plus de loyauté entre eux qu'un gang de rue. Ses révélations auraient mis Luke dans une position inconfortable. Cependant, il était aussi un atout. En tant que chef de la meute de Manhattan, il avait accès à toutes sortes d'informations, et il était versé dans les affaires politiques des Créatures Obscures.

— Tu as déjà entendu parler d'une femme vampire dénommée Camille ?

Luke émit un petit sifflement.

— Oui, je sais qui c'est. Je m'étonne que tu le saches aussi.

— Eh bien, elle dirige le clan vampire de New York, et j'en sais déjà long sur eux, répliqua Simon d'un ton un peu sec.

— Je n'étais pas au courant. Je croyais que tu souhaitais vivre comme un humain, dans la mesure du possible.

La voix de Luke ne trahissait aucun jugement, seulement de la curiosité.

— À l'époque où j'ai succédé à l'ancien chef de ma meute, elle avait déjà confié la responsabilité du clan à Raphaël. Il me semble que personne ne savait au juste où elle se trouvait. Cette femme est une légende, en quelque sorte. Elle est extraordinairement âgée, d'après ce que j'ai compris. D'une intelligence et d'une cruauté notoires. Sur ce terrain-là, elle pourrait rivaliser avec le peuple des fées.

— Tu l'as déjà vue ?

Luke secoua la tête.

— Non, je ne crois pas. Pourquoi cette question ?

— Raphaël l'a mentionnée, répondit Simon d'un ton vague.

Le front de Luke se plissa.

— Tu as vu Raphaël récemment ?

Avant que Simon ait pu répondre, le carillon de la boutique tinta de nouveau et, à sa surprise, Jace entra. Clary n'avait pas précisé qu'il viendrait.

À vrai dire, s'aperçut-il, Clary ne parlait pas beaucoup de Jace, ces temps-ci.

Jace regarda tour à tour Luke et Simon. Il semblait un peu étonné de les voir là, bien qu'il soit difficile d'en jurer. Simon supposait que Jace passait par toute la gamme des expressions quand il était seul avec Clary, mais en présence des autres, il cultivait par défaut un visage pour le moins impassible. Simon avait un jour dit à Isabelle : « Il a l'air de quelqu'un qui est plongé dans des réflexions profondes mais qui nous balancerait un coup de poing en pleine figure si on lui demandait à quoi il pense. »

« Alors ne lui demande pas, avait rétorqué Isabelle, comme si elle trouvait l'idée de Simon ridicule. Personne ne vous oblige à être amis. »

— Clary est ici ? s'enquit Jace en refermant la porte derrière lui.

Il semblait épuisé. Il avait des cernes sous les yeux et, apparemment, il n'avait pas pris la peine d'emporter une veste malgré la fraîcheur de la brise automnale. Bien que le froid n'affecte plus Simon, le simple fait de voir Jace en jean et tee-shirt le faisait frissonner.

— Elle donne un coup de main à Jocelyne, répondit Luke. Mais tu peux attendre ici avec nous.

Jace balaya d'un regard gêné les voiles, éventails, tiares et traînes incrustées de perles qui étaient suspendus aux murs.

— Tout est si... blanc ici.

— Évidemment, lâcha Simon. C'est pour un mariage.

— Pour les Chasseurs d'Ombres, le blanc est la couleur du deuil, expliqua Luke. Mais pour les Terrestres, Jace, c'est la couleur des mariées. Elles portent du blanc pour symboliser leur pureté.

— Je croyais que Jocelyne ne voulait pas d'une robe blanche, s'étonna Simon.

— Eh bien, observa Jace, je suppose que la mariée a vu du pays.

Luke faillit recracher son café. Avant qu'il ait pu dire - ou faire – quelque chose, Clary revint dans la pièce. Quelques boucles s'échappaient de sa chevelure à présent relevée par des épingles scintillantes.

— Je ne sais pas, dit-elle en les rejoignant. Karyn s'est attaquée à ma coiffure, mais je ne suis pas sûre pour les brillants...

Elle s'interrompit en apercevant Jace. Il était clair, d'après son expression, qu'elle non plus ne s'attendait pas à cette visite. Stupéfaite, elle entrouvrit les lèvres mais ne dit mot. Jace la considéra lui aussi d'un air interdit, et pour la première fois de sa vie, Simon put déchiffrer son expression comme un livre ouvert. À croire que le reste du monde avait disparu aux yeux de Jace, et qu'il ne restait plus que lui et Clary. Il la couvait des yeux avec une concupiscence à peine dissimulée, qui mit Simon mal à l'aise, comme s'il troublait un moment d'intimité.

Jace se racla la gorge.

— Tu es magnifique.

— Jace ? fit Clary, perplexe. Tout va bien ? Tu m'avais pourtant dit que tu ne viendrais pas à cause de la réunion.

— C'est vrai, intervint Luke. J'ai entendu dire qu'on avait retrouvé le cadavre d'un Chasseur d'Ombres dans le parc. Il y a du nouveau ?

Jace secoua la tête, les yeux toujours fixés sur Clary.

— Non. Ce n'est pas l'un des membres de notre unité new-yorkaise mais, hormis ce détail, on ne l'a pas encore identifié. Les autres corps non plus. Les Frères Silencieux sont à l'œuvre.

— Tant mieux. Ils finiront par établir leur identité.

Jace ne fit pas de commentaires. Il avait toujours les yeux rivés sur Clary, et Simon lui trouva un regard bizarre. Le genre de regard que l'on poserait sur un amour impossible. Simon se doutait que Jace avait ressenti cela pour Clary par le passé, mais maintenant ?

— Jace ? dit Clary en faisant un pas vers lui.

Détachant d'elle son regard, il demanda :

— La veste que tu m'as empruntée hier dans le parc, tu l'as toujours ?

Clary, encore plus perplexe, désigna le vêtement en

question, une veste en daim marron parfaitement ordinaire, posée sur le dossier d'une chaise.

— Elle est là. J'avais prévu de te la rapporter après...

— Eh bien, fit Jace en l'enfilant précipitamment comme s'il était soudain très pressé, tu n'auras pas à le faire.

— Jace, lança Luke de ce ton calme qui le caractérisait, après on ira dîner de bonne heure à Park Slope. Tu peux te joindre à nous.

— Non, dit Jace en remontant la fermeture Éclair de sa veste, je dois m'entraîner cet après-midi. Je ferais mieux d'y aller.

— T'entraîner ? répéta Clary. On l'a déjà fait hier.

— Certains d'entre nous sont obligés de s'entraîner tous les jours, Clary.

Jace ne semblait pas en colère, malgré une certaine sévérité dans le ton de sa voix, et Clary rougit.

— À plus tard, ajouta-t-il sans la regarder avant de se jeter littéralement sur la porte.

Clary ôta les épingles de ses cheveux d'un geste rageur. Ils retombèrent en cascade sur ses épaules.

— Clary, fit Luke avec douceur en se levant, qu'est-ce que tu fais ?

— C'est mes cheveux.

Elle ôta la dernière épingle avec brusquerie. Ses yeux brillaient, et Simon vit qu'elle se retenait de fondre en larmes.

— Je ne les aime pas comme ça. J'ai l'air d'une idiote.

— Pas du tout.

Luke lui prit les épingles des mains et les déposa sur une table basse peinte en blanc.

— Tu sais, les mariages rendent les hommes nerveux. Ça ne signifie rien du tout.

— C'est vrai.

Clary s'efforça de sourire, mais Simon voyait bien qu'elle ne croyait pas Luke. Il ne pouvait pas l'en blâmer. À en juger par le regard qu'avait eu Jace, il ne le croyait pas lui non plus.

Le restaurant de la Cinquième Avenue brillamment éclairé scintillait au loin comme une étoile dans le crépuscule. Simon marchait à côté de Clary le long de l'avenue, Jocelyne et Luke à quelques pas devant eux. Clary avait troqué sa robe pour un jean et noué une épaisse écharpe blanche autour de son cou. De temps à autre, elle triturait l'anneau pendu à sa chaîne d'un geste nerveux dont elle ne semblait pas avoir conscience.

En sortant de la boutique, Simon lui avait demandé si elle savait ce qui ne tournait pas rond chez Jace ; elle avait répondu d'un haussement d'épaules avant de le questionner sur ce qui s'était passé de son côté : avait-il parlé à sa mère ? N'était-il pas trop ennuyé de rester chez Éric ? Quand il lui apprit qu'il séjournait chez Kyle, elle ne cacha pas sa surprise.

— Mais tu le connais à peine ! Et si c'était un tueur en série ?

— J'y ai pensé. J'ai vérifié l'appartement, et s'il cache une glacière remplie d'armes, je ne l'ai pas encore trouvée. Et puis il m'a l'air plutôt sincère.

— Comment est-ce, chez lui ?

— Pas mal pour Alphabet City. Tu devrais passer.

— Pas ce soir, dit Clary d'un ton absent ; elle s'était remise à jouer avec son anneau. Demain, peut-être ?

« Tu vas voir Jace ? » songea Simon sans oser poser la question tout haut. Si elle n'avait pas envie d'en parler, il ne fallait pas insister.

— On est arrivés.

Il lui ouvrit la porte du restaurant, un courant d'air chaud chargé d'effluves de souvlaki les assaillit.

Ils trouvèrent une banquette près d'un des immenses écrans plats accrochés aux murs. Ils s'entassèrent autour de la table tandis que Jocelyne et Luke discutaient avec animation de l'organisation du mariage. Apparemment, la meute de Luke était vexée de ne pas avoir été invitée à la cérémonie – alors que la liste des invités était très réduite – et insistait pour donner sa propre fête dans un entrepôt rénové du Queens. Clary écoutait sans faire de commentaires ; la serveuse vint à leur table et leur tendit des menus plastifiés si rigides qu'ils auraient pu faire office d'armes. Simon posa le sien sur la table et regarda par la vitre. Il y avait une salle de gym de l'autre côté de la rue et, derrière les doubles vitrages, il voyait des gens courir sur des tapis en balançant les bras, des écouteurs vissés sur les oreilles. « Toute cette agitation pour aller nulle part, songea-t-il. L'histoire de ma vie. »

Il s'efforça de chasser ses idées noires, et y parvint presque. La scène qui se déroulait était l'une des plus familières de son existence : une banquette de restaurant, lui, Clary et sa famille. Luke en avait toujours fait partie, même alors qu'il n'était pas sur le point d'épouser la mère de Clary. Simon aurait dû se sentir à l'aise. Il esquissa un sourire forcé mais s'aperçut que la mère de Clary venait de lui poser une question qu'il n'avait pas entendue. À la table, tout le monde l'observait, attendant sa réponse.

— Désolé, fit-il. Je n'ai pas... Qu'est-ce que vous avez dit ?

Jocelyne lui adressa un sourire patient.

— Clary m'a appris que vous aviez accueilli un nouveau membre dans votre groupe... ?

Simon se rendait compte qu'elle essayait seulement d'être polie. Enfin, polie comme les parents peuvent l'être quand ils feignent de prendre les hobbies des enfants au sérieux. Pourtant, elle avait assisté à plusieurs de leurs concerts auparavant dans le seul but de les aider à remplir la salle. Elle se préoccupait de son bien-être, comme elle l'avait toujours fait par le passé. Dans les recoins sombres et reculés de son esprit, Simon la soupçonnait d'avoir toujours connu ses sentiments pour Clary, et il se demandait si elle n'aurait pas préféré que sa fille fasse un choix différent, pour peu que cette dernière ait le pouvoir de contrôler ce qu'elle ressentait. Simon savait que Jocelyne n'aimait pas beaucoup Jace. Cela se sentait jusque dans sa façon de prononcer son nom.

— Oui, répondit-il. Kyle. Il est un peu bizarre, mais super sympa.

Invité par Luke à s'expliquer sur la bizarrerie de Kyle, Simon leur décrivit son appartement – sans préciser qu'il s'agissait aussi du sien désormais –, son travail de coursier et sa vieille camionnette délabrée.

— Et il fait pousser de drôles de plantes sur son

balcon, ajouta-t-il. Ce n'est pas de l'herbe, j'ai vérifié. Elles ont des feuilles argentées...

Luke fronça les sourcils et avant qu'il ait pu ajouter quoi que ce soit la serveuse revint avec une grosse cafetière en métal. Elle était jeune, avec des cheveux blonds peroxydés séparés en deux tresses. Comme elle se penchait pour remplir la tasse de Simon, l'une d'elles frôla son bras. Il perçut l'odeur de sa sueur et, en dessous, celle de son sang. L'odeur du sang humain, la plus délicieuse de toutes. Une crampe familière lui contracta l'estomac et une sensation de froid l'envahit. Il avait faim, et tout ce qu'il lui restait chez Kyle, c'était du sang à température ambiante qui commençait déjà à coaguler : une perspective répugnante, même pour un vampire.

« Tu ne t'es jamais nourri sur un être humain, n'est-ce pas ? Tu y viendras. Et quand tu y auras goûté, tu ne pourras plus l'oublier. »

Simon ferma les yeux. Quand il les rouvrit, la serveuse s'était éloignée et Clary l'observait d'un air intrigué de l'autre côté de la table.

— Tout va bien ?

— Oui.

En refermant la main sur sa tasse de café, il s'aperçut qu'elle tremblait. Au-dessus d'eux, la télé diffusait toujours les nouvelles du soir à plein volume.

— Oh, fit Clary en levant les yeux vers l'écran. Tu entends ça ?

Simon suivit son regard. Le présentateur du journal arborait une expression propre à tous les présentateurs de journaux du monde quand ils annonçaient une nouvelle particulièrement mauvaise. « Personne n'est venu identifier le bébé de sexe masculin abandonné dans une ruelle derrière l'hôpital Beth Israel il y a plusieurs jours, disait-il. L'enfant est blanc, pèse un peu moins de trois kilos et il est en bonne santé. On l'a trouvé attaché à un siège auto derrière une benne. Le plus dérangeant, c'est le mot glissé sous la couverture de l'enfant, dans lequel son auteur supplie les responsables hospitaliers de l'euthanasier car, je cite : "je n'ai pas eu la force de le faire moi-même". La police pense qu'il pourrait s'agir d'une malade mentale et estime détenir des "pistes sérieuses". Toute personne susceptible de posséder des informations sur cet enfant est priée d'appeler la brigade criminelle au... »

— C'est horrible, commenta Clary en se détournant de l'écran avec un frisson. Je ne comprends pas comment on peut jeter son bébé comme un vulgaire déchet...

— Jocelyne, dit Luke d'une voix altérée par l'inquiétude.

Simon se tourna vers la mère de Clary. Elle était pâle comme un linge et semblait au bord de la nausée. Elle repoussa son assiette d'un geste brusque, se leva de table et se précipita vers les toilettes. Au bout d'un moment, Luke jeta sa serviette et alla la rejoindre.

— Oh non. (Clary porta la main à sa bouche.) Je n'arrive pas à croire que j'aie dit ça. Quelle idiote !

Simon semblait tomber des nues.

— Qu'est-ce qu'il y a ?

Clary se ratatina sur son siège.

— Elle pensait à Sébastien. Je veux dire Jonathan. Mon frère. Tu t'en souviens, j'imagine.

Cette dernière remarque était pour le moins sarcastique. Aucun d'eux ne risquait d'oublier Sébastien, Jonathan de son vrai nom, qui, après avoir froidement assassiné Hodge et Max, avait bien failli remporter pour Valentin une guerre qui aurait entraîné la destruction de tous les Chasseurs d'Ombres. Jonathan, qui avait des yeux noirs perçants et un sourire comme une lame de rasoir. Jonathan, dont le sang avait laissé un goût de vitriol dans la bouche de Simon quand il l'avait mordu. Non qu'il regrettât son geste.

— Mais ta mère ne l'a pas abandonné, objecta-t-il. Elle a continué de l'élever alors qu'elle avait conscience d'avoir enfanté un monstre.

— Mais elle le détestait, dit Clary. Je crois qu'elle ne s'en est jamais remise. Imagine, haïr son propre enfant. Chaque année, à l'occasion de son anniversaire, elle sortait une boîte contenant ses affaires de bébé et elle pleurait pendant des heures. Je pense que ces larmes étaient pour le fils qu'elle aurait eu... Tu sais, si Valentin n'était pas intervenu.

— Et toi, tu aurais eu un frère. Un vrai frère, et pas un meurtrier psychopathe.

Au bord des larmes, Clary repoussa son assiette à son tour.

— Je ne me sens pas bien, dit-elle. Tu connais ça, cette impression d'avoir faim sans pouvoir se résoudre à manger ?

Simon lança un œil vers la serveuse aux cheveux décolorés, qui était adossée au comptoir.

— Oui, répondit-il. Je connais ça.

Luke finit par retourner s'asseoir à la table et annonça qu'il ramenait Jocelyne chez elle. Il laissa de l'argent. Clary et Simon payèrent et quittèrent eux aussi le restaurant pour se rendre au Galaxy Comics, une boutique de bandes dessinées située dans la Septième Avenue. Mais ni l'un ni l'autre n'avaient le cœur à se divertir, et ils se séparèrent, se promettant de se retrouver le lendemain.

Simon s'engouffra dans le métro après avoir rabattu sa capuche et allumé son iPod. La musique avait toujours été un moyen pour lui de s'isoler du monde. Quand il émergea dans la Seconde Avenue pour prendre la direction de Houston Street, une pluie fine s'était mise à tomber, et il avait l'estomac noué.

Il coupa par la Première Rue, quasiment déserte. Elle formait une ligne obscure entre les lumières de la Première Avenue et de l'Avenue A. Avec son iPod sur les oreilles, Simon n'entendit pas qu'on le suivait jusqu'à ce qu'il soit presque rejoint : une ombre allongée sur le trottoir couvrait la sienne. Une autre ombre se profila, cette fois à côté. Il se retourna...

Il aperçut deux hommes derrière lui, vêtus, comme le pickpocket qui l'avait agressé l'autre soir, de survêtements gris dont la capuche était rabattue sur leur visage. Ils étaient assez près pour le toucher.

Simon recula d'un bond avec une violence qui le surprit. Sa force de vampire étant toute neuve, elle avait encore la capacité de le prendre au dépourvu. Quand, un instant plus tard, il se retrouva perché sur les marches d'un *brownstone*[1], à quelques mètres de ses assaillants, il en fut si étonné qu'il se figea.

Les deux hommes s'avancèrent. Ils parlaient la

---

1. Habitation en grès rouge typique de New York. (*N.d.T.*)

même langue gutturale que le premier pickpocket, que Simon commençait à soupçonner de ne pas en être un. D'après ce qu'il savait, les pickpockets n'agissaient pas en bande, et il était peu probable que son premier agresseur ait des amis criminels décidés à venger la mort de leur camarade. Manifestement, il se tramait autre chose.

Ils avaient atteint le perron et l'acculaient vers le haut. Il ôta les écouteurs de son iPod et leva précipitamment les mains.

— Écoutez, je ne sais pas de quoi il s'agit, mais vous feriez mieux de me laisser tranquille.

Les hommes se contentèrent de le fixer du regard. Ou, du moins, c'est ce qu'il lui sembla : sous leur capuche, il ne pouvait pas distinguer leur visage.

— J'ai l'impression que quelqu'un vous envoie me chercher, reprit-il. Mais c'est une mission suicide. Sérieux. Je ne sais pas combien on vous paie, mais ce n'est sûrement pas assez.

L'une des silhouettes éclata de rire. L'autre fouilla sa poche et en sortit un objet qui étincela sous la lumière des lampadaires.

Un pistolet.

— Oh non, fit Simon. Tu ne devrais pas, je t'assure. Je ne plaisante pas.

Il recula d'un pas, gravit une marche. Peut-être qu'en prenant assez de hauteur il pourrait se jeter sur eux ou sauter par-dessus. Tout sauf les laisser l'attaquer. Il n'était pas sûr de pouvoir en supporter les conséquences. Pas une seconde fois.

L'homme armé leva son pistolet. Un clic retentit lorsqu'il arma le chien.

Simon se mordit la lèvre. Dans la panique, il avait sorti les crocs. Il ressentit une douleur fulgurante quand ils transpercèrent sa chair.

— Non...

Une masse sombre tomba du ciel. D'abord Simon crut que quelque chose venait de dégringoler d'une des fenêtres de l'étage – un climatiseur mal fixé, ou un sac d'ordures qu'un riverain était trop paresseux pour descendre. Mais il s'aperçut bientôt que l'objet en question était une personne, et qu'il y avait de la grâce, une intention et un objectif derrière cette chute. L'inconnu atterrit sur le pickpocket armé, qui s'étala par terre en laissant échapper son pistolet et poussa un petit cri suraigu.

Le second pickpocket se pencha pour ramasser l'arme. Avant que Simon ait pu réagir, il la braqua sur lui et pressa la détente. Une étincelle jaillit du canon.

Soudain, le pistolet explosa, et avec lui le tireur, si vite qu'il n'eut même pas le temps de crier. Lui qui réservait une mort rapide à Simon connut une fin encore plus expéditive. Il vola en éclats comme du verre, comme les couleurs disloquées d'un kaléidoscope. Il y eut un bruit ténu d'explosion, le souffle d'un déplacement d'air, puis plus rien hormis une fine pluie de sel qui s'éparpilla sur le trottoir tel un crachin solide.

La vue de Simon se brouilla, et il s'affaissa sur les marches. Ses oreilles se mirent à bourdonner, puis quelqu'un l'agrippa violemment par les poignets et le secoua sans ménagement.

— Simon. Simon !

Il leva les yeux. La personne qui se tenait devant lui n'était autre que Jace. Il ne portait pas sa tenue de combat mais un jean et la veste qu'il avait récupérée auprès de Clary. Ses cheveux étaient ébouriffés et humides de pluie, ses vêtements et son visage maculés de terre et de suie.

— Qu'est-ce que c'était, nom de Dieu ? demanda-t-il.

Simon regarda de part et d'autre de la rue. Elle était toujours déserte. L'asphalte noir luisait de pluie. Son second assaillant avait disparu.

— Et toi, fit-il d'une voix un peu chevrotante. Tu t'es jeté sur ces pickpockets...

— Ce n'étaient pas des pickpockets. Ils te suivaient depuis que tu es sorti du métro. Quelqu'un t'a envoyé ces types, déclara Jace d'un ton qui ne trahissait aucun doute.

— Et l'autre ? s'enquit Simon. Qu'est-ce qui lui est arrivé ?

— Il s'est volatilisé, répondit Jace en claquant des doigts. En voyant comment a fini son collègue, il a disparu – clac – comme ça. J'ignore à qui on a eu affaire. Ce n'étaient pas des démons mais pas vraiment des humains non plus.

— Oui, je l'avais deviné, merci.

Jace observa Simon de plus près.

— Ce... ce qui est arrivé à cet homme, c'était toi, pas vrai ? Ta Marque, ici. (Il pointa du doigt le front de Simon.) Je l'ai vue briller avant qu'il se... désintègre.

Simon ne répondit pas.

— J'en ai vu, des choses, dans ma vie, reprit Jace

d'une voix pour une fois dépourvue de sarcasme ou de moquerie. Mais je n'avais jamais rien vu de pareil.

— Ce n'est pas moi, protesta doucement Simon. Je n'ai rien fait.

— Tu n'as pas eu à faire quoi que ce soit, répliqua Jace ; ses yeux mordorés étincelèrent dans son visage maculé de suie. « Car il est écrit : à moi la vengeance, à moi la rétribution, dit le Seigneur. »

6

Réveiller les morts

La chambre de Jace était aussi bien ordonnée que d'habitude, le lit impeccablement fait, les livres s'alignant sur les étagères classés par ordre alphabétique, les feuilles et les carnets de notes soigneusement empilés sur le bureau. Même ses armes étaient rangées contre le mur par ordre de taille, d'un glaive massif à une série de petites dagues.

Debout sur le seuil, Clary réprima un soupir. Cette manie de l'ordre n'avait rien d'une tare. Elle s'y était faite. Elle avait toujours pensé que c'était le seul moyen pour Jace de contrôler sa vie qui d'autre part semblait submergée par le chaos. Il avait vécu si longtemps sans savoir qui il était qu'elle pouvait difficilement lui reprocher le soin qu'il mettait à ranger sa collection de poésie par ordre alphabétique.

En revanche, elle pouvait lui reprocher son absence, et elle ne s'en privait pas. S'il n'était pas rentré chez lui en sortant de la boutique, où était-il passé ? En parcourant la pièce des yeux, elle se sentit assaillie par une impression d'irréalité. Cela ne pouvait pas lui arriver, n'est-ce pas ? Elle savait comment se déroulait généralement une rupture d'après les doléances qu'elle avait entendues de la bouche d'autres filles. D'abord l'éloignement, puis le refus progressif de retourner les appels téléphoniques. Les messages vagues pour assurer que tout allait bien, qu'il avait juste besoin d'un peu d'air. Puis le fameux refrain : « Ce n'est pas toi, c'est moi. » Et enfin, les larmes.

Elle n'aurait jamais cru que ce genre de situation puisse s'appliquer à elle et à Jace. Leur histoire n'était pas ordinaire ni soumise aux règles habituelles des relations et des ruptures amoureuses. Ils s'appartenaient corps et âme pour toujours, un point c'est tout.

Mais peut-être que tous les amoureux du monde ressentaient la même chose, jusqu'au jour où ils s'apercevaient qu'ils étaient comme les autres, et que tout ce qu'ils croyaient réel volait en éclats.

Son regard fut attiré par un objet étincelant à l'autre bout de la pièce. C'était le coffret qu'Amatis avait remis à Jace, avec ses motifs délicats d'oiseaux gravés sur les côtés. Elle savait que Jace avançait dans l'exploration de son contenu, qu'il lisait les lettres peu à peu, passait en revue les notes et les photos. Il ne lui en avait pas beaucoup parlé, et elle n'avait pas insisté pour en savoir plus. Les sentiments de Jace pour son père biologique étaient un sujet qu'il devrait régler seul.

Pourtant, en ce moment même, elle se sentait comme aimantée par ce coffret. Elle revoyait Jace, assis sur les marches de la Salle des Accords à Idris, la boîte posée sur les genoux. « Comme si je pouvais cesser de t'aimer », lui avait-il dit ce jour-là. Elle caressa le couvercle de la boîte, et ses doigts trouvèrent le fermoir, qui céda facilement. À l'intérieur s'entassaient des papiers et de vieilles photographies. Elle en sortit une et la contempla, fascinée. On y voyait un couple, un jeune homme et une jeune femme. Elle reconnut la femme immédiatement : c'était Amatis, la sœur de Luke. Elle regardait le jeune homme avec le rayonnement du premier amour. Il était grand, beau et blond mais il avait les yeux bleus et non mordorés, et les traits moins anguleux que Jace... Cependant, le seul fait de savoir qu'il était son père suffit à nouer l'estomac de Clary.

Elle reposa en hâte la photo de Stephen Herondale, et faillit s'entailler le doigt sur la lame d'un couteau de chasse qui était posé en travers du coffret. Des oiseaux étaient gravés sur le manche. La lame était tachée de rouille, ou du moins c'est ce qu'il semblait. Elle n'avait pas dû être nettoyée correctement. Clary referma vivement la boîte et se détourna avec un sentiment de culpabilité pesant.

Elle envisagea de laisser un message mais, ayant décidé qu'il valait mieux parler à Jace de vive voix, elle sortit de la chambre et se dirigea vers l'ascenseur. Elle était allée frapper à la porte d'Isabelle un peu plus tôt, mais apparemment elle n'était pas rentrée, elle non plus. Même les lampes du couloir alimentées par la lumière de sort semblaient briller plus faiblement que d'habitude. Profondément déprimée, Clary avança la main vers le bouton d'appel de l'ascenseur... et s'aperçut qu'il était déjà allumé. Quelqu'un montait à l'Institut.

« Jace », songea-t-elle immédiatement, le cœur battant. Mais il pouvait aussi s'agir d'Izzy, de Maryse ou de...

— Luke ? fit-elle, surprise, au moment où la grille s'ouvrait. Qu'est-ce que tu fais ici ?

— Je pourrais te poser la même question.

Il sortit de l'ascenseur et referma la grille derrière lui. Il portait la veste en flanelle bordée de mouton que Jocelyne tentait de lui faire jeter depuis qu'ils avaient commencé à sortir ensemble. Clary trouvait plutôt rassurant que rien ne puisse apparemment changer Luke, quoi qu'il arrive. Il aimait cette veste, point. Même si elle était usée jusqu'à la corde.

— Mais je crois que j'ai deviné, reprit-il. Alors, il est ici ?

— Jace ? Non. (Clary haussa les épaules en s'efforçant de paraître désinvolte.) Ce n'est pas grave. Je le verrai demain.

Luke hésita.

— Clary...

— Lucian !

La voix glaciale qui venait de s'élever derrière eux était celle de Maryse.

— Merci d'être venu aussi vite.

Il se retourna pour lui adresser un signe de tête.

— Maryse.

Maryse Lightwood se tenait sur le seuil, la main posée sur l'encadrement de la porte. Elle portait des gants gris clair assortis à son tailleur ajusté. Clary se demanda s'il lui arrivait de porter des jeans. Elle n'avait jamais vu la mère d'Alec et d'Isabelle autrement qu'en tailleur ou en tenue de combat.

— Clary, dit-elle. Je ne savais pas que tu étais là.

Clary se sentit rougir. Si Maryse ne semblait pas se formaliser de ses allées et venues, elle n'avait jamais officiellement admis sa relation avec Jace. Il était difficile de l'en blâmer. Maryse s'efforçait encore de surmonter le décès de Max, qui ne datait que de six semaines, et elle devait traverser cette épreuve toute seule, étant donné que Robert Lightwood se trouvait toujours à Idris. Elle avait d'autres chats à fouetter que la vie amoureuse de Jace.

— Je partais, lança Clary.

— Je te ramène dès que j'en aurai terminé, intervint Luke en posant la main sur son épaule. Maryse, ça te dérange que Clary reste pendant qu'on discute ? Je préfère qu'elle m'attende.

Maryse secoua la tête.

— Aucun problème. (Elle soupira en se passant la main dans les cheveux.) Crois-moi, j'aurais préféré ne pas avoir à te déranger. Je sais que tu te maries dans une semaine... Au fait, félicitations. Je ne sais plus si je te l'ai dit.

— Non, mais j'apprécie. Merci.

— Ça ne vous a pris que six semaines ? lâcha Maryse avec un petit sourire. Vous êtes allés vite en besogne.

La main de Luke se crispa sur l'épaule de Clary, seul signe de son agacement.

— Je suppose que tu ne m'as pas fait venir ici dans le seul but de me féliciter pour mon mariage, n'est-ce pas ?

Maryse secoua la tête. Clary lui trouva l'air très fatigué ; des mèches grises étaient apparues dans sa chevelure noire qu'elle portait relevée.

— Oui. Je présume que tu as entendu parler des corps que nous avons retrouvés la semaine dernière ?

— Les Chasseurs d'Ombres assassinés ? Oui.

— Nous avons trouvé un autre cadavre ce soir. Abandonné dans une benne près de Columbus Park. Le territoire de ta meute.

Luke leva les sourcils.

— Oui, mais les autres...

— Le premier corps a été retrouvé à Greenpoint. Le secteur des sorciers. Le deuxième flottait sur un étang de Central Park, le domaine des fées. Et maintenant le territoire des loups-garous. (Elle posa le regard sur Luke.) Qu'est-ce que tu en déduis ?

— Que quelqu'un qui n'est pas très favorable aux nouveaux Accords cherche à nous dresser les uns contre les autres, répondit Luke. Je peux t'assurer que ma meute n'a rien à voir avec ces meurtres. J'ignore qui est derrière tout ça, mais c'est un stratagème bien maladroit, si tu veux mon avis. J'espère que l'Enclave ne sera pas dupe.

— Il y a autre chose. Nous avons identifié les deux premiers corps. Il nous a fallu du temps, étant donné que le premier était brûlé au dernier degré et le deuxième dans un état de décomposition avancé. Devine de qui il s'agit ?

— Maryse...

— Anson Pangborn et Charles Freeman. Je précise que nous n'avions aucune nouvelle d'eux depuis la mort de Valentin...

— Mais ce n'est pas possible, l'interrompit Clary. Luke a tué Pangborn au mois d'août dernier... à Renwick.

— Il a tué Emil Pangborn, rectifia Maryse. Anson était son frère cadet. Ils faisaient tous les deux partie du Cercle.

— Tout comme Freeman, ajouta Luke. Alors quelqu'un ne se contente pas d'assassiner des Chasseurs d'Ombres, il s'en prend à d'anciens membres du Cercle en abandonnant leur cadavre sur le territoire des Créatures Obscures ? (Il secoua la tête.) On dirait que cette personne essaie de déstabiliser les représentants de l'Enclave les plus… récalcitrants. Voire de les pousser à repenser les nouveaux Accords, peut-être. On aurait dû s'y attendre.

— Je suppose que oui, dit Maryse. Je me suis déjà entretenue avec la reine de la Cour des Lumières et j'ai envoyé un message à Magnus. Où qu'il soit, ajouta-t-elle en levant les yeux au ciel.

Maryse et Robert Lightwood semblaient avoir accepté la relation d'Alec et de Magnus avec une bonne grâce étonnante, mais Clary sentait que Maryse, pour ne citer qu'elle, ne la prenait pas au sérieux.

— Je m'étais dit que peut-être… (Elle soupira.) Je suis tellement fatiguée ces derniers temps que je n'arrive plus à avoir les idées claires. J'espérais que tu aurais une idée de l'identité du meurtrier. Une idée qui ne m'aurait pas effleuré l'esprit.

Luke secoua la tête.

— C'est quelqu'un qui a une dent contre le nouveau système. Mais ça pourrait être n'importe qui. Je présume qu'on n'a relevé aucune empreinte sur les corps ?

Maryse soupira de nouveau.

— Rien de très concluant. Si seulement les morts pouvaient parler, hein, Lucian ?

C'était comme si Maryse venait de tirer un rideau invisible masquant la vue de Clary ; soudain, tout s'assombrit autour d'elle excepté un symbole unique, suspendu dans le vide telle une pancarte lumineuse se détachant sur un ciel obscur.

Apparemment, son pouvoir n'avait pas disparu, en fin de compte.

— Et si... commença-t-elle en levant les yeux vers Maryse. Et s'ils en étaient capables ?

Tout en s'observant dans le miroir de la salle de bains du petit appartement de Kyle, Simon ne put s'empêcher de se demander d'où venait le mythe selon lequel les vampires n'avaient pas de reflet. Il voyait parfaitement dans la surface polie ses cheveux bruns ébouriffés, ses grands yeux marron, sa peau blanche et lisse. Il avait épongé le sang de sa lèvre entaillée, et sa peau avait déjà cicatrisé.

Il savait, d'un point de vue objectif, qu'être un vampire le rendait plus séduisant. Isabelle lui avait expliqué que ses mouvements avaient gagné en grâce et que, si avant il avait pu paraître échevelé, à présent il avait un air joliment négligé, comme s'il sortait à peine du lit. « Du lit de quelqu'un d'autre », avait-elle ajouté, à quoi il avait répondu qu'elle n'avait pas besoin de le préciser, merci.

Pourtant, en se regardant dans la glace, il ne voyait rien de tout cela. La blancheur immaculée de sa peau le perturbait toujours autant, ainsi que les veines sombres et sinueuses qui ressortaient sur ses tempes, preuve qu'il ne s'était pas nourri aujourd'hui. Il se sentait étranger à lui-même. Peut-être que cette histoire de ne pas se voir dans une glace une fois qu'on était devenu vampire, c'était juste une manière d'enjoliver la réalité. Peut-être qu'en fait on ne reconnaissait plus le reflet que renvoyait le miroir.

Une fois lavé, il se rendit dans le salon, où il trouva Jace vautré sur le futon en train de lire un exemplaire corné du *Seigneur des Anneaux*. Il le jeta sur la table basse en voyant Simon entrer. Il avait les cheveux mouillés, comme s'il venait de passer la tête sous le robinet de la cuisine.

— Ça ne m'étonne pas que tu aimes cet endroit, dit-il en embrassant d'un geste la collection d'affiches de films et de littérature de science-fiction de Kyle. On sent la patte du *nerd*[1] un peu partout.

— Merci, j'apprécie beaucoup, répliqua Simon en jetant un regard noir à Jace.

De près, sous la lumière crue de l'ampoule suspendue au-dessus de sa tête, Jace semblait... malade. Les cernes que Simon avait notés auparavant étaient encore plus prononcés, et sa peau semblait tirée sur l'ossature de son visage. Sa main tremblait un peu quand il repoussa ses cheveux de son front de ce geste si caractéristique.

Simon secoua la tête comme pour s'éclaircir les idées. Depuis quand connaissait-il Jace au point d'être capable de relever ses tics gestuels ? Ce n'était pas comme s'ils étaient amis.

---

1. Terme péjoratif qui désigne une personne solitaire obnubilée par des sujets liés aux sciences et à la technologie. (*N.d.T.*)

— Tu as une tête à faire peur.

Jace cilla.

— Il me semble que ce n'est pas le bon moment pour se lancer des insultes à la figure, mais si tu insistes, je trouverai probablement quelque chose de bien senti.

— Non, je suis sérieux. Tu as une sale tête.

— Et ça vient d'un type qui a le sex-appeal d'un pingouin ! Écoute, je comprends que tu sois jaloux que le bon Dieu ne t'ait pas aussi bien doté que moi, mais ce n'est pas une raison pour...

— Je n'avais pas l'intention de t'insulter, aboya Simon. Je voulais seulement dire que tu as l'air mal en point. C'était quand, la dernière fois que tu as mangé quelque chose ?

Jace parut réfléchir.

— Hier ?

— C'est d'hier que date ton dernier repas ? Tu es sûr ?

Jace haussa les épaules.

— Eh bien, je n'irais pas le jurer sur la Bible. Mais je crois que c'était hier.

Simon avait passé en revue le contenu du réfrigérateur de Kyle lorsqu'il avait fouillé les lieux, et il n'y avait pas trouvé grand-chose, hormis un vieux citron vert desséché, des canettes de soda, un demi-kilo de viande hachée et une unique glace dans le compartiment de congélation. Il ramassa ses clés sur le comptoir de la cuisine.

— Viens, il y a un supermarché au coin de la rue. On va te chercher de quoi manger.

Jace parut sur le point de protester, puis capitula d'un haussement d'épaules.

— D'accord, fit-il avec indifférence, allons-y.

Une fois dehors, Simon verrouilla la porte derrière eux tandis que Jace examinait la liste de noms sur l'interphone.

— C'est celui-là, le tien, pas vrai ? dit-il en désignant la sonnette de l'appartement 3A. Comment se fait-il qu'il y ait juste écrit « Kyle » ? Il n'a pas de nom de famille ?

— Kyle veut devenir une rock star, répliqua Simon en dévalant les marches du perron. J'imagine qu'il préfère s'en tenir à un seul nom, comme Rihanna.

Jace le suivit en voûtant les épaules pour lutter contre le vent, mais ne fit pas mine de remonter la fermeture Éclair de sa veste en daim.

— Je ne comprends rien à ce que tu me racontes.

— Ça ne m'étonne pas.

En tournant au coin de l'Avenue B, Simon observa Jace du coin de l'œil.

— Alors ? lança-t-il. Tu me suivais ? Ou, par une coïncidence étonnante, tu te trouvais sur le toit de cet immeuble quand on m'a attaqué ?

Jace s'arrêta et attendit que le signal piéton passe au vert. Apparemment, même les Chasseurs d'Ombres étaient tenus de respecter les règles de circulation.

— C'est vrai, je te suivais.

— C'est là que tu vas m'annoncer que tu m'aimes en secret ? C'est mon aura de vampire qui refait des siennes.

— Ce truc-là n'existe pas, objecta Jace, faisant bizarrement écho à la remarque que Clary avait formulée précédemment. Et pour ta gouverne, c'est **Clary** que je suivais, mais elle est montée dans un taxi, et je ne suis pas capable de suivre une voiture. Alors je suis revenu sur mes pas et c'est toi que j'ai pisté, histoire de tuer le temps.

— Tu suivais Clary ? répéta Simon. Un conseil : la plupart des filles n'aiment pas qu'on leur file le train.

— Elle a laissé son portable dans la poche de ma veste, dit Jace en tapotant le côté droit du vêtement où se trouvait probablement le téléphone. J'ai pensé qu'en découvrant où elle allait je pourrais le laisser quelque part où elle le retrouverait.

— Ou tu aurais pu l'appeler chez elle pour la prévenir que tu avais son téléphone, et elle serait venue le récupérer.

Jace ne répondit rien. Le signal passa au vert, et ils traversèrent la rue en direction du supermarché, qui était encore ouvert. À Manhattan, les commerces ne fermaient jamais, ce qui changeait agréablement de Brooklyn. Manhattan était l'endroit idéal pour un vampire. On pouvait y faire ses courses à minuit sans que personne y trouve rien à redire.

— Tu l'évites, poursuivit Simon. Je suppose que tu ne vas pas m'expliquer pourquoi ?

— Eh non, répondit Jace. Estime-toi heureux que je t'aie suivi, sinon...

— Sinon quoi ? Un autre pickpocket serait mort ? répliqua Simon avec amertume. Tu as vu ce qui s'est passé.

— Oui. Et j'ai vu ton regard à ce moment-là, dit Jace d'un ton égal. Ce n'était pas la première fois que ça se produisait, n'est-ce pas ?

Simon finit par parler à Jace de la silhouette en survêtement qui l'avait attaqué à Williamsburg, en précisant qu'il avait d'abord cru avoir affaire à un simple pickpocket.

— Dès l'instant où il est mort, il s'est transformé en sel, conclut-il. Exactement comme l'autre type. J'imagine que c'est un truc biblique. Des statues de sel. Comme la femme de Loth.

Ils arrivèrent devant le supermarché. Jace en poussa la porte, et Simon le suivit à l'intérieur en prenant au passage un mini-caddie dans la rangée disposée près de l'entrée. Il se mit à le pousser dans les allées, et Jace lui emboîta le pas, l'air manifestement perdu dans ses pensées.

— Donc la question qui s'impose, c'est : qui voudrait te tuer, à ton avis ? dit-il enfin.

Simon haussa les épaules. La vue de toute cette nourriture lui soulevait l'estomac et lui rappelait à quel point il avait faim, mais pas de ce qu'on vendait ici.

— Raphaël, peut-être ? J'ai l'impression qu'il me hait. Et il voulait me voir mort il n'y a pas si longtemps...

— Ce n'est pas Raphaël.

— Comment tu peux en être aussi certain ?

— Raphaël est au courant pour ta Marque, il n'est pas assez bête pour s'en prendre directement à toi comme ça. Il sait exactement ce qui se serait passé dans ce cas-là. La personne qui te veut du mal en sait assez sur ton compte pour te localiser, mais ignore tout de la Marque.

— Ça pourrait être n'importe qui.

— Exactement, dit Jace en souriant, et pendant un bref instant, il sembla presque redevenu lui-même.

Simon secoua la tête.

— Bon, tu sais ce que tu veux manger ou tu tiens juste à me faire pousser ce caddie dans les allées parce que ça t'amuse ?

— Ça et, en outre, je n'ai pas vraiment l'habitude des commerces terrestres. D'ordinaire, c'est Maryse qui cuisine, ou alors on commande à manger.

Il haussa les épaules et prit un fruit au hasard sur un étal.

— Qu'est-ce que c'est ?

— Une mangue.

Simon dévisagea Jace avec perplexité. Parfois, il avait l'impression que les Chasseurs d'Ombres venaient d'une autre planète.

— Je ne crois pas en avoir déjà vu qui n'étaient pas coupées en tranches, dit Jace d'un air songeur. J'aime bien les mangues.

Simon lui prit le fruit des mains et le jeta dans le caddie.

— Super. Qu'est-ce que tu veux d'autre ?

Jace réfléchit un moment.

— De la soupe de tomate, répondit-il enfin.

— De la soupe de tomate ? Tu veux dîner d'une soupe de tomate et d'une mangue ?

Jace haussa les épaules.

— La bouffe, ça ne m'intéresse pas beaucoup.

— OK. Comme tu voudras. Reste ici, je reviens tout de suite.

« Ah, les Chasseurs d'Ombres ! » tempêtait Simon intérieurement en atteignant le coin d'une allée où les boîtes de soupes s'alignaient sur les rayonnages. Ils formaient un amalgame bizarre, à mi-chemin entre le millionnaire qui n'avait jamais eu à se soucier des détails triviaux de l'existence, comme les courses alimentaires ou le fonctionnement des distributeurs de tickets dans le métro, et le soldat, avec sa discipline rigide et ses entraînements constants. « Peut-être qu'il leur est plus facile d'avancer dans la vie avec des œillères », songea-t-il en prenant une boîte sur une étagère. Cela les aidait probablement à rester concentrés sur les tâches importantes, ce qui n'était pas un vain mot étant donné que lesdites tâches consistaient à protéger le monde du mal.

Il éprouvait presque de la compassion pour Jace quand il regagna l'allée où il l'avait laissé... puis s'arrêta net. Adossé au caddie, Jace retournait un objet dans ses mains. À cette distance, Simon ne pouvait pas voir de quoi il s'agissait, et ne pouvait pas non plus se rapprocher car deux adolescentes lui barraient le passage. Plantées au milieu de l'allée, elles gloussaient en se bousculant l'une l'autre pour se chuchoter des confidences à l'oreille comme le font toutes les filles de cet âge. Manifestement, elles s'étaient habillées dans le but de paraître plus âgées, arborant talons hauts, minijupe et soutien-gorge pigeonnant sans veste pour les protéger du froid.

Elles sentaient le gloss pour les lèvres, le talc et le sang frais.

Bien qu'elles conversent à voix basse, il entendait tout ce qu'elles disaient, évidemment. Elles parlaient de Jace, qu'elles trouvaient très sexy, en se mettant au défi l'une l'autre de lui adresser la parole. La discussion allait bon train sur ses cheveux et ses abdos, bien que Simon ne soit pas sûr de comprendre comment elles arrivaient à les voir sous son tee-shirt. « Pff, pensa-t-il. Ridicule. » Il était sur le point de passer devant elles en s'excusant quand la plus grande et la plus brune des deux s'avança vers Jace d'un pas nonchalant en flageolant un peu sur ses talons vertigineux. Jace leva les yeux à son approche, l'air circonspect, et soudain, dans un élan de panique, Simon songea qu'il allait peut-être la prendre pour un vampire ou quelque succube, dégainer sur-le-champ l'un de ses poignards séraphiques, et qu'ils finiraient tous deux au poste.

Il s'inquiétait pour rien. Jace se contenta de froncer les sourcils. La fille lui dit quelques mots sans reprendre son souffle. Comme il haussait les épaules, elle glissa quelque chose dans sa main avant de retourner précipitamment auprès de son amie. Ensemble, elles gagnèrent la sortie du magasin en pouffant.

Simon rejoignit Jace et lança la boîte de soupe dans le caddie.

— Qu'est-ce qu'elles voulaient ?

— Si j'ai bien compris, répondit Jace, elle m'a demandé si elle pouvait toucher ma mangue.

— Elle a dit ça ?

Jace haussa les épaules.

— Oui. Ensuite, elle m'a donné son numéro.

Il montra le bout de papier à Simon d'un air indifférent avant de le jeter dans le caddie.

— On peut y aller maintenant ?

— Tu ne vas pas l'appeler, n'est-ce pas ?

Jace dévisagea Simon comme s'il avait perdu la tête.

— Oublie ce que je viens de dire, reprit celui-ci. Ça t'arrive tout le temps, pas vrai, d'être abordé par des filles ?

— Seulement quand je n'ai pas recours à un charme.

— Oui, parce que dans ces cas-là, les filles ne peuvent pas te voir. (Simon secoua la tête.) Tu es un danger public. On ne devrait pas te laisser sortir seul.

— La jalousie est un vilain défaut, Lewis, répliqua Jace avec un sourire en coin qui, en temps normal, aurait mis Simon hors de lui.

Mais pas cette fois. Il venait de reconnaître l'objet avec lequel jouait Jace, qu'il retournait sans cesse entre ses doigts comme s'il s'agissait d'une chose précieuse ou dangereuse, sinon les deux. C'était le téléphone de Clary.

— Je ne suis toujours pas certain que ce soit une bonne idée, déclara Luke.

Les bras croisés sur la poitrine pour braver le froid de la Cité Silencieuse, Clary lui jeta un regard en coin.

— Peut-être que tu aurais dû me le dire avant qu'on vienne ici.

— Je suis quasiment sûr de l'avoir fait. Plusieurs fois.

La voix de Luke se répercuta sur les colonnes incrustées de bandes de pierres semi-précieuses – onyx, jade, cornaline et lapis-lazuli – qui s'élevaient au-dessus d'eux. Les torches fixées aux colonnes répandaient une lumière argentée sur les mausolées d'un blanc presque aveuglant qui s'alignaient le long de chaque mur.

Peu de choses avaient changé dans la Cité Silencieuse depuis la précédente visite de Clary. L'endroit n'avait rien perdu de son étrangeté, même si désormais les runes qui recouvraient le sol de leurs volutes chatouillaient sa conscience de bribes de signification, au lieu d'être totalement incompréhensibles. Maryse les avait abandonnés, Luke et elle, dès leur arrivée, préférant aller s'entretenir seule avec les Frères Silencieux. Ils n'avaient aucune garantie qu'on les laisse voir les cadavres tous les trois, avait-elle prévenu Clary. Les corps des Nephilim appartenaient aux gardiens de la Cité des Os et relevaient de leur seule juridiction.

Non qu'il y eût beaucoup de gardiens. Valentin les avait presque tous massacrés en venant chercher l'Épée Mortelle. Seuls restaient ceux, peu nombreux, qui ne se trouvaient pas dans la Cité Silencieuse ce jour-là. De nouveaux membres étaient venus grossir leurs rangs depuis lors, mais Clary doutait qu'il y ait plus d'une quinzaine de Frères Silencieux encore en vie dans le monde.

Le claquement sonore des talons de Maryse sur le sol de pierre leur signala son retour avant qu'elle réapparaisse, suivie d'un Frère Silencieux en longue robe.

— Vous voilà, dit-elle, comme si Clary et Luke ne se trouvaient pas exactement à l'endroit où elle les avait laissés. Je vous présente Frère Zachariah. Frère Zachariah, voici la fille dont je vous ai parlé.

Le Frère Silencieux repoussa légèrement son capuchon. Clary réprima un sursaut. Il n'avait pas, comme

Frère Jeremiah, les orbites vides et les lèvres cousues. Ses yeux étaient fermés, et chacune de ses pommettes saillantes était marquée d'une seule et unique rune noire. Mais sa bouche n'était pas scellée, et il ne semblait pas avoir le crâne rasé, bien que, avec son capuchon rabattu sur sa tête, Clary ne sût pas avec certitude si c'étaient des ombres qu'elle voyait ou une chevelure brune.

Elle sentit la voix du Frère effleurer son esprit.

Tu te crois vraiment capable d'accomplir une telle chose, fille de Valentin ?

Clary sentit ses joues s'empourprer. Elle détestait qu'on lui rappelle qui était son père.

— Vous avez sans doute entendu parler de ses autres exploits, intervint Luke. Grâce à sa rune d'alliance, nous avons pu mettre un terme à la Guerre Mortelle.

Frère Zachariah rajusta son capuchon pour dissimuler son visage.

Venez avec moi, je vais vous conduire à l'Ossuaire.

Clary chercha un signe d'encouragement du côté de Luke, mais il regardait droit devant lui en tripotant ses lunettes, signe qu'il était nerveux. Avec un soupir, elle suivit Maryse et Frère Zachariah. Il se déplaçait sans bruit, comme une nappe de fumée, tandis que les talons de Maryse résonnaient tels des coups de feu sur le sol en marbre. Clary se demanda si la manie qu'avait Isabelle de porter des chaussures inadéquates n'était pas une particularité génétique.

Ils se faufilèrent parmi les colonnes, traversèrent la vaste salle des Étoiles Diseuses, où les Frères Silencieux avaient pour la première fois parlé à Clary de

Magnus Bane. Au-delà se trouvait une porte voûtée fermée par deux énormes battants de fer, sur lesquels avaient été gravés des symboles que Clary identifia comme des runes de mort et de paix. La porte était surmontée d'une inscription en latin, qui lui fit regretter de ne pas avoir emporté ses notes avec elle. Pour une Chasseuse d'Ombres, elle avait de terribles lacunes en la matière ; la plupart de ses semblables en avaient fait leur seconde langue.

Taceant colloquia. Effugiat risus. Hic locus est ubi mors gaudet succurrere vitae.

— « Que les conversations cessent. Que les rires se taisent, lut Luke à voix haute. Voici le lieu où les morts se plaisent à instruire les vivants. »

Frère Zachariah posa la main sur la poignée de la porte.

Le corps de la dernière des victimes a été préparé pour toi. Tu es prête ?

Clary avala péniblement sa salive en se demandant dans quel pétrin elle s'était mise.

— Je suis prête.

Les portes s'ouvrirent en grand, et tous pénétrèrent dans une vaste pièce sans fenêtres aux murs de marbre blanc, vides à l'exception de crochets sur lesquels étaient suspendus des instruments de dissection : scalpels étincelants, objets semblables à des marteaux, scies à os, écarteurs. Sur des étagères installées à proximité s'entassaient des instruments encore plus singuliers : d'énormes outils semblables à des tire-bouchons, des feuilles d'un matériau proche du papier de verre et des pots remplis de liquides multicolores, dont un verdâtre étiqueté du mot « acide », et qui semblait dégager de la vapeur.

Au centre de la pièce était disposée une rangée de hautes tables en marbre, vides pour la plupart. Trois étaient occupées, et sur deux d'entre elles Clary ne distinguait qu'une forme humaine cachée sous un drap blanc. Sur la troisième reposait un corps à moitié dénudé de sexe masculin, qui ne pouvait être qu'un Chasseur d'Ombres. La peau pâle du cadavre était entièrement couverte de Marques. Ses yeux étaient dissimulés sous un bandeau de soie blanche, conformément à la coutume.

Clary réprima une nausée grandissante et se posta près du corps. Luke la rejoignit et posa une main protectrice sur son épaule ; face à eux, Maryse observait tout autour d'elle d'un regard curieux, du même bleu que celui d'Alec.

Clary sortit sa stèle de sa poche. En se penchant sur le cadavre, elle sentit le froid du marbre à travers le tissu de son tee-shirt. De près, aucun détail ne lui échappait : la teinte brun-roux des cheveux du mort, sa gorge tranchée comme par un gigantesque coup de griffe.

Frère Zachariah ôta le bandeau de soie. En dessous, les paupières du cadavre étaient closes.

Tu peux commencer.

Clary inspira profondément et appliqua la pointe de la stèle sur le bras du cadavre. La rune qu'elle avait visualisée dans le hall de l'Institut lui apparut aussi distinctement que les lettres de son prénom. Elle se mit à dessiner.

Comme chaque fois, des lignes noires s'échappèrent de la pointe de sa stèle, mais il lui sembla que sa main était lourde, que la stèle elle-même peinait un peu, comme si elle dessinait dans de la boue plutôt que sur de la peau. Son instrument déboussolé semblait ricocher à la surface du derme mort en cherchant l'esprit vivant du Chasseur d'Ombres défunt. L'estomac de Clary se souleva tandis qu'elle dessinait, et quand elle eut terminé, elle transpirait à grosses gouttes et avait envie de vomir.

Pendant un long moment, rien ne se produisit. Puis, avec une soudaineté terrible, le mort ouvrit les yeux. Ils étaient bleus, le blanc de l'œil tacheté de sang.

Maryse laissa échapper un hoquet de surprise. À l'évidence, elle ne croyait pas vraiment que la rune fonctionnerait.

— Par l'Ange, souffla-t-elle.

Le mort poussa une longue expiration, comme toute personne qui s'efforcerait de respirer malgré une gorge tranchée. La chair mutilée de son cou palpita telles les branchies d'un poisson. Sa poitrine se souleva et trois mots s'échappèrent de sa bouche :

— Ça fait mal.

Luke poussa un juron et jeta un coup d'œil à Zachariah, mais le Frère Silencieux demeura impassible.

Maryse se rapprocha de la table, le regard soudain perçant, presque prédateur.

— Chasseur d'Ombres, dit-elle. Qui es-tu ? J'exige de connaître ton nom.

L'homme agita la tête de part et d'autre en levant les mains et en les abaissant d'un geste convulsif.

— La douleur… Faites que ça s'arrête.

Clary faillit en lâcher sa stèle. La scène était beaucoup plus affreuse que ce qu'elle s'était imaginé. Elle se tourna vers Luke, qui s'éloignait de la table, les yeux écarquillés d'horreur.

— Chasseur d'Ombres, répéta Maryse d'un ton impérieux. Qui t'a fait ça ?

— Je vous en prie...

Luke tourna brusquement le dos à Clary, et il lui sembla qu'il fouillait parmi les instruments des Frères Silencieux. Figée d'épouvante, elle vit la main gantée de Maryse agripper l'épaule du mort, ses doigts s'enfoncer dans sa chair.

— Au nom de l'Ange, je t'ordonne de me répondre !

Le Chasseur d'Ombres émit un son étranglé.

— Créature Obscure... vampire...

— Quel vampire ? demanda Maryse.

— Camille. L'ancienne...

Les mots s'étranglèrent dans sa gorge au moment où un caillot de sang noir jaillissait de sa bouche.

Maryse poussa un hoquet de stupeur et recula brusquement sa main. À cet instant, Luke réapparut avec le pot d'acide que Clary avait remarqué à son arrivée. D'un seul geste, il en ôta le couvercle et répandit son contenu sur la Marque imprimée sur le bras du cadavre, laquelle disparut. Le mort laissa échapper un cri, sa chair se mit à grésiller, puis il retomba sur la table, le regard vide ; le pouvoir qui l'avait animé pendant un bref laps de temps s'était manifestement évanoui.

Luke reposa le pot vide sur la table.

— Maryse, dit-il d'un ton lourd de reproche. Ce n'est pas ainsi que nous traitons nos défunts.

— C'est à moi de décider cela, loup-garou, répliqua-t-elle. (Elle avait le visage blafard, les joues empourprées.) Nous avons un nom, désormais. Camille. Nous pourrons peut-être éviter d'autres décès.

— Il existe des choses bien pires que la mort. (Luke tendit la main vers Clary sans la regarder.) Viens, Clary. Je crois qu'il est temps de partir.

— Bon, il n'y a personne d'autre qui te vienne à l'esprit ? demanda Jace pour la énième fois.

Ils avaient passé plusieurs fois en revue la liste des personnes susceptibles d'en vouloir à la vie de Simon, et il était las d'entendre les mêmes questions. Sans compter qu'il soupçonnait Jace de ne pas être très attentif. Après avoir avalé la soupe que Simon avait achetée – froide, à même la boîte avec une cuillère, ce qu'il ne put s'empêcher de trouver répugnant –, Jace s'était adossé à la fenêtre en écartant le rideau d'un centimètre pour observer le trafic dans l'Avenue B et les fenêtres brillamment éclairées des appartements situés de l'autre côté de la rue. Au-delà de ces fenêtres, Simon pouvait voir des inconnus dîner, regarder la télévision ou bavarder assis autour d'une table. Les occupations ordinaires auxquelles se livraient les gens ordinaires. Ce spectacle lui procurait un étrange sentiment de solitude.

— Contrairement à toi, je n'ai pas tant d'ennemis que ça, répondit-il.

Jace ignora sa remarque.

— Il y a quelque chose que tu ne me dis pas.

Simon soupira. Il n'avait pas envie de parler de l'offre de Camille, mais face à ces tentatives de meurtres, si inefficaces soient-elles, le sceau du secret n'était peut-être plus une priorité. Il expliqua ce qui s'était passé lors de son entrevue avec la femme vampire tandis que Jace l'observait d'un air attentif.

Une fois que Simon eut terminé son récit, Jace lâcha :

— C'est intéressant, mais il est peu probable que ce soit elle qui cherche à t'éliminer. D'abord, elle est au courant pour ta Marque. Et je ne suis pas sûr qu'elle tienne à se faire prendre en train de violer les Accords. Quand les Créatures Obscures atteignent un âge aussi avancé, en général elles veillent à se tenir à l'écart des ennuis. (Il reposa sa boîte de soupe.) On pourrait ressortir pour voir s'ils essaient de t'attaquer une troisième fois. Si on parvenait à capturer l'un d'eux, on pourrait peut-être...

— Non, dit Simon. Pourquoi tu cherches toujours à te faire tuer ?

— C'est notre métier.

— C'est un aléa de votre métier. Du moins, pour la plupart des Chasseurs d'Ombres. Pour toi, on dirait que c'est un but en soi.

Jace haussa les épaules.

— Mon père disait toujours... (Il s'interrompit, et son visage se ferma.) Désolé. Je parlais de Valentin. Par l'Ange. Chaque fois que je l'appelle comme ça, j'ai l'impression de trahir mon véritable père.

Malgré lui, Simon éprouva un élan de compassion pour Jace.

— Tu as cru que c'était lui ton père pendant quoi... seize ans ? Ça ne s'efface pas en une journée. Et puis tu n'as jamais connu ton vrai père. De toute façon, il est mort. Donc ce n'est pas vraiment le trahir. Tu n'as qu'à te considérer comme le rejeton de deux pères pendant quelque temps.

— On ne peut pas avoir deux pères.

— Bien sûr que si. Qui a décrété le contraire ? Il faudrait t'acheter un de ces livres destinés aux jeunes enfants. *Tom a deux papas.* Bon, je ne crois pas qu'il en existe un qui soit intitulé *Tom a deux papas et l'un d'eux était le mal incarné.* Pour cet aspect-là de l'histoire, tu devras te débrouiller tout seul.

Jace leva les yeux au ciel.

— C'est fascinant. Tu connais un tas de mots, tous dans un anglais correct, et pourtant quand tu les assembles pour construire des phrases, ça n'a aucun sens. (Il tira le rideau.) Je ne pouvais pas m'attendre que tu comprennes.

— Mon père est mort, dit Simon.

Jace se tourna vers lui.

— Hein ?

— Pas étonnant que tu ne sois pas au courant. Tu ne risquais pas de poser la question, ni de t'intéresser à moi de quelque manière que ce soit. Oui, mon père est mort. On a au moins ça en commun.

Soudain épuisé, il se renfonça dans le futon. Il avait la nausée, des vertiges et éprouvait une fatigue profonde qui s'insinuait jusque dans ses os. Jace, quant à lui, semblait animé d'une énergie inépuisable que Simon trouvait un peu perturbante. Cela n'avait pas non plus été facile de le regarder manger cette soupe à la tomate. Elle lui rappelait trop la couleur du sang.

Jace le dévisagea attentivement.

— Et toi, ça fait combien de temps que tu ne t'es pas... nourri ? Tu as une sale tête.

Simon soupira. Il supposait qu'il n'avait pas le droit de protester après avoir autant insisté pour que Jace avale quelque chose.

— Attends, dit-il. Je reviens tout de suite.

Il se leva et alla dans sa chambre récupérer son dernier flacon de sang qu'il cachait sous le lit. Il s'efforça de ne pas le regarder : le sang coagulé avait un aspect répugnant. Il secoua énergiquement le flacon et regagna le salon, où Jace regardait toujours par la fenêtre.

Adossé au plan de travail de la cuisine, Simon dévissa le bouchon et prit une gorgée. En temps normal, il n'aimait pas boire en public, mais là il s'agissait de Jace, et il se moquait bien de ce qu'il pensait. En outre, ce n'était pas comme si Jace ne l'avait jamais vu boire du sang. Au moins, Kyle n'était pas rentré. Il aurait eu bien du mal à se justifier auprès de son nouveau colocataire. Personne n'aimait les types qui gardaient du sang dans le frigo.

Deux Jace l'observaient : le Jace en chair et en os, et son reflet dans la vitre.

— Tu ne peux pas négliger de te nourrir, tu sais.

Simon haussa les épaules.

— C'est ce que je fais en ce moment.

— Oui, mais tu es un vampire. Le sang, ce n'est pas de la nourriture pour toi. Le sang, c'est... du sang.

— Merci de m'éclairer, ironisa Simon en se laissant choir dans le fauteuil face à l'écran de télé ; le velours du dossier avait probablement été jaune pâle par le passé, mais il tirait désormais sur le gris. Tu as beaucoup d'autres réflexions profondes du même genre à me faire partager ? Le sang, c'est du sang ? Un grille-pain, c'est un grille-pain ?

Jace haussa les épaules.

— Très bien. Ignore mon conseil. Tu le regretteras.

Avant que Simon puisse répliquer, il entendit la porte d'entrée s'ouvrir. Il fusilla Jace du regard.

— C'est Kyle, mon colocataire. Sois sympa.

Jace esquissa un sourire charmant.

— Je suis toujours sympa.

Simon n'eut pas l'opportunité de répondre comme il l'aurait voulu, car un instant plus tard Kyle fit irruption dans la pièce, l'œil brillant et l'air surexcité.

— J'ai traversé la ville de long en large aujourd'hui. J'ai même failli me perdre, mais tu sais ce qu'on dit. Le Bronx au nord, Battery au sud...

S'apercevant enfin de la présence de Jace, il ajouta :

— Oh, salut. Je ne savais pas que tu avais un ami de passage. (Il tendit la main.) Je m'appelle Kyle.

Jace ne répondit pas. À l'étonnement de Simon, il s'était raidi en plissant ses yeux d'un or pâle ; tout son corps trahissait cette vigilance propre aux Chasseurs d'Ombres, qui transformait l'adolescent ordinaire en un être très différent.

— Intéressant, lâcha-t-il. Tu sais, Simon n'avait pas précisé que son colocataire est un loup-garou.

Pendant la plus grande partie du trajet jusqu'à Brooklyn, Clary et Luke gardèrent le silence. Clary regarda par la vitre défiler Chinatown puis le pont de Williamsburg scintillant comme une rivière de diamants sur le ciel nocturne. Au loin, sur les flots noirs du fleuve, elle distingua Renwick, éclairé comme d'ordinaire. L'hôpital avait retrouvé son aspect délabré, ses fenêtres vides et noires évoquaient les orbites d'un crâne. La voix du Chasseur d'Ombres mort s'insinua dans son esprit : « La douleur... Faites que ça s'arrête. »

Elle frissonna et resserra les pans de sa veste autour d'elle. Luke lui lança un regard furtif mais ne fit aucun commentaire. Ce n'est qu'après avoir garé la camionnette devant la maison et coupé le moteur qu'il se tourna vers elle.

— Clary, ce que tu as fait...

— C'est mal, je sais. J'étais là, moi aussi. (Elle essuya son visage d'un revers de manche.) Vas-y, tu peux me crier dessus.

Luke fixa obstinément le pare-brise.

— Je n'en ai pas l'intention. Tu ne pouvais pas prévoir ce qui se produirait. Moi aussi, je croyais que ça marcherait. Sinon je ne t'aurais pas accompagnée.

Clary savait que c'était censé lui remonter le moral, mais elle ne se sentait pas mieux.

— Si tu n'avais pas jeté de l'acide sur cette rune...

— Mais je l'ai fait.

— Je ne savais même pas qu'on pouvait détruire une rune comme ça.

— En l'abîmant suffisamment, on peut anéantir son pouvoir ou le minimiser. Parfois, au cours d'une bataille, l'ennemi essaie de brûler ou d'entailler la peau des Chasseurs d'Ombres pour les priver du pouvoir de leurs runes, expliqua Luke d'un ton absent.

Clary sentit ses lèvres trembler et serra les dents. Quelquefois, il lui arrivait d'oublier les aspects cauchemardesques de la vie d'un Chasseur d'Ombres, « cette vie de cicatrices et de meurtre », comme Hodge le lui avait dit.

— Eh bien, dit-elle, je ne recommencerai pas.

— Tu ne recommenceras pas ? Tu parles de cette rune en particulier ? Je n'ai pas de doute là-dessus. En revanche, je ne suis pas certain que ça règle le problème. (Luke se mit à pianoter sur le volant.) Tu détiens un grand pouvoir, Clary. Un immense pouvoir. Mais tu n'as aucune idée de ce que ça implique. Tu n'as aucune expérience. Tu ne sais presque rien de l'histoire des runes, ou de ce qu'elles ont signifié pour les Nephilim au cours des siècles. Tu ne sais pas différencier les runes bénéfiques des runes maléfiques.

— Tu étais bien content de me laisser utiliser mon pouvoir quand il s'agissait de la rune d'alliance, protesta-t-elle avec colère. À ce moment-là, tu ne me défendais pas d'en créer de nouvelles.

— Je ne t'interdis pas t'utiliser ton pouvoir maintenant. À vrai dire, je pense que le problème vient du fait que tu ne t'en sers pas assez souvent. Tu n'as pas recours à tes dons pour changer la couleur de ton vernis à ongles ou faire venir le métro plus vite. Tu ne t'en sers que si c'est une question de vie ou de mort.

— Les runes ne me viennent que dans ces moments-là.

— Peut-être que c'est parce qu'on ne t'a pas expliqué comment ça marche. Regarde Magnus ; son pouvoir fait partie de lui. À l'inverse, tu le considères comme indépendant de toi. Or, ce n'est pas le cas. C'est un outil que tu dois apprendre à utiliser.

— Jace m'a dit que Maryse souhaitait engager un expert en runes pour qu'il travaille avec moi, mais elle ne s'en est pas encore occupée.

— Oui, marmonna Luke, je suppose que Maryse a d'autres chats à fouetter. (Il ôta la clé du contact et resta un moment silencieux.) Perdre un enfant comme ça... Je ne peux pas l'imaginer. Je devrais être plus indulgent vis-à-vis de son comportement. Si quelque chose t'arrivait, je...

Il s'interrompit.

— J'aimerais que Robert rentre d'Idris, soupira Clary. Je ne vois pas pourquoi elle devrait surmonter cette épreuve toute seule. Ce doit être horrible.

— Beaucoup de mariages se brisent quand un enfant meurt. Dans ces cas-là, on ne peut pas s'empêcher de se renvoyer la faute, ou de s'en vouloir dans son coin. J'imagine que Robert est parti parce qu'ils avaient besoin d'air.

— Mais ils s'aiment, protesta Clary, désemparée. C'est bien ça, l'amour, non ? On est censé être là pour l'autre quoi qu'il arrive !

Luke se tourna vers les eaux noires du fleuve qui clapotaient doucement sous le clair de lune automnal.

— Parfois, Clary, l'amour ne suffit pas.

7

PRAETOR LUPUS

LE FLACON glissa des mains de Simon et alla s'écraser par terre en faisant voler des éclats de verre dans toutes les directions.

— Kyle est un loup-garou ?

— Bien sûr que oui, crétin, répliqua Jace. (Il se tourna vers Kyle.) N'est-ce pas ?

Kyle ne répondit pas. Sa décontraction et sa bonne humeur avaient disparu. Ses yeux noisette étaient aussi durs et froids que du verre.

— À qui ai-je l'honneur ?

Jace s'écarta de la fenêtre. Son comportement n'avait rien d'ouvertement hostile, et pourtant tout en lui exprimait une menace claire. Ses mains pendaient le long de son corps, mais Simon se souvenait avoir déjà vu Jace passer à l'action sans temps mort, semblait-il, entre la pensée et le geste.

— Jace Lightwood, répondit-il. De l'Institut des Lightwood. À quelle meute as-tu prêté allégeance ?

— Nom de Dieu ! s'exclama Kyle. Tu es un Chasseur d'Ombres ? (Il se tourna vers Simon.) La jolie rousse qui était avec toi dans le garage... c'est une Chasseuse d'Ombres, elle aussi, pas vrai ?

Désarçonné, Simon se contenta de hocher la tête.

— Tu sais, certains pensent que les Chasseurs d'Ombres ne sont qu'un mythe, comme les momies et les génies. (Kyle adressa un sourire narquois à Jace.) Tu exauces les souhaits ?

En qualifiant Clary de jolie, Kyle ne s'était apparemment pas rendu très sympathique auprès de Jace, dont le visage s'était dangereusement fermé.

— Ça dépend, répondit-il. Tu souhaites recevoir mon poing dans la figure ?

— Et moi qui croyais que vous étiez tous emballés par les Accords ces jours-ci...

— Les Accords s'appliquent aux vampires et aux lycanthropes ayant conclu des alliances sérieuses. Dis-moi de quelle meute tu viens, ou je devrai conclure que tu es un insoumis.

— Bon, ça suffit, intervint Simon. Arrêtez de vous comporter comme si vous alliez vous sauter à la gorge, tous les deux. (Il lança un regard à Kyle.) Tu aurais dû me dire que tu es un loup-garou.

— Je ne me souviens pas t'avoir entendu m'annoncer que tu es un vampire. J'ai dû penser que ça ne te regardait pas.

Simon tressaillit de surprise.

— Quoi ? (Il regarda le sang et les débris de verre sur le sol.) Je ne... Je...

— Ne te donne pas cette peine, dit Jace d'un ton tranquille. Il sent que tu es un vampire. Et tu seras capable de sentir un loup-garou ou une autre Créature Obscure avec un peu plus d'expérience. Il sait à qui il a affaire depuis votre première rencontre. Pas vrai ? (Sans répondre, Kyle le défia du regard.) Quant au truc qu'il fait pousser sur son balcon, c'est de l'aconit, aussi appelé peste des loups. Maintenant tu sais.

Simon croisa les bras sur sa poitrine et fusilla Kyle du regard.

— Qu'est-ce que c'est que cette histoire ? Un coup monté ? Pourquoi tu m'as proposé de vivre chez toi ? Les loups-garous détestent les vampires.

— Pas moi, protesta Kyle. En revanche, je n'aime pas beaucoup ces gens-là, ajouta-t-il en pointant le doigt sur Jace. Ils se croient au-dessus des autres.

— C'est faux, rectifia Jace. Moi, oui, je me crois au-dessus des autres. Et cette opinion s'est maintes fois vérifiée.

Kyle se tourna vers Simon.

— Il est toujours comme ça ?

— Oui.

— Tu connais un moyen de le faire taire ? Hormis une bonne raclée, évidemment.

Jace s'écarta de la fenêtre.

— Essaie un peu pour voir.

Simon s'interposa entre les deux garçons.

— Je ne vais pas vous laisser vous entretuer.

— Et qu'est-ce que tu comptes faire si... Oh. (Le regard de Jace se posa sur le front de Simon, et il sourit malgré lui.) En gros, tu insinues que je vais finir saupoudré sur tes frites si je ne t'obéis pas ?

Kyle parut désarçonné.

— Qu'est-ce que tu...

— Je pense juste que vous devriez parler, tous les deux, l'interrompit Simon. Alors comme ça, Kyle est un loup-garou. Je suis un vampire. Et tu n'es pas à proprement parler le premier pékin venu, ajouta-t-il à l'intention de Jace. Je propose qu'on s'explique et qu'on voie ensuite.

— Ta naïveté ne connaît pas de limites, lâcha Jace.

Pourtant, il s'assit sur le rebord de la fenêtre et croisa les bras. Au bout d'un moment, Kyle s'assit à son tour sur le futon. Tous deux se regardèrent en chiens de faïence. « Tout de même, pensa Simon, on progresse. »

— Très bien, déclara Kyle. C'est vrai, je suis un loup-garou. Je n'appartiens à aucune meute mais, oui, j'ai conclu une alliance. Vous avez déjà entendu parler des Praetor Lupus ?

— Lupus, ça me dit quelque chose, songea Simon tout haut. Ce n'est pas une maladie ?

Jace lui jeta un regard méprisant.

— *Lupus* signifie « loup » en latin, expliqua-t-il. Quant à la garde prétorienne, c'était une unité d'élite de l'armée romaine. J'imagine donc que la traduction qui convient est « gardiens des loups ». (Il haussa les épaules.) J'en ai entendu parler, mais c'est une organisation très secrète.

— Et ce n'est pas le cas des Chasseurs d'Ombres ? marmonna Kyle.

— Nous avons nos raisons.

— Nous aussi.

Kyle se pencha, et les muscles de ses bras saillirent quand il posa les coudes sur ses genoux.

— Il y a deux catégories de loups-garous, expliqua-t-il. Ceux qui sont nés ainsi, de parents lycanthropes, et ceux qui ont été infectés par une morsure.

Simon le dévisagea avec surprise. Il n'aurait jamais imaginé que Kyle, le coursier aux allures de fumeur de joints, puisse connaître le mot « lycanthrope », et encore moins le prononcer. Mais il avait soudain affaire à un Kyle très différent : réfléchi, absorbé, direct.

— Pour ceux d'entre nous qui ont été mordus, les premières années sont primordiales. La souche démoniaque responsable de la lycanthropie entraîne tout un tas de changements par ailleurs : bouffées d'agressivité impossibles à maîtriser, accès de rage incontrôlables, tendances suicidaires, désespoir. La meute peut se révéler utile dans ces cas-là, mais beaucoup de sujets récemment infectés n'ont pas la chance d'en trouver une. Ils doivent gérer seuls tous ces bouleversements, et sont nombreux à devenir violents vis-à-vis des autres ou d'eux-mêmes. Il y a un taux élevé de suicides et de violences domestiques chez nous. (Il se tourna vers Simon.) Il se passe la même chose chez les vampires, et parfois même c'est plus grave. Un novice livré à lui-même n'a littéralement aucune idée de ce qui lui arrive. Si personne ne l'aide, il ne saura pas se nourrir sans risque ni même se tenir à l'écart de la lumière du jour. C'est là que nous intervenons.

— Et qu'est-ce que vous faites ? demanda Simon.

— Nous recherchons les Créatures Obscures « orphelines », vampires ou loups-garous qui viennent d'être transformés et ignorent encore leur nature. Nous allons parfois jusqu'à nous occuper de sorciers : certains d'entre eux restent dans l'ignorance pendant des années. Nous nous efforçons de leur trouver une meute ou un clan, et de les aider à contrôler leurs pouvoirs.

— De vrais Samaritains, ironisa Jace, les yeux étincelants.

— Exactement, répliqua Kyle en essayant de maîtriser sa voix. Nous intervenons avant que la Créature Obscure néophyte ne devienne violente et menace sa vie ou celle d'autrui. Je ne sais pas ce que je serais devenu sans la Garde. J'aurais mal tourné. Très mal tourné.

— Comment ça ? s'enquit Jace. Tu serais tombé dans l'illégalité ?

— La ferme, Jace, dit Simon. Tu n'es pas en service, pas vrai ? Alors arrête de jouer les Chasseurs d'Ombres pendant une minute. (Il se tourna vers Kyle.) Et alors, comment tu as fini par auditionner pour mon groupe de rock pourri ?

— Ah bon, tu as conscience que vous êtes nuls ?

— Contente-toi de répondre à ma question.

— Nous avions entendu parler d'un nouveau vampire... un vampire diurne vivant seul, loin de son clan. Ton secret n'est pas aussi bien gardé que tu le crois. Les novices qui n'ont pas de clan pour les assister peuvent devenir très dangereux. On m'a chargé de te tenir à l'œil.

— Donc, ce que tu insinues, c'est que non seulement tu ne veux pas que je déménage à présent que je sais qui tu es, mais qu'en plus tu m'en empêcherais ?

— C'est ça, répondit Kyle. Enfin, tu peux déménager si tu veux, mais je viendrai avec toi.

— Ce n'est pas nécessaire, intervint Jace. Je suis

parfaitement capable de surveiller Simon, merci bien. C'est mon souffre-douleur, pas le tien.

— Fermez-la, tous les deux ! cria Simon. Vous n'étiez pas là aujourd'hui quand on a tenté de me tuer...

— Moi si, l'interrompit Jace. Enfin, à la fin...

Les yeux de Kyle étincelèrent comme ceux d'un loup.

— Quelqu'un a essayé de te tuer ? Qu'est-ce qui s'est passé ?

Simon et Jace échangèrent un regard et, d'un accord tacite, décidèrent de ne pas mentionner l'existence de la Marque de Caïn.

— Il y a deux jours, et aujourd'hui, j'ai été suivi et attaqué par des types en survêtement gris.

— Des humains ?

— On n'en est pas certains.

— Et tu n'as aucune idée de ce qu'ils te veulent ?

— Me tuer, manifestement. Au-delà de ça, non, je ne sais pas.

— On a des pistes, intervint Jace. On mènera une enquête.

Kyle secoua la tête.

— Très bien. Quoi que vous me cachiez, je finirai bien par le découvrir. (Il se leva.) Bon, je suis crevé. Je vais me coucher. À demain matin, lança-t-il à Simon. Quant à toi, ajouta-t-il à l'intention de Jace, je suppose qu'on va se recroiser. Tu es le premier Chasseur d'Ombres que je rencontre.

— C'est triste, observa Jace, parce que maintenant, les autres risquent de te décevoir.

Kyle leva les yeux au ciel et sortit en claquant la porte de sa chambre derrière lui.

Simon se tourna vers Jace.

— Tu ne rentres pas à l'Institut, c'est ça ?

Jace secoua la tête.

— Tu as besoin de protection. Qui sait si quelqu'un ne va pas encore essayer de te tuer ?

— Cette manie d'éviter Clary a vraiment pris des proportions incroyables, lâcha Simon en se levant. Quand est-ce que tu vas rentrer chez toi ?

Jace le regarda fixement.

— Et toi ?

Simon se dirigea vers la cuisine d'un air digne, prit un balai et rassembla les fragments de verre de son dernier flacon. Il jeta les débris à la poubelle et passa devant Jace pour gagner sa propre chambre. Là, il ôta sa veste, ses chaussures, et se laissa choir sur le matelas.

Un moment plus tard, Jace le rejoignit. Il regarda autour de lui, les sourcils levés, une expression amusée sur le visage.

— Pas mal, ta chambre. Minimaliste. Ça me plaît.

Simon se tourna sur le côté et dévisagea Jace d'un air incrédule.

— Pitié, dis-moi que tu n'envisages pas de dormir ici.

Jace se percha sur le rebord de la fenêtre.

— Tu n'as vraiment pas compris le concept de garde du corps, hein ?

— J'étais loin de me douter que tu m'aimais autant, marmonna Simon. « Garde tes amis près de toi et tes ennemis encore plus près », c'est ça ?

— Je croyais que c'était : « Garde tes amis près de toi histoire d'avoir quelqu'un sous la main pour conduire la voiture quand tu as décidé de te rendre chez ton ennemi en pleine nuit pour vomir dans sa boîte aux lettres. »

— Je suis à peu près sûr que ce n'est pas ça. Et cette histoire de protection rapprochée me touche moins qu'elle m'effraie, si tu veux savoir. Je me débrouille très bien tout seul. Tu as vu de tes propres yeux ce qui se passe quand quelqu'un cherche à s'en prendre à moi.

— Oui, c'est vrai. Mais, un jour ou l'autre, la personne qui te veut du mal va découvrir l'existence de la Marque de Caïn. Et là, soit elle jettera l'éponge soit elle trouvera un autre moyen de t'approcher. (Il s'adossa à l'encadrement de la fenêtre.) C'est la raison de ma présence ici.

Malgré son exaspération, Simon ne trouva aucune faille dans cette logique, du moins aucune assez conséquente pour se donner la peine d'argumenter. Il roula sur le ventre et enfouit le visage sous ses bras. Quelques minutes plus tard, il dormait.

Il marchait dans le désert, sur un sable brûlant, parmi des ossements qui blanchissaient sous le soleil. Il n'avait jamais eu aussi soif. Chaque fois qu'il avalait sa salive, il lui semblait que l'intérieur de sa bouche était tapissé de sable, et que des lames de couteaux lui lacéraient la gorge.

Simon fut réveillé en sursaut par le bourdonnement de son téléphone portable. Il roula sur le dos et, d'un geste las, agrippa sa veste. Quand il extirpa enfin l'appareil de la poche, il avait cessé de vibrer.

Il lut le nom qui s'affichait sur l'écran. C'était Luke qui venait d'appeler.

« Mince. Je parie que ma mère a téléphoné chez Clary pour savoir où je suis », pensa-t-il en se redressant. Son cerveau était encore embrumé de sommeil, et il lui fallut un moment pour se rappeler que quand il s'était endormi, il n'était pas seul dans la pièce.

Il jeta un regard à la dérobée vers la fenêtre. Jace était toujours là ; il dormait assis, la tête appuyée contre la vitre, sa silhouette se détachant sur la lueur bleue de l'aube. Il semblait très jeune dans cette posture, songea Simon. Il n'y avait pas trace de moquerie dans son expression, ni de méfiance ou de sarcasme. Il était presque possible d'imaginer ce que Clary voyait en lui.

Visiblement, il ne prenait pas son rôle de garde du corps très au sérieux, mais cela tombait sous le sens depuis le début. Une fois de plus, Simon se demanda ce qui se passait entre Clary et Jace.

Le téléphone se remit à vibrer. Après s'être levé d'un bond, Simon gagna le salon sur la pointe des pieds et décrocha juste avant le déclenchement de la messagerie.

— Luke ?

Luke se montra, comme à son habitude, d'une politesse expéditive.

— Désolé de te réveiller.

— J'étais déjà réveillé, mentit Simon.

— Rejoins-moi au parc de Washington Square dans une demi-heure, près de la fontaine.

L'inquiétude gagna Simon sur-le-champ.

— Tout va bien ? Il est arrivé quelque chose à Clary ?

— Non, ce n'est pas d'elle qu'il s'agit.

Un ronflement de moteur retentit dans le combiné. Simon en déduisit que Luke venait de démarrer sa camionnette.

— Retrouve-moi dans le parc. Et viens seul.

À ces mots, il raccrocha.

Le grondement de la camionnette de Luke sortant de l'allée arracha Clary à un sommeil troublé de rêves étranges. Elle se redressa et tressaillit. La chaîne autour de son cou s'était prise dans ses cheveux pendant qu'elle dormait ; elle la fit passer par-dessus sa tête en la libérant précautionneusement des mèches emmêlées.

Elle contempla l'anneau au creux de sa paume. Il lui sembla que le petit cercle d'argent frappé de son motif d'étoiles la narguait méchamment. Elle se remémora le jour où Jace le lui avait confié, enveloppé dans le mot qu'il avait laissé en partant à la recherche de Jonathan. « Malgré tout, je ne supporte pas l'idée que cet anneau se perde, de même que je ne peux me résoudre à ne plus jamais te voir. »

Cet épisode remontait à près de deux mois. Elle était sûre des sentiments de Jace alors, si sûre que la reine de la Cour des Lumières n'avait pas réussi à la tenter. Comment pouvait-elle encore désirer quelque chose, alors qu'elle avait Jace ?

« Mais peut-être que personne n'appartient à personne », songeait-elle à présent. Elle comprenait désormais le sens de l'expression « cœur brisé ». Elle avait l'impression que le sien se craquelait comme du verre dont les éclats lui transperçaient la poitrine tels de minuscules poignards à chaque respiration « Imagine ta vie sans lui », avait dit la reine..

La sonnerie du téléphone retentit et, l'espace d'un instant, Clary fut soulagée qu'un événement extérieur vienne interrompre ses sombres réflexions. Mais sa deuxième pensée fut pour Jace. Peut-être que, ne pouvant pas la joindre sur son portable, il avait décidé d'appeler à la maison. Après avoir déposé l'anneau sur sa table de nuit, elle souleva le combiné et s'apprêtait à parler quand elle s'aperçut que sa mère avait déjà décroché.

— Allô ?

Jocelyne semblait anxieuse à l'autre bout du fil, et étonnamment alerte à une heure aussi matinale.

Une voix inconnue avec un léger accent lui répondit.

— Ici Catarina, de l'hôpital Beth Israel. Je voudrais parler à Jocelyne.

Clary se figea. L'hôpital ? Était-il arrivé quelque chose à Luke ? Il était sorti de l'allée si vite...

— C'est moi.

Si Jocelyne ne semblait pas effrayée, on devinait sans mal à sa voix qu'elle espérait cet appel.

— Merci de m'avoir rappelée aussi vite.

— Je vous en prie. Ça me fait plaisir d'avoir de vos nouvelles. On n'en voit pas souvent, des gens qui se remettent d'une malédiction telle que la vôtre.

« D'accord », songea Clary. Sa mère avait été hospitalisée à Beth Israel à la suite d'un coma dû aux effets de la potion qu'elle avait prise pour empêcher Valentin de l'interroger.

— Et les amis de Magnus Bane sont mes amis, poursuivit la femme.

— Est-ce que mon message faisait sens ? Vous savez pourquoi je vous ai appelée ? demanda Jocelyne d'un ton fébrile.

— Vous voulez savoir pour l'enfant, dit la femme à l'autre bout de la ligne.

Clary savait qu'elle aurait dû raccrocher, mais elle n'en avait pas la force. Quel enfant ? Que se passait-il ?

— Celui qu'on a abandonné, reprit la femme.

Balbutiante, Jocelyne répondit :

— Ou... oui. Je me suis dit...

— Je suis désolée de vous l'annoncer, mais il est mort hier soir.

Jocelyne resta silencieuse pendant un moment. Clary sentait bien que sa mère était bouleversée.

— Mort ? Mais comment ?

— Moi-même, je ne suis pas sûre d'avoir compris. Le prêtre est venu baptiser l'enfant hier soir, et...

— Oh, mon Dieu, fit Jocelyne d'une voix tremblante. Est... est-ce que je pourrais venir voir le corps ?

Un long silence s'installa, puis l'infirmière répondit :

— Je ne crois pas. Il est à la morgue en attendant d'être transféré chez le médecin légiste.

— Catarina, je crois savoir ce qui est arrivé à ce petit garçon, dit Jocelyne, le souffle coupé par l'émotion. Et si je peux le vérifier, je pourrai peut-être éviter que ça se reproduise.

— Jocelyne...

— J'arrive, lâcha la mère de Clary avant de raccrocher.

Clary considéra, interdite, l'appareil pendant un long moment avant de raccrocher à son tour. Elle se leva précipitamment, se passa un coup de brosse dans les cheveux, enfila un jean et un pull, et sortit de sa chambre juste à temps pour rattraper sa mère qui était en train de griffonner un message sur le bloc-notes près du téléphone. Elle leva les yeux à l'approche de Clary et sursauta.

— J'allais sortir, dit-elle. Quelques courses de dernière minute à faire pour le mariage...

— Ne te donne pas la peine de me mentir, lança Clary sans préambule. J'ai entendu ta conversation au téléphone et je sais exactement où tu vas.

Jocelyne pâlit et reposa lentement son stylo.

— Clary...

— Il faut que tu cesses de me surprotéger. Je parie que tu n'as pas non plus prévenu Luke que tu avais appelé l'hôpital.

Jocelyne repoussa ses cheveux d'un geste nerveux.

— Ça ne me semblait pas très juste envers lui. Avec la cérémonie qui approche et tout le reste...

— C'est vrai. La cérémonie. Rappelle-moi de quoi il s'agit ? Ah oui, tu te maries. Tu ne crois pas qu'il est temps de faire confiance à Luke ? Et de me faire confiance aussi ?

— Mais je te fais confiance, protesta Jocelyne avec douceur.

— Dans ce cas, ça ne te dérange pas que je t'accompagne à l'hôpital.

— Clary, je ne crois pas...

— Je sais ce que tu penses. Que c'est exactement ce qui est arrivé à Sébastien... Je veux dire Jonathan. Tu te dis qu'il y a peut-être quelqu'un qui fait subir à ces bébés ce que Valentin a infligé à mon frère.

La voix de Jocelyne se mit à trembler un peu.

— Valentin est mort. Mais il y a d'autres membres du Cercle qui n'ont jamais été attrapés.

« Et on n'a jamais retrouvé le corps de Jonathan. » Clary n'aimait pas penser à ça. En outre, Isabelle était présente ce jour-là, et elle avait toujours affirmé que Jace avait tranché la moelle épinière de Jonathan avec une dague. Elle était entrée dans l'eau pour vérifier : il n'avait plus de pouls et son cœur ne battait plus.

— Maman, dit Clary. C'était mon frère. J'ai le droit de venir avec toi.

Jocelyne hocha lentement la tête.

— Tu as raison, je suppose. (Elle prit son sac suspendu à une patère sur la porte.) Prends ton manteau. La météo annonce de la pluie.

Au petit matin, le parc de Washington Square était quasiment désert. L'air était vif et pur, les feuilles recouvraient déjà le trottoir d'un tapis épais aux teintes rouge, or et vert sombre. Simon les poussa d'un coup de pied en passant sous l'arche de pierre qui délimitait l'entrée sud du parc.

Il y avait quelques autres personnes dans les parages : deux sans-abri dormant sur des bancs, emmitouflés dans des sacs de couchage ou des couvertures élimées, et des employés de la ville en uniforme vert vidant les poubelles. Un homme poussant un chariot vendait des beignets, du café et des bagels prétranchés. Au centre du parc, près de la grande fontaine circulaire, se trouvait Luke. Il portait un coupe-vent et fit signe à Simon en l'apercevant.

Simon lui rendit son salut d'un geste un peu hésitant. Il n'était pas certain de ne pas s'être fourré dans des ennuis. Comme il approchait, l'expression de Luke sembla confirmer ses craintes. Luke paraissait fatigué et tendu. Son regard, quand il se posa sur Simon, trahissait l'inquiétude.

— Simon, dit-il. Merci d'être venu.

— De rien.

Simon n'avait pas froid, mais il enfouit les mains dans les poches de sa veste pour se donner une contenance.

— Qu'est-ce qui ne va pas ?

— Je n'ai pas dit que ça n'allait pas.

— Tu ne m'aurais pas donné rendez-vous ici à l'aube si tout allait bien. Si ça ne concerne pas Clary, alors… ?

— Hier, dans la boutique, tu m'as questionné sur une certaine Camille.

Une volée d'oiseaux s'éleva des arbres voisins en croassant. Simon se souvint d'un poème que sa mère lui récitait souvent, à propos de pies qu'il fallait compter. Cela disait : « Une pour le chagrin, deux pour la joie, trois pour un mariage, quatre pour une naissance ; cinq pour l'argent, six pour l'or, sept pour un secret qui n'a jamais été révélé. »

— Ah, fit Simon.

Il avait déjà perdu le compte des oiseaux. Sept, probablement. Un secret qui n'avait jamais été révélé. Quel qu'il soit.

— Tu es au courant pour les Chasseurs d'Ombres dont on a retrouvé les corps en ville la semaine dernière, n'est-ce pas ? dit Luke.

Simon hocha lentement la tête. Il avait un mauvais pressentiment sur la tournure que prenait cette conversation.

— Il semblerait que Camille soit la responsable, reprit Luke. Je me suis souvenu que tu m'avais questionné à son sujet. Le fait d'avoir entendu deux fois son nom dans la même journée, après toutes ces années sans nouvelles d'elle... c'est une sacrée coïncidence.

— Les coïncidences, ça existe.

— Parfois, oui, concéda Luke, mais c'est rarement la conclusion la plus probable. Ce soir, Maryse convoque Raphaël pour l'interroger sur le rôle de Camille dans ces meurtres. S'il apparaît que tu savais quelque chose, ou que tu es en contact avec Camille... Je ne veux pas que tu aies une mauvaise surprise, Simon.

— On est deux.

Simon avait de nouveau mal à la tête. Les vampires étaient-ils censés avoir des migraines ? Il ne se souvenait pas de la dernière fois où il en avait eu une, avant les événements de ces derniers jours.

— J'ai fait la connaissance de Camille il y a quatre jours, dit-il enfin. J'ai d'abord cru que c'était Raphaël qui me convoquait, mais en réalité c'était elle. Elle m'a proposé un marché. Si j'acceptais de travailler pour elle, elle ferait de moi le deuxième vampire le plus puissant de la ville.

— Pourquoi voulait-elle que tu travailles pour elle ? demanda Luke d'un ton égal.

— Elle était au courant pour ma Marque. Elle prétendait que Raphaël l'avait trahie et qu'elle avait besoin de moi pour reprendre le contrôle du clan. J'ai eu la nette impression qu'elle ne l'aimait pas beaucoup.

— C'est curieux, observa Luke. La version de l'histoire telle qu'on me l'a donnée, c'est que Camille a renoncé à diriger le clan pendant une période indéfinie l'année dernière et qu'elle a fait de Raphaël son successeur temporaire. Si elle l'a choisi pour prendre sa place, pourquoi se dresserait-elle contre lui ?

Simon haussa les épaules.

— Je n'en sais rien. Je te répète seulement ce qu'elle m'a dit.

— Pourquoi tu ne nous as pas parlé d'elle, Simon ? s'enquit Luke calmement.

— Elle m'avait fait jurer de ne rien vous dire, répondit Simon, bien conscient que sa décision de respecter sa promesse pouvait paraître stupide. Je n'ai jamais rencontré un vampire comme elle, ajouta-t-il. Je ne connaissais que Raphaël et les autres occupants de l'hôtel Dumort. C'est difficile de la décrire. On voudrait croire à tout ce qu'elle raconte et satisfaire toutes ses exigences. J'avais envie de lui plaire, même si je savais qu'elle cherchait à m'entourlouper.

Le vendeur de café et de beignets repassa près d'eux. Luke acheta un café et un bagel, puis s'assit sur le

188

bord de la fontaine. Au bout d'un moment, Simon le rejoignit.

— L'homme qui m'a donné le nom de Camille l'a surnommée « l'ancienne », dit Luke. Elle est, il me semble, l'un des plus vieux vampires de ce monde. J'imagine qu'en sa présence beaucoup de gens se sentiraient minuscules.

— J'avais l'impression d'être une fourmi, lâcha Simon. Elle m'a promis que si dans cinq jours je lui donnais une réponse négative, elle ne viendrait plus jamais m'ennuyer. Alors je lui ai répondu que je réfléchirais.

— Et tu as réfléchi ?

— Si elle assassine des Chasseurs d'Ombres, je ne veux rien avoir à faire avec elle, je t'assure.

— Je suis certain que Maryse sera soulagée de l'entendre.

— Tu te moques, maintenant ?

— Pas du tout, répondit Luke d'un ton grave.

C'était dans des moments comme celui-ci que Simon pouvait mettre de côté ses souvenirs de Luke – le beau-père de Clary ou presque, le type qui était toujours dans les parages, toujours disposé à les ramener de l'école ou à leur prêter dix dollars pour un livre ou un ticket de cinéma – et se rappeler qu'il était le chef de la meute la plus puissante de la ville, quelqu'un que, dans les moments cruciaux, toute l'Enclave écoutait.

— Tu oublies ce que tu es, Simon. Tu oublies le pouvoir que tu détiens.

— Si seulement ! s'exclama Simon avec amertume.

J'aimerais tellement, si je décidais de ne pas m'en servir, qu'il disparaisse.

Luke secoua la tête.

— Le pouvoir est un aimant. Il attire ceux qui le convoitent. Camille est de ceux-là, mais il y en aura d'autres. Nous avons eu de la chance, dans un sens, qu'on t'ait laissé tranquille aussi longtemps. (Il observa Simon.) Tu crois que si elle te convoquait de nouveau, tu pourrais m'en avertir, moi ou la Force, et nous apprendre où elle se trouve ?

— Oui, répondit Simon après un silence. Elle m'a donné un moyen de la contacter. Mais elle ne va pas apparaître devant moi si je souffle dans un sifflet magique. La dernière fois qu'elle voulait me voir, elle m'a envoyé ses larbins. Bref, s'il y a du monde autour de moi pendant que j'essaie de la contacter, ça ne marchera pas. Ou alors vous capturerez ses assujettis mais elle, vous ne l'attraperez pas comme ça.

— Mmm… (Luke parut réfléchir.) Dans ce cas, il faudra trouver un stratagème.

— Vous feriez mieux de ne pas traîner. Elle m'a donné cinq jours, ce qui signifie que, dès demain, elle attendra un signal de ma part.

— Oui, probablement, dit Luke. En tout cas, je l'espère.

Simon ouvrit avec prudence la porte de l'appartement de Kyle.

— Ohé, fit-il en entrant dans le couloir pour suspendre sa veste. Il y a quelqu'un ?

Personne ne répondit, mais Simon perçut les bruits familiers d'un jeu vidéo en provenance du salon. Il s'avança en tenant devant lui comme une offrande de paix le sachet de bagels qu'il avait achetés dans l'Avenue A.

— J'ai apporté le petit-déjeuner...

Il s'interrompit. Il ne savait pas quelle avait été la réaction de ses gardes du corps en s'apercevant qu'il était sorti de l'appartement en douce. Dans son esprit, il serait forcément accueilli à son retour par une formule du type : « Recommence, et je te tue. » Mais il était loin de s'imaginer qu'il trouverait Kyle et Jace assis côte à côte sur le futon comme les meilleurs amis du monde. Kyle avait une manette de jeu vidéo entre les mains, et Jace était penché vers l'écran de télé, les coudes posés sur les genoux, l'air concentré. Ils semblèrent à peine s'apercevoir de l'entrée de Simon.

— Le type là-bas dans le coin regarde de l'autre côté, observa Jace en pointant l'écran du doigt. Un bon coup de pied retourné l'enverrait au tapis.

— On ne peut pas donner de coups de pied dans ce jeu. On peut seulement tirer sur l'ennemi. Tu vois ? lança Kyle en triturant les boutons de la manette.

— C'est nul. (Jace jeta un coup d'œil par-dessus son épaule et sembla remarquer Simon pour la première fois.) Je vois qu'on est rentré de son escapade matinale, dit-il d'un ton peu amène. Tu te croyais malin de filer comme ça ?

— Pas vraiment, admit Simon. Je me sentais à mi-chemin entre George Clooney dans *Ocean's Eleven* et les types de *MythBusters* mais en moins moche.

— Je me félicite toujours de ne rien comprendre à tes jacasseries, répliqua Jace. Ça me procure un sentiment de paix et de bien-être.

Kyle reposa sa manette, laissant l'écran figé sur le gros plan d'un énorme pistolet.

— Je veux bien un bagel.

Simon lui en jeta un et Kyle se rendit dans la cuisine, qui était séparée du salon par un long comptoir, pour toaster et beurrer son petit-déjeuner. Jace regarda le sac et fit un geste dédaigneux.

— Non, merci.

Simon s'assit sur la table basse.

— Tu devrais manger quelque chose.

— Tu peux parler.

— Je suis à court de sang en ce moment. Alors, à moins que tu te portes volontaire...

— Non, merci. On est déjà passés par là, et je pense qu'on ferait mieux de s'en tenir à une franche amitié.

Jace ironisait, comme à son habitude, mais de près, Simon constata qu'il était très pâle et qu'il avait les yeux cernés. Les os de son visage semblaient saillir davantage que d'habitude.

— Vraiment, tu devrais manger quelque chose, insista Simon en poussant le sac vers Jace. Je suis sérieux.

Jace baissa les yeux vers le sachet de bagels et fit la grimace. La fatigue teintait ses paupières de gris bleuté.

— Même y penser me donne la nausée, pour être honnête.

— Tu t'es endormi hier soir, alors que tu étais censé veiller sur moi. Je sais que cette histoire de garde du corps n'est pas sérieuse, mais tout de même. Ça faisait combien de temps que tu n'avais pas dormi ?

— Une nuit entière, tu veux dire ? (Jace réfléchit.) Deux semaines. Trois, peut-être.

Simon le considéra bouche bée.

— Pourquoi ? Qu'est-ce qui t'arrive ?

Jace esquissa un pâle sourire.

— « Je tiendrais dans une coquille de noix ; je m'y croirais au large et le roi d'un empire sans limites... si je n'avais pas de mauvais rêves. »

— Je connais cette citation. Elle est tirée de *Hamlet*. Tu essaies de me dire que tu n'arrives pas à dormir parce que tu fais des cauchemars ?

— Tu n'as pas idée, vampire, répondit Jace d'un ton las et sans appel.

Kyle revint, se laissa choir dans un fauteuil défoncé et mordit dans son bagel.

— Alors, quoi de neuf ? lança-t-il.

— J'avais rendez-vous avec Luke, expliqua Simon.

Ne voyant pas l'utilité de leur cacher la vérité, il leur raconta ce qui s'était passé, en omettant de préciser que Camille ne le cherchait pas seulement à cause de ses pouvoirs diurnes, mais aussi parce qu'il portait la Marque de Caïn. Kyle hocha la tête quand il eut terminé son récit.

— Luke Garroway. C'est le chef de la meute du sud de la ville. J'ai entendu parler de lui. C'est un gros bonnet.

— Son vrai nom n'est pas Garroway, intervint Jace. C'est un ancien Chasseur d'Ombres.

— Oui, je sais. Ça et le fait qu'il a contribué à la création des nouveaux Accords. (Kyle lança un coup d'œil à Simon.) Tu connais des gens importants, dis donc.

— Les gens importants sont généralement synonymes d'ennuis, marmonna Simon. Camille, pour ne citer qu'elle.

— Une fois que Luke aura expliqué à Maryse ce qui se passe, l'Enclave lui réglera son compte, à celle-là, dit Jace. Il y a des protocoles qui s'appliquent aux Créatures Obscures renégates.

À ces mots, Kyle lui jeta un regard en coin, mais il ne parut pas s'en apercevoir.

— Comme je te l'ai déjà dit, je ne crois pas que ce soit elle qui essaie de te tuer. Elle sait… (Jace s'interrompit.) Elle est plus maligne que ça.

— Et puis, ajouta Kyle, elle a besoin de toi.

— Bien dit. Qui irait liquider un atout précieux ?

Simon les regarda tour à tour et secoua la tête.

— Depuis quand vous faites ami-ami ? Hier soir, c'était encore : « Je suis le meilleur guerrier d'élite ! – Non, c'est moi ! », et aujourd'hui vous jouez ensemble à la console et vous vous congratulez pour vos bonnes idées.

— On a compris qu'on avait quelque chose en commun, répliqua Jace. Tu nous gonfles tous les deux.

— En parlant de ça, j'ai eu une idée, déclara Simon. Mais je ne crois pas qu'elle va vous plaire.

Kyle leva les sourcils.

— On t'écoute.

— Le problème avec le fait que vous me surveilliez en permanence, c'est que les types qui cherchent à me tuer ne vont pas retenter le coup. S'ils ne recommencent pas, on ne saura jamais qui ils sont, et vous risquez de me surveiller longtemps. Or, je suppose que vous préféreriez faire autre chose de vos journées. Enfin, ajouta-t-il à l'intention de Jace, peut-être pas.

— Et alors ? intervint Kyle. Qu'est-ce que tu suggères ?

— On leur tend un piège. On les pousse à tenter une nouvelle attaque. On essaie d'en capturer un et de découvrir qui l'envoie.

— Si je me souviens bien, dit Jace, j'ai eu la même idée l'autre jour, et tu ne semblais pas très emballé.

— J'étais fatigué. Mais depuis, j'ai cogité. Et jusqu'ici, d'après mon expérience avec les méchants, ils ne disparaissent pas sous prétexte qu'on les ignore. Ils reviennent en employant d'autres moyens. Alors soit je m'arrange pour les faire venir, soit je passe ma vie à attendre leur prochaine attaque.

— Je marche, annonça Jace malgré l'air dubitatif de Kyle. C'est quoi ton plan, traîner dehors jusqu'à ce qu'ils montrent le bout de leur nez ?

— J'ai l'intention de leur faciliter la tâche en me montrant là où tout le monde s'attendra à me trouver.

— À quoi tu fais allusion ? demanda Kyle.

Simon pointa du doigt le prospectus placardé sur le frigo. MILLENIUM LINT, 16 OCTOBRE 21 HEURES, L'ALTO BAR, BROOKLYN.

— Au concert. Pourquoi pas ?

Son mal de tête avait redoublé. Il s'efforça de l'ignorer, ainsi que l'extrême fatigue qu'il éprouvait. Il devait se procurer du sang d'une manière ou d'une autre. Impérativement.

Les yeux de Jace étincelèrent.

— En fait, ton idée est plutôt bonne, vampire.

— Tu veux qu'ils t'attaquent sur scène ? demanda Kyle.

— Ça mettrait un peu de piment, répondit Simon en se donnant l'air plus brave qu'il ne l'était en réalité.

L'idée d'être agressé une fois de plus lui était presque insupportable, même s'il ne craignait pas pour sa vie. Il n'était pas certain d'être capable de voir la Marque de Caïn à l'œuvre une nouvelle fois.

Jace secoua la tête.

— Ils n'iraient pas jusqu'à t'attaquer en public. Ils attendront la fin du concert. Et on sera là pour s'occuper d'eux.

Kyle parut hésiter.

— Je ne suis pas sûr...

Ils délibérèrent pendant quelque temps, Jace et Simon défendant leur point de vue, Kyle le sien. Simon se sentait un peu coupable : si Kyle avait su pour la Marque, il aurait été plus facile de le persuader. Il finit par craquer sous la pression et accepta à contrecœur ce plan qu'il persistait à trouver « stupide ».

— Mais si j'accepte, dit-il en se levant pour épousseter les miettes de bagel sur son tee-shirt, c'est parce que je sais que vous foncerez tête baissée avec ou sans moi. Alors autant que je sois là. (Il se tourna vers Simon.) Qui aurait cru que te protéger de toi-même serait si difficile ?

— J'aurais pu te prévenir, lança Jace tandis que Kyle enfilait sa veste et se dirigeait vers la porte.

Il leur expliqua qu'il devait aller travailler. Selon toute apparence, il était vraiment coursier ; les Praetor Lupus, malgré leur nom clinquant, ne payaient pas très bien. La porte se referma sur lui, et Jace se tourna de nouveau vers Simon.

— Le concert est à neuf heures, c'est ça ? Qu'est-ce qu'on va faire pendant toute la journée ?

— « On » ? répéta Simon, incrédule. Tu vas te décider à rentrer chez toi ?

— Quoi, ma compagnie t'ennuie déjà ?

— Je peux te poser une question ? Je te fascine ou quoi, pour que tu me colles aux basques ?

— Hein ? Désolé, je crois que je me suis endormi pendant une minute. Vas-y, continue à me parler, c'est passionnant.

— Arrête ! Arrête d'être sarcastique une seconde. Tu ne manges pas, tu ne dors pas. Tu sais qui a le même problème ? Clary. Je ne sais pas ce qui se passe entre vous, parce que en toute franchise elle ne m'en a rien dit. Je suppose qu'elle non plus n'a pas envie d'en parler. Mais ça crève les yeux que vous vous êtes disputés. Et si tu comptes rompre avec elle...

— Rompre avec elle ? (Jace considéra Simon d'un air ébahi.) Tu es dingue ?

— Si tu continues à l'éviter, c'est elle qui rompra.

Jace se leva. Sa nonchalance avait disparu. Il était tendu comme un fauve aux aguets. Il alla à la fenêtre et tira le rideau d'un coup sec ; un rayon de lumière matinale filtra par l'interstice, délavant la couleur de ses yeux.

— Si j'agis comme ça, c'est que j'ai des raisons, dit-il enfin.

— Super, lâcha Simon. Clary les connaît ?

Jace ne répondit pas.

— Elle t'aime plus que tout et elle te fait confiance, reprit Simon. Tu lui dois bien ça...

— Il y a des choses plus importantes que l'honnêteté, s'emporta Jace. Tu crois que ça me plaît de lui faire du mal ? Tu crois que j'aime la mettre en colère et la pousser à me haïr ? Pourquoi je suis là, à ton avis ? (Il dévisagea Simon d'un air à la fois triste et furieux.) Je ne peux pas être avec elle. Et si je ne le peux pas, peu m'importe où je suis. Alors autant rester avec toi, parce que au moins si elle sait que j'essaie de te protéger, ça la rendra peut-être heureuse.

— Tu essaies de la rendre heureuse alors que la raison de son malheur, c'est toi ? répliqua froidement Simon. Ça semble un peu contradictoire, non ?

— L'amour est une contradiction, marmonna Jace avant de se tourner de nouveau vers la fenêtre.

8

UNE MARCHE DANS LES TÉNÈBRES

CLARY AVAIT OUBLIÉ à quel point elle détestait l'odeur des hôpitaux jusqu'à ce qu'elle franchisse les portes de Beth Israel. L'odeur de métal et de vieux café s'ajoutait à celle de la javel, sans pour autant couvrir la puanteur de la maladie et du chagrin. La vision de Jocelyne allongée, inconsciente, dans un enchevêtrement de tubes et de câbles, l'assaillit comme une gifle, et elle retint son souffle pour ne pas respirer les effluves qui flottaient dans l'air.

— Tu te sens bien ?

Jocelyne repoussa la capuche de sa parka et examina Clary d'un air anxieux.

Clary hocha la tête, rentra les épaules et jeta un regard autour d'elle. Le hall n'était que marbre froid, métal et plastique. Plusieurs femmes, probablement des infirmières, s'affairaient derrière un grand comptoir de réception ; des écriteaux indiquaient les différents services : soins intensifs, radiologie, chirurgie oncologique, pédiatrie, et ainsi de suite. Elle aurait probablement pu retrouver la cafétéria les yeux fermés ; elle avait rapporté assez de tasses de café tiède à Luke pour remplir le Reservoir de Central Park.

— Excusez-moi.

Une infirmière au corps mince poussant un vieil homme en fauteuil roulant passa près d'elles et faillit écraser les orteils de Clary. Clary la regarda s'éloigner... Elle crut déceler quelque chose... Un miroitement...

— Ne la fixe pas comme ça, Clary, dit Jocelyne à voix basse.

Elle passa le bras autour des épaules de Clary, et la fit pivoter vers la porte menant à la salle d'attente du laboratoire d'analyse de sang. Clary vit leurs silhouettes se refléter dans le verre fumé de la porte. Bien qu'elle mesurât encore une demi-tête de moins que sa mère, elles se ressemblaient beaucoup. Avant, elle haussait toujours les épaules quand on lui en faisait la remarque. Jocelyne était belle, pas elle. Pourtant, elles avaient la même bouche, les mêmes cheveux roux, les mêmes yeux verts, les mêmes mains graciles. Clary se demandait parfois comment elle avait pu hériter si peu de son père, alors que son frère lui ressemblait trait pour trait. Il avait les mêmes cheveux clairs, les mêmes yeux sombres et perçants. Quoiqu'en y regardant de plus près, il lui semblât reconnaître un peu de Valentin dans sa mâchoire volontaire...

— Jocelyne !

Mère et fille se retournèrent comme un seul homme. L'infirmière qui poussait le vieillard en chaise roulante se tenait devant eux. Mince et jeune en apparence, elle avait la peau sombre et les yeux noirs. Sous les yeux de Clary, le charme se rompit ; c'était toujours une femme frêle et d'aspect juvénile, mais à présent sa peau était d'un bleu sombre et ses cheveux rassemblés en chignon sur sa nuque d'un blanc neigeux. Le bleu de sa carnation contrastait violemment avec sa blouse rose pâle.

— Clary, dit Jocelyne, je te présente Catarina Loss. Elle s'est occupée de moi pendant mon séjour ici. C'est aussi une amie de Magnus.

— Vous êtes une sorcière.

Les mots avaient jailli de la bouche de Clary avant même qu'elle ait pu s'en empêcher.

— Chuuut, fit la femme, horrifiée. (Elle fusilla Jocelyne du regard.) Vous ne m'aviez pas prévenue que vous viendriez avec votre fille. Ce n'est qu'une gamine.

— Clary sait se tenir, n'est-ce pas ? répliqua Jocelyne en jetant un regard sévère à l'intéressée.

Clary hocha la tête. Elle avait déjà vu d'autres sorciers que Magnus lors de la bataille d'Idris. Elle avait remarqué qu'ils possédaient tous des caractéristiques les distinguant d'un être humain normal, à l'instar de Magnus et de ses yeux de chat. Certains avaient des ailes, les pieds palmés ou les doigts crochus. Comme il était impossible de dissimuler une peau entièrement bleue sous des vêtements trop grands, Catarina Loss devait avoir recours à un charme dès qu'elle mettait le nez dehors, surtout si elle travaillait dans un hôpital terrestre.

La sorcière désigna les ascenseurs.

— Venez avec moi, qu'on en finisse.

Clary et Jocelyne lui emboîtèrent le pas précipitamment et pénétrèrent dans le premier ascenseur qui

s'ouvrit. Quand la porte se referma avec un grincement, Catarina pressa un bouton sur lequel figurait la
lettre M. À côté du bouton, une fente dans le métal
indiquait qu'on ne pouvait accéder au niveau M qu'au
moyen d'une clé, mais au moment où elle appuyait
sur le bouton, une étincelle bleue jaillit de son doigt,
et l'ascenseur se mit en branle.

Catarina secoua la tête.

— Si vous n'étiez pas une amie de Magnus Bane,
Jocelyne Fairchild...

— Fray, rectifia Jocelyne. Je me fais appeler Jocelyne Fray, désormais.

— On est fâchée avec les noms de Chasseurs
d'Ombres ? s'enquit Catarina avec un sourire narquois. (Ses lèvres rouges ressortaient sur sa peau
bleue.) Et toi, petite fille ? Tu vas devenir une Chasseuse d'Ombres comme ton père ?

Clary s'efforça de dissimuler son agacement.

— Non. Je compte bien devenir une Chasseuse
d'Ombres, ça oui, mais je ne finirai pas comme mon
père. Et mon nom est Clarissa, mais vous pouvez
m'appeler Clary.

L'ascenseur s'arrêta et les portes s'ouvrirent. Les
yeux bleus de la sorcière s'attardèrent sur Clary.

— Oh, je connais ton nom, dit-elle. Clarissa Morgenstern. La petite fille qui a mis fin à une grande
guerre.

Clary sortit de l'ascenseur derrière Catarina, sa mère
sur ses talons.

— Il paraît, oui. Vous étiez là-bas ? Je ne me rappelle pas vous y avoir vue.

— Catarina était ici, répondit Jocelyne, un peu

essoufflée du fait qu'elle devait presser le pas pour les suivre.

Elles marchaient le long d'un couloir aux murs presque entièrement nus, qui n'était percé d'aucune porte et d'aucune fenêtre. Les parois étaient peintes en vert pâle.

— Elle a aidé Magnus à déchiffrer le Livre Blanc pour me réveiller, poursuivit Jocelyne. Puis elle est restée pour veiller sur lui pendant que Magnus était à Idris.

— Elle est restée pour veiller sur le livre ?

— C'est un livre très important, dit Catarina en faisant claquer ses semelles en caoutchouc sur le sol.

— Je croyais que c'était une guerre très importante, grommela Clary.

Elles s'arrêtèrent enfin devant une porte vitrée sur laquelle le mot « morgue » était peint en grosses lettres noires. Catarina tourna la poignée en regardant Clary avec une expression amusée.

— J'ai su très tôt dans ma vie que je détenais un pouvoir de guérison, dit-elle. C'est la seule magie que je connaisse. Alors je travaille ici, à l'hôpital, pour un salaire dérisoire, et je fais mon possible pour guérir des Terrestres qui seraient terrifiés s'ils me voyaient sous mon vrai jour. J'aurais pu gagner une fortune en vendant mes dons aux Chasseurs d'Ombres ou à des Terrestres stupides persuadés qu'ils savent ce qu'est la magie, mais je préfère travailler ici. Alors ne prends pas tes grands airs avec moi, petite. Ce n'est pas parce que tu es célèbre que tu vaux mieux que moi.

Les joues de Clary s'empourprèrent. Jusqu'à présent, elle ne s'était jamais considérée comme célèbre.

— Vous avez raison, dit-elle. Je vous demande pardon.

Les yeux bleus de la sorcière se posèrent sur Jocelyne, qui était blême et paraissait tendue.

— Prêtes ?

Jocelyne acquiesça et se tourna vers Clary, qui hocha la tête à son tour. Catarina poussa la porte, et elles la suivirent à l'intérieur.

Le premier détail qui frappa Clary fut le froid glacial qui régnait dans la pièce, et elle remonta en hâte la fermeture Éclair de sa veste. L'autre détail marquant, c'était l'odeur caractéristique des produits d'entretien s'ajoutant à la puanteur douceâtre de la décomposition. Les néons au plafond répandaient une lumière jaunâtre sur les lieux. Deux longues tables de dissection se dressaient au centre de la pièce ; le mobilier se composait aussi d'un évier et d'un comptoir en fer surmonté d'une balance servant à peser les organes. Une rangée de compartiments en acier, qui ressemblaient aux coffres d'une banque mais en beaucoup plus grands, s'alignait contre un mur. Catarina se dirigea vers l'un d'eux et tira sur une poignée pour le faire coulisser. Le cadavre d'un enfant se trouvait à l'intérieur, étendu sur un plateau en métal.

Jocelyne poussa un gémissement et s'avança près de Catarina. Clary fut plus longue à les rejoindre. Elle avait déjà vu des cadavres auparavant, notamment celui de Max Lightwood, qu'elle avait côtoyé de son vivant. Il n'avait que neuf ans. Mais un bébé...

Jocelyne porta la main à sa bouche. Ses yeux écarquillés d'horreur étaient fixés sur le corps de l'enfant. Clary baissa les yeux à son tour. À première vue, le bébé, un garçon, semblait parfaitement normal. Il avait dix doigts et dix orteils. Mais en y regardant de plus près – comme quand elle voulait passer outre à un sortilège – elle s'aperçut que ses doigts étaient en réalité des griffes acérées recourbées vers l'intérieur. Sa peau était grise, et ses yeux grands ouverts étaient entièrement noirs, non seulement les iris mais aussi la sclérotique.

— Jonathan avait les mêmes yeux quand il est né, murmura Jocelyne. Ils étaient noirs comme le fond d'un puits. Ils ont changé de couleur par la suite pour devenir plus humains, mais je m'en souviens comme si c'était hier...

Avec un frisson, elle se détourna et quitta précipitamment la pièce.

Clary jeta un coup d'œil à Catarina, qui était restée immobile.

— Les médecins ne se sont aperçus de rien ? Je veux dire, ses yeux... et ses mains...

Catarina secoua la tête.

— Ils ne voient que ce qu'ils veulent voir, répondit-elle avec un haussement d'épaules. Nous avons affaire à un genre de magie que j'ai rarement observé auparavant. De la magie démoniaque. Une saleté.

Elle sortit de sa poche un bout de tissu enfermé dans un sac en plastique.

— C'est un échantillon du linge dans lequel il était enveloppé quand on l'a retrouvé. Ça sent la magie démoniaque à plein nez, ça aussi. Donne-le à ta mère. Elle n'a qu'à le montrer aux Frères Silencieux, peut-être qu'ils parviendront à en tirer quelque chose, voire découvrir qui est derrière tout ça.

Clary prit le sac en plastique sans un mot. Au moment où ses doigts se refermaient dessus, une rune s'imprima dans son esprit : une matrice de lignes droites et courbes, le fantôme d'une vision qui disparut dès qu'elle eut glissé le sac dans la poche de sa veste.

Son cœur se mit à battre la chamade. « Les Frères Silencieux ne sauront rien avant que j'aie découvert ce dont cette rune est capable », pensa-t-elle.

— Tu parleras à Magnus ? demanda Catarina. Tu lui diras que j'ai montré à ta mère ce qu'elle voulait voir.

Clary hocha mécaniquement la tête, comme un pantin. Soudain, elle n'avait qu'une hâte, quitter cette pièce baignée de lumière jaune, fuir cette odeur de mort et ce petit cadavre difforme étendu sur sa plaque de métal. Elle songea à sa mère qui, chaque année, à l'occasion de l'anniversaire de Jonathan, sortait une boîte de sous son lit et pleurait sur une mèche de ses cheveux, sur le fils qu'elle aurait dû avoir, remplacé par une créature semblable à celle-ci. « Je ne pense pas qu'elle voulait ça, songea Clary. Elle espérait encore que c'était impossible. »

— Entendu, se contenta-t-elle de répondre. Je lui dirai.

L'Alto Bar était un repaire typique de branchés en partie niché sous le pont de la ligne express Brooklyn-Queens à Greenpoint. Le samedi soir, il ouvrait ses portes à tous les âges, et comme Éric s'était lié d'amitié avec le patron, le groupe de Simon avait la permission d'y jouer n'importe quel samedi malgré le fait qu'il changeait de nom sans arrêt et qu'il ne fallait pas compter sur lui pour attirer les foules.

Kyle et les autres membres du groupe étaient déjà sur scène, en train d'installer leur matériel et de faire les derniers réglages. Ils avaient prévu de jouer un de leurs anciens répertoires avec Kyle au chant ; il apprenait vite les paroles, et ils se sentaient plutôt confiants. Simon avait consenti à rester dans les loges jusqu'au début du concert, ce qui avait apparemment délesté Kyle d'une partie de son stress. À présent, Simon jetait des coups d'œil de l'autre côté du rideau de velours poussiéreux situé derrière la scène dans l'espoir d'apercevoir des visages connus.

L'intérieur du bar avait jadis été décoré avec recherche : les murs et le plafond tapissés de panneaux en étain rappelaient les bars clandestins de la Prohibition, et derrière le comptoir s'étendait une vitre en verre dépoli de style Art déco. L'endroit, avec ses taches de tabac indélébiles sur les murs, était désormais beaucoup moins chic qu'à l'époque de son ouverture. Le sol était recouvert de sciure qui formait de petits tas là où on avait renversé de la bière ou pire.

Les tables alignées le long des murs étaient presque toutes pleines. Simon aperçut Isabelle, assise seule à une table, vêtue d'une robe courte dont le tissu lamé ressemblait à une cotte de mailles, et chaussée de ses bottes « écrase-démon ». Ses cheveux étaient rassemblés en un chignon négligé retenu par des piques en argent. Simon soupçonnait chacune d'elles d'être effilée comme un rasoir et capable de trancher l'os comme le fer. Le rouge à lèvres d'Isabelle, d'une teinte très vive, évoquait la couleur du sang frais.

« Ressaisis-toi, s'enjoignit Simon. Arrête de penser au sang. »

Les autres tables étaient occupées par des amis du groupe. Assises côte à côte, Blythe et Kate, les petites amies respectives de Kirk et de Matt, se partageaient une assiette de nachos d'aspect douteux. Éric avait plusieurs copines dispersées çà et là, et la plupart de ses amis du lycée avaient eux aussi répondu présents pour remplir la salle. Maureen, l'unique fan de Simon, une minuscule blonde qui semblait âgée de douze ans mais prétendait en avoir seize, s'était installée seule à une table dans un coin. Simon la soupçonnait d'avoir à peine quatorze ans. En l'apercevant, elle sourit et agita vigoureusement la main.

Simon rentra la tête dans les épaules comme une tortue et tira brusquement le rideau.

— Hé, fit Jace qui regardait l'écran de son téléphone, assis sur une enceinte retournée, tu veux voir une photo d'Alec et de Magnus à Berlin ?

— Pas vraiment, répondit Simon.

— Magnus porte une culotte tyrolienne.

— Non, toujours pas.

Jace glissa le téléphone dans sa poche et observa Simon d'un air perplexe.

— Tu te sens bien ?

— Oui, mentit Simon.

En réalité, il avait des vertiges et se sentait nauséeux, tendu. Son état, il l'imputait à la crainte de ce qui risquait de se produire ce soir. Et le fait qu'il ne se soit pas nourri n'aidait guère ; il allait devoir y songer très bientôt. Il déplorait l'absence de Clary, mais elle n'avait pas pu faire autrement. Elle avait des obligations à honorer concernant le mariage, et l'avait prévenu de longue date qu'elle ne pourrait pas être là. Il en avait averti Jace avant leur arrivée sur les lieux. Il avait paru à la fois soulagé et déçu, ce qui avait de quoi laisser perplexe.

— Hé, fit Kyle en passant la tête dans l'ouverture du rideau. On est presque prêts. (Il observa Simon attentivement.) Tu es sûr de ton coup ?

Simon regarda tour à tour Kyle et Jace.

— Vous savez que vous êtes assortis, tous les deux ?

Ils baissèrent les yeux sur leur tenue, avant de s'examiner l'un l'autre. Ils portaient tous deux un jean et un tee-shirt noir à manches longues. Jace tira sur le bas de son vêtement, l'air un peu gêné.

— Je l'ai emprunté à Kyle. Le mien était sale.

— Oh, voilà qu'ils s'échangent leurs fringues ! Ça, c'est un truc de vraies copines.

— Tu te sens seul ? grommela Kyle. Toi aussi, tu veux m'emprunter un tee-shirt noir ?

Simon ne formula pas l'évidence, à savoir que ni les vêtements de Kyle ni ceux de Jace ne pouvaient lui aller, vu sa corpulence frêle.

— Tant que vous n'échangez pas vos slips…

— Je vois que j'interromps un moment crucial dans la conversation, lança Éric en passant à son tour la tête dans l'ouverture du rideau. Allez, c'est l'heure.

Jace se leva au moment où Kyle et Simon gagnaient la scène. En s'éloignant, Simon distingua, sous le tee-shirt emprunté à Kyle, la pointe étincelante d'une dague.

— T'as intérêt à tout casser ce soir, lança Jace avec

un sourire malicieux. Moi, avec un peu de chance, je ne pourrai casser que quelques bras.

Raphaël était censé arriver au crépuscule, mais il les fit attendre près de trois heures après l'horaire fixé avant que sa projection n'apparaisse dans la bibliothèque de l'Institut.

« Les vampires et leur politique », songea Luke non sans aigreur. Le chef du clan des vampires de New York répondrait à l'appel des Chasseurs d'Ombres s'il le fallait ; mais en aucun cas on ne devait le convoquer ni espérer de sa part la moindre ponctualité. Luke avait tué le temps en feuilletant quelques livres de la bibliothèque ; Maryse, qui n'était pas d'humeur loquace, était restée debout près de la fenêtre, à boire du vin dans un verre en cristal taillé et à regarder la circulation dans York Avenue.

Elle se retourna à l'instant où Raphaël apparut dans la pièce, comme un trait de craie blanche se dessinant sur les ténèbres. Ce furent d'abord son visage et ses mains blafards qui se matérialisèrent, puis la masse sombre de ses vêtements et de ses cheveux. Enfin, sa projection tout entière se tint devant eux. En voyant Maryse se hâter dans sa direction, il lança :

— Tu m'as appelé, Chasseuse d'Ombres ?

Puis il se retourna et son regard balaya Luke.

— Et l'homme-loup est là aussi, à ce que je vois. Est-ce qu'on m'a convoqué à un conseil ?

— Pas exactement. (Maryse reposa son verre sur le bureau.) Tu as entendu parler des cadavres de Chasseurs d'Ombres qu'on a retrouvés dernièrement, Raphaël ?

Raphaël leva les sourcils.

— Oui. Je n'ai pas pensé à vous le notifier. Cela ne concerne pas mon clan.

— Un corps a été retrouvé sur le territoire des sorciers, un autre sur celui des loups-garous, et un troisième sur celui des fées, déclara Luke. J'imagine que ton peuple sera le prochain. Ces actes expriment une volonté claire de semer la discorde parmi les Créatures Obscures. Je voulais t'assurer en toute bonne foi que je ne te tiens pas pour responsable, Raphaël.

— Quel soulagement, lâcha le vampire, mais ses yeux sombres exprimaient la méfiance. Qu'est-ce qui aurait pu vous faire penser le contraire ?

— L'une des victimes a pu nous confier qui l'avait attaquée, expliqua Maryse en choisissant ses mots. Avant de… mourir, l'homme nous a fait savoir que la responsable était Camille.

— Camille ? répéta Raphaël d'un ton égal, mais son expression, avant de redevenir indéchiffrable, trahit l'étonnement. C'est impossible.

— Pourquoi donc, Raphaël ? demanda Luke. C'est votre chef. Elle est très puissante et connue pour être impitoyable. En outre, il semble qu'elle ait disparu. Elle n'est jamais venue à Idris pour se battre à vos côtés. Elle n'a jamais approuvé les nouveaux Accords. Aucun Chasseur d'Ombres n'a entendu parler d'elle depuis des mois… Jusqu'à aujourd'hui.

Raphaël ne répondit pas.

— Il se trame quelque chose, dit Maryse. Nous tenions à te donner l'opportunité de t'expliquer devant nous avant d'avertir l'Enclave des agissements de Camille pour te prouver notre bonne foi.

— Et quelle preuve, répliqua Raphaël

— Raphaël, dit Luke avec douceur. Tu n'es pas tenu de la protéger. Si tu tiens à elle…

— Moi, tenir à elle ? (Raphaël se détourna pour cracher par terre.) Je la hais. Je la méprise. Chaque soir en me levant, je lui souhaite la mort.

— Oh, fit timidement Maryse. Dans ce cas, peut-être…

— Elle nous a dirigés pendant des années. Elle était à la tête du clan quand je suis devenu vampire, et c'était il y a cinquante ans. Avant cela, elle a vécu à Londres. Bien qu'étrangère dans cette ville, elle s'est avérée suffisamment cruelle pour prendre la tête du clan de Manhattan en quelques mois seulement. L'année dernière, je suis devenu son second. Puis, il y a quelques mois, j'ai découvert qu'elle assassinait des humains, qu'elle les tuait pour le plaisir. Bref, qu'elle enfreignait la loi. Il arrive parfois que des vampires se rebellent et alors, on ne peut rien faire pour les arrêter. Mais dans le cas d'un chef de clan… ils sont censés valoir mieux que cela.

Il se tenait immobile, le regard songeur, égaré dans ses souvenirs.

— Nous ne sommes pas comme les loups, ces sauvages. Nous ne tuons pas un chef pour en asseoir un autre. Pour un vampire, s'en prendre à l'un des siens est le pire des crimes, même si ce dernier a violé la loi. Or, Camille a de nombreux alliés, de nombreux disciples. Comme je ne pouvais pas courir le risque d'en finir avec elle, je suis allé la trouver pour lui demander de partir, sans quoi j'avertirais l'Enclave. Je n'avais aucune envie d'en arriver là, bien sûr, car je savais que si la vérité éclatait, les agissements de Camille jetteraient l'opprobre sur tout le clan. Nous perdrions la confiance de l'Enclave, nous ferions l'objet d'une enquête, nous serions humiliés devant les autres clans.

— Il y a plus important que perdre la face, répliqua Maryse avec impatience.

— Pour un vampire, c'est une question de vie ou de mort. (Raphaël baissa la voix.) J'ai parié sur le fait qu'elle me croirait capable de le faire, et c'est ce qui s'est passé. Elle a consenti à s'en aller. J'avais réussi à l'éloigner, mais son départ a engendré le chaos. Je ne pouvais pas prendre sa place, puisqu'elle n'y avait pas renoncé. Je ne pouvais pas non plus justifier son départ sans révéler ses méfaits. J'ai dû prétexter une longue absence, un besoin de voyager. L'envie de voir le monde n'est pas rare chez nos semblables ; elle nous prend tous de temps en temps. Quand on peut vivre éternellement, le fait de rester toujours au même endroit peut sembler oppressant au fil des ans.

— Et combien de temps pensais-tu pouvoir dissimuler la vérité ? s'enquit Luke.

— Aussi longtemps que possible. Jusqu'à aujourd'hui, semble-t-il.

Raphaël reporta le regard vers la fenêtre et la nuit scintillante au-dehors.

Luke s'adossa à une étagère. Il nota avec un certain amusement qu'il se trouvait dans la section dédiée aux créatures protéiformes, qui comprenait des dizaines d'ouvrages ayant trait aux loups-garous, *nagas*, *kitsune* et *selkies*.

— Tu seras peut-être intéressé d'apprendre qu'elle

nous a raconté à peu près la même histoire à ton sujet, dit-il en omettant de préciser de qui il tenait cette information.

— Je croyais qu'elle avait quitté la ville.

— C'était peut-être le cas, mais elle est revenue, déclara Maryse. Et elle ne se satisfait plus seulement de sang humain, semble-t-il.

— Je ne sais que vous dire, lâcha Raphaël. J'essayais de protéger mon clan. Si la Loi doit me punir, alors j'accepterai mon châtiment.

— Nous n'avons pas l'intention de te punir, Raphaël, dit Luke. Sauf si tu refuses de coopérer.

Raphaël se tourna de nouveau vers eux, les yeux étincelants.

— Coopérer ? De quelle manière ?

— Nous voulons Camille vivante, expliqua Maryse. Nous souhaitons l'interroger. Nous devons savoir pourquoi elle tue des Chasseurs d'Ombres et pourquoi elle a choisi ceux-là en particulier.

— Si c'est cet objectif-là que vous visez, j'espère que vous avez un plan à toute épreuve, répliqua Raphaël d'un ton mi-amusé, mi-condescendant. Même pour ses pairs, Camille est très rusée.

— J'ai un plan, annonça Luke. Un plan qui implique le vampire diurne. Simon Lewis.

Raphaël fit la grimace.

— Je ne l'aime pas. Je préférerais ne pas être partie prenante d'un stratagème qui repose sur sa participation.

— C'est bien dommage pour toi, lâcha Luke.

« Quelle bêtise ! songea Clary. Quelle bêtise de ne pas avoir emporté de parapluie. » Le crachin qu'avait prédit sa mère le matin même avait laissé place à une pluie battante quand elle atteignit l'Alto Bar dans Lorimer Street. Elle se fraya un chemin parmi un groupe serré de gens qui fumaient sur le trottoir et s'engouffra avec bonheur dans l'atmosphère chaude et sèche du bar.

Millenium Lint était déjà sur scène, les garçons s'escrimaient sur leurs instruments, et Kyle, sur le devant, poussait des grognements sexy dans son micro. Clary éprouva une certaine satisfaction : c'était en grande partie grâce à elle qu'ils avaient engagé Kyle et, indubitablement, il se montrait à la hauteur.

Elle balaya la salle du regard dans l'espoir d'apercevoir Maia ou Isabelle. Elle savait qu'elles ne seraient pas toutes les deux présentes ce soir, puisque Simon veillait à ne jamais les inviter au même concert. Le regard de Clary tomba sur une silhouette mince aux cheveux noirs ; elle s'avança vers la table où elle était assise et s'arrêta à mi-chemin. Il ne s'agissait pas d'Isabelle, mais d'une femme beaucoup plus âgée aux yeux soulignés de noir. Elle portait un tailleur et lisait un journal, apparemment indifférente à la musique.

— Clary ! Par ici !

Clary se retourna et aperçut la vraie Isabelle, installée à une table près de la scène. Elle portait une robe argentée qui brillait comme un phare dans la pénombre. Clary se fraya un chemin jusqu'à elle et se laissa choir sur une chaise.

— On s'est fait surprendre par la pluie, à ce que je vois, lança Isabelle.

Clary repoussa ses cheveux mouillés de son visage avec un sourire piteux.

— Quand on prend les paris contre mère nature, on perd.

Isabelle leva les sourcils.

— Je croyais que tu ne venais pas ce soir. Simon m'a dit que tu avais encore des tracasseries à régler avec ce mariage.

D'après ce que Clary avait pu observer, les mariages et autres pièges de l'amour romantique ne faisaient pas grande impression sur Isabelle.

— Ma mère ne se sentait pas bien. Elle a préféré reporter.

C'était la vérité, en un sens. En rentrant de l'hôpital, Jocelyne s'était enfermée dans sa chambre. Avec un sentiment d'impuissance, Clary avait écouté sa mère sangloter tout bas derrière la porte, mais celle-ci avait refusé de la laisser entrer ou d'aborder le sujet avec elle. Finalement, Luke était rentré ; non sans gratitude, Clary avait laissé sa mère à ses soins et traîné en ville avant d'aller voir jouer le groupe de Simon. Elle s'efforçait toujours d'assister à ses concerts dans la mesure du possible et, par ailleurs, lui parler lui ferait le plus grand bien.

— Ah.

Isabelle ne la questionna pas davantage. Parfois, son absence totale d'intérêt pour les problèmes d'autrui était un soulagement.

— Eh bien, je suis sûre que Simon sera content que tu sois venue.

Clary jeta un coup d'œil vers la scène.

— Comment ça se passe, pour l'instant ?

— Bien, répondit Isabelle en mordillant sa paille d'un air pensif. Leur nouveau chanteur est sexy. Il est célibataire ? Je ne serais pas contre l'idée de le chevaucher comme un vilain poney...

— Isabelle !

— Quoi ? (Isabelle lui lança un regard et haussa les épaules.) Ah oui ! Bah ! Simon et moi, on n'est pas exclusifs. Je te l'ai déjà expliqué.

Il fallait bien admettre, songea Clary, que Simon n'avait pas le moindre argument susceptible de justifier cette situation particulière. Mais il n'en demeurait pas moins son ami. Elle était sur le point de prendre sa défense quand elle jeta un autre regard vers la scène... et quelque chose attira son attention. Une silhouette familière se tenait près de la porte. Elle l'aurait reconnue entre toutes, où qu'elle soit, dans l'obscurité la plus épaisse et dans les moments les plus inattendus.

Jace. Il portait, à l'instar de n'importe quel Terrestre, un jean, un tee-shirt noir étroit qui soulignait les muscles fins de ses épaules et de son dos. Ses cheveux brillaient sous les éclairages de la scène. Clary l'observa à la dérobée tandis qu'il allait s'appuyer contre un mur, les yeux fixés sur le devant de la salle, et sentit son cœur s'emballer. Elle avait l'impression de ne pas l'avoir vu depuis une éternité, alors que leur dernière rencontre ne datait que de la veille. Et pourtant, en le regardant, elle avait déjà la sensation d'avoir affaire à un étranger. Que fabriquait-il ici ? Il n'aimait même pas Simon ! Il n'avait jamais assisté à un seul des concerts du groupe jusqu'ici.

— Clary ! s'exclama Isabelle d'un ton accusateur.

Clary se retourna et s'aperçut qu'elle avait bousculé le verre d'Isabelle par accident. De l'eau avait dégouliné sur sa jolie robe en lamé.

Isabelle s'empara d'une serviette en papier et lui lança un regard assassin.

— Va lui parler, dit-elle. Je sais que tu en as envie.

— Je suis désolée, murmura Clary.

Isabelle la chassa d'un geste.

— Ouste !

Clary se leva et lissa le bas de sa robe. Si elle avait su que Jace serait là, elle aurait opté pour une autre tenue que des collants rouges, des boots et cette robe vintage d'un rose tape-à-l'œil qu'elle avait retrouvée chez Luke, dans le placard de la chambre d'amis. D'habitude, elle trouvait que les boutons verts en forme de fleur qui en ornaient le devant apportaient une touche de décontraction et d'originalité mais à présent, elle se sentait juste moins sophistiquée qu'Isabelle.

Elle traversa la salle désormais pleine de spectateurs qui dansaient ou se balançaient doucement au rythme de la musique, une bière à la main. Elle ne put s'empêcher de se rappeler la première fois qu'elle avait vu Jace. Ça s'était passé dans un club ; en l'apercevant de l'autre côté de la salle, elle avait d'abord remarqué ses cheveux soyeux et la posture arrogante de ses épaules. Elle l'avait trouvé beau, mais en aucun cas à sa portée. Ce n'était pas le genre de garçon avec qui elle pouvait sortir, avait-elle pensé. Il semblait étranger à ce monde.

Il ne remarqua pas sa présence avant qu'elle se soit plantée devant lui. De près, elle constata à quel point il était épuisé, comme s'il n'avait pas dormi depuis des jours. Ses traits accusaient la fatigue, ses os saillaient sous la peau. Il était adossé au mur, les doigts agrippés aux passants de sa ceinture, et observait la salle d'un air vigilant.

— Jace !

Il sursauta et se tourna vers elle. L'espace d'un instant, son regard s'illumina, comme chaque fois qu'il la voyait, et elle entrevit un peu d'espoir.

Mais, presque instantanément, la lueur dans son regard s'éteignit et le sang quitta son visage.

— Je croyais... Simon m'a dit que tu ne viendrais pas.

Une vague de nausée submergea Clary et elle s'appuya d'une main contre le mur.

— Alors, si tu es venu, c'est seulement parce que tu pensais que je ne serais pas là ?

Il secoua la tête.

— Je...

— Tu avais encore l'intention de m'adresser la parole ? demanda Clary d'une voix suraiguë.

Au prix d'un effort violent, elle parvint à la maîtriser et enfonça les ongles dans ses paumes.

— Si tu veux rompre, la moindre des choses serait de m'en avertir plutôt que de m'ignorer en me laissant deviner par moi-même.

— Pourquoi tout le monde passe son temps à me demander si je vais rompre avec toi ? s'emporta Jace. D'abord Simon, et maintenant...

— Tu as parlé de nous à Simon ? (Clary secoua la tête.) Pourquoi ? Pourquoi tu refuses de me parler à moi ?

— Parce que je n'y arrive pas ! Je ne peux pas te parler, je ne peux pas être avec toi, je n'arrive même pas à soutenir ton regard.

— Quoi ? hoqueta Clary.

Jace sembla s'apercevoir de ce qu'il venait de dire et s'enferma dans un silence consterné. Pendant un moment, ils se défièrent du regard. Puis Clary tourna les talons et regagna la foule en jouant des coudes pour se frayer un chemin parmi les groupes de spectateurs qui bavardaient, indifférente à ce qui se passait autour d'elle. Seul lui importait d'atteindre la porte aussi vite que possible.

— Et maintenant, cria Éric dans le micro, on va vous chanter une chanson qu'on vient d'écrire. Elle est dédiée à ma copine. On sort ensemble depuis trois semaines et, franchement, c'est du solide. C'est pour la vie, bébé. Cette chanson s'appelle *Bang you like a Drum*[1].

Des rires et des applaudissements fusèrent dans le public en même temps que les premières notes s'élevaient. Simon n'était pas certain qu'Éric ait compris qu'ils croyaient à une plaisanterie, ce qui n'était pas le cas. Éric tombait amoureux dès qu'il commençait à sortir avec une fille, et il fallait toujours qu'il écrive une chanson inappropriée à ce sujet. En temps normal, Simon ne s'en serait pas formalisé, mais il avait vraiment espéré qu'ils quitteraient la scène à la fin de la chanson précédente. Il était dans un triste état : il

----

1. En anglais, *bang* signifie « frapper » (dans des percussions, par exemple) mais aussi, en termes vulgaires, avoir une relation sexuelle. (*N.d.T.*)

avait des vertiges, le corps poissé de sueur et un goût de métal dans la bouche qui lui rappelait celui du sang coagulé.

La musique résonnait autour de lui comme si des ongles lui griffaient les tympans. Ses doigts glissaient sur les cordes quand il jouait et il vit Kirk lui lancer un regard perplexe. Il essaya de se concentrer, sans obtenir plus de succès que s'il avait tenté de démarrer une voiture sans batterie. Un grondement stérile lui emplissait le crâne, mais aucune étincelle n'en jaillissait.

Il scruta le bar, chercha des yeux Isabelle, sans trop savoir pourquoi ; il ne distingua qu'une mer de visages blafards levés vers lui, et se souvint de sa première nuit à l'hôtel Dumort. Il revit les faciès des vampires tournés vers lui, pareils à de pâles fleurs en papier dépliant leurs pétales sur un néant de ténèbres. Une violente nausée le submergea. Il recula d'un pas chancelant et lâcha les cordes de sa basse. Il lui sembla que le sol ondulait sous ses pieds. Les autres membres du groupe, accaparés par la musique, ne parurent pas s'en apercevoir. Simon arracha la courroie de son instrument, se dirigea vers le rideau au fond de la scène en bousculant Matt au passage et s'engouffra juste à temps dans les coulisses avant de tomber à genoux et d'être pris d'un haut-le-cœur.

Mais rien ne vint. Il avait l'estomac aussi creux qu'un puits. Il se redressa et s'adossa au mur en pressant ses mains glacées sur son visage. Cela faisait des semaines qu'il ne sentait plus ni le chaud ni le froid, et pourtant il avait l'impression d'avoir de la fièvre... et il avait peur. Que lui arrivait-il ?

Les paroles de Jace lui revinrent en mémoire : « Tu es un vampire. Le sang, ce n'est pas de la nourriture pour toi. Le sang, c'est du sang. » Se pouvait-il que son état soit dû au fait qu'il ne se soit pas nourri ? Pourtant, il n'avait ni faim ni soif. Il se sentait si mal qu'il avait l'impression d'agoniser. Et si on l'avait empoisonné ? Peut-être que la Marque de Caïn ne le protégeait pas contre ce genre de menace.

Il tituba jusqu'à la sortie de secours qui débouchait sur la rue derrière le club. L'air froid du dehors lui éclaircirait probablement les idées. Peut-être que c'était seulement l'effet de la fatigue et des nerfs.

— Simon ?

Une petite voix, pareille au pépiement d'un oiseau, s'éleva derrière lui. Il tourna la tête, épouvanté, et reconnut Maureen. De près, elle semblait encore plus minuscule, avec son ossature frêle et sa masse de cheveux d'un blond très pâle qui tombait en cascade sur ses épaules, à moitié dissimulée sous une casquette rose en tricot. Elle portait des mitaines à rayures multicolores et un tee-shirt blanc à manches courtes à l'effigie de Charlotte aux fraises. Simon pesta intérieurement.

— Ce n'est vraiment pas le moment, Maureen.

— Je veux juste prendre une photo de toi avec mon téléphone pour la montrer à mes amies, protesta-t-elle en glissant ses cheveux derrière ses oreilles d'un geste fébrile.

Sa tête l'élançait. Quelle situation ridicule ! On ne pouvait pas dire qu'il fût harcelé par les fans. Maureen était littéralement la seule admiratrice du groupe et, par-dessus le marché, c'était l'amie de la petite-cousine d'Éric. Il ne pouvait donc pas se permettre de se la mettre à dos.

— D'accord. Vas-y, prends ta photo.

Elle leva son téléphone, appuya sur un bouton et fronça les sourcils.

— Et maintenant, une de nous deux ?

Elle le rejoignit en hâte et se colla contre lui. Il sentit le parfum de son gloss à la fraise dominant les effluves iodés de sa sueur et l'odeur, plus salée encore, du sang humain. Elle leva les yeux vers lui en brandissant son téléphone de sa main libre et lui adressa un grand sourire. Elle avait les deux dents de devant écartées et une veine bleue saillait sur sa gorge, battant au rythme de sa respiration.

— Souris, dit-elle.

Une douleur fulgurante assaillit Simon en même temps que ses crocs s'enfonçaient dans sa lèvre inférieure. Il entendit Maureen pousser un hoquet de surprise. Faisant voler son téléphone, il l'agrippa pour l'attirer contre lui et planta ses canines dans sa gorge.

Du sang jaillit dans sa bouche. Son goût était incomparable : c'était comme s'il avait manqué d'air et aspirait de grandes bouffées d'oxygène pur tandis que Maureen se débattait et s'efforçait de le repousser, mais il s'en apercevait à peine. Il ne remarqua même pas que ses efforts mollissaient et que son poids l'entraînait vers le sol. Il se retrouva allongé sur elle, les mains cramponnées à ses épaules, et se remit à boire.

« Tu n'as jamais goûté au sang humain, n'est-ce pas ? avait dit Camille. Tu y viendras. Et quand tu y auras goûté, tu ne pourras plus l'oublier. »

9

D'un feu à l'autre

CLARY GAGNA LA SORTIE et émergea à l'air libre. Le ciel nocturne était saturé de pluie. Il pleuvait à verse à présent et elle se retrouva trempée sur-le-champ. Les yeux noyés de larmes, elle passa en trombe près du van jaune d'Éric et s'apprêtait à traverser la rue malgré le feu vert quand quelqu'un la rattrapa par le bras et la força à se retourner.

C'était Jace. Il était aussi trempé qu'elle : la pluie aplatissait ses cheveux blonds et plaquait ses vêtements sur son corps.

— Clary, tu ne m'as pas entendu t'appeler ?

— Lâche-moi ! s'exclama-t-elle d'une voix tremblante.

— Non. Pas avant que tu m'aies parlé.

Il jeta un coup d'œil de part et d'autre de la rue déserte tandis que la pluie rebondissait sur le trottoir.

— Viens.

La tenant fermement par le bras, il lui fit contourner le van et l'entraîna dans une ruelle étroite qui jouxtait l'Alto Bar. Au-dessus d'eux, de hautes fenêtres laissaient filtrer le bruit étouffé de la musique qu'on jouait toujours à l'intérieur. L'allée bordée de murs en brique servait manifestement de dépotoir pour du matériel de musique hors d'usage. Des amplis cassés et de vieux micros jonchaient le sol, ainsi que des débris de bouteilles de bière et des mégots de cigarettes.

Clary se dégagea d'un geste brusque.

— Si tu avais prévu de me présenter tes excuses, ne te donne pas cette peine. (Elle repoussa ses cheveux mouillés de son visage.) Je ne veux pas les entendre.

— Je voulais t'expliquer que j'essayais d'aider Simon, lâcha-t-il. (Des gouttes de pluie perlaient sur ses cils et roulaient sur ses joues comme des larmes.) J'étais chez lui ces derniers...

— Et tu ne pouvais pas me le dire ? Tu ne pouvais pas m'envoyer un texto d'une ligne pour me faire savoir où tu étais ? Oh, attends. C'était impossible, puisque tu as toujours mon portable ! Rends-le-moi.

Sans un mot, Jace fouilla dans sa poche et remit son téléphone à Clary. Il semblait intact. Elle le glissa dans son sac pour ne pas qu'il prenne l'eau. Jace la regarda faire, l'air bouleversé comme si elle l'avait giflé. La colère de Clary redoubla. De quel droit osait-il prétendre qu'il souffrait ?

— Je croyais que garder un œil sur Simon, c'était la seule façon d'être près de toi, expliqua-t-il avec lenteur. Bêtement, j'ai pensé que tu comprendrais que je le faisais pour toi et que tu me pardonnerais...

Toute la rage de Clary refit surface et déferla comme un raz de marée brûlant, impossible à endiguer.

— Je ne sais même pas ce que je suis censée te pardonner ! s'écria-t-elle. De ne plus m'aimer ? Parce que si c'est ce que tu veux, Jace Lightwood, tu peux aller te faire...

Elle recula d'un pas et faillit trébucher sur une enceinte abandonnée sur le trottoir. Son sac tomba par terre au moment où elle tendait la main pour retrouver son équilibre, mais Jace l'avait déjà devancée. S'avançant pour la rattraper, il la poussa contre le mur de la ruelle et, la prenant dans ses bras, il l'embrassa passionnément.

Clary savait qu'elle aurait dû le repousser ; sa petite voix intérieure lui soufflait que c'était la solution raisonnable, mais son corps se fichait bien de la raison alors que Jace l'embrassait à perdre haleine, comme s'il risquait l'enfer en faisant cela mais que cela en valait quand même la peine.

Elle se cramponna à ses épaules, au coton trempé de son tee-shirt, sentit la dureté de ses muscles en dessous, et lui rendit ses baisers avec tout le désespoir qu'avaient suscité ces quelques derniers jours, alors qu'elle ignorait où il était et ce qu'il pensait, et qu'il lui semblait qu'on lui avait arraché le cœur.

— Dis-moi ce qui ne va pas, chuchota-t-elle entre deux baisers, le visage contre le sien. Oh, souffla-t-elle comme il s'écartait pour lui prendre les mains et les glisser autour de sa taille.

Il la hissa sur une enceinte cassée, de sorte que leurs visages se faisaient face, prit sa tête entre ses mains, et se pencha vers elle. Leurs corps se frôlaient sans vraiment se toucher, et cela lui mettait les nerfs en pelote. Elle sentait la fièvre qui émanait de lui ; elle avait toujours les mains sur ses épaules, mais ça ne suffisait pas. Elle avait envie qu'il la serre dans ses bras.

— P... pourquoi tu ne me parles pas ? reprit-elle à voix basse. Pourquoi tu ne me regardes pas ?

Il plongea son regard dans le sien. Ses cils assombris par la pluie faisaient ressortir l'or de ses yeux.

— Parce que je t'aime.

Incapable d'attendre davantage, elle agrippa les passants de sa ceinture et l'attira contre elle. Il se laissa faire sans résister, les mains plaquées contre le mur, et colla son corps au sien jusqu'à ce que leurs bustes, leurs hanches et leurs jambes s'emboîtent comme les pièces d'un puzzle. Les mains posées sur sa taille, il lui donna un long baiser langoureux qui la fit frissonner.

Elle se dégagea.

— Ça n'a aucun sens.

— Je sais mais je m'en fiche. J'en ai assez d'essayer de vivre sans toi. Tu ne vois donc pas que ça me tue ?

Elle le dévisagea avec perplexité. Elle voyait bien qu'il était sincère, elle pouvait le lire dans ces yeux qu'elle connaissait par cœur. Sa raison, avide de réponses, lutta avec la partie primitive de son cerveau et finit par rendre les armes.

— Alors embrasse-moi, murmura-t-elle, et il colla sa bouche à la sienne, leurs cœurs se mirent à battre à l'unisson sous le tissu trempé qui les séparait.

Elle s'abandonna à ce baiser, au contact de ces lèvres, de la pluie qui perlait sur ses cils, de ces mains qui s'aventuraient sur sa robe mouillée et froissée, si fine et collante à présent que c'était comme sentir ses doigts sur sa peau nue, sa poitrine, ses hanches, son ventre. En atteignant le bas de sa robe, il agrippa ses jambes et la plaqua un peu plus fort contre le mur tandis qu'elle les enroulait autour de lui.

Il poussa un grognement surpris et tira sur le voile de son collant, qui céda sous la pression de ses doigts mouillés, révélant la peau nue. Pour ne pas être en reste, elle glissa les mains sous son tee-shirt et explora la peau tiède recouvrant ses côtes, le haut de son abdomen, les cicatrices de son dos et les os de ses hanches au-dessus de la ceinture de son jean. Ce n'était pas un territoire inexploré pour elle, et pourtant ses caresses semblèrent le rendre fou ; il gémit doucement contre sa bouche et l'embrassa de plus belle, comme si cela ne suffirait jamais...

Un horrible bruit métallique résonna dans les oreilles de Clary, l'arrachant à son rêve de baisers et de pluie. Avec un hoquet de stupeur, elle repoussa Jace et retomba maladroitement par terre en rajustant sa robe en hâte. Son cœur tambourinait contre sa cage thoracique avec la force d'un bélier et elle avait le tournis.

— Nom de Dieu !

Debout à l'entrée de la ruelle, Isabelle, dont les cheveux noirs mouillés tombaient comme une cape sur ses épaules, shoota dans une poubelle et les fixa d'un œil noir.

— Franchement, vous êtes incroyables, tous les deux ! Trouvez-vous une chambre !

Clary regarda Jace. Il était trempé jusqu'aux os : la pluie formait des rigoles sur ses vêtements et plaquait sur son crâne ses cheveux blonds que la pâle lueur d'un lointain réverbère teintait d'argent. Le seul fait de le contempler lui donna envie de le toucher encore, avec ou sans la présence d'Isabelle, et la force de son désir le rendait presque douloureux. Jace regardait Isabelle comme quelqu'un qui vient d'être arraché à un rêve : avec stupéfaction, colère, incompréhension.

— Je cherchais juste Simon, dit-elle, sur la défensive, en voyant l'expression de Jace. Il est sorti de scène en courant, et je n'ai aucune idée de l'endroit où il est allé.

Clary s'aperçut que la musique avait cessé ; elle était incapable de se rappeler quand exactement.

— En tout cas, il n'est pas là, poursuivit Isabelle. Vous pouvez retourner à vos occupations. Ce serait dommage de ne pas profiter de ce beau mur de brique, hein ?

À ces mots, elle fit volte-face pour rejoindre le bar au pas de charge.

Clary observa Jace. En d'autres temps, ils auraient ri de la mauvaise humeur d'Isabelle, mais l'expression de Jace n'exprimait aucune gaieté, et elle comprit immédiatement que, quoi qu'il ait pu se passer entre eux, quoi qu'il ait pu naître de cette perte de contrôle momentanée, tout était fini. Elle avait un goût de sang dans la bouche ; elle ne se souvenait pas si c'était elle qui s'était mordu la lèvre ou si c'était lui qui l'avait fait.

— Jace...

Elle fit un pas dans sa direction.

— Non, dit-il d'une voix rauque. Je ne peux pas.

Sur ce, il s'enfuit à toutes jambes et disparut au bout de la ruelle avant qu'elle ait pu reprendre son souffle pour le rattraper.

— Simon !

Une voix furieuse résonna à ses oreilles. Il aurait accepté de lâcher Maureen alors – du moins c'est ce qu'il se disait – mais il n'en eut pas le temps. Des mains robustes l'agrippèrent par les bras et le soulevèrent. Ce fut un Kyle livide, encore ébouriffé et ruisselant de sa prestation à peine terminée, qui le remit debout.

— Simon, qu'est-ce que tu fous ? Qu'est-ce que tu fous ?!

— Je ne voulais pas, hoqueta Simon d'une voix qui lui sembla pâteuse.

Il avait toujours les crocs sortis et n'avait pas encore appris à parler avec ces fichus machins. Derrière Kyle, Maureen gisait recroquevillée par terre, affreusement immobile.

— Je te l'avais dit. Je te l'avais dit ! s'écria Kyle en repoussant violemment Simon.

Il tituba en arrière, le front brûlant, tandis qu'une main invisible soulevait Kyle et le projetait contre le mur derrière lui. Il s'affaissa par terre, à quatre pattes, dans une posture quasi animale, et se releva péniblement, les yeux écarquillés de stupeur.

— Bon sang, Simon...

Mais celui-ci était tombé à genoux près de Maureen et, d'une main fébrile, il tâtait sa gorge pour trouver son pouls. En le sentant battre sous ses doigts, faiblement mais régulièrement, il faillit verser des larmes de soulagement.

— Écarte-toi d'elle, ordonna Kyle d'une voix blanche en se dressant au-dessus de lui. Lève-toi et dégage.

Simon obéit à contrecœur et fit face à Kyle au-dessus du corps inerte de Maureen. Un rai de lumière filtra à travers les rideaux qui protégeaient la scène ; il entendait les autres membres du groupe bavarder de l'autre côté tout en rangeant leurs instruments. Ils seraient là d'une minute à l'autre.

— Tu m'as... poussé ? demanda Kyle. Je ne t'ai pas vu bouger.

— Je ne voulais pas, répéta Simon, désemparé.

Apparemment, c'était sa seule rengaine, ces derniers temps. Kyle secoua la tête.

— Tire-toi d'ici. Va m'attendre près du van. Je vais m'occuper d'elle.

Il se pencha pour soulever Maureen. Elle semblait aussi menue qu'une poupée entre ses bras robustes. Il lança un regard noir à Simon.

— Allez ! Et j'espère que tu te sens très mal.

Simon se dirigea vers la porte de derrière et l'ouvrit. L'alarme ne se déclencha pas ; elle était désactivée depuis des mois. La porte se referma derrière lui et, le corps secoué de tremblements, il s'adossa à un mur.

Le club donnait sur une rue étroite bordée d'entrepôts. Sur le trottoir d'en face s'étendait un terrain vague séparé de la route par un grillage à demi affaissé. Des touffes d'herbe drue poussaient dans les fissures du béton. La pluie tombait à verse, détrempant les ordures qui jonchaient la chaussée, poussant de vieilles canettes de bière dans les caniveaux pleins à ras bord.

Simon eut l'impression qu'il contemplait le plus beau paysage qu'il lui ait été donné de voir. La nuit semblait s'être désagrégée en un kaléidoscope de lumière. Le grillage était devenu un entrelacs scintillant de fils argentés, chaque goutte de pluie était une larme de platine.

« J'espère que tu te sens très mal », avait dit Kyle. C'était mille fois pire. Simon ne s'était jamais senti aussi bien, aussi vivant qu'en ce moment même. Le sang humain était bel et bien la plus parfaite, la plus divine des pitances pour les vampires. Des vagues d'énergie le traversaient comme un courant électrique. Les élancements dans sa tête et dans son estomac avaient cessé. Il aurait pu courir dix mille kilomètres sans s'arrêter.

C'était horrible.

— Salut, toi. Ça va ?

La voix qui venait de s'élever avait une inflexion distinguée, moqueuse. Simon se retourna et vit une femme drapée dans un long trench noir qui s'abritait sous un parapluie jaune vif. À travers le prisme de sa nouvelle vision, on aurait dit un tournesol scintillant. La femme elle-même était très belle, bien que tout lui semblât beau en ce moment, avec des cheveux noirs lustrés et les lèvres peintes en rouge vif. Il se rappela vaguement l'avoir vue assise à une table pendant le concert.

Il hocha la tête, effrayé à l'idée d'ouvrir la bouche. Il devait sembler totalement ahuri pour que de parfaits étrangers viennent s'enquérir de sa santé.

— Tu as l'air d'avoir reçu un coup sur la tête, poursuivit la femme en désignant son front. C'est un vilain bleu que tu as là. Tu ne veux pas que j'appelle quelqu'un, tu es sûr ?

D'un geste précipité, il rabattit ses cheveux sur son front pour dissimuler la Marque.

— Je vais bien. Ce n'est rien.

— D'accord. Si tu le dis, lâcha-t-elle d'un ton dubitatif.

Elle sortit de sa poche une carte de visite qu'elle lui tendit. Un nom y était inscrit : Satrina Kendall, et en dessous, en petites capitales, le mot « manager », suivi d'un numéro de téléphone et d'une adresse.

— Votre prestation m'a plu, dit-elle. Si vous voulez voir plus grand, appelez-moi.

Et, à ces mots, elle s'éloigna d'un pas léger, laissant Simon bouche bée. « Décidément, songea-t-il, la nuit n'aurait pas pu être plus bizarre. »

Secouant la tête, ce qui projeta des gouttes de pluie dans toutes les directions, il pataugea jusqu'à l'endroit où le van était garé. La porte du bar était ouverte, et les clients affluaient au-dehors. Tout semblait encore miraculeusement éclairé, mais sa perception commençait à redevenir normale. La scène qui se déroulait devant Simon n'avait rien d'extraordinaire : le bar se vidait, la portière à l'arrière du van était ouverte, et l'intérieur déjà chargé du matériel que Matt, Kirk et leur bande d'amis avaient transporté. En se rapprochant, Simon aperçut Isabelle adossée au flanc du camion, une jambe relevée, le talon de sa botte posé sur la tôle cabossée. Elle aurait pu donner un coup de main pour démonter, étant plus costaude que n'importe qui dans le groupe, à l'exception peut-être de Kyle, toutefois visiblement elle n'en avait pas la moindre intention. Le contraire aurait surpris Simon.

À son approche, elle leva les yeux. La pluie s'était

calmée mais elle avait dû passer un certain temps dessous : ses cheveux étaient trempés.

— Salut, lança-t-elle en venant à sa rencontre. Où étais-tu passé ? Tu es sorti de scène en courant...

— Oui, je ne me sentais pas très bien. Désolé.

— Tant que tu vas mieux.

Elle l'enlaça et sourit. Il constata avec soulagement qu'il n'avait pas envie de la mordre, puis se sentit coupable en se souvenant pourquoi.

— Tu n'aurais pas vu Jace ? demanda-t-il.

Elle leva les yeux au ciel.

— Je l'ai surpris en train d'embrasser Clary. Ils sont partis. Rentrés chez eux, j'espère. L'expression « Y a des hôtels pour ça ! » a été inventée pour eux.

— Je ne pensais pas que Clary viendrait, dit Simon, bien que cela n'eût rien de bizarre : le rendez-vous fixé pour le gâteau du mariage avait dû être déplacé.

Il n'avait même pas la force de pester contre Jace, qui était un piètre garde du corps. Il n'avait jamais pensé qu'il prenait sa sécurité personnelle très au sérieux. Il espérait juste que Clary et lui avaient réglé leur problème, quel qu'il soit.

— Bref, fit Isabelle en souriant. Puisqu'on est seuls tous les deux, ça te dirait d'aller quelque part ?

Une voix familière s'éleva des ténèbres au-delà du lampadaire le plus proche.

— Simon ?

« Oh non, pas maintenant. Pas maintenant. »

Il se retourna lentement. Le bras d'Isabelle lui encerclait toujours mollement la taille, « mais pas pour longtemps », pensa-t-il. Pas si la personne qui venait de l'appeler était bien celle qu'il croyait.

Oui, c'était elle.

Maia s'était avancée sous le réverbère. Elle l'observait, immobile, une expression incrédule sur le visage. Ses cheveux, ondulés en temps normal, étaient plaqués par la pluie, son jean et sa veste étaient trempés, ses yeux écarquillés de surprise. Elle tenait un prospectus roulé dans sa main gauche.

Simon avait vaguement conscience qu'autour de lui les membres du groupe avaient ralenti la cadence et qu'ils l'observaient bouche bée. Le bras d'Isabelle retomba.

— Simon ? dit-elle. Qu'est-ce qui se passe ?

— Tu m'avais dit que tu étais très occupé, lâcha Maia, les yeux fixés sur Simon. Et puis quelqu'un a glissé ça sous la porte du commissariat ce matin.

Elle jeta le prospectus aux pieds de Simon. Il reconnut instantanément l'un des flyers du concert.

Isabelle regarda tour à tour Simon et Maia tandis que la lumière se faisait lentement dans son esprit.

— Attends une seconde, dit-elle. Tu sors avec lui ?

Maia releva le menton.

— Et toi ?

— Oui, répondit Isabelle. Depuis quelques semaines.

Maia plissa les yeux.

— Moi aussi. On sort ensemble depuis septembre.

— Je n'en reviens pas ! s'exclama Isabelle, et, effectivement, elle semblait stupéfaite. Simon ? (Elle se tourna vers lui, les mains sur les hanches.) Tu peux m'expliquer ?

Les membres du groupe, qui avaient fini de charger le matériel dans le van – la batterie sur le siège arrière, les guitares et les basses dans le coffre –, s'étaient rassemblés pour observer la scène, médusés. Éric mit ses mains en porte-voix et cria :

— Mesdemoiselles, mesdemoiselles, inutile de se battre. Il y en a assez pour deux.

Isabelle fit volte-face et lui décocha un regard si terrifiant qu'il se tut sur-le-champ et battit en retraite à l'intérieur du van en claquant la portière. Le véhicule démarra en trombe et s'éloigna. « Traîtres », pensa Simon même si, en bonne justice, ils avaient probablement estimé que Kyle le ramènerait avec sa voiture, garée au coin de la rue. En partant du principe qu'il vivrait assez longtemps pour cela.

— Tu n'es pas croyable, Simon, dit Maia. (À l'instar d'Isabelle, elle avait mis les poings sur les hanches.) Qu'est-ce qui t'a pris de mentir comme ça ?

— Je n'ai pas menti, protesta Simon. On ne s'est jamais juré fidélité. (Il se tourna vers Isabelle.) Avec toi non plus, d'ailleurs ! Je sais que tu vois d'autres types...

— Tu ne les connais pas, répliqua Isabelle d'un ton cinglant. Ils ne font pas partie de tes amis. Comment tu réagirais si je sortais avec Éric ?

— Franchement, j'en resterais comme deux ronds de flanc. Ce n'est pas du tout ton type.

— Là n'est pas le problème, Simon.

Maia s'était rapprochée d'Isabelle, et toutes deux lui faisaient face tel un mur inébranlable de fureur féminine. Le bar avait fini de se vider et, à l'exception d'eux trois, la rue était déserte. Il évalua ses chances d'évasion et renonça à fuir. Les loups-garous couraient vite, et Isabelle était une chasseuse de vampires émérite.

— Je suis vraiment désolé, dit-il enfin.

Heureusement, l'euphorie générée par le sang qu'il avait bu commençait à se dissiper. S'il se sentait moins chamboulé par des sensations intenses, il était paniqué, en revanche. Pour couronner le tout, ses pensées ne cessaient de se tourner vers Maureen. « Pitié, faites qu'elle aille bien », songeait-il.

— J'aurais dû vous en parler, les filles. C'est juste que… je vous aime beaucoup toutes les deux, et je ne voulais pas vous vexer.

À peine eut-il prononcé ces mots qu'il prit conscience de sa bêtise. Encore un crétin qui cherchait des excuses à son comportement stupide. Simon ne s'était jamais classé parmi ce genre de garçons. Il était le brave type de service qui se faisait doubler par le bad boy sexy, l'artiste torturé ou l'égocentrique qui n'avait aucun scrupule à sortir avec deux filles à la fois sans jamais vraiment leur mentir, mais sans leur avouer la vérité non plus.

— Waouh, dit-il pour lui-même. Quel blaireau je fais !

— C'est peut-être la première parole sincère que je t'entends dire depuis mon arrivée, marmonna Maia.

— Amen, renchérit Isabelle. Même si, à mon avis, c'est un peu tard…

La porte de service s'ouvrit, et quelqu'un sortit du bar. C'était Kyle. Simon éprouva un immense soulagement. Kyle avait l'air sombre, pas au point pourtant de laisser penser qu'il était arrivé quelque chose d'affreux à Maureen.

Il dévala les marches et s'avança vers eux. La pluie battante avait laissé place à du crachin. Maia et

Isabelle lui tournaient le dos ; elles fixaient leur attention sur Simon, les yeux étincelant de colère.

— Tu peux toujours courir pour qu'on t'adresse à nouveau la parole, lâcha Isabelle. Et je vais avoir une conversation très sérieuse avec Clary à propos du choix de ses amis.

— Kyle, lança Simon sans chercher à dissimuler son soulagement en l'entendant approcher. Euh… est-ce que Maureen…

Il ignorait comment formuler sa question sans apprendre à Maia et à Isabelle ce qui s'était passé, mais il s'avéra que cela n'avait pas d'importance, car il n'eut pas le temps de finir sa phrase. Maia et Isabelle se retournèrent ; Isabelle parut agacée et Maia, surprise, devant forcément se demander qui était Kyle.

Dès qu'elle l'aperçut, son visage changea ; elle ouvrit de grands yeux et le sang quitta son visage. À son tour, Kyle la dévisagea avec l'air de quelqu'un qui vient de s'éveiller d'un cauchemar pour découvrir qu'il s'agit de la réalité. Il ouvrit la bouche pour parler, aucun son n'en sortit.

— Ouh là, fit Isabelle en les regardant tour à tour. Vous vous… connaissez ?

Maia observait toujours Kyle. Simon eut juste le temps de penser qu'elle ne l'avait jamais regardé avec une telle intensité, quand elle murmura :

— Jordan !

Elle se jeta sur lui, toutes griffes dehors, et les planta dans sa gorge.

Deuxième partie :

Pour chaque vie

Rien n'est gratuit. Tout se paie. Pour chaque profit, une dette. Pour chaque vie, une mort. Même ta musique, dont nous avons tellement entendu parler, a un prix. Ta femme était le prix à payer pour ta musique. L'enfer est satisfait, désormais.

Ted Hughes, *Les Os du tigre.*

10

232 Riverside Drive

Assis dans le fauteuil du salon de Kyle, Simon regardait sans le voir l'écran de télévision figé sur une image du jeu auquel avaient joué Kyle et Jace. On y voyait un tunnel humide avec un tas de cadavres gisant sur le sol et des flaques de sang très réalistes. Cette scène faisait froid dans le dos, mais Simon n'avait pas la force de se lever pour éteindre l'écran. Les images qui avaient défilé toute la nuit dans sa tête étaient bien plus sinistres.

Au-dehors, la pâle lueur détrempée de l'aube avait laissé place à la faible clarté des premières heures du jour, mais Simon s'en était à peine aperçu. Il ne cessait de voir le corps inerte de Maureen étendu sur le sol, ses cheveux blonds poissés de sang, sa fuite éperdue dans la nuit noire alors que le sang de l'adolescente chantait dans ses veines. Il revoyait aussi Maia fondant sur Kyle et le lacérant de ses griffes. Le jeune homme n'avait pas levé la main pour se défendre. Il l'aurait probablement laissée le tailler en pièces si Isabelle n'était pas intervenue pour la prendre à bras-le-corps et la plaquer sur le trottoir, où elle l'avait maintenue jusqu'à ce que sa rage se dissolve dans les larmes. Simon avait tenté de la rejoindre, mais Isabelle l'avait tenu à distance d'un regard furieux, un bras autour de Maia, l'autre levé pour le mettre au défi d'approcher.

— Va-t'en, avait-elle craché. Et emmène-le avec toi. Je ne sais pas ce qu'il lui a fait, mais ce n'est pas rien, visiblement.

Elle avait vu juste. Simon connaissait ce nom, Jordan. Maia l'avait mentionné quand il lui avait demandé comment elle avait été transformée en loup-garou. Elle lui avait répondu que c'était son ex-petit ami le responsable. Après l'avoir attaquée avec sauvagerie, il s'était enfui en la laissant en affronter seule les conséquences.

Il s'appelait Jordan.

C'était donc pour cela que Kyle n'avait qu'un seul nom sur son interphone. Kyle, c'était son patronyme. Jordan Kyle. Comme il avait été bête de ne pas l'avoir deviné avant ! Cela dit, il avait assez de raisons de se haïr pour l'instant.

Kyle – ou plutôt Jordan – était un loup-garou ; il guérissait vite. À peine Simon l'avait-il relevé sans ménagement puis traîné jusqu'à sa voiture que les plaies béantes sur sa gorge et sous les lambeaux de son tee-shirt avaient laissé place à des croûtes. Simon lui avait pris ses clés et les avait ramenés à Manhattan dans un silence de mort. Immobile sur le siège du passager, Jordan avait gardé les yeux fixés sur ses mains ensanglantées pendant la plus grande partie du trajet.

— Maureen va bien, dit-il enfin alors qu'ils s'engageaient sur le pont de Williamsburg. C'était moins méchant qu'il n'y paraissait. Comme tu n'es pas encore très doué pour te nourrir des humains, elle n'a pas perdu beaucoup de sang. Je l'ai mise dans un taxi. Elle ne se souvient de rien. Elle croit qu'elle s'est évanouie devant toi et elle est mortifiée.

Simon savait qu'il aurait dû remercier Jordan, mais il ne put s'y résoudre.

— Tu es Jordan, l'ex-copain de Maia. Celui qui l'a transformée en loup-garou.

Ils se trouvaient à présent dans Kenmare Street ; Simon tourna vers le nord en direction de Bowery Street, ses hôtels bon marché et ses magasins de luminaires.

— Oui, répondit Jordan après un silence. Kyle est mon nom de famille. J'ai commencé à me faire appeler par ce nom quand j'ai rejoint les Praetor.

— Elle t'aurait tué si Isabelle l'avait laissée faire.

— Elle a parfaitement le droit de me tuer si elle le veut, répliqua Jordan avant de retomber dans le silence.

Il se tut pendant que Simon cherchait une place pour se garer et ils avaient gravi péniblement les marches jusqu'à l'appartement. Ensuite, il était allé s'enfermer dans sa chambre sans même ôter sa veste tachée de sang.

Simon avait rassemblé ses affaires dans son sac à dos. Juste avant de quitter l'appartement, il s'était ravisé. Il ne savait pas très bien pourquoi, même maintenant, mais au lieu de s'en aller, il avait abandonné son sac près de la porte et il était retourné s'asseoir dans ce fauteuil, où il avait passé le reste de la nuit.

Il aurait voulu appeler Clary, or il était trop tôt et, par ailleurs, Isabelle avait précisé qu'elle et Jace étaient partis ensemble. Or, la perspective de troubler leur moment d'intimité ne l'enchantait guère. Il se demanda comment allait sa mère. Si elle avait pu le voir la veille au soir avec Maureen, elle aurait pensé qu'il était bel et bien le monstre qu'elle l'accusait d'être.

Et elle avait peut-être raison.

Il leva les yeux au moment où la porte de la chambre de Jordan s'entrouvrait. Il en sortit pieds nus, toujours vêtu du jean et du tee-shirt qu'il portait la veille. Les cicatrices sur sa gorge se réduisaient désormais à des zébrures écarlates. Ses yeux se posèrent sur Simon. Son regard noisette, si gai et si vif en temps normal, semblait éteint.

— Je croyais que tu étais parti, lança-t-il.

— J'en avais l'intention. Et puis je me suis dit que je devais te laisser une chance de t'expliquer.

— Il n'y a rien à expliquer.

Jordan se traîna jusqu'à la cuisine, fouilla le contenu d'un tiroir et en sortit un filtre à café.

— Quoi qu'ait pu dire Maia à mon sujet, je suis certain que c'est vrai.

— Elle m'a dit que tu l'avais frappée.

Jordan se figea. Il baissa les yeux vers le filtre qu'il tenait à la main comme s'il ne se rappelait plus à quoi il servait.

— Elle m'a dit que vous étiez sortis ensemble pendant des mois et que tout allait bien, poursuivit Simon. Puis tu es devenu violent et jaloux. Quand elle te l'a reproché, tu l'as frappée. Elle a rompu avec toi, et un soir qu'elle rentrait chez elle, quelque chose l'a attaquée et a bien failli la tuer. Ensuite, tu... tu as quitté la ville. Sans excuses ni explications.

Jordan reposa le filtre sur le comptoir.

— Comment elle est arrivée jusqu'ici ? Comment elle a trouvé la meute de Luke Garroway ?

Simon secoua la tête.

— Elle a sauté dans un train pour New York et elle s'est lancée sur leurs traces. C'est une survivante, Maia. Elle ne t'a pas laissé la détruire. Beaucoup de gens auraient renoncé.

— C'est pour ça que tu es resté ? demanda Jordan. Pour me dire que je suis un salaud ? Figure-toi que je le sais déjà.

— Je suis resté à cause de ce que j'ai fait hier soir. Si j'avais découvert ta véritable identité hier, je serais parti. Mais après ce que j'ai fait à Maureen... (Il se mordit la lèvre.) Je croyais que je contrôlais ce qui m'arrivait, or ce n'est pas le cas, et j'ai fait du mal à quelqu'un qui ne le méritait pas. C'est pour ça que je suis resté.

— Parce que si je ne suis pas un monstre, tu n'en es pas un non plus.

— Je veux savoir comment je peux continuer, et peut-être tu sauras m'éclairer. (Simon se pencha vers lui.) Parce que tu as toujours été sympa avec moi depuis que je te connais. Je ne t'ai jamais vu faire preuve de méchanceté ou te mettre en colère. Et puis j'ai pensé à la Garde des Loups, et à ce que tu m'as dit, à savoir que tu avais rejoint leurs rangs car tu avais mal agi. Alors j'ai supposé que c'était à Maia que tu faisais référence et que tu essayais peut-être de te racheter.

— J'essaie, oui, dit Jordan. Et c'est bien de Maia qu'il s'agit.

Assise au bureau de la petite chambre d'amis de Luke, Clary regardait le bout de tissu étalé devant elle. Une fois qu'elle l'eut lesté de chaque côté avec des crayons, la stèle à la main, elle s'efforça de se remémorer la rune qui lui était apparue à l'hôpital.

Elle avait du mal à se concentrer. Elle n'arrêtait pas de penser à Jace et à la nuit précédente. Où pouvait-il être ? Pourquoi était-il si malheureux ? Jusqu'à ce qu'elle le voie, elle n'avait pas imaginé qu'il puisse l'être autant qu'elle, et cette pensée lui serrait le cœur. Elle avait envie de l'appeler, mais s'était retenue de le faire à plusieurs reprises depuis qu'elle était rentrée. S'il avait l'intention de lui confier son problème, il devrait le faire sans y être invité. Elle le connaissait assez pour savoir cela.

Elle ferma les yeux et s'efforça de visualiser la rune. Ce n'était pas une rune de son invention, elle en était à peu près certaine. Non, celle-ci existait déjà bien que Clary ne soit pas sûre de l'avoir vue dans le Grimoire. Sa forme était moins le fait d'une traduction que d'une révélation, comme si elle devait déterrer un objet enfoui sous la terre en soufflant la poussière peu à peu pour en déchiffrer l'inscription...

La stèle tressauta dans sa main et, ouvrant les yeux, elle constata, à son grand étonnement, qu'elle avait réussi à tracer un petit motif sur le bord du tissu. On aurait presque dit une tache avec de drôles de trucs dépassant de tous les côtés. Elle fronça les sourcils en se demandant si elle n'avait pas perdu son don. Mais soudain, le tissu se mit à chatoyer telle une onde de chaleur s'élevant du béton brûlant. Sous son regard médusé, des mots se formèrent sur l'étoffe comme si une main invisible les traçait.

Propriété de l'Église de Talto. 232 Riverside Drive.

Un frisson d'excitation la parcourut. C'était un indice, un véritable indice. Et elle l'avait trouvé toute seule, sans l'aide de quiconque.

232 Riverside Drive. C'était dans l'Upper West Side, songea-t-elle, près de Riverside Park, juste en face du New Jersey en traversant le fleuve. Bref, ce n'était pas si loin. L'Église de Talto. Clary reposa la stèle avec un froncement de sourcils inquiet. De quoi qu'il s'agisse, cela ne sentait pas bon. Elle se tourna vers le vieil ordinateur de Luke et se connecta sur Internet. Elle constata sans surprise qu'en tapant « Église de Talto » dans le moteur de recherche elle n'obtenait aucun résultat intelligible. L'inscription sur l'étoffe était peut-être du purgatique, du chtonien ou une autre langue démoniaque.

Une chose était certaine : quelle que soit cette Église, elle était secrète, et probablement malfaisante. Si elle était mêlée à une histoire de manipulation de bébés visant à leur faire pousser des griffes en guise de mains, il ne pouvait pas s'agir d'une véritable religion. Clary se demanda si la femme qui avait abandonné son bébé près de l'hôpital était un membre de cette Église, et si elle savait dans quel pétrin elle s'était mise avant la naissance de son bébé.

247

En prenant son téléphone, elle se sentit glacée jusqu'aux os... et se figea, le portable à la main. Elle était sur le point d'appeler sa mère, mais se ravisa. Jocelyne venait juste de cesser de pleurer et avait accepté d'aller regarder les bagues avec Luke. D'un autre côté, Clary la jugeait assez forte pour accepter la vérité quelle qu'elle soit, et elle-même aurait d'énormes problèmes avec l'Enclave pour avoir poussé aussi loin ses investigations sans les en avoir informés.

Luke ? Mais il était avec sa mère. Elle ne pouvait pas l'appeler.

Maryse, peut-être ? La seule perspective de lui téléphoner lui paraissait étrange et intimidante. En outre, Clary savait, sans trop vouloir s'avouer que c'était un critère, que si elle laissait l'Enclave prendre le contrôle des opérations, elle serait tenue à l'écart d'un mystère qui semblait la concerner de très près. Sans oublier qu'elle aurait eu l'impression de trahir sa mère au profit de l'Enclave.

Mais se précipiter là-bas toute seule, sans savoir ce qu'elle y trouverait... D'accord, elle avait de l'entraînement, mais pas tant que ça. Et elle ne connaissait que trop bien sa propension à agir d'abord et à réfléchir ensuite. Après une hésitation, elle tapa un texto laconique : « 232 Riverside Drive. Rejoins-moi tout de suite. C'est important. » Elle appuya sur la touche « envoyer » et attendit. Bientôt, l'écran s'illumina et un bourdonnement retentit : « OK. »

Avec un soupir, Clary reposa son téléphone et alla chercher ses armes.

— J'aimais Maia.

Jordan s'était assis sur le futon, après avoir enfin réussi à faire du café, bien qu'il n'y ait pas touché. Il se contentait de serrer sa tasse entre ses mains, en la faisant tourner tandis qu'il parlait.

— Tu dois savoir ça, avant que je te raconte quoi que ce soit. On venait tous les deux du même trou paumé du New Jersey, et elle avait tout le temps des ennuis parce que son père était noir et sa mère blanche. Elle avait un frère, un véritable psychopathe. Je ne sais pas si elle t'a parlé de lui. Daniel.

— Pas beaucoup, non.

— Avec tout ça, sa vie était un enfer, mais elle ne se laissait pas décourager. La première fois que je l'ai vue, c'était chez un vendeur de disques, en train d'acheter de vieux vinyles. On a engagé la conversation, et je me suis vite rendu compte que c'était la fille la plus cool que j'aie rencontrée sur un rayon de plusieurs kilomètres. En plus, elle était jolie. Et sympa. (Le regard de Jordan était perdu dans le vague.) On a commencé à sortir ensemble, et c'était génial. On était fous amoureux. Amoureux comme des adolescents de seize ans. Puis j'ai été mordu. Un soir, je me suis trouvé pris dans une bagarre. J'aimais bien la bagarre, à cette époque. J'avais l'habitude de recevoir des coups de pied et des coups de poing, mais être mordu ? J'ai pensé que le type était dingue. Je suis allé à l'hôpital me faire faire des points de suture, et j'ai oublié toute l'histoire.

« Trois semaines plus tard environ, les effets ont commencé à se manifester. Des accès de rage incontrôlable. Soudain, je n'y voyais plus rien, et je ne savais pas ce qui m'arrivait. Mon poing est passé à travers la fenêtre de ma cuisine parce qu'un des tiroirs était coincé. Avec Maia, je devenais d'une jalousie maladive, j'étais convaincu qu'elle lorgnait les autres gars, convaincu... Je ne sais même pas ce qui me passait par la tête. Je sais seulement que j'ai pété les plombs. Je l'ai frappée. Je tiens à préciser que je ne me souviens pas l'avoir fait mais, oui, je l'ai frappée. Et quand elle a rompu avec moi...

Il se tut, prit une gorgée de café. Simon lui trouva l'air hagard. Il n'avait pas souvent dû raconter son histoire. S'il l'avait déjà racontée.

— Deux jours plus tard, je suis allé à une soirée et elle était là. Elle dansait avec un autre type et elle l'embrassait comme pour me prouver que c'était fini. Elle avait mal choisi sa soirée, mais elle ne pouvait pas le savoir. C'était la première pleine lune depuis que j'avais été mordu. La première où je me transformais. La transformation malmenait mon corps, écrasait mes os, fendait ma peau. J'étais à l'agonie, et pas seulement à cause des effets physiques. Je la voulais, je voulais qu'elle revienne, je voulais tout lui expliquer, mais je ne pouvais que hurler à la lune. J'errais dans les rues quand je l'ai vue qui traversait le parc pour rentrer chez elle...

— Et c'est là que tu l'as mordue.

— Oui.

Jordan fixa un point dans le vague, l'esprit tourné vers le passé.

— En me réveillant le lendemain matin, je me suis rappelé ce que j'avais fait. J'avais l'intention d'aller chez elle pour m'expliquer. J'étais à la moitié du chemin quand un grand type m'a barré le passage en me regardant fixement. Il savait tout sur mon compte. Il m'a expliqué qu'il était membre des Praetor Lupus et qu'on l'avait chargé de s'occuper de moi. Il n'était pas content d'être arrivé trop tard, alors que j'avais déjà mordu quelqu'un. Il ne voulait pas me laisser approcher d'elle. Il prétendait que ça ne servirait qu'à empirer les choses. Il m'a promis que la Garde des Loups veillerait sur elle. Comme j'avais déjà mordu un humain, ce qui était strictement interdit, le seul moyen pour moi d'échapper à mon châtiment, c'était de rejoindre la Garde pour apprendre à me maîtriser.

« D'abord, j'ai refusé. J'avais envie de lui cracher dessus et j'étais prêt à accepter la punition qu'on me réservait, quelle qu'elle soit. Je me détestais à ce point-là. Mais quand il m'a expliqué que je serais en mesure d'aider des gens comme moi, voire d'éviter que ce qui nous était arrivé à Maia et à moi se reproduise, j'ai entrevu la lumière au bout du tunnel. C'était peut-être pour moi l'occasion de réparer ce que j'avais fait.

— OK, fit Simon. Mais c'est tout de même une drôle de coïncidence qu'on t'ait affecté auprès de moi, non ? Le type qui sortait avec la fille que tu avais mordue et transformée en loup-garou ?

— Ce n'est pas une coïncidence, admit Jordan. Ton dossier figurait parmi un tas d'autres qu'on m'avait remis. Je l'ai choisi parce que Maia était mentionnée dans les notes. Un loup-garou et un vampire sortant ensemble ! Tu sais, c'est assez inhabituel. C'était la première fois que je découvrais de source sûre qu'elle était devenue un loup-garou… par ma faute.

— Tu n'as jamais cherché à le savoir ? Ça semble un peu...

— Si, j'ai essayé. Les Praetor ne voulaient rien entendre, pourtant j'ai fait ce que j'ai pu pour découvrir ce qui lui était arrivé. Je savais qu'elle s'était enfuie de chez elle, mais elle avait une vie de famille pourrie de toute manière, donc ça ne m'apprenait rien. Et ce n'est pas comme s'il existait un registre national des loups-garous où j'aurais pu la chercher. J'espérais... juste qu'elle ne s'était pas transformée.

— Alors tu m'as choisi à cause de Maia ?

Jordan rougit.

— Je pensais qu'en te côtoyant je finirais par avoir de ses nouvelles. Savoir si elle allait bien.

— C'est pour ça que tu m'as enguirlandé parce que je sortais avec deux filles à la fois ! s'exclama Simon. Tu jouais les protecteurs.

Jordan lui jeta un regard noir par-dessus sa tasse de café.

— OK, c'était bête de ma part.

— Et c'est toi qui as glissé le flyer du concert sous sa porte, pas vrai ? (Simon secoua la tête.) Alors, est-ce que le fait de gâcher ma vie amoureuse faisait partie de tes obligations ou c'était juste ta touche personnelle ?

— Je lui ai fait du mal. Je ne voulais pas que quelqu'un d'autre lui en fasse.

— Et ça ne t'a pas traversé l'esprit qu'en te voyant le soir du concert elle essaierait de t'arracher les yeux ? Si elle n'était pas arrivée en retard, elle t'aurait peut-être même réglé ton compte sur scène. Ç'aurait été un bonus excitant pour le public.

— Je n'avais pas conscience qu'elle me haïssait à ce point. Moi, je ne déteste pas le type qui m'a transformé. Je me rends compte qu'il n'avait peut-être pas le contrôle de lui-même ce soir-là.

— Oui, mais tu n'es pas tombé amoureux de ce type. Tu n'as pas eu de relation avec lui. Maia t'aimait. Elle s'imagine qu'après l'avoir mordue tu t'es tiré sans plus jamais penser à elle. Elle te hait autant qu'elle t'a aimé.

Avant que Jordan puisse répondre, la sonnette retentit. Ce n'était pas l'interphone qui avait sonné, signalant la présence de quelqu'un en bas, mais la sonnette d'entrée. Les garçons échangèrent un regard interloqué.

— Tu attends quelqu'un ? demanda Simon.

Jordan secoua la tête et reposa sa tasse de café. Ensemble, ils s'avancèrent à pas de loup dans le couloir. Jordan fit signe à Simon de rester derrière lui et ouvrit la porte d'un geste brusque.

Il n'y avait personne sur le seuil, mais une feuille de papier pliée en deux, lestée par une grosse pierre, était posée sur le paillasson. Jordan se pencha pour la ramasser et la déplia en fronçant les sourcils.

— C'est pour toi, dit-il en la tendant à Simon.

Perplexe, Simon lut le message inscrit au centre de la feuille en grosses lettres enfantines.

SIMON LEWIS. NOUS DÉTENONS TA PETITE AMIE. RENDEZ-VOUS AU 232 RIVERSIDE DRIVE AUJOURD'HUI. SOIS LÀ AVANT LA TOMBÉE DE LA NUIT OU NOUS LUI TRANCHERONS LA GORGE.

— C'est une blague ! s'exclama Simon en contemplant le message, abasourdi. C'est forcément une blague.

Sans un mot, Jordan le saisit par le bras et l'entraîna au salon. Après avoir fouillé la pièce, il dénicha le téléphone sans fil et le tendit à Simon d'un geste brutal.

— Appelle-la, dit-il. Appelle Maia et vérifie qu'elle va bien.

— Mais ce n'est peut-être pas elle.

Simon considéra le téléphone tandis que l'horreur de la situation s'insinuait dans son esprit. « Concentre-toi, s'enjoignit-il. Pas de panique. »

— C'est peut-être Isabelle.

— Oh, nom de Dieu, marmonna Jordan en lui jetant un regard noir. Tu as d'autres copines ? Est-ce qu'il va falloir qu'on fasse une liste de noms avant de les appeler ?

Simon lui arracha le téléphone des mains et se détourna pour composer un numéro.

Maia répondit à la deuxième sonnerie.

— Allô ?

— Maia... C'est Simon.

Sa voix changea immédiatement.

— Oh. Qu'est-ce que tu veux ?

— Je voulais juste savoir comment tu allais.

— Je vais très bien, répondit-elle d'un ton cassant. Ce n'est pas comme si c'était du sérieux, nous deux. Je l'ai encore mauvaise, mais je survivrai. Je pense toujours que tu es un crétin, en revanche.

— Ce n'est pas tout à fait ce que je voulais savoir, dit Simon.

— C'est au sujet de Jordan ? (Il perçut de la tension dans sa voix quand elle prononça ce nom.) Vous êtes rentrés ensemble hier soir, pas vrai ? Vous êtes amis, c'est ça ? Eh bien, dis-lui de garder ses distances avec moi. En fait, ça vaut pour vous deux.

À ces mots, elle raccrocha. Le bruit de la tonalité retentit dans le combiné comme le bourdonnement furieux d'une abeille.

Simon se tourna vers Jordan.

— Elle va bien. Elle nous déteste tous les deux mais à part ça, j'ai eu l'impression que tout roulait.

— Bon, fit Jordan. Maintenant, appelle Isabelle.

Simon dut s'y reprendre à deux fois avant qu'Isabelle daigne décrocher. Il était au bord de la panique quand sa voix retentit à l'autre bout du fil. Elle trahissait à la fois l'indifférence et l'agacement.

— Qui que vous soyez, j'espère que c'est une bonne nouvelle.

Une vague de soulagement submergea Simon.

— Isabelle. C'est Simon.

— Oh, pour l'amour du ciel. Qu'est-ce que tu veux ?

— Je voulais juste m'assurer que tu allais bien...

— Quoi, je suis censée être dévastée parce que tu n'es qu'un menteur, un tricheur et un fils de...

— Non.

Cette situation commençait vraiment à porter sur les nerfs de Simon.

— Je voulais savoir s'il ne t'était rien arrivé. Tu n'as pas été kidnappée ?

Un long silence s'installa à l'autre bout du fil.

— Simon, dit-elle enfin. Franchement, c'est le prétexte le plus débile que j'aie jamais entendu pour venir pleurnicher au téléphone. Qu'est-ce qui cloche chez toi ?

— Je ne sais pas, répliqua Simon avant de raccrocher pour être sûr d'avoir le dernier mot.

Il tendit le téléphone à Jordan.

— Elle va bien, elle aussi.

— Je ne comprends pas, grommela Jordan, l'air perplexe. Qui s'amuse à proférer des menaces comme ça, dans le vide ? C'est très facile de vérifier si c'est un mensonge.

— Ils doivent me prendre pour un idiot...

Simon s'interrompit brusquement : une pensée horrible venait de lui traverser l'esprit. Il arracha de nouveau le téléphone des mains de Jordan et se mit à composer un numéro d'une main fébrile.

— Qui est-ce ? demanda Jordan. Qui appelles-tu ?

Le téléphone de Clary sonna juste au moment où elle tournait au coin de la Quatre-vingt-seizième Rue pour se diriger vers Riverside Park. La pluie semblait avoir débarrassé la ville de sa crasse coutumière ; le soleil brillait sur la bande de gazon vert qui bordait le fleuve, dont les eaux paraissaient presque bleues.

Elle fouilla son sac, y trouva son téléphone et décrocha.

— Allô ?

La voix de Simon retentit dans le combiné.

— Oh, merci, mon D... (Il s'interrompit.) Tu vas bien ? Tu n'as pas été kidnappée ?

— Kidnappée ?

Clary scrutait les numéros des façades en marchant. 220, 224. Elle n'était pas sûre de ce qu'elle cherchait. Le bâtiment devait-il ressembler à une église ? Ou serait-il dissimulé sous un charme afin de passer pour un terrain vague ?

— Tu as bu ou quoi ?

— C'est un peu tôt pour ça. (Le soulagement perçait dans la voix de Simon.) Non, c'est juste que... j'ai reçu un message bizarre. De la part de quelqu'un qui menaçait de s'en prendre à ma petite amie.

— Laquelle ?

— Ah ah, très drôle, répliqua Simon, l'air peu amusé. J'ai déjà appelé Maia et Isabelle, et elles vont bien. Et puis j'ai songé à toi... Je veux dire, on passe beaucoup de temps ensemble. Quelqu'un s'est peut-être fait une idée fausse. Mais maintenant, je ne sais plus quoi penser.

— Je ne sais pas non plus.

Le 232 Riverside Drive, un énorme bâtiment carré au toit pointu, se profila soudain devant Clary. Il avait pu s'agir d'une église à une époque, songea-t-elle, mais ça n'y ressemblait plus beaucoup.

— Au fait, Maia et Isabelle sont au courant l'une pour l'autre depuis hier soir, dit Simon. Ce n'était pas beau à voir. Tu avais raison de me dire que je jouais avec le feu.

Clary examina la façade du numéro 232. La plupart des édifices qui bordaient l'avenue étaient des immeubles d'appartements luxueux avec des portiers en livrée postés à l'entrée. En revanche, celui-ci n'était équipé que d'une haute porte en bois à deux battants, dotée de vieilles poignées en métal.

— Ouh là, désolée, Simon. Est-ce qu'elles t'adressent encore la parole ?

— Pas vraiment.

Clary saisit l'une des poignées et tira. La porte s'ouvrit avec un léger grincement. Clary baissa la voix.

— Peut-être que c'est l'une d'elles qui t'a laissé ce message ?

— Ça ne leur ressemble pas beaucoup, objecta Simon, l'air sincèrement déconcerté. Tu penses que Jace aurait pu en être l'auteur ?

Ce seul nom fit à Clary l'effet d'un coup de poing dans l'estomac. Elle reprit son souffle et répondit :

— Je ne crois vraiment pas qu'il ferait une chose pareille, même s'il était très en colère.

Elle écarta le téléphone de son oreille. En regardant par la porte entrouverte, elle trouva, à son soulagement, ce qui ressemblait à l'intérieur d'une église normale : une longue allée et des lumières vacillantes comme des flammes de cierges. Elle ne risquait pas grand-chose à jeter un coup d'œil.

— Il faut que j'y aille, Simon. Je t'appelle plus tard.

Clary raccrocha et pénétra dans l'église.

— Tu penses vraiment qu'il s'agissait d'une blague ?

Jordan faisait les cent pas dans l'appartement comme un lion en cage.

— Moi, je n'en suis pas sûr. Je trouve la plaisanterie douteuse, en tout cas.

— Je n'ai pas dit que c'était drôle.

Simon relut le message. Il était posé sur la table basse ; les lettres en capitales étaient lisibles même à cette distance. Le seul fait de regarder ce bout de papier lui procurait un sentiment de malaise, même s'il savait qu'il n'était fondé sur rien.

— J'essaie juste de trouver qui aurait pu l'envoyer et dans quel but, poursuivit-il.

— Peut-être que je devrais prendre ma journée pour te surveiller et garder un œil sur elle, suggéra Jordan. Tu sais, juste au cas où.

— Je suppose que tu parles de Maia. Je sais que tu veux bien faire mais, vraiment, je ne pense pas qu'elle te laissera l'approcher.

Jordan se renfrogna.

— Je ferais en sorte qu'elle ne me voie pas.

— Tu tiens encore beaucoup à elle, n'est-ce pas ?

— J'ai des responsabilités vis-à-vis d'elle, répliqua Jordan d'un ton sec. Ce que je ressens n'a pas d'importance.

— Tu fais ce que tu veux, dit Simon. Mais je persiste à penser...

La sonnette d'entrée retentit de nouveau. Les deux garçons échangèrent un regard avant de se précipiter dans le couloir. Jordan atteignit la porte le premier. Il s'empara du portemanteau qui se trouvait à proximité, le débarrassa de ses vêtements et ouvrit grand la porte en brandissant son arme de fortune comme un javelot.

Jace se tenait sur le seuil. Les yeux écarquillés.

— C'est bien un portemanteau ?

Jordan reposa lourdement l'objet par terre et poussa un soupir.

— Si tu avais été un vampire, ç'aurait pu être beaucoup plus utile.

— Ou alors quelqu'un avec plein de manteaux sur les bras.

— Désolé, dit Simon en émergeant de derrière Jordan. On vient de vivre une matinée stressante.

— Eh bien, ce n'est pas fini, lâcha Jace. Simon, je suis venu te chercher pour t'emmener à l'Institut. La Force veut te voir, et ils n'aiment pas attendre.

Dès l'instant où la porte de l'église se referma derrière elle, Clary eut l'impression de pénétrer dans un autre monde, coupé du bruit et de l'agitation de New York. L'espace à l'intérieur du bâtiment était vaste et haut de plafond. Une allée étroite s'avançait parmi des rangées de bancs et de grosses bougies marron brûlaient le long des murs. Il sembla à Clary qu'il faisait sombre, mais c'était peut-être parce qu'elle était habituée à l'intensité de la lumière de sort.

Elle s'avança dans l'allée en foulant sans bruit le dallage en pierre. « Bizarre, pensa-t-elle, une église sans fenêtres. » L'allée débouchait sur une abside. Là, une volée de marches menait à une estrade sur laquelle s'élevait un autel. Elle l'examina un moment et releva un autre détail étrange : il n'y avait pas de croix dans l'édifice. Une tablette trônait sur l'autel ; elle était surmontée d'une chouette sculptée dans la pierre, et gravée des mots suivants :

« Car sa maison penche vers la mort,
Et sa route mène chez les morts.
Aucun de ceux qui vont à elle ne revient,
Et ne retrouve les sentiers de la vie. »

Clary ne connaissait pas bien la Bible ; contrairement à Jace, elle n'en avait pas mémorisé parfaitement
des passages entiers. Mais même si cela ressemblait à
un écrit religieux, c'était un drôle de texte pour figurer
dans une église. Elle frissonna et se rapprocha de
l'autel, sur lequel avait été abandonné un gros livre
fermé. Certaines pages étaient marquées ; quand Clary
s'avança pour l'ouvrir, elle s'aperçut que ce qu'elle
avait pris pour un marque-pages était en réalité une
dague au manche noir gravé de symboles occultes. Elle
en avait déjà vu de semblables dans ses manuels. Il
s'agissait d'un athamé, souvent utilisé lors des cérémonies d'invocation démoniaque.

Son sang se glaça ; elle se pencha pour examiner la
page marquée, déterminée à apprendre quelque chose
de sa visite, mais s'aperçut qu'elle était couverte de
pattes de mouches qu'il lui aurait été difficile de déchiffrer même si le livre avait été rédigé en anglais. Or, ce
n'était pas le cas. Elle était certaine de voir cet alphabet
pour la première fois. Les mots accompagnaient un
dessin que Clary reconnut sur-le-champ : il s'agissait
d'un cercle d'invocation, le genre de symbole que les
sorciers traçaient sur le sol avant de réciter une incan-
tation. Ces cercles étaient censés attirer et concentrer
la magie. Celui-ci, tracé sur la page blanche à l'encre
verte, était en fait constitué de deux cercles concen-
triques avec un carré en leur centre. Dans l'espace entre
les cercles, on avait dessiné des runes. Bien qu'elle ne
les reconnût pas, Clary comprenait d'instinct le langage des runes, et elle frissonna. Ces runes signifiaient
le sang et la mort.

Elle tourna la page en hâte, et tomba sur une série d'illustrations qui lui coupèrent le souffle.

C'était une chronologie débutant par l'image d'une femme avec un oiseau perché sur l'épaule gauche. Le volatile, un corbeau probablement, avait un air sinistre et rusé. Sur la deuxième image, l'oiseau avait disparu et la femme était visiblement enceinte. Sur la troisième, elle était étendue sur un autel assez semblable à celui-ci. Une silhouette en robe de cérémonie se tenait devant elle et brandissait une seringue fort anachronique remplie d'un liquide rouge sombre. La femme savait manifestement ce qu'on s'apprêtait à lui injecter, car elle hurlait de toutes ses forces.

Sur la dernière image, elle était assise avec un enfant sur les genoux. Il aurait pu sembler normal, si ses yeux n'avaient pas été entièrement noirs, blanc de l'œil inclus. La femme considérait le fruit de ses entrailles d'un air horrifié.

Clary sentit ses cheveux se dresser sur sa nuque. Sa mère avait vu juste. Quelqu'un essayait de créer d'autres bébés à l'image de Jonathan. En fait, ce quelqu'un avait réussi.

Elle s'écarta de l'autel. Tout son être lui criait qu'il fallait fuir. Elle ne se sentait pas capable de passer une seconde de plus dans cette église. Mieux valait quitter les lieux et attendre l'arrivée de la cavalerie. Elle avait peut-être découvert cette piste par elle-même, mais, au vu de la tournure que prenaient les événements, elle ne pouvait pas gérer cela toute seule.

C'est alors qu'un bruit attira son attention.

Un murmure à peine perceptible, pareil au reflux de la marée, qui semblait venir du plafond. Elle leva les yeux en serrant l'athamé dans sa main et resta bouche bée. Des silhouettes silencieuses s'alignaient le long de la galerie supérieure. Elles étaient toutes vêtues à l'identique d'une espèce de survêtement gris : baskets, pantalon de jogging et sweat-shirt zippé dont la capuche était rabattue sur leur visage. Parfaitement immobiles, les mains posées sur la rambarde de la galerie, elles avaient les yeux fixés sur elle. Du moins, c'est ce qu'il lui semblait : leur visage était entièrement dissimulé dans la pénombre ; elle ne pouvait même pas déterminer s'il s'agissait d'hommes ou de femmes.

— Je... je suis désolée, bégaya-t-elle ; sa voix se répercuta à travers la salle. Je ne voulais pas vous déranger...

Un lourd silence lui répondit. Son cœur se mit à battre plus vite.

— Bon, je vais y aller, reprit-elle en avalant péniblement sa salive.

Elle fit un pas vers l'autel, reposa l'athamé et se prépara à partir. Mais, une fraction de seconde avant de se retourner, elle perçut une odeur dans l'air, la puanteur familière d'une poubelle en décomposition. S'élevant comme un mur entre elle et la porte, une créature cauchemardesque recouverte d'écailles, aux dents et aux griffes acérées comme des lames de rasoir, venait de faire son apparition.

Au cours des sept dernières semaines, Clary s'était entraînée en vue d'affronter un démon, même énorme, lors d'une bataille sans merci. Pourtant, maintenant qu'elle en voyait un en chair et en os devant elle, son seul réflexe fut de crier.

11

NOTRE ESPÈCE

LE DÉMON fondit sur Clary, qui cessa brusquement de hurler, exécuta un flip parfait par-dessus l'autel et, l'espace d'un instant, regretta que Jace ne soit pas là pour le voir. Elle retomba accroupie sur le sol juste au moment où quelque chose heurtait l'autel en faisant vibrer la pierre.

Un mugissement résonna dans l'église. Clary se redressa sur les genoux et jeta un coup d'œil par-dessus l'autel. Le démon n'était pas aussi gros qu'elle l'avait d'abord cru mais il était de taille respectable, à peu près haut comme un réfrigérateur, avec trois têtes aveugles qui oscillaient sur de longs cous. Chacune d'elles était dotée d'une énorme gueule dégoulinante de bave verdâtre. Apparemment, le démon avait cogné une de ses têtes contre l'autel en essayant de l'attraper, car il la secouait d'avant en arrière comme s'il s'efforçait de retrouver ses esprits.

Affolée, Clary leva les yeux : les silhouettes en survêtement n'avaient pas bougé d'un pouce. Elles semblaient contempler la scène avec un intérêt détaché. Faisant volte-face, elle regarda en arrière, mais il n'y avait a priori pas d'autre issue que la porte par laquelle elle était entrée ; or le démon lui barrait le passage. S'apercevant qu'elle était en train de perdre des secondes précieuses, elle se releva vivement, ramassa l'athamé sur l'autel et se baissa aussitôt, alors que le démon repartait à l'assaut. Elle roula sur le côté tandis qu'une des têtes, se balançant sur son cou épais, jaillissait par-dessus l'autel en dardant une langue noire et charnue. Avec un hurlement, elle planta l'athamé dans le cou de la créature, puis recula maladroitement hors de sa portée.

La chose poussa un braillement en renversant la tête en arrière, et un sang noir gicla de sa blessure. Mais le coup que Clary venait de lui porter ne lui fut pas fatal. Sous ses yeux ébahis, la plaie cicatrisa peu à peu : la chair verdâtre du démon se recomposait comme deux bouts de tissu qu'on aurait cousus ensemble. Clary sentit son courage l'abandonner. Évidemment. Si les Chasseurs d'Ombres avaient recours aux runes, c'est parce qu'elles empêchaient les démons de guérir.

De sa main gauche, elle prit la stèle à sa ceinture au moment où le démon fondait de nouveau sur elle. Elle fit un bond de côté, roula sur les marches et atteignit la première rangée de bancs. Le démon se retourna et s'avança pesamment vers elle. S'apercevant qu'elle était toujours armée de la dague et de sa stèle – d'ailleurs, elle s'était coupée et du sang tachait le devant de sa veste – elle transféra la dague dans sa main gauche, la stèle dans la droite et, avec l'énergie du désespoir, grava en hâte une rune *enkeli* dans le manche de l'athamé.

Les autres symboles sculptés sur le manche disparurent en même temps que le pouvoir de la rune angélique se déployait. Clary leva les yeux ; le démon était presque sur elle, ses trois têtes se tendaient en ouvrant leur énorme gueule. Se redressant d'un bond, elle prit son élan et frappa aussi fort qu'elle put. À sa grande surprise, la dague alla se planter jusqu'au manche en plein milieu du crâne de la bête. Celle-ci poussa un hurlement et sa tête heurta le sol avec un bruit sourd répugnant. Le démon n'en continua pas moins d'avancer en traînant sa tête morte qui pendait sur son cou amorphe.

Des bruits de pas résonnèrent au-dessus de Clary. Elle leva les yeux. Les silhouettes en survêtement avaient disparu, la galerie était vide, ce qui n'avait rien de rassurant. Le cœur battant, Clary se détourna et courut jusqu'à la porte, mais le démon fut plus rapide. Avec un grognement, il bondit par-dessus elle et atterrit devant la porte. Il s'avança en sifflant, ses deux têtes restantes se dressèrent de toute leur hauteur pour l'atteindre…

Un objet fendit l'air comme une traînée de flammes dorées. Les têtes du démon se tournèrent brusquement, le sifflement laissa place à un cri – trop tard. La chose qui les encerclait se resserra et, dans un jet de sang noir, les deux têtes furent tranchées net. Clary s'écarta pour éviter d'être éclaboussée, mais des gouttes de sang lui brûlèrent la peau. Elle se baissa en même temps que le corps décapité du monstre chancelait puis tombait vers elle…

Et soudain, il disparut, renvoyé dans sa dimension. Clary releva lentement la tête. La porte de l'église était ouverte, et Isabelle se tenait sur le seuil, en bottes et robe noire, son fouet en électrum à la main. Elle l'enroula tranquillement autour de son poignet et parcourut les lieux du regard, les sourcils froncés. En apercevant Clary, elle sourit.

— Dis donc, ma fille, dans quoi tu t'es encore fourrée ?

Le contact des mains des serviteurs de Camille sur la peau de Simon était froid et léger comme la caresse d'une aile glacée. Il frissonna un peu tandis que, de leurs doigts desséchés, ils dénouaient le bandeau qui l'aveuglait puis ils reculèrent en s'inclinant.

Il regarda autour de lui en clignant des yeux. Un moment plus tôt, il se tenait en pleine lumière, au coin de la Soixante-dix-huitième Rue et de la Seconde Avenue, assez loin de l'Institut pour contacter Camille au moyen de la fiole de terre sans éveiller ses soupçons. À présent, il se trouvait dans une pièce assez vaste et faiblement éclairée avec un sol en marbre lisse et d'élégantes colonnes du même matériau qui soutenaient un plafond haut. Le long du mur de gauche s'alignaient des rangées de box fermés par une paroi de verre, au-dessus de laquelle était fixée une plaque de cuivre où il était inscrit « caisse ». Sur une autre plaque fixée au mur, on pouvait lire : « Douglas National Bank ». D'épaisses couches de poussière recouvraient le sol et les comptoirs où les clients venaient jadis remplir des chèques ou des ordres de retrait, et les appliques en cuivre suspendues au plafond étaient à présent vert-de-gris.

Au centre de la pièce trônait un grand fauteuil dans lequel était assise Camille. Ses cheveux blond cendré défaits tombaient sur ses épaules comme des guirlandes. Son beau visage n'était pas maquillé, mais ses lèvres étaient très rouges. Dans la pénombre de la banque, c'était la seule touche de couleur que Simon distinguait.

— En temps normal, je ne reçois pas de visites pendant la journée, annonça-t-elle. Mais pour toi, je peux faire une exception.

— Merci.

Il nota qu'on ne lui avait pas apporté de siège et resta donc debout, les bras ballants. Si son cœur battait encore, pensa-t-il, il aurait tambouriné dans sa poitrine. En acceptant de jouer le jeu pour l'Enclave, il avait oublié à quel point il avait peur de Camille. C'était peut-être irrationnel – que pouvait-elle lui faire, en réalité ? – mais il ne pouvait pas s'en empêcher.

— Cela signifie, je suppose, que tu as réfléchi à mon offre, dit Camille. Et que tu l'acceptes.

— Qu'est-ce qui vous fait penser ça ? demanda Simon en espérant qu'elle ne verrait pas dans la stupidité de sa question un moyen de gagner du temps.

— Tu ne viendrais pas m'annoncer en personne que tu as décidé de décliner ma proposition, répliqua-t-elle avec une pointe d'impatience. Tu craindrais ma réaction.

— Je devrais avoir peur de vous ?

Camille s'adossa en souriant à son fauteuil luxueux, seul élément de mobilier moderne dans cette banque à l'abandon. Il avait probablement été transporté jusqu'ici par les serviteurs de Camille, qui étaient postés de chaque côté d'elle, immobiles comme des statues.

— Beaucoup de gens ont peur de moi, répondit-elle. Mais toi, tu n'as aucune raison de me craindre. Je suis très satisfaite de toi. Bien que tu aies attendu le dernier moment pour me contacter, je sens que tu as pris la bonne décision.

Le téléphone de Simon choisit ce moment pour vibrer avec insistance. Il sursauta, sentit une goutte de sueur glacée couler dans son dos et l'extirpa en hâte de sa poche.

— Désolé, fit-il en ouvrant le clapet. C'est mon téléphone.

Camille parut horrifiée.

— Ne réponds pas.

Simon porta le téléphone à son oreille. Ce faisant, il parvint à actionner le bouton de l'appareil photo plusieurs fois.

— Ça ne prendra qu'une seconde.

— Simon !

Il appuya discrètement sur la touche « envoyer » et referma son téléphone.

— Désolé. Je n'ai pas réfléchi.

La poitrine de Camille se soulevait et s'abaissait de rage, en dépit du fait qu'elle ne respirait pas.

— J'exige plus de respect que cela de mes serviteurs, siffla-t-elle. Ne recommence pas ou...

— Ou quoi ? Vous ne pouvez pas me faire de mal, vous pas plus que n'importe qui. Et vous m'aviez affirmé que je ne serais pas votre serviteur. J'étais censé être votre partenaire. (Il fit une pause et reprit en insufflant la bonne dose d'arrogance dans sa voix.) Peut-être que je devrais reconsidérer ma décision.

Le regard de Camille s'assombrit.

— Oh, pour l'amour de Dieu, cesse de jouer les imbéciles.

— Comment vous faites pour prononcer ce mot ?

Camille leva les sourcils.

— Quel mot ? C'est le fait d'être traité d'imbécile qui t'agace ?

— Non. Enfin, si, mais ce n'est pas le propos. Vous avez dit : « Oh, pour l'amour de... »

Il s'interrompit. Il n'arrivait toujours pas à le prononcer.

— C'est parce que je ne crois pas en Lui, idiot, lança Camille. Et ce n'est pas ton cas.

Penchant la tête sur le côté, elle l'observa comme un oiseau regarderait un ver qu'il envisage de dévorer.

— Je pense qu'il est temps de signer un pacte de sang.

— Un... pacte de sang ? répéta Simon, qui se demandait s'il avait bien entendu.

— J'oubliais que ta connaissance des coutumes de notre espèce était très limitée. (Camille secoua la tête.) Je veux te faire signer un pacte, avec ton sang, comme gage de ta loyauté. C'est un moyen de te dissuader de me désobéir à l'avenir. Considère cela comme une sorte de... contrat prénuptial. (Elle sourit, et Simon vit ses crocs étinceler.) Approche.

Elle claqua des doigts d'un geste impérieux, et ses larbins accoururent en inclinant leur tête grise. Le premier à se présenter devant elle lui tendit ce qui ressemblait à un vieux stylo-plume en verre, de ceux qui ont une pointe sculptée pour retenir l'encre.

— Il faudra que tu te coupes et que tu signes avec ton sang, dit Camille. Normalement, je l'aurais fait moi-même, mais la Marque m'en empêche. Par conséquent, il nous faut improviser.

Simon hésita. Cette histoire de pacte n'augurait rien de bon. Même si ses connaissances sur le monde surnaturel étaient limitées, il savait que les Créatures Obscures ne prenaient pas les serments à la légère. Ce n'étaient pas de vaines promesses dont on pouvait se dégager. Ils enchaînaient comme des menottes virtuelles. S'il signait ce pacte, il serait obligé de rester loyal à Camille. Probablement pour toujours.

— Approche, répéta-t-elle avec un soupçon d'impatience. Inutile de lambiner.

À contrecœur, Simon fit un pas, puis un autre, la gorge nouée. Un des serviteurs s'avança pour lui barrer le passage et lui tendit un couteau effilé. Simon le prit et le leva au-dessus de son poignet. Soudain, il baissa le bras.

— Hmm... je n'aime pas trop la douleur, ni les couteaux...

— Obéis, tonna Camille.

— Il doit y avoir un autre moyen.

Camille se leva de son fauteuil, et Simon s'aperçut qu'elle avait sorti les crocs. Elle semblait vraiment enragée.

— Si tu persistes à me faire perdre mon temps...

Le bruit étouffé d'une explosion retentit, et une grande brèche miroitante s'ouvrit dans le mur opposé. Camille se tourna vers la source de lumière, bouche bée. Simon ne doutait pas une seconde qu'elle savait comme lui de quoi il retournait. Car il ne pouvait s'agir que d'une chose.

Un Portail. Au travers duquel surgirent au moins une douzaine de Chasseurs d'Ombres.

— Bon, fit Isabelle en repoussant le kit de premiers secours d'un geste brusque.

Elles se trouvaient dans une des nombreuses chambres inoccupées de l'Institut, qui étaient censées héberger les membres de l'Enclave en visite. Chacune de ces chambres était meublée simplement d'un lit, d'une commode, d'une armoire et dotée d'une petite salle de bains. Bien entendu, dans chacune d'elles, on trouvait un kit de premiers secours avec des bandages, des cataplasmes, voire quelques stèles de rechange.

— Tu es couverte d'*iratze*, mais il va falloir un peu de temps pour que ces bleus guérissent. Quant à ça... (elle passa la main sur les traces de brûlure qui se trouvaient sur l'avant-bras de Clary, à l'endroit précis où le sang du démon l'avait éclaboussée)... ça ne disparaîtra probablement pas avant demain. Mais si tu te reposes, ça guérira plus vite.

— C'est parfait. Merci, Isabelle.

Clary examina ses mains ; la droite était bandée. Quant à son tee-shirt, il était déchiré et taché de sang, bien que les runes d'Isabelle aient guéri les plaies en dessous. Clary estimait qu'elle aurait pu s'acquitter seule des *iratze*, mais c'était agréable de s'en remettre aux bons soins de quelqu'un d'autre, et Isabelle, bien que n'étant pas la personne la plus chaleureuse que

Clary connaisse, pouvait se montrer douce et compétente dès lors que l'envie lui en prenait.

— Et merci d'être venue et de m'avoir sauvée de cette chose...

— Une hydre, je te l'ai déjà dit. Elles ont beau avoir plusieurs têtes, elles ne sont pas très futées. Et tu ne te débrouillais pas trop mal avant que j'arrive. J'ai bien aimé ce que tu as fait avec l'athamé. C'était une bonne idée sous la pression. C'est aussi ça, être un Chasseur d'Ombres, autant que le fait d'apprendre à jouer des poings.

Isabelle se laissa tomber sur le lit à côté de Clary et poussa un soupir.

— Je devrais peut-être aller voir ce que je peux trouver sur cette Église de Talto avant le retour de la Force. Ça nous aidera peut-être à découvrir ce qui se passe. Cette histoire d'hôpital et de bébés... (Elle frissonna.) Je n'aime pas ça.

Clary avait, dans la mesure du possible, expliqué à Isabelle la raison de sa présence dans cette église, et lui avait même parlé du bébé à l'hôpital mais, préférant tenir sa mère à l'écart, elle avait prétendu que c'était elle qui nourrissait des soupçons. Isabelle avait paru révulsée quand elle lui avait fait la description de l'enfant.

— Je pense qu'ils essayaient de fabriquer un autre bébé comme... comme mon frère. Ils ont dû mener leurs expériences sur une pauvre femme terrestre. Elle n'a pas dû supporter le choc à la naissance du bébé, et elle a perdu la tête. Qui est capable d'une chose pareille ? Un des disciples de Valentin qu'on n'aurait pas attrapés et qui tenterait de poursuivre son œuvre ?

— Peut-être. Ou une secte d'adorateurs de démons. Il y en a des tas. Même si j'ai du mal à imaginer qu'on puisse vouloir fabriquer d'autres créatures comme Sébastien.

En prononçant ce nom, la voix d'Isabelle avait pris une inflexion haineuse

— Il s'appelle Jonathan...

— Jonathan, c'est le nom de Jace, répliqua sèchement Isabelle. Je refuse de donner à ce monstre le même nom que mon frère. Pour moi, il s'appellera toujours Sébastien.

Clary dut reconnaître qu'Isabelle marquait un point. Elle avait du mal à l'appeler Jonathan, elle aussi. Ce n'était sans doute pas juste vis-à-vis du vrai Sébastien, mais aucun d'eux ne l'avait connu. Il était plus facile pour Clary de donner le nom d'un étranger au fils brutal de Valentin que de lui laisser son véritable prénom, qui le liait à sa famille et à sa vie.

Isabelle parlait d'un ton détaché, pourtant Clary sentit que son cerveau passait en revue les diverses possibilités.

— En tout cas, je suis contente que tu m'aies envoyé ce texto. J'ai senti à ton message qu'il se passait quelque chose de bizarre et, franchement, je m'ennuyais. Tout le monde est impliqué dans un projet secret pour la Force, or je n'avais pas envie d'y aller parce que Simon est là-bas et je le déteste.

— Simon est avec la Force ? s'étonna Clary.

À son arrivée, elle avait remarqué que l'Institut était encore plus désert que d'habitude. Évidemment, Jace n'était pas là, mais elle ne s'était pas attendue à le voir.

— Je lui ai parlé ce matin et il n'y a pas fait allusion, ajouta-t-elle.

Isabelle haussa les épaules.

— Ce sont des histoires de politique vampire. C'est tout ce que je sais.

— Tu crois qu'il va bien ?

— Il n'a plus besoin de ta protection, Clary, répliqua Isabelle, exaspérée. Il porte la Marque de Caïn. Il peut essuyer une explosion, des coups de feu, une noyade ou recevoir des coups de couteau, il s'en tirera. (Elle jeta un regard sévère à Clary.) Je note que tu ne m'as pas demandé pourquoi je détestais Simon. Je suppose que tu étais au courant de son double jeu.

— Oui, je savais, admit Clary. Je suis désolée.

Isabelle balaya ses excuses d'un geste.

— Tu es sa meilleure amie. Le contraire m'eût étonnée.

— J'aurais dû t'en parler. C'est juste que... Je n'ai jamais eu l'impression que ton histoire avec Simon était sérieuse.

Isabelle se renfrogna.

— C'est vrai. Je pensais que lui, il était sérieux, en tout cas. N'oublions pas que je suis beaucoup trop bien pour lui. Je suppose que j'espérais plus de Simon que des autres garçons.

— Peut-être que Simon ne devrait pas sortir avec une fille qui s'estime trop bien pour lui, observa tranquillement Clary.

Isabelle lui lança un regard interloqué, et se sentit rougir.

— Désolée. Ta relation avec Simon ne me regarde pas.

Isabelle rassembla ses cheveux en chignon, un geste qui lui était habituel quand elle était nerveuse.

— Non, c'est vrai. Après tout, j'aurais pu te demander pourquoi c'est moi que tu as appelée à l'aide et pas Jace, mais je me suis abstenue. Je ne suis pas si bête. J'ai bien vu que ça ne va pas entre vous, malgré vos embrassades passionnées dans les ruelles. (Elle lança un regard perçant à Clary.) Vous avez couché ensemble, tous les deux ?

Clary sentit le sang lui monter au visage.

— Quoi... Non, on n'a pas couché ensemble, mais je ne vois pas le rapport.

— Il n'y en a pas, lâcha Isabelle en ajustant son chignon. Simple curiosité. Qu'est-ce qui te retient ?

— Isabelle...

Clary ramena ses jambes contre elle, noua les bras autour de ses genoux et poussa un soupir.

— Rien. On prenait notre temps, voilà tout. Je n'ai jamais... Tu sais.

— Jace, oui. Enfin, je suppose. Je n'en suis pas sûre. Mais si tu as besoin de quelque chose...

Elle laissa sa phrase en suspens.

— Besoin de quelque chose ?

— D'une protection, par exemple. Il faut être prudente, déclara Isabelle d'un ton pragmatique. On pourrait s'imaginer que l'Ange a eu la présence d'esprit de nous doter d'une rune contraceptive. Tu parles !

— Bien sûr que je serai prudente, bredouilla Clary, les joues en feu. Arrête. Ça me met mal à l'aise.

— Ce sont des conversations de filles. Si tu es mal à l'aise, c'est parce que tu as passé ta vie avec Simon

pour seul ami. Or, tu ne peux pas lui parler de Jace.
Ce serait trop gênant.

— Et Jace, il ne t'a rien dit au sujet de ce qui le
tracasse ? demanda Clary d'une petite voix. Tu me
le promets ?

— Il n'a pas eu besoin de le faire. À ta façon d'agir,
et avec sa tête d'enterrement, ce n'était pas difficile
de deviner que quelque chose n'allait pas. Tu aurais
dû venir m'en parler plus tôt.

— Est-ce qu'il va bien, au moins ? s'enquit Clary
d'un ton calme.

Isabelle se leva du lit et baissa les yeux vers elle.

— Non, répondit-elle, il ne va pas bien du tout. Et
toi ?

Clary secoua la tête.

— C'est bien ce que je pensais, lâcha Isabelle.

À l'étonnement de Simon, en voyant les Chasseurs
d'Ombres, Camille ne tenta même pas de se défendre.
Elle poussa un cri, se précipita vers la porte puis se
figea en constatant qu'il faisait jour dehors et qu'en
sortant de la banque elle serait instantanément carbo-
nisée. Avec un hoquet de frayeur, elle se réfugia contre
un mur, les crocs dénudés, et un sifflement grave jaillit de sa gorge.

Simon recula tandis que les Chasseurs d'Ombres de
la Force l'encerclaient, tout de noir vêtus, telle une
nuée de corbeaux. Il vit Jace, l'air résolu et le visage
blanc comme un linge, transpercer de son épée l'un
des serviteurs humains de Camille avec la désinvolture d'un promeneur écrasant une mouche. Maryse
s'avança d'un pas décidé ; ses cheveux noirs volant

autour d'elle rappelèrent à Simon ceux d'Isabelle. Elle expédia le second larbin d'un coup de poignard séraphique et se dirigea vers Camille en brandissant son arme. Jace se trouvait à son côté, ainsi qu'un autre Chasseur d'Ombres, un homme de haute taille dont les avant-bras étaient couverts de runes qui s'entrelaçaient sur sa peau comme les vrilles d'une vigne.

Les autres Chasseurs d'Ombres s'étaient dispersés pour sonder les lieux à l'aide de ces appareils étranges qu'ils utilisaient parfois – des Détecteurs –, dont ils balayaient chaque recoin de la salle pour y trouver des traces éventuelles d'activité démoniaque. Ils ne prêtèrent pas la moindre attention aux cadavres des serviteurs de Camille, qui gisaient, immobiles, dans une flaque de sang. Ils ne firent aucun cas de Simon non plus. Il aurait tout aussi bien pu faire partie du décor.

— Camille Belcourt, dit Maryse d'une voix forte qui se répercuta sur les murs en marbre. Ayant enfreint la Loi, vous tombez sous notre juridiction. Acceptez-vous de vous rendre et de nous suivre, ou tenez-vous à vous battre ?

Camille pleurait sans chercher à dissimuler ses larmes teintées de sang. Son beau visage blême était maculé de traînées rouges.

— Walker... et mon Archer... hoqueta-t-elle.

Maryse sembla déconcertée. Elle se tourna vers l'homme à sa gauche.

— De quoi parle-t-elle, Kadir ?

— De ses serviteurs humains, répondit-il. Je crois qu'elle pleure leur mort.

Maryse balaya sa réponse d'un geste dédaigneux.

— C'est illégal de prendre des humains comme esclaves.

— Je les ai pris sous mon aile bien avant que les Créatures Obscures soient soumises à vos maudites lois, espèce de sorcière. Ils étaient à mes côtés depuis deux cents ans. Ils étaient comme mes enfants.

La main de Maryse se crispa sur le manche de son poignard.

— Comment osez-vous parler d'enfants ? murmura-t-elle. Vous et vos semblables ne savez que détruire.

Une lueur de triomphe éclaira le visage inondé de larmes de Camille.

— J'en étais sûre, cracha-t-elle. Quoi que vous en disiez, vous haïssez notre espèce, n'est-ce pas ?

Le visage de Maryse se ferma.

— Emmenez-la au Sanctuaire.

Jace s'avança prestement vers Camille et lui saisit un bras tandis que Kadir agrippait l'autre.

— Camille Belcourt, vous êtes accusée d'avoir assassiné des êtres humains et des Chasseurs d'Ombres, récita Maryse. Nous vous emmenons au Sanctuaire, où vous serez interrogée. Le meurtre d'un Chasseur d'Ombres est passible de la peine de mort mais si vous acceptez de coopérer, vous aurez peut-être la vie sauve. Vous m'avez comprise ?

Camille releva la tête d'un air de défi.

— Je ne répondrai qu'en présence d'un seul homme. Si vous ne le faites pas venir, je garderai le silence. Vous pouvez me tuer, je ne vous dirai rien.

— Très bien, fit Maryse. De qui s'agit-il ?

Camille montra les crocs.

— Magnus Bane.

— Magnus Bane ? répéta Maryse, abasourdie. Le Grand Sorcier de Brooklyn ? Qu'est-ce que vous lui voulez ?

— Je ne répondrai qu'à lui, et à personne d'autre.

Après quoi, Camille s'enferma dans le silence. Simon la suivit des yeux tandis que les Chasseurs d'Ombres la traînaient vers le Portail. Contrairement à ce qu'il avait cru, il n'éprouvait pas le moindre sentiment de triomphe. Il se sentait vidé et bizarrement nauséeux. Il baissa les yeux vers les corps sans vie des serviteurs ; s'il n'avait pas beaucoup d'estime pour eux, il devait reconnaître qu'ils n'avaient pas vraiment eu le choix. Et, d'une certaine manière, Camille ne l'avait peut-être pas eu, elle non plus. Mais, aux yeux des Nephilim, elle n'en était pas moins un monstre. Le fait qu'elle ait tué des Chasseurs d'Ombres n'était peut-être pas la seule raison de leur détestation ; en réalité, il était bien possible qu'ils soient incapables de la considérer autrement.

Camille franchit le Portail ; Jace resta en arrière et, d'un geste impatient, il fit signe à Simon de les suivre.

— Tu viens, oui ou non ?

« Quoi que vous en disiez, vous haïssez notre espèce. »

— J'arrive, répondit Simon en s'avançant à contre-cœur.

12

Le Sanctuaire

— À TON AVIS, pourquoi Camille veut voir Magnus ? demanda Simon.

Jace et lui s'étaient adossés au mur du Sanctuaire, une vaste salle reliée au bâtiment principal de l'Institut par un passage étroit. Elle ne faisait pas partie intégrante de l'Institut ; elle était délibérément restée non consacrée afin de servir de lieu de détention pour les démons et les vampires. Jace avait expliqué à Simon que les sanctuaires étaient passés de mode depuis l'invention des projections, mais que de temps à autre on leur trouvait une nouvelle utilité. Apparemment, on en avait trouvé une.

C'était une vaste salle aux murs de pierre, soutenue par des colonnes, qui communiquait avec un hall également en pierre au-delà d'une grande porte à deux battants ; le hall ouvrait sur un couloir reliant le Sanctuaire à l'Institut. De gros trous dans le sol indiquaient que les créatures retenues entre ces murs au fil des ans avaient dû être dangereuses et très puissantes. Simon ne put s'empêcher de se demander dans combien de salles immenses et remplies de colonnes comme celle-ci il devrait séjourner. Camille était adossée à l'une des colonnes, les mains derrière le dos, flanquée de chaque côté par un Chasseur d'Ombres. Maryse faisait les cent pas en s'entretenant de temps à autre avec Kadir. Manifestement, tous deux s'efforçaient d'élaborer un plan. Pour des raisons évidentes, il n'y avait pas de fenêtres dans la salle, mais des torches alimentées par la lumière de sort brillaient ici et là, nimbant les lieux d'une étrange clarté laiteuse.

— Je n'en ai aucune idée, répondit Jace. Peut-être qu'elle a besoin de conseils vestimentaires.

— Ah ah, fit Simon. Qui est ce type qui discute avec ta mère ? Son visage m'est familier.

— C'est Kadir Tu as sans doute rencontré son frère Malik. Il est mort au cours de l'attaque du bateau de Valentin. Kadir est l'élément le plus important de la Force après ma mère. Elle s'appuie beaucoup sur lui.

Sous les yeux de Simon, Kadir saisit les mains de Camille, les tira dans son dos de manière à encercler la colonne et lui enchaîna les poignets. La femme vampire poussa un petit cri.

— Du métal sanctifié, observa Jace sans la moindre émotion dans la voix. Ça leur brûle la peau.

« "Leur" ? songea Simon. Dis plutôt "vous". Je ne suis pas différent d'elle sous prétexte que tu me connais. »

Camille se mit à gémir. Kadir recula, l'air impassible. Les runes, noires sur sa peau sombre, recouvraient l'intégralité de ses bras et de sa gorge. Il se tourna pour dire quelque chose à Maryse ; Simon saisit les mots « Magnus » et « message ».

— Encore Magnus, dit-il. Il n'est pas en voyage ?

— Magnus et Camille sont tous les deux très âgés, expliqua Jace. Ce n'est pas étonnant qu'ils se connaissent, je suppose. (Il haussa les épaules, visiblement peu intéressé par le sujet.) De toute manière, je suis certain qu'ils vont finir par convoquer Magnus. Maryse veut absolument connaître le fin mot de l'histoire. Elle sait que Camille n'a pas tué ces Chasseurs d'Ombres seulement pour leur sang. Il y a des moyens plus simples.

Pendant un court instant, Simon pensa à Maureen et fut pris de nausée.

— En bien, dit-il en prenant l'air désinvolte, j'imagine qu'Alec va rentrer, lui aussi. C'est une bonne nouvelle, non ?

— Oui, répondit Jace d'un ton morne.

Il ne semblait pas en grande forme, lui non plus ; la clarté laiteuse de la pièce faisait ressortir ses traits anguleux et accusait sa perte de poids. Il avait les ongles rongés jusqu'au sang et des cernes sous les yeux.

— Au moins, ton plan a fonctionné, ajouta Simon en s'efforçant de prendre un ton jovial. C'était une bonne idée.

C'était Jace qui avait suggéré que Simon prenne une photo avec son téléphone portable et qu'il l'envoie à la Force afin qu'elle se téléporte sur les lieux.

— Je savais que ça marcherait, lâcha Jace, visiblement peu ragaillardi par le compliment de Simon.

Il leva les yeux au moment où la porte communiquant avec l'Institut s'ouvrait à la volée. Isabelle entra en balayant la pièce du regard. Ses yeux se posèrent brièvement sur Camille et les autres Chasseurs d'Ombres avant de s'arrêter sur Jace et Simon, qu'elle rejoignit en faisant claquer ses bottes sur le sol en pierre.

— Qu'est-ce qui vous prend d'interrompre les vacances de Magnus et d'Alec ? s'écria-t-elle. Les pauvres ! Ils ont des billets pour l'opéra !

Jace fournit une explication à Isabelle qui écoutait, les mains sur les hanches, sans accorder la moindre attention à Simon.

— Bon, fit-elle quand il eut fini. Mais toute cette histoire est ridicule. Elle cherche juste à gagner du temps. Qu'est-ce qu'elle peut bien avoir à dire à Magnus ?

Elle jeta un bref regard à Camille qui, en plus d'être menottée, était à présent enchaînée à la colonne. Ses chaînes s'entrelaçaient sur sa poitrine, ses genoux et ses chevilles, la maintenant parfaitement immobile.

— C'est du métal sanctifié ?

Jace acquiesça.

— Ses menottes sont renforcées pour lui protéger les poignets, mais si elle remue trop...

Il émit un sifflement. En se rappelant comment il s'était brûlé les mains en touchant l'étoile de David sculptée dans les barreaux de sa cellule à Idris, Simon réprima l'envie de le frapper.

— Eh bien, pendant que vous chassiez les vampires, j'étais en train de me battre contre une hydre avec Clary, lança Isabelle.

Jace, qui n'avait pas manifesté le moindre intérêt pour ce qui se passait autour de lui jusqu'à présent, se redressa brusquement.

— Avec Clary ? Tu l'as emmenée chasser les démons avec toi ? Isabelle...

— Bien sûr que non. Elle était déjà dans le feu de l'action quand je l'ai rejointe.

— Mais comment tu as su... ?

— Elle m'a envoyé un texto, et j'y suis allée.

Isabelle examina ses ongles qui étaient, comme d'habitude, parfaitement manucurés.

— Elle t'a envoyé un texto ? (Jace la saisit par le poignet.) Comment va-t-elle ? Elle est blessée ?

Isabelle baissa les yeux sur la main de Jace qui agrippait son poignet, puis le dévisagea d'un regard perçant.

— Oui, elle est en train de se vider de son sang à l'étage, répondit-elle d'un ton lourd de sarcasme, mais je préférais ne pas t'en parler tout de suite, histoire de faire durer le suspense.

Comme s'il venait subitement de prendre conscience de la violence de son geste, Jace lâcha le poignet d'Isabelle.

— Elle est ici ?

— Oui, en haut. Elle se repose...

Mais Jace s'était déjà précipité vers la porte. Isabelle le regarda s'éloigner en secouant la tête.

— Il ne fallait pas s'attendre à une autre réaction de sa part, observa Simon.

Pendant un court moment, Isabelle ne dit mot. Il en vint à se demander si elle avait l'intention de l'ignorer jusqu'à la fin des temps.

— Je sais, dit-elle enfin. J'aimerais juste savoir ce qui leur arrive.

— Je ne suis pas sûr qu'ils le sachent eux-mêmes.

Isabelle se mordit la lèvre, l'air contrarié. Tout à coup, elle parut très jeune et préoccupée, ce qui ne lui ressemblait guère. Visiblement, quelque chose la travaillait. Simon attendit calmement pendant qu'elle pesait le pour et le contre.

— Je n'aime pas être comme ça, déclara-t-elle. Viens, il faut que je te parle.

À ces mots, elle se dirigea vers la porte menant à l'Institut.

— Ah bon, tu veux me parler ? demanda Simon, stupéfait.

Isabelle fit volte-face et le fusilla du regard.

— Pour l'instant, oui. Mais je ne promets pas que ça va durer.

— Moi aussi, je voudrais te parler, Isa. Néanmoins, je n'ai pas le droit de pénétrer dans l'Institut.

Un pli barra le front d'Isabelle.

— Pourquoi ? (Elle se tut et regarda tour à tour Simon et la porte, puis Camille.) Ah oui. Comment tu es entré, alors ?

— Par un Portail. Mais Jace m'a dit qu'il y a un hall avec une porte menant à l'extérieur pour que les vampires puissent venir ici à la nuit tombée.

Il désigna non loin d'eux une petite porte dotée d'un verrou en fer rouillé, qui n'avait pas dû servir depuis longtemps.

Isabelle haussa les épaules.

— D'accord.

Le verrou grinça sous les doigts de Simon. Derrière la porte se trouvait une petite pièce aux murs de pierre qui rappelait la sacristie d'une église, avec une autre porte qui devait ouvrir sur l'extérieur. Il n'y avait pas non plus de fenêtres à cet endroit, pourtant un courant d'air glacial s'insinuait par les interstices de la porte, et Isabelle frissonna dans sa robe légère.

— Écoute, Isabelle, dit Simon, sentant qu'il était de son devoir d'entamer la discussion. Je regrette vraiment ce que j'ai fait. Il n'y a pas d'excuse...

— Non, il n'y en a pas. Et tant que tu y es, tu pourrais peut-être m'expliquer ce que tu fabriques avec le type qui a transformé Maia en loup-garou.

Simon répéta à Isabelle l'histoire que lui avait racontée Jordan en s'efforçant de rester aussi neutre que possible. Il crut important de préciser qu'il ne savait pas qui était Jordan au début et que ce dernier regrettait son geste.

— Ça n'excuse en rien ce qu'il a fait, conclut-il. Mais, tu sais...

« On a tous commis des erreurs. » Pourtant, il ne pouvait pas se résoudre à lui parler de Maureen. Pas pour l'instant.

— Je sais, dit-elle. Et j'ai entendu parler des Praetor Lupus. S'ils ont décidé de l'accepter parmi eux, c'est qu'il n'est pas complètement mauvais, j'imagine. (Elle observa attentivement Simon.) En revanche, je ne comprends pas pourquoi tu t'es dégoté un protecteur. Tu as...

Elle désigna son front.

— Je ne vais pas laisser éternellement les gens s'en prendre à moi et se faire dézinguer par la Marque. J'ai besoin de savoir qui me veut du mal. Jordan me donne un coup de main. Jace aussi.

— Tu penses vraiment que Jordan peut t'être

utile ? L'Enclave connaît du monde chez les Praetor. On pourrait le faire remplacer.

Simon hésita.

— Oui, je crois qu'il peut m'aider. Et je ne peux pas toujours me reposer sur l'Enclave.

— D'accord, fit Isabelle en s'adossant au mur. Tu t'es déjà demandé pourquoi j'étais si différente de mes frères ? ajouta-t-elle sans préambule. Je parle d'Alec et de Jace.

Simon cligna des yeux, décontenancé.

— Tu veux dire, en dehors du fait que tu es une fille... et pas eux ?

— Évidemment, idiot. Regarde-les, tous les deux. Ils n'ont aucun mal à tomber amoureux. D'ailleurs, ils le sont tous les deux. Et, les connaissant, c'est pour la vie. Leur compte est bon. Regarde Jace. Il aime Clary comme... comme s'il n'y avait personne d'autre au monde. Pareil pour Alec. Quant à Max... (Sa voix se brisa.) Je ne sais pas comment ça se serait passé pour lui, mais il faisait confiance à tout le monde. Alors que moi, comme tu l'auras remarqué, je ne me fie à personne.

— Les gens ne sont pas tous pareils, observa Simon en s'efforçant de paraître compréhensif. Ça ne signifie pas qu'ils sont plus heureux que toi...

— Mais si ! s'exclama Isabelle. Tu crois que je ne m'en rends pas compte ? (Elle jeta un regard sévère à Simon.) Tu connais mes parents.

— Pas très bien, non.

Ils n'avaient jamais paru très désireux de rencontrer le petit ami vampire d'Isabelle, ce qui avait conforté

Simon dans l'idée qu'il s'inscrivait dans une longue lignée de prétendants indésirables.

— Eh bien, tu dois savoir qu'ils faisaient tous deux partie du Cercle. Toutefois, je parie que tu ne sais pas que c'était l'idée de ma mère. Mon père ne s'est jamais beaucoup enthousiasmé pour les idées de Valentin. Et lorsqu'on les a bannis et qu'ils ont compris qu'ils avaient failli gâcher leur vie, il lui en a voulu, à mon avis. Mais ils avaient Alec et j'étais déjà en route, alors il est resté, même si j'ai dans l'idée qu'il voulait partir. Plus tard, il a rencontré quelqu'un.

— Quoi ? Ton père a trompé ta mère ? Mais… mais c'est affreux !

— C'est elle qui me l'a dit. J'avais treize ans. Elle m'a raconté qu'il voulait la quitter sauf qu'ils ont découvert qu'elle était enceinte de Max, alors ils sont restés ensemble et il a rompu avec l'autre femme. Ma mère ne m'a jamais révélé son identité. Elle m'a seulement appris qu'il ne fallait pas se fier aux hommes. Et elle m'a fait jurer de ne jamais en parler à personne.

— Et tu as tenu ta promesse ?

— Jusqu'à aujourd'hui, oui.

Simon se représenta une Isabelle plus jeune, prisonnière de son secret, cachant à ses frères une vérité sur leur famille qu'ils n'apprendraient jamais.

— Elle n'aurait pas dû exiger ça de toi, dit-il avec une colère soudaine. Ce n'était pas juste envers toi.

— Peut-être. Je pensais que ça faisait de moi quelqu'un de spécial. Je n'ai pas mesuré à quel point ça risquait de m'affecter. Mais je regarde mes frères offrir leur cœur et je ne peux pas m'empêcher de penser qu'ils sont bien bêtes. Un cœur, ça se brise. Et je crois que même quand on guérit, on n'est plus jamais le même.

— Peut-être qu'on devient meilleur. Moi, ça m'a rendu meilleur.

— Tu parles de Clary, lança Isabelle. Parce qu'elle t'a brisé le cœur.

— En mille morceaux. Tu sais, quand une fille te préfère son frère, ça ne booste pas ta confiance en toi. J'ai cru, quand elle l'a découvert, qu'elle renoncerait à Jace et reviendrait vers moi. Mais j'ai fini par comprendre qu'elle ne cesserait jamais de l'aimer, que ça marche avec lui ou pas. J'ai pris conscience que si elle n'était avec moi que parce qu'elle ne pouvait pas l'avoir lui, je préférais encore rester seul... et j'ai rompu.

— Je ne savais pas que ça venait de toi. J'ai toujours cru...

— Que je n'avais aucune dignité ?

Simon sourit d'un air désabusé.

— Je croyais que tu étais encore amoureux de Clary. Et que tu ne pouvais pas éprouver de sentiments sérieux pour quelqu'un d'autre.

— Tu choisis des garçons pour qui ça ne sera jamais sérieux avec toi. Comme ça tu n'as pas besoin de t'investir.

Les yeux d'Isabelle étincelèrent, mais elle ne répliqua pas.

— Tu comptes pour moi, reprit Simon. Tu as toujours compté.

Isabelle fit un pas vers lui. Ils se trouvaient tout près l'un de l'autre dans cette petite pièce, et Simon percevait le bruit de sa respiration et les battements de son cœur. Il émanait d'elle des effluves de shampooing, de sueur, un parfum de gardénia et l'odeur du sang des Chasseurs d'Ombres.

Le fait de penser au sang lui rappela Maureen, et son corps se raidit. Isabelle s'en aperçut ; évidemment, c'était une guerrière, et ses sens percevaient le moindre mouvement chez les autres. Elle recula, le visage fermé.

— Bon. Je suis contente qu'on ait parlé.

— Isabelle...

Mais elle avait déjà tourné les talons. Il la suivit jusqu'au Sanctuaire, cependant elle marchait plus vite que lui, et quand la porte de la sacristie se referma derrière lui, elle avait atteint l'autre côté de la salle. Renonçant à la suivre, il la regarda disparaître derrière la grande porte menant à l'Institut.

Clary se redressa en secouant la tête pour chasser la fatigue. Il lui fallut un moment pour se rappeler où elle était : dans une chambre de l'Institut seulement éclairée par la clarté bleutée qui filtrait par l'unique fenêtre. Le soir tombait. Elle gisait sur le lit, la couverture entortillée autour d'elle. Son jean, sa veste et ses chaussures étaient posés sur une chaise à proximité. Jace était assis sur le lit, les yeux fixés sur elle comme si elle l'avait fait apparaître en rêvant de lui.

Il était en tenue de combat – revenait-il d'une bataille ? – et ses cheveux étaient ébouriffés. La lueur du crépuscule éclairait les ombres sous ses yeux, le creux de ses tempes, l'ossature de ses pommettes. Sous cette lumière, il avait la beauté presque irréelle d'un portrait de Modigliani tout en lignes et en creux.

Elle se frotta les yeux pour se réveiller.

— Quelle heure est-il ? Combien de temps...

Il l'attira vers lui pour l'embrasser, et elle se figea pendant un court instant, soudain très consciente qu'elle ne portait qu'un fin tee-shirt par-dessus ses sous-vêtements, puis elle s'abandonna à son étreinte. C'était le genre de baiser langoureux qui la laissait sans force et lui donnait l'impression que tout allait bien, que rien n'avait changé, que Jace était simplement heureux de la retrouver. Mais au moment où ses mains soulevaient le bas de son tee-shirt, elle les repoussa.

— Non, dit-elle en refermant les doigts sur ses poignets. Tu ne peux pas te jeter sur moi chaque fois qu'on se voit. Ça ne remplace pas une discussion.

Jace soupira.

— Pourquoi c'est Isabelle que tu as prévenue et pas moi ? Si tu as un problème...

— Parce que je savais qu'elle viendrait, l'interrompit Clary. Alors que je n'en suis pas sûre, en ce qui te concerne.

— S'il t'était arrivé quelque chose...

— Eh bien, j'imagine que tu aurais fini par en entendre parler. Tu sais, le jour où tu aurais daigné répondre au téléphone.

Elle lui lâcha les poignets et se redressa dans le lit. Il lui était physiquement difficile d'être aussi près de Jace sans le toucher, mais elle se força à garder ses mains le long du corps.

— Soit tu m'expliques ce qui ne va pas, soit tu sors de cette chambre.

Jace ouvrit la bouche... sans répondre. Elle ne se

souvenait pas lui avoir parlé aussi durement depuis longtemps.

— Je suis désolé, dit-il enfin. Je sais, après la façon dont j'ai agi, que tu n'as aucune raison de m'écouter. D'ailleurs, je n'aurais probablement pas dû venir ici. Mais quand Isabelle m'a appris que tu étais blessée, je n'ai pas pu m'en empêcher.

— Ce sont juste quelques brûlures. Ça n'a pas d'importance.

— Tout ce qui te concerne a de l'importance pour moi.

— Eh bien, ça m'explique certainement pourquoi tu ne m'as pas rappelée une seule fois. La dernière fois que je t'ai vu, tu t'es enfui sans me donner la moindre explication. J'ai l'impression de sortir avec un fantôme.

Jace eut un sourire en coin.

— Ce n'est pas tout à fait ça. Isabelle est sortie avec un vrai fantôme. Elle pourrait t'en parler…

— C'est une métaphore. Et tu sais exactement ce que je sous-entends par là.

Jace resta silencieux pendant un moment.

— Laisse-moi voir ces brûlures, dit-il enfin.

Clary tendit les bras. L'intérieur de ses poignets était criblé de taches rouges à l'endroit où le sang du démon avait éclaboussé sa peau. Après l'avoir interrogée du regard pour obtenir sa permission, Jace prit délicatement ses poignets dans ses mains et les retourna. Elle se souvint de la première fois où il l'avait touchée, dans la rue devant le Java Jones. Il avait cherché des Marques sur ses mains.

— Du sang de démon, dit-il. Elles auront disparu d'ici quelques heures. Ça te fait mal ?

Clary secoua la tête.

— Je ne savais pas que tu avais besoin de moi, reprit-il.

D'une voix tremblante, elle répondit :

— J'ai toujours besoin de toi.

Il se pencha pour déposer un baiser sur son poignet. Une vague de chaleur la parcourut, comme un picotement brûlant qui serait remonté de sa main jusqu'au creux de son estomac.

— Je ne m'en rendais pas compte, murmura-t-il.

Il embrassa une autre brûlure sur son avant-bras, puis une autre et remonta ainsi jusqu'à son épaule en la renversant sur les oreillers. Puis il se hissa sur les coudes pour ne pas l'écraser de son poids et la contempla longuement.

Son regard s'assombrissait toujours lorsqu'ils s'embrassaient, comme si le désir modifiait radicalement la couleur de ses iris. Il caressa la cicatrice blanche en forme d'étoile sur son épaule, celle qu'ils avaient en commun et qui les désignait comme les enfants de ceux qui avaient été en contact avec l'Ange.

— Je sais que je me comporte bizarrement depuis quelque temps, poursuivit-il. Mais tu n'y es pour rien. Je t'aime. Mes sentiments n'ont pas changé.

— Alors qu'est-ce qui t'arrive ?

— Je crois que tout ce qui s'est passé à Idris : Valentin, Max, Hodge et même Sébastien... J'essaie de l'oublier mais ça me rattrape. Je... je vais me faire aider. Je vais guérir. Je te le promets.

— C'est vrai, promis ?

— Je le jure sur l'Ange. (Il se pencha pour l'embrasser sur la joue.) Rectification. Je le jure sur nous.

Clary glissa les doigts dans la manche de son tee-shirt.

— Pourquoi nous ?

— Parce que c'est en ça que je crois. Si un jour on se marie... (Il avait dû la sentir se figer contre lui car il sourit.) Pas de panique, ce n'est pas pour aujourd'hui. Je me demandais juste ce que tu savais des mariages entre Chasseurs d'Ombres.

— Il n'y a pas d'échange d'anneaux, répondit Clary en effleurant la peau douce de sa nuque. Juste des runes.

— Une ici, dit-il en touchant sa cicatrice sur son bras. Et une autre là.

Il remonta son doigt jusqu'à sa clavicule avant de poser la main sur son cœur qui battait la chamade.

— Le rituel s'inspire du chant de Salomon : « Mets-moi comme un sceau sur ton cœur, comme un sceau sur ton bras. Car l'amour est fort comme la Mort. »

— Le nôtre est plus fort que ça, murmura Clary en se rappelant comment elle l'avait ramené de l'au-delà.

Et cette fois, en voyant ses yeux s'assombrir, elle l'attira contre elle. Ils s'embrassèrent longuement, jusqu'à ce que la lumière ait quitté la pièce et qu'ils ne soient plus que deux ombres. Jace ne faisait pas mine de la toucher, et elle sentit qu'il attendait sa permission.

Elle comprit alors que c'était à elle de continuer si elle le souhaitait, or elle en mourait d'envie. Il avait admis que quelque chose n'allait pas et qu'elle n'y était pour rien. La situation progressait. Il méritait bien une récompense, n'est-ce pas ? Un petit sourire étira le coin de ses lèvres : qui cherchait-elle à berner ? Elle voulait aller plus loin. Parce que c'était Jace, parce qu'elle l'aimait, parce qu'il était si beau que parfois elle devait le pincer pour s'assurer qu'il était bien réel. Ce qu'elle fit.

— Aïe ! s'exclama-t-il. Pourquoi tu as fait ça ?

— Enlève ton tee-shirt, chuchota-t-elle.

Elle fit mine d'agripper le bas de son vêtement mais il la devança et le fit passer par-dessus sa tête avant de le jeter par terre d'un geste désinvolte. Il secoua les cheveux, et elle s'attendit presque que des étincelles jaillissent de ses mèches dorées dans l'obscurité de la pièce.

— Redresse-toi, fit-elle.

Son cœur battait la chamade. D'ordinaire, ce n'était pas elle qui menait la danse dans ce genre de situation, mais il ne parut pas s'en offusquer. Il se rassit lentement sur le tas de couvertures en l'attirant contre lui. Elle s'installa à califourchon sur ses genoux, face à face avec lui. Le souffle court, il fit mine d'ôter son tee-shirt, mais d'un geste tendre, elle plaqua ses mains le long de son corps et caressa son torse puis ses bras en s'attardant sur le renflement de ses biceps, là où s'entrelaçaient des Marques noires, et sur la cicatrice en forme d'étoile de son épaule. De son index, elle traça une ligne entre ses pectoraux jusqu'à son ventre parfaitement plat. Leur respiration se fit plus saccadée lorsqu'elle atteignit la fermeture de son jean et, sans

bouger, il la regarda droit dans les yeux, l'air de dire :
« Tout ce que tu voudras. »

Le cœur toujours battant, elle fit passer son tee-shirt
par-dessus sa tête. Elle regretta de ne pas avoir opté
pour un soutien-gorge plus sexy – celui qu'elle portait
était en coton blanc – mais en voyant l'expression de
Jace, elle oublia ses craintes. Ses lèvres s'étaient
entrouvertes et ses yeux étaient presque noirs ; elle
distingua son reflet dans ses iris et comprit qu'il se
moquait de la couleur de ses sous-vêtements. Il ne
voyait plus qu'elle.

Elle lui prit les mains et les posa sur sa taille comme
pour dire : « Tu peux me toucher maintenant. » Il
releva la tête et l'embrassa de nouveau, mais cette fois
leurs bouches se firent pressantes. Les mains de Jace
s'égarèrent fiévreusement dans ses cheveux et sur son
corps, puis il s'allongea sur elle et, tandis que leurs
peaux nues se mêlaient, elle prit conscience que seuls
un jean et des sous-vêtements les séparaient l'un de
l'autre. Elle enfouit les doigts dans ses cheveux
soyeux, ébouriffés, tandis qu'il l'embrassait à pleine
bouche. « Où on va ? Qu'est-ce qu'on fait ? » fit une
petite voix dans sa tête, mais tout en elle lui criait de
se taire. Elle aurait voulu ne jamais cesser de toucher
Jace, de l'embrasser ; elle aurait voulu qu'il la serre
plus fort pour s'assurer qu'il était bel et bien là avec
elle et qu'il ne s'en irait plus jamais.

Les doigts de Jace trouvèrent l'agrafe de son soutien-gorge. Elle se tendit, fixa ses grands yeux qui
brillaient dans la pénombre, et sa bouche qui souriait
imperceptiblement.

— Tu es d'accord ?

Elle hocha la tête. Son souffle s'accéléra. Jusqu'à ce jour, personne n'avait vu sa poitrine... Aucun garçon, du moins. Comme s'il percevait sa nervosité, il lui prit doucement le visage d'une main et effleura ses lèvres des siennes jusqu'à ce que son corps se tende à la limite du supportable. Ses longs doigts calleux s'attardèrent sur sa joue, puis se refermèrent sur ses épaules d'un geste rassurant. Néanmoins, elle était toujours sur le qui-vive, attendant que, de son autre main, il dégrafe son soutien-gorge, mais il semblait chercher quelque chose derrière lui... Que faisait-il ?

Clary repensa soudain à la mise en garde d'Isabelle. « Oh », pensa-t-elle. Elle se raidit un peu et eut un geste de recul.

— Jace, je ne suis pas sûre que...

Un éclair argenté zébra les ténèbres et un objet froid et pointu s'enfonça dans son bras. L'espace d'un instant, elle n'éprouva que de la surprise... puis la douleur afflua. Elle recula en clignant des yeux et vit du sang perler d'une entaille peu profonde qui s'étirait de son coude à son poignet.

— Aïe, fit-elle, plus sous l'effet de l'agacement et de la surprise que de la douleur. Qu'est-ce que...

Jace se leva d'un bond et se planta au milieu de la pièce, torse nu, le visage blanc comme un linge.

Une main plaquée sur son bras blessé, Clary se redressa.

— Jace, qu'est-ce que...

Elle s'interrompit. Dans sa main gauche, il tenait le couteau au manche argenté qu'elle avait vu dans le

298

coffret qui avait appartenu à son père. Une mince traînée de sang maculait la lame.

Elle regarda tour à tour Jace et sa main.

— Je ne comprends pas...

Il ouvrit la main, et le couteau tomba par terre. Pendant un instant, il sembla sur le point de fuir, comme l'autre soir devant le bar. Puis il tomba à genoux et se prit la tête dans les mains.

— Elle me plaît, lança Camille au moment où la porte se refermait sur Isabelle. Elle me fait penser à moi.

Simon se tourna vers elle. Il faisait très sombre dans le Sanctuaire, pourtant il distinguait nettement sa silhouette enchaînée à la colonne, les mains derrière le dos. Un Chasseur d'Ombres était posté près de la porte menant à l'Institut, mais soit il n'avait pas entendu Camille soit il ne prêtait pas attention à eux.

Simon s'approcha de Camille. Les liens qui la retenaient prisonnière exerçaient une fascination étrange sur lui. Du métal sanctifié. La chaîne semblait luire faiblement sur sa peau pâle, et Simon crut distinguer quelques perles de sang autour des menottes qui retenaient ses poignets.

— Elle n'a rien à voir avec vous.

— C'est ce que tu crois.

Camille pencha la tête de côté ; ses cheveux blonds encadrant son visage semblaient avoir été arrangés avec soin, et pourtant elle ne pouvait s'être coiffée.

— Tu les aimes tellement, tes amis Chasseurs d'Ombres ! poursuivit-elle. Comme le faucon aime le maître qui l'enchaîne et l'aveugle.

— Vous ne savez pas de quoi vous parlez, protesta Simon. Les Chasseurs d'Ombres et les Créatures Obscures ne sont pas des ennemis.

— Tu ne peux même pas entrer chez eux. Tu dois rester dehors. Tu sembles si impatient de les servir ! Tu trahirais ton propre camp pour eux.

— Je n'appartiens à aucun camp. Je ne suis pas des leurs, mais je ne suis pas des vôtres non plus. Et je préfère encore être comme eux que comme vous.

— Tu es des nôtres, que tu le veuilles ou non.

Camille eut un geste d'impatience qui fit trembler ses chaînes et lui arracha un tressaillement de douleur.

— Il y a quelque chose que je ne t'ai pas dit à la banque, mais qui n'en est pas moins vrai. (Elle sourit malgré la souffrance.) Je sens l'odeur du sang humain sur toi. Tu t'es nourri récemment. Et sur une Terrestre, qui plus est.

Simon sursauta.

— Je...

— C'était formidable, n'est-ce pas ? C'est la première fois, depuis que tu es un vampire, que tu n'as pas faim.

— Pas du tout.

— Menteur, répliqua-t-elle d'un ton convaincu. Ces Nephilim ! Ils essaient de nous faire renier notre nature. Ils ne nous tolèrent que si nous renonçons à notre instinct de prédateurs. Tes amis n'accepteront jamais ce que tu es, tu seras toujours obligé de donner le change. Ce que tu fais pour eux, eux ne le feraient jamais pour toi.

— Je ne sais pas pourquoi vous vous donnez autant de mal. Ce qui est fait est fait. Je ne vous laisserai pas partir. J'ai fait mon choix. Votre proposition ne m'intéresse pas.

— Pour l'instant, peut-être, objecta Camille avec douceur. Mais tu changeras d'avis.

Le garde s'écarta au moment où la porte s'ouvrait et Maryse entra dans la salle. Elle était suivie de deux personnes que Simon reconnut sur-le-champ : Alec, le frère d'Isabelle, et son petit ami, le sorcier Magnus Bane.

Alec portait un costume noir très sobre ; à la surprise de Simon, Magnus portait le même costume, ainsi qu'une longue écharpe en soie blanche et une paire de gants assortis. Ses cheveux étaient, comme toujours, coiffés en épis mais pour une fois il avait renoncé aux paillettes. En le voyant, Camille se figea.

Apparemment, Magnus n'avait pas encore remarqué sa présence. Il écoutait Maryse qui le remerciait, avec une certaine maladresse, d'être venu si vite.

— Vraiment, nous ne vous attendions pas avant demain au plus tôt.

Alec poussa un grognement agacé et fixa un point dans le vague. Il semblait mécontent d'être là. Par ailleurs, Simon lui trouva l'air inchangé – les mêmes cheveux noirs, le même regard bleu placide – excepté qu'il paraissait plus sûr de lui qu'avant, comme s'il avait enfin appris à être lui-même.

— Heureusement qu'il y a un Portail près de l'opéra de Vienne, déclara Magnus en repoussant son écharpe d'un grand geste. Dès qu'on a reçu votre message, on s'est précipités pour vous rejoindre.

— Je ne comprends toujours pas en quoi ça nous concerne, grommela Alec. Alors, comme ça, vous avez capturé un vampire qui manigançait quelque chose. Ce n'est pas toujours le cas ?

Simon sentit son estomac se soulever. Il se tourna vers Camille pour voir si elle se moquait de lui, mais elle avait les yeux fixés sur Magnus.

Apercevant Simon pour la première fois, Alec rougit. Cela se voyait toujours beaucoup chez lui, en raison de sa peau très pâle.

— Désolé, Simon. Je ne parlais pas de toi. Toi, ce n'est pas pareil.

« Tu penserais toujours la même chose si tu m'avais vu saigner une gamine de quatorze ans hier soir ? » songea Simon. Évidemment, il ne formula pas sa pensée et se contenta de hocher la tête à l'intention d'Alec.

— Nous souhaitons l'interroger dans le cadre de notre enquête sur la mort de trois Chasseurs d'Ombres, annonça Maryse. Nous avons besoin de son témoignage, mais elle n'acceptera de parler qu'en présence de Magnus.

— Ah bon ? fit Alec en jetant un regard perplexe à Camille. Pourquoi Magnus ?

Magnus suivit son regard et aperçut Camille pour la première fois, ou du moins c'est ce qu'il sembla à Simon. Quelque chose semblait les lier, une vieille connivence, peut-être. Un sourire mélancolique étira les lèvres de Magnus.

Maryse surprit l'échange de regards entre le sorcier et la femme vampire, et l'étonnement se peignit sur son visage.

— Enfin, si Magnus est d'accord, dit-elle.

— Oui, répondit-il en ôtant ses gants. Je veux bien parler à Camille pour vous.

— Camille ? (Alec se tourna vers Magnus, les sourcils levés.) Tu la connais ?

— Oui, répondit Magnus avec un petit haussement d'épaules, comme pour dire : « Qu'est-ce que tu veux... » On est sortis ensemble à une époque.

13

Une jeune fille trouvée morte

— Vous êtes sortis ensemble ? répéta Alec, abasourdi.

Maryse semblait aussi déconcertée que lui, et Simon devait admettre que lui non plus ne s'attendait pas à ça.

— Tu es sorti avec une femme ? Une femme vampire ? reprit Alec.

— C'était il y a cent trente ans, protesta Magnus. Je ne l'ai pas revue depuis.

— Pourquoi tu ne m'en as pas parlé ?

Magnus soupira.

— Alexander, je vis depuis des siècles. J'ai connu des hommes et des femmes, des fées, des sorciers et des vampires, voire un djinn ou deux. (Il regarda du coin de l'œil Maryse, qui semblait tout bonnement horrifiée.) Ça fait trop de révélations d'un coup ?

— Pensez donc, répondit-elle, livide. J'ai des questions à régler avec Kadir. Je reviens.

À ces mots, elle se dirigea vers Kadir, et tous deux disparurent derrière la porte. À son tour, Simon s'éloigna de quelques pas et fit mine d'examiner un vitrail avec intérêt, mais son ouïe de vampire était assez fine pour qu'il puisse entendre tout ce que se disaient Alec et Magnus, qu'il le veuille ou non. Quant à Camille, elle n'en perdait pas une miette. La tête penchée sur le côté, elle les écoutait, les yeux baissés, l'air pensif.

— Il y en a eu combien, en gros ? demanda Alec.

Magnus secoua la tête.

— Je ne sais pas, et ça n'a pas d'importance. Tout ce qui compte, c'est ce que je ressens pour toi.

— Plus d'une centaine ? (Magnus ne cilla pas.) Deux cents ?

— Je n'arrive pas à croire qu'on ait cette conversation en ce moment même, marmonna le sorcier sans s'adresser à quelqu'un en particulier.

Simon partageait son avis et aurait préféré qu'on lui épargne ce genre de scène.

— Pourquoi il y en a autant ? s'exclama Alec.

Ses yeux bleus brillaient intensément dans la pénombre. Simon n'aurait su dire s'il était en colère. Il n'avait pas l'air furieux, il parlait juste avec animation mais, Alec étant d'une nature discrète, c'était peut-être sa façon d'exprimer sa colère.

— Tu t'ennuies vite ? reprit-il.

— Je suis éternel, rétorqua tranquillement Magnus. Or, ce n'est pas le cas de tout le monde.

Alec le regarda comme s'il l'avait giflé.

— Alors quand ils meurent, tu te trouves quelqu'un d'autre ?

Magnus ne répondit pas tout de suite. Il observa Alec, les yeux étincelants comme ceux d'un chat.

— Tu préférerais que je passe l'éternité tout seul ?

La bouche d'Alec se mit à trembler.

— Je vais chercher Isabelle, annonça-t-il brusquement, et, sans un mot de plus, il se détourna pour regagner l'Institut.

Magnus le regarda s'éloigner d'un air triste à des lieues des préoccupations humaines. Son regard semblait exprimer une nostalgie immémoriale, comme si les aspérités du chagrin s'étaient érodées au fil des ans, de même que l'eau de mer polit le verre.

Comme s'il devinait les pensées de Simon, Magnus lui jeta un regard en coin.

— On écoute aux portes, vampire ?

— Je n'aime vraiment pas qu'on m'appelle comme ça, répliqua Simon. J'ai un prénom.

— Je suppose que je ferais mieux de m'en souvenir. Après tout, dans cent ou deux cents ans, il n'y aura plus que toi et moi, dit Magnus en observant Simon d'un air songeur.

Simon eut soudain l'impression de se trouver dans un ascenseur qui, s'étant brusquement détaché de ses câbles, commençait à dégringoler vers le sol, à des milliers d'étages plus bas. Cette pensée lui avait déjà traversé l'esprit, évidemment, mais il l'avait toujours balayée d'un revers de main. L'idée d'avoir éternellement seize ans alors que Clary vieillirait, que Jace vieillirait, que tous ceux qu'il connaissait vieilliraient était trop vertigineuse, trop horrible pour être envisagée.

Avoir toujours seize ans, de prime abord, cela pouvait sembler formidable, jusqu'à ce qu'on y réfléchisse vraiment. Ensuite, ça ne semblait plus aussi séduisant.

Les yeux de chat de Magnus étaient d'un vert limpide tirant sur l'or.

— Regarder l'éternité en face, ce n'est pas si drôle, hein ?

Avant que Simon puisse répondre, Maryse était déjà de retour.

— Où est Alec ? demanda-t-elle en regardant autour d'elle, étonnée.

— Il est allé voir Isabelle, répondit Simon avant que Magnus ait le temps d'ouvrir la bouche.

— Très bien. (Maryse lissa le devant de sa veste qui n'était pourtant pas froissée.) Si tu veux bien…

— Oui, je parlerai à Camille, dit Magnus. Mais je veux rester seul avec elle. Si vous voulez bien m'attendre à l'Institut, je vous rejoindrai là-bas quand j'aurai terminé.

Maryse hésita.

— Tu sais quoi lui demander ?

Magnus la dévisagea sans ciller.

— Je sais comment m'y prendre avec elle, oui. Si elle est disposée à parler, ce sera moi son interlocuteur.

Tous deux semblaient avoir oublié la présence de Simon.

— Il faut que je m'en aille, moi aussi ? s'enquit-il, tandis qu'ils se défiaient du regard.

Maryse lui jeta un regard distrait.

— Ah oui. Merci pour ton aide, Simon, mais nous n'avons plus besoin de toi. Rentre chez toi si tu veux.

Magnus garda le silence. Avec un haussement d'épaules, Simon se tourna vers la porte qui menait à la sacristie. Arrivé sur le seuil, il s'arrêta pour lancer un dernier regard en arrière. Maryse et Magnus discutaient toujours alors que le garde, qui avait déjà ouvert la porte, se préparait à partir. Seule Camille semblait se rappeler la présence de Simon. Elle lui souriait de loin et ses yeux brillaient comme une promesse.

Simon sortit et referma la porte derrière lui.

— Ça arrive toutes les nuits.

Jace s'était assis par terre, les jambes ramenées sous lui, les mains pendantes entre ses genoux. Il avait abandonné le couteau sur le lit à côté de Clary ; elle gardait la main posée dessus pendant qu'ils discutaient, plus pour le rassurer que par besoin de se défendre. Quant à Jace, ses forces semblaient l'avoir quitté ; même sa voix paraissait distante et désincarnée tandis qu'il parlait, comme s'il s'adressait à elle de très loin

— Je rêve que tu entres dans ma chambre et qu'on... commence à faire ce qu'on était en train de faire. C'est à ce moment-là que je m'en prends à toi. Je te poignarde ou je t'étrangle, et tu meurs en me regardant avec de grands yeux pendant que ta vie s'écoule entre mes mains.

— C'est juste un rêve, objecta Clary avec douceur.

— Tu l'as vu toi-même, j'étais réveillé quand j'ai ramassé ce couteau.

Clary ne pouvait pas le contredire.

— Tu as peur de devenir fou ?

Il secoua lentement la tête, et ses cheveux retombèrent sur ses yeux. Il les repoussa d'un geste. Ils étaient un peu trop longs ; il ne les avait pas coupés depuis quelque temps, et Clary se demanda s'il en venait à se négliger. Comment n'avait-elle pas remarqué les cernes sous ses yeux, ses ongles rongés, son air hagard ? Elle avait si peur qu'il ne l'aime plus qu'elle ne pouvait songer à rien d'autre.

— Franchement, ce n'est pas vraiment ça qui m'inquiète, répondit-il. J'ai surtout peur de te blesser. J'ai peur que le poison qui s'insinue dans mes rêves ne me contamine aussi quand je suis réveillé et que...

Sa gorge se noua.

— Tu ne me ferais jamais aucun mal.

— J'avais un couteau à la main, Clary. (Il leva les yeux vers elle avant de détourner le regard.) S'il t'arrivait quelque chose... (Il s'interrompit.) La plupart du temps, les Chasseurs d'Ombres ne font pas de vieux os, on le sait tous. Et toi, tu voulais devenir l'une des nôtres. Jamais je ne t'en empêcherais car ce n'est pas à moi de te dicter ta conduite, alors que moi aussi je prends ces risques-là. De quoi j'aurais l'air si je m'arrogeais le droit de risquer ma vie tout en te l'interdisant ? Puis j'ai pensé à ce qui se passerait si tu mourais. Je parie que tu y as réfléchi, toi aussi.

— Je sais ce qu'on ressent, dit Clary en se remémorant le lac, l'épée et le sang de Jace coulant sur le sable.

Il avait perdu la vie, et l'Ange la lui avait rendue : dans l'intervalle, Clary avait vécu les minutes les plus atroces de son existence.

— J'avais envie de mourir, poursuivit-elle. Mais j'ai mesuré à quel point tu aurais été déçu si j'avais rendu les armes.

Il esquissa un pâle sourire.

— J'ai pensé la même chose que toi. Si tu mourais, je n'aurais plus l'envie de vivre, et pourtant je ne me tuerais pas car, quoi qu'il advienne après la mort, je veux être là-bas avec toi. Et si je mettais fin à mes jours, je suis sûr que tu refuserais de m'adresser la parole dans cette autre vie. Alors je déciderais de continuer et d'essayer de trouver un but à mon existence jusqu'à ce que je puisse te rejoindre. Mais si c'était moi la cause de ta mort, il n'y a rien qui pourrait m'empêcher de me détruire.

— Ne dis pas ça. (Clary se sentait glacée jusqu'aux os.) Jace, tu aurais dû m'en parler.

— Je ne pouvais pas, répondit-il d'un ton définitif.

— Pourquoi ?

— Je croyais être Jace Lightwood. Je pensais que, peut-être, mon éducation n'avait pas rejailli sur moi. Mais maintenant j'en arrive à me demander si les gens peuvent changer. Peut-être que je serai toujours Jace Morgenstern, le fils de Valentin. Il m'a élevé pendant dix ans, ça laisse forcément des traces.

— Tu crois que tout ça, c'est à cause de ton père ?

Les mots de Jace lui revinrent en mémoire : « Aimer, c'est détruire. » Puis elle s'étonna d'avoir désigné Valentin comme le père de Jace, alors que c'était dans ses propres veines, et non dans les siennes, que coulait le sang de cet homme. Cependant, contrairement à Jace, elle n'avait jamais considéré Valentin comme son père.

— Et tu ne voulais pas que je sache ? ajouta-t-elle.

— Tu es tout ce que je désire. Et peut-être que Jace Lightwood mérite d'obtenir tout ce qu'il souhaite. Mais pas Jace Morgenstern. Quelque part au fond de moi, je dois le savoir, sans quoi je n'essaierais pas de détruire ce qu'on a.

Clary soupira.

— Je crois que tu n'y es pour rien.

Jace releva la tête, surpris.

— Qu'est-ce que tu veux dire ?

— Tu penses que c'est psychologique, que quelque chose cloche chez toi. Eh bien, pas moi. Je crois qu'il y a quelqu'un derrière tout ça.

— Je ne...

— Ithuriel m'envoyait des rêves. Peut-être qu'on en fait autant pour toi.

— Ithuriel t'envoyait des rêves dans le but de t'aider, de te guider vers la vérité. Quel est l'intérêt de ces cauchemars ? Ils sont malsains, sadiques, dépourvus de sens...

— Ils ont peut-être une signification. Seulement voilà, ce n'est pas celle que tu crois. Ou alors quelqu'un te les envoie pour te faire du mal.

— Qui ?

— Quelqu'un qui ne nous aime pas beaucoup, répondit Clary en s'efforçant de chasser de son esprit l'image de la reine des fées.

— Admettons, dit Jace à mi-voix en regardant ses mains. Sébastien...

« Alors lui non plus ne veut pas l'appeler Jonathan », songea Clary. Elle ne l'en blâmait pas. C'était aussi son prénom.

— Sébastien est mort, déclara-t-elle plus sèchement qu'elle ne l'aurait voulu. Et s'il détenait ce genre de pouvoir, il s'en serait servi avant.

Sur le visage de Jace, le doute le disputait à l'espoir.

— Tu crois vraiment que quelqu'un pourrait être derrière tout ça ?

Le cœur de Clary se mit à tambouriner dans sa poitrine. Non, elle n'en était pas certaine, mais elle

voulait tellement y croire ! Et si elle se trompait ?
Alors elle aurait espéré – et fait espérer Jace – pour
rien.

Malgré tout, elle sentait qu'il y avait bien longtemps
que Jace n'avait pas espéré.

— Je crois qu'on devrait se rendre à la Cité Silencieuse. Les Frères seront capables de découvrir si
quelqu'un manipule ton cerveau. Ils y sont parvenus
avec moi.

Jace ouvrit la bouche et parut hésiter.

— Quand ? dit-il enfin.

— Maintenant, lança Clary. Je n'ai pas envie
d'attendre. Et toi ?

Sans répondre, Jace se leva et ramassa son tee-shirt.
Il regarda Clary et parvint presque à sourire.

— Si on va à la Cité Silencieuse, tu as intérêt à
t'habiller. Je n'ai rien contre le look culotte et soutien-gorge, mais je ne suis pas sûr que les Frères Silencieux soient du même avis. Il n'en reste pas beaucoup,
et je ne voudrais pas qu'ils fassent une crise cardiaque.

Clary se leva à son tour et lui jeta un oreiller à la
figure. Puis elle ramassa ses vêtements et commença
à se rhabiller. Juste avant d'enfiler son tee-shirt, elle
vit le couteau étinceler sur le dessus-de-lit comme une
flamme d'argent.

— Camille, lança Magnus. Ça fait longtemps, pas
vrai ?

Elle sourit. Sa peau semblait plus pâle que dans son
souvenir, et un réseau de veines sombres commençait
à apparaître en dessous. Ses cheveux étaient du même
blond cendré et ses yeux de chat, d'un vert limpide,

brillaient avec la même intensité. Bref, elle était toujours aussi belle. En la regardant, il se sentit de nouveau transporté à Londres. À la lueur des réverbères, dans la puanteur de la fumée, de la crasse, des chevaux, dans l'odeur métallique de la brume, dans le parfum des fleurs des jardins de Kew, il revoyait un garçon aux yeux bleus et aux cheveux de jais, comme Alec. Une fille aux longues boucles brunes et au visage grave. Dans un monde où tout finissait par s'effacer, elle demeurait l'un de ses rares souvenirs inaltérables.

Et puis il y avait Camille.

— Tu m'as manqué, Magnus, dit-elle.

— Tu parles !

Il s'assit sur le sol du Sanctuaire et sentit le froid de la pierre à travers ses vêtements. Il n'était pas mécontent de porter cette écharpe.

— Alors, pourquoi tenais-tu autant à me parler ? Tu cherchais juste à gagner du temps ?

— Non.

Elle se pencha vers lui en faisant tinter ses chaînes. Il pouvait presque entendre la peau de ses poignets grésiller contre le métal sanctifié.

— Il y a des bruits qui courent à ton sujet, Magnus. J'ai entendu dire que les Chasseurs d'Ombres t'avaient pris sous leur aile. Il paraît que tu as gagné le cœur de l'un d'eux. Je suppose qu'il s'agit du garçon à qui tu parlais. Mais il est vrai que tu as toujours eu des goûts éclectiques.

— Tu écoutes les rumeurs qui me concernent, maintenant ? lâcha Magnus. Tu aurais pu simplement me questionner. Pendant toutes ces années, j'étais à Brooklyn, pas très loin de toi, et pourtant je n'ai jamais eu de tes nouvelles. Tu n'es jamais venue à mes fêtes. Tu as bâti un mur entre nous, Camille.

— Non, ce n'est pas moi ! s'exclama-t-elle en ouvrant de grands yeux. Je t'ai toujours aimé.

— Tu m'as quitté. Tu as fait de moi ton caniche, puis tu m'as plaqué comme un moins que rien. Si l'amour était un plat, je n'aurais eu que les os que tu m'as laissés à rogner.

Magnus parlait d'un ton détaché. De l'eau avait coulé sous les ponts depuis.

— Mais nous avions l'éternité, protesta Camille. Tu aurais dû te douter que je reviendrais vers toi...

— Camille, fit Magnus avec une infinie patience. Qu'est-ce que tu veux ?

La poitrine de Camille se soulevait et s'abaissait au rythme de son souffle. Comme elle n'avait pas besoin de respirer, Magnus en déduisit qu'elle soignait ses effets.

— Je sais que tu as l'oreille des Chasseurs d'Ombres. Je veux que tu leur parles en ma faveur.

— Tu veux que je négocie un marché pour toi, traduisit Magnus.

— Tu as toujours eu un langage regrettablement moderne.

— Ils prétendent que tu as tué trois Chasseurs d'Ombres. C'est vrai ?

— C'étaient des membres du Cercle, répondit-elle, les lèvres tremblantes. Ces gens ont torturé et assassiné les miens...

— C'est pour ça que tu les as tués ? Par esprit de vengeance ? (Comme elle se taisait, Magnus poursuivit.) Tu connais le sort qu'ils réservent aux assassins de Nephilim, Camille.

Les yeux de la femme vampire étincelèrent.

— Il faut que tu interviennes en ma faveur, Magnus. Je veux l'immunité. Je veux une promesse signée de l'Enclave stipulant qu'en échange de ma coopération ils me laisseront la vie sauve et me rendront ma liberté.

— Ils n'y consentiront jamais.

— Alors ils ne sauront jamais pourquoi leurs collègues devaient mourir.

— Devaient mourir ? C'est une formulation intéressante, Camille. Il y a autre chose là-dessous que ce qui crève les yeux, ou je me trompe ? Ce n'est pas qu'une histoire de sang ou de vengeance ?

Elle resta silencieuse, les yeux fixés sur lui, tandis que sa poitrine se soulevait et s'abaissait de façon théâtrale. Tout en elle était du même acabit : sa chevelure blond cendré, la courbe de sa gorge et même le sang qui coulait dans ses veines.

— Si tu veux que je leur parle pour toi, déclara Magnus, il va falloir me donner au moins un détail. En signe de bonne foi.

Elle sourit de toutes ses dents.

— Je savais que tu accepterais, Magnus. Je savais que le passé n'était pas complètement mort pour toi.

— Considère qu'il végète encore. Alors, la vérité, Camille ?

Elle passa la langue sur ses lèvres.

— Tu n'as qu'à leur dire que j'obéissais à des ordres quand j'ai tué ces Chasseurs d'Ombres. Ça ne m'a pas dérangée de le faire, parce qu'ils avaient assassiné des membres de mon espèce, et que, par conséquent, ils méritaient la mort. Mais je n'aurais jamais consenti à m'en charger si quelqu'un de beaucoup plus puissant que moi ne me l'avait pas demandé.

Le cœur de Magnus se mit à battre un peu plus vite. Il n'aimait pas ça.

— Qui ?

Camille secoua la tête.

— L'immunité, Magnus.

— Camille...

— Ils m'installeront sur un bûcher en plein soleil. C'est le sort qu'ils réservent à ceux qui tuent des Nephilim.

Magnus se leva ; son écharpe était couverte de poussière. Il l'examina d'un air affligé.

— Je ferai mon possible, Camille. Mais je ne promets rien.

— Ce n'est pas ton genre, murmura-t-elle, les yeux mi-clos. Viens, Magnus. Approche.

Il ne l'aimait pas, mais elle était un rêve surgi du passé, et il obéit.

— Tu te souviens de Londres ? reprit-elle à mi-voix. Les fêtes chez de Quincey ? Tu te rappelles Will Herondale ? Je sais que oui. Ton amoureux, le fils Lightwood. Il lui ressemble.

— Ah oui ? fit Magnus, comme s'il n'y avait pas songé.

— Les jolis garçons ont toujours causé ta perte. Que peut te donner un mortel sinon dix ou vingt ans avant le début de la décrépitude, et quarante ou cinquante avant la mort ? Moi je peux t'offrir l'éternité.

Magnus caressa la joue de Camille. Elle était encore plus froide que le sol où il s'était assis.

— Tu pourrais m'offrir le passé, observa-t-il tristement, mais Alec est mon avenir.

— Magnus...

La porte de l'Institut s'ouvrit, et la silhouette de Maryse s'encadra sur le seuil, soulignée par la lumière de sort derrière elle. Alec l'escortait, les bras croisés sur la poitrine. Magnus se demanda s'il avait surpris sa conversation avec Camille... Impossible, non ?

— Magnus, lança Maryse Lightwood. Vous avez trouvé un accord ?

— Un accord ? Non, je n'en suis pas sûr, répondit-il en se tournant vers Maryse. Mais je crois qu'il faut qu'on ait une discussion.

Une fois vêtue, Clary suivit Jace dans sa chambre. Là, il rassembla dans un petit sac en toile les objets dont il aurait besoin pour se rendre à la Cité Silencieuse, comme s'il avait l'intention d'y faire une soirée pyjama sinistre. Il s'agissait d'armes pour l'essentiel : quelques poignards séraphiques ; stèle ; et, après une hésitation, il y ajouta la dague en argent, dont il avait nettoyé le sang sur la lame. Il enfila un blouson en cuir noir, et Clary le regarda remonter la fermeture Éclair en dégageant ses mèches blondes du col. Quand il se tourna vers elle en jetant son sac par-dessus son épaule, il lui adressa un petit sourire découvrant sa dent de devant ébréchée, un petit défaut qu'elle avait toujours trouvé touchant dans un physique qui, sans cela, aurait été trop parfait. Son cœur se serra et, l'espace d'un instant, elle détourna les yeux.

Il tendit la main vers elle.

— On y va ?

N'ayant aucun moyen de joindre les Frères Silencieux pour qu'ils viennent les chercher, Jace et Clary hélèrent un taxi, qui prit la direction du sud de la ville, vers Houston Street et le Cimetière de Marbre. Clary supposait qu'ils auraient pu se rendre dans la Cité Silencieuse au moyen d'un Portail – y étant déjà allée, elle connaissait les lieux –, mais Jace objecta qu'il existait des règles dans ce domaine, et elle ne put chasser de son esprit l'idée que les Frères Silencieux s'en offusqueraient.

Jace s'assit à l'arrière du taxi à côté d'elle et lui tint la main durant le trajet, traçant du bout des doigts des dessins invisibles au creux de sa paume. Clary ne se laissa pas distraire au point de ne pas l'écouter quand il lui donna des nouvelles de Simon et qu'il relata l'histoire de Jordan, la capture de Camille et ses exigences quant à Magnus.

— Simon va bien ? demanda-t-elle avec inquiétude. Je ne savais pas qu'il était à l'Institut, je ne l'ai même pas vu...

— Il était dans le Sanctuaire. Il s'en sort bien, je trouve. Beaucoup mieux que je l'aurais cru pour quelqu'un qui, encore récemment, était un simple Terrestre.

— Ce plan m'a l'air dangereux, tout de même. Cette Camille est complètement folle, non ?

— Il faut que tu arrêtes de considérer Simon comme le garçon terrestre que tu as toujours connu. Il n'a plus besoin qu'on le sauve. Il est presque invincible, désormais. Tu n'as pas vu la Marque en action. Moi si. C'est comme si la colère divine s'abattait sur le monde. Je suppose que tu devrais être fière.

Clary frissonna.

— Je ne sais pas. Je l'ai fait parce que je n'avais pas d'autre choix, mais c'est quand même une malédiction. J'ignorais qu'il avait traversé tout ça. Il ne m'en a rien dit. Je sais qu'Isabelle et Maia ont fini par découvrir le pot aux roses, par contre je n'étais pas au courant pour Jordan. Je ne savais pas que c'était l'ex de Maia et... tout le reste.

« Parce que tu n'as pas demandé. Tu étais trop obnubilée par Jace. C'est mal. »

— Et toi, demanda Jace, tu lui as raconté ce qui t'arrive ? Ça va dans les deux sens

— Non, j'ai gardé ça pour moi.

Clary lui fit le récit de sa visite à la Cité Silencieuse avec Luke et Maryse, puis elle enchaîna sur ce qu'elle avait trouvé à la morgue de l'hôpital Beth Israel, et sur sa découverte de l'Église de Talto.

— Je n'en ai jamais entendu parler, déclara Jace. Mais Isabelle a raison, il existe toutes sortes de sectes bizarres qui vénèrent les démons. La plupart d'entre elles n'ont jamais réussi à en invoquer un. On dirait que celle-ci y est arrivée.

— Tu crois que le démon qu'on a tué est bien celui qu'ils vénéraient ? Tu penses que ça va suffire ?

Jace secoua la tête.

— Ce n'était qu'une hydre, un genre de chien de garde. Et puis, « Aucun de ceux qui vont à *elle* ne revient » ? Apparemment, c'est d'un démon femelle qu'il s'agit. Or, ce sont justement les sectes qui les adorent qui s'en prennent aux bébés. Elles ont toutes sortes d'idées tordues sur la fertilité et les enfants. (Jace s'adossa au siège et ferma les yeux à demi.)

Je suis sûr que la Force ira jeter un coup d'œil là-bas, mais je te parie qu'ils ne trouveront rien. Maintenant que tu as tué son démon sentinelle, la secte va débarrasser le plancher après avoir effacé les traces de sa présence. Il faudra peut-être attendre qu'ils frappent encore une fois.

— Mais... (L'estomac de Clary se noua.) Ce bébé. Et les illustrations que j'ai vues dans le livre. Je crois qu'ils essaient de fabriquer d'autres enfants à l'image de... de Sébastien.

— C'est impossible. Ils ont injecté du sang de démon à un bébé humain. Alors, oui, c'est horrible, mais pour obtenir le même résultat qu'avec Sébastien il faudrait injecter ce sang à un enfant de Chasseurs d'Ombres, sans quoi c'est la mort assurée.

Jace serra la main de Clary dans la sienne, comme pour la tranquilliser.

— Ce ne sont pas des enfants de chœur, mais je ne vois pas pourquoi ils retenteraient le coup, puisque ça n'a pas marché.

Le taxi s'arrêta dans un crissement de pneus au coin de Houston Street et de la Seconde Avenue.

— Le compteur débloque, annonça le chauffeur. Ça fait dix dollars.

Jace qui, en d'autres circonstances, ne se serait pas privé de faire une remarque sarcastique, jeta un billet de vingt au chauffeur et descendit de voiture en tenant la portière à Clary.

— Prête ? demanda-t-il tandis qu'ils se dirigeaient vers la grille en fer forgé menant au cimetière.

Elle hocha la tête.

— Je ne peux pas dire que ma dernière visite ici ait

été très drôle. (Elle prit la main de Jace.) Mais tant qu'on reste ensemble, je suis prête à affronter n'importe quoi.

Les Frères Silencieux les attendaient à l'entrée de la Cité comme s'ils espéraient leur venue. Clary reconnut Frère Zachariah parmi eux. En silence, ils formaient un rang bloquant l'accès à la Cité.

Qu'est-ce qui t'amène ici, fille de Valentin ? Et toi, qui viens de l'Institut ?

Clary n'aurait su dire lequel d'entre eux s'insinuait dans sa tête, à moins qu'ils n'aient tous pénétré ses pensées.

D'ordinaire, les enfants n'entrent pas sans escorte dans la Cité Silencieuse.

Cette désignation blessa Clary, puis elle se souvint que, chez les Chasseurs d'Ombres, tout individu de moins de dix-huit ans était considéré comme un enfant et soumis à des règles différentes.

— Nous avons besoin de votre aide, dit-elle quand il devint clair que Jace n'ouvrirait pas la bouche.

Il considérait les Frères Silencieux avec indifférence, comme un malade qui aurait reçu d'innombrables diagnostics alarmistes de la part de divers médecins et qui attendrait sans grand espoir le verdict d'un spécialiste.

— Ce n'est pas votre boulot d'aider les Chasseurs d'Ombres ? reprit-elle.

Nous ne sommes pas des domestiques à votre disposition, et tous les problèmes ne tombent pas sous notre juridiction.

— Celui-là, si, objecta Clary d'un ton ferme. Je crois qu'une créature puissante s'insinue dans l'esprit de

Jace, perturbe ses souvenirs et ses rêves, et l'oblige à agir contre son gré.

Cela s'appelle l'hypnomancie, dit l'un des Frères Silencieux. *La magie des rêves. C'est un domaine réservé aux plus puissants des utilisateurs de magie.*

— Comme les anges, par exemple, suggéra Clary, et sa remarque récolta un silence surpris et indigné.

Vous devriez peut-être venir avec nous, finit par dire Frère Zachariah. À l'évidence, il ne s'agissait pas d'une invitation mais d'un ordre, car les Frères se détournèrent et s'enfoncèrent dans les ténèbres de la Cité sans vérifier que Jace et Clary les suivaient.

Une fois parvenus dans le pavillon des Étoiles Diseuses, les Frères s'installèrent derrière la table en basalte noir. L'Épée Mortelle, qui avait retrouvé sa place sur le mur derrière eux, étincelait comme l'aile d'un oiseau argenté. Jace s'avança au centre de la salle et baissa les yeux vers les étoiles métalliques gravées dans le carrelage rouge et or. Clary l'observait, le cœur battant. Elle souffrait de le voir ainsi privé de son incroyable énergie, tel un feu étouffé sous une couche de cendres.

Jace releva la tête en cillant, et Clary comprit que les voix des Frères Silencieux résonnaient sans qu'elle puisse les entendre. Elle le vit secouer la tête et dire :

— Je ne sais pas. J'ai pensé que ce n'étaient que des rêves ordinaires.

Il pinça les lèvres, et Clary ne put s'empêcher de s'interroger sur les questions qu'on lui posait.

— Des visions ? Je ne crois pas. Oui, j'ai rencontré l'Ange, mais c'est Clary qui avait des rêves prophétiques, pas moi.

Clary se figea. Ils étaient tout près de le questionner sur ce qui s'était passé avec l'Ange ce soir-là près du lac Lyn. Elle n'avait pas prévu cela. Quand les Frères Silencieux s'insinuaient dans l'esprit de quelqu'un, que voyaient-ils, au juste ? Seulement ce qu'ils cherchaient ? Ou tout le reste ?

Jace acquiesça.

— D'accord, je suis prêt. Quand vous voudrez.

Il ferma les yeux et se détendit un peu. Elle songea qu'il avait dû éprouver la même chose en l'observant la première fois que les Frères Silencieux avaient pénétré ses pensées. Elle remarqua des détails qui lui avaient échappé jusqu'alors parce qu'elle était prisonnière de leur emprise, perdue dans ses souvenirs, loin du monde réel.

Elle vit Jace se raidir comme s'ils l'avaient touché. Il renversa la tête en arrière. Ses mains plaquées le long de son corps s'ouvraient et se refermaient tandis que les étoiles à ses pieds scintillaient d'un éclat éblouissant qui arrachait des larmes à Clary. La silhouette sombre de Jace se détachait gracieusement sur la lumière aveuglante, comme s'il se tenait sous une chute d'eau. Tout autour d'eux, des murmures incompréhensibles s'élevaient.

Soudain, il tomba à genoux en posant les mains par terre. Le cœur de Clary se serra. La présence des Frères Silencieux dans sa tête l'avait presque fait tourner de l'œil, mais Jace était plus résistant qu'elle, n'est-ce pas ? Lentement, il se plia en deux en agrippant son ventre, les traits déformés par la souffrance bien qu'il ne lâchât pas un seul cri. N'y tenant plus, Clary s'élança en traversant le voile de lumière et, agenouillée près de lui, elle l'enlaça. Les murmures autour d'elle laissèrent place à un déluge de protestations. Jace tourna la tête vers elle. La lumière argentée délavait ses yeux, désormais aussi blancs et vides que du lait. Ses lèvres remuèrent pour formuler son nom.

Puis la lumière s'éteignit, le silence revint, et ils s'immobilisèrent, agenouillés ensemble sur le sol du pavillon. Jace tremblait comme une feuille ; il ouvrit les mains et Clary constata qu'il avait lacéré ses paumes jusqu'au sang avec ses ongles. Sans lui lâcher le bras, elle leva les yeux vers les Frères Silencieux en s'efforçant de refouler sa colère. Elle savait que cela revenait à enrager contre un médecin obligé d'administrer un remède douloureux mais salutaire, cependant c'était difficile, si difficile, de se montrer raisonnable quand il s'agissait de l'être aimé !

Tu as omis de nous dire quelque chose, Clarissa Morgenstern, dit Frère Zachariah. *Vous protégez tous les deux un grand secret.*

Clary sentit son sang se glacer.

— Qu'est-ce que vous voulez dire ?

Ce garçon porte la marque de la mort. C'était un autre des Frères qui venait de parler : Énoch, si Clary se souvenait bien.

— Vous insinuez que je vais mourir ? demanda Jace sans la moindre trace d'étonnement dans la voix.

Ce que nous voulons dire, c'est que tu es déjà mort. Tu avais franchi la porte du royaume des ombres, ton âme s'était détachée de ton corps.

Clary et Jace échangèrent un regard.

— L'ange Raziel... commença-t-elle.

Oui, nous avons également identifié sa marque, poursuivit Énoch d'une voie dépourvue d'émotion. *Il n'existe que deux moyens de ressusciter les morts. D'abord, la nécromancie : le sortilège de magie noire, dit la méthode de la cloche, du livre et de la bougie, qui rend un semblant de vie. Mais seul un ange représentant la main droite de Dieu serait capable de restituer une âme à un corps aussi aisément que le jour où Il a insufflé la vie au premier des hommes.* (Le Frère secoua la tête.) *L'équilibre entre la vie et la mort, le bien et le mal, est très fragile, jeunes Chasseurs d'Ombres. Vous l'avez perturbé.*

— Mais Raziel est l'Ange, protesta Clary. Il peut faire ce qu'il veut. Vous le vénérez, pas vrai ? S'il a choisi de...

L'a-t-il choisi ? demanda l'un des Frères.

— Je...

Clary se tourna vers Jace et songea : « J'aurais pu demander n'importe quoi, la paix sur terre, un remède à toutes les maladies, l'éternité. Mais je ne voulais que toi. »

Nous connaissons les rituels des Instruments, dit Zachariah. *Nous savons que celui qui les possède tous peut obtenir une faveur de l'Ange. Je ne pense pas qu'il aurait pu te refuser quoi que ce soit.*

Clary releva le menton.

— Eh bien, c'est fait maintenant.

Jace réprima un ricanement.

— Ils peuvent encore me tuer pour rétablir l'équilibre, tu sais.

La main de Clary se cramponna à son bras.

— Ne sois pas ridicule, dit-elle d'une voix réduite à un murmure.

Elle se raidit encore davantage en s'apercevant que Frère Zachariah s'était détaché du groupe pour s'avancer vers eux en foulant sans bruit les Étoiles Diseuses. Il s'arrêta devant Jace, et Clary dut réprimer l'envie de le repousser alors qu'il se penchait pour prendre le menton du garçon entre ses longs doigts fins et lisses comme ceux d'un jeune homme. Clary, qui ne s'était jamais interrogée sur l'âge des Frères Silencieux, partant du principe qu'ils étaient tous vieux et décatis, s'en étonna.

Jace, qui était toujours agenouillé, leva les yeux vers Zachariah qui l'examinait d'un air impassible. Clary ne put s'empêcher de penser aux représentations médiévales des saints agenouillés, le visage baigné de lumière.

Si je t'avais vu grandir, dit-il d'une voix étonnamment douce, *j'aurais lu la vérité sur ton visage, Jace Ligthwood, et j'aurais su qui tu étais.*

Jace parut surpris mais ne bougea pas. Zachariah se tourna vers les autres.

Nous ne devons ni ne pouvons faire de mal à ce garçon. De vieilles alliances unissent les Herondale aux Frères. Nous sommes ses obligés.

— Pourquoi ? s'exclama Clary. Vous avez détecté quelque chose d'anormal dans sa tête ?

À la naissance d'un Chasseur d'Ombres, les Frères Silencieux et les Sœurs de Fer accomplissent un rituel et protègent l'enfant au moyen de sortilèges.

Clary avait appris au cours de ses études que les Sœurs de Fer étaient le pendant féminin des Frères Silencieux. Encore plus recluses que ces derniers, elles

326

étaient chargées de forger les armes des Chasseurs d'Ombres.

Frère Zachariah poursuivit : *En ressuscitant, Jace est né une seconde fois, mais il n'a pas bénéficié de ces rituels et de ces protections. Ainsi, son esprit, telle une porte non verrouillée, est perméable à n'importe quelle influence démoniaque.*

Clary lécha ses lèvres sèches.

— C'est de possession que vous parlez ?

Non, d'influence. Je soupçonne cette puissance démonia-que de te murmurer des choses à l'oreille, Jonathan Heron-dale. Comme tu es fort, tu luttes, mais ta volonté s'érode comme le sable sous l'action de la mer.

— Jace, dit-il entre ses dents. Jace Lightwood, pas Herondale.

Pragmatique, Clary demanda :

— Comment pouvez-vous être sûr qu'il s'agit d'un démon ? Et qu'est-ce qu'on peut faire pour qu'il le laisse tranquille ?

L'air pensif, Énoch répondit : *Le rituel et les sortilèges de protection doivent être renouvelés comme s'il venait de naître.*

— Vous pouvez le faire ?

Zachariah hocha la tête.

Oui. Il faudra s'acquitter des préparatifs, convoquer l'une des Sœurs de Fer, fabriquer une amulette... (Il fit une pause.) *Jonathan devra rester avec nous jusqu'à la fin du rituel. C'est l'endroit le plus sûr pour lui.*

Clary guetta une réaction – n'importe laquelle – de la part de Jace : espoir, joie, soulagement. Mais son visage demeura impassible.

— Pendant combien de temps ? s'enquit-il.

Zachariah ouvrit les bras.

Un jour, peut-être deux. Le rituel est destiné aux enfants ; nous devrons le modifier pour qu'il convienne à un adulte. S'il avait plus de dix-huit ans, ce serait impossible. Dans l'état actuel des choses, ce sera difficile. Mais il n'est pas condamné.

« Pas condamné ? » Ce n'était pas ce qu'espérait Clary. Elle s'attendait qu'on lui assure que le problème était simple, facile à résoudre. Elle lança un regard à Jace. Il avait la tête baissée et ses cheveux lui tombaient sur le visage ; sa nuque lui parut si vulnérable en cet instant que son cœur se serra.

— Tout ira bien, lui dit-elle à mi-voix. Je vais rester avec toi...

Non, dirent les Frères en chœur d'un ton inexorable. *Il doit rester seul ici. Au vu de ce qui l'attend, il ne peut pas se laisser distraire.*

Clary sentit Jace se raidir près d'elle. La dernière fois qu'il s'était trouvé seul dans la Cité Silencieuse, c'est parce qu'il avait été injustement emprisonné. Il était présent lorsque Valentin avait assassiné la majorité des Frères Silencieux dans des circonstances horribles. Clary n'osait imaginer ce que lui inspirait la perspective de passer une autre nuit seul dans la Cité.

— Jace, murmura-t-elle. Je ferai ce que tu me demandes. Si tu veux partir...

— Non, je vais rester, répondit-il d'un ton déterminé en relevant la tête. Je ferai ce qu'il faut pour arranger ça. Je veux juste que tu appelles Isa et Alec. Dis-leur... dis-leur que je reste chez Simon pour garder un œil sur lui. Dis-leur que je les verrai demain ou après-demain.

— Mais...

— Clary. (D'un geste tendre, il prit ses mains dans les siennes.) Tu avais raison. Ça ne vient pas de moi. Il y a quelqu'un qui m'en veut. Qui nous en veut. Tu sais ce que ça signifie ? Si on peut me... soigner, alors je n'aurai plus à avoir peur de moi quand je suis avec toi. Je pourrai passer des milliers de nuits dans la Cité Silencieuse rien que pour ça.

Sans se soucier de la présence des Frères Silencieux, Clary se pencha pour l'embrasser.

— Je reviendrai, chuchota-t-elle. Demain soir, après la fête, je reviendrai te voir.

L'espoir qu'elle lut dans ses yeux lui serra le cœur.

— Peut-être que je serai guéri d'ici là.

Elle effleura son visage.

— Peut-être, oui.

Simon s'éveilla encore épuisé après une longue nuit peuplée de cauchemars. Il roula sur le dos et fixa d'un œil morne la lumière qui entrait par l'unique fenêtre de sa chambre.

Il ne put s'empêcher de se demander s'il n'aurait pas mieux récupéré en dormant la journée, à l'instar des autres vampires. Malgré le fait que le soleil ne pouvait rien contre lui, la nuit l'appelait, et il ressentait le besoin de voir le ciel sombre constellé d'étoiles. Une part de lui-même aspirait à vivre dans les ténèbres et réclamait du sang. Or, il avait fini par comprendre qu'il ne servait à rien de lutter.

Il se leva d'un pas chancelant, enfila des vêtements

au hasard puis gagna le salon. Une odeur de toast et de café flottait dans l'air. Jordan était assis sur un des tabourets du comptoir, la tignasse ébouriffée comme à son habitude, et les épaules voûtées.

— Salut, lança Simon. Quoi de neuf ?

Jordan jeta un coup d'œil dans sa direction. Il était blême malgré son bronzage.

— On a un problème, dit-il.

Simon n'avait pas vu son colocataire depuis la veille. En rentrant de l'Institut, il s'était écroulé de fatigue. Jordan n'était pas là, il s'était donc figuré qu'il travaillait. Mais il s'était peut-être passé quelque chose.

— Qu'est-ce qui ne va pas ?

— On a glissé ça sous la porte.

Jordan poussa un journal plié dans sa direction. C'était le *New York Morning Chronicle,* ouvert sur la photographie macabre d'un corps étendu sur le trottoir, dont les membres frêles étaient tordus dans tous les sens. Comme cela arrive parfois, il avait perdu son aspect humain dans la mort. Simon était sur le point de demander à Jordan pourquoi il devait regarder ça quand le texte sous la photo attira son attention.

Une jeune fille trouvée morte
La police aurait des pistes concernant la mort d'une ado-lescente de quatorze ans, Maureen Brown, dont le cadavre a été découvert dans une benne à ordures dimanche soir, vers 23 heures, devant une supérette de la Troisième Avenue. Bien que les causes officielles de sa mort n'aient pas encore été communiquées, d'après Michael Garza, le gérant de la supé-rette qui a trouvé son corps, elle aurait eu la gorge tranchée. La police n'a pas encore retrouvé l'arme du crime...

Incapable de lire la suite, Simon se laissa choir lourdement dans le fauteuil. Maintenant qu'il savait, il ne pouvait que s'agir de Maureen sur la photo. Il avait reconnu ses mitaines multicolores et la casquette rose ridicule qu'elle portait la dernière fois qu'il l'avait vue. « Mon Dieu, voulait-il dire. Oh, mon Dieu ! » Mais les mots refusaient de sortir.

— Dans ce message, dit Jordan d'un ton lugubre, ils n'avaient pas menacé de trancher la gorge de ta copine si tu ne te rendais pas à cette adresse ?

— Non, murmura Simon. C'est impossible. Non.

Mais il se souvint.

« La copine de la petite-cousine d'Éric. Comment elle s'appelle, déjà ? Celle qui a le béguin pour Simon. Elle assiste à tous nos concerts et raconte à tout le monde qu'elle sort avec lui. »

Simon la revit brandissant son petit téléphone rose avec des stickers collés dessus pour prendre une photo d'eux deux. Il se remémora sa main sur son épaule, légère comme un papillon. Quatorze ans. Il se recroquevilla sur lui-même et noua ses bras autour de lui comme s'il cherchait à se faire assez petit pour disparaître complètement.

14

CAR QUELS RÊVES PEUVENT-ILS NOUS VENIR...

JACE se retourna dans le lit étroit. Il ignorait où dormaient les Frères Silencieux, et ils ne semblaient pas disposés à le révéler. Apparemment, le seul endroit où il pouvait s'étendre, c'était l'une des cellules situées sous la Cité, où ils gardaient leurs prisonniers en temps normal. Ils avaient laissé la porte ouverte pour qu'il ne se sente pas trop enfermé mais, même en déployant des trésors d'imagination, la pièce ne pouvait pas être qualifiée d'agréable.

L'atmosphère était moite et confinée ; il avait ôté son tee-shirt et s'était allongé par-dessus les couvertures, pourtant il avait encore trop chaud. Les murs étaient d'un gris terne ; quelqu'un avait gravé les initiales JG dans la pierre juste au-dessus du lit, et Jace se demanda ce qu'elles pouvaient bien signifier. Il n'y avait rien d'autre dans la pièce que le lit, un miroir craquelé qui renvoyait un reflet fragmenté de lui-même et un lavabo. Sans oublier les souvenirs sinistres que réveillait cet endroit.

Les Frères avaient fouillé son esprit toute la nuit, jusqu'à ce qu'il se sente lessivé. Comme ils étaient d'une nature très secrète, il ignorait s'ils progressaient. Ils n'avaient pas l'air satisfait mais, d'un autre côté, ils ne manifestaient jamais d'émotion.

Le véritable test, il le savait, c'était de dormir. De quoi rêverait-il ? « Dormir... rêver, peut-être[1]. » Il se retourna de nouveau et enfouit le visage dans ses bras. Il ne pourrait pas supporter de blesser Clary une fois de plus dans un rêve. Il risquait d'y perdre la raison, et cette idée l'effrayait bien plus que la mort. Mais dormir, c'était le seul moyen de savoir. Il ferma les yeux...

... Et s'endormit.

Il rêva qu'il était de retour dans la vallée d'Idris où il avait combattu Sébastien et failli trouver la mort. C'était l'automne, et non le plein été comme la dernière fois qu'il s'y était rendu. Les feuilles déployaient une explosion d'ors, de bruns, d'orange et de rouges. Il se tenait sur la berge du petit cours d'eau – un ruisseau, en réalité – qui coupait la vallée en deux. Au loin, quelqu'un s'avançait à sa rencontre, quelqu'un qu'il ne voyait pas encore distinctement, mais qui marchait d'un pas rapide et décidé.

Il était sûr qu'il s'agissait de Sébastien, et la silhouette dut se rapprocher encore pour qu'il comprenne qu'il ne pouvait pas s'agir de lui. Sébastien était plus grand que Jace, or cette personne, dont le visage était dissimulé dans la pénombre, mesurait deux têtes de moins que lui. Elle avait une corpulence

---

1. Shakespeare, *Hamlet*, acte III, scène 1. (*N.d.T.*)

frêle, avec des épaules qui portaient encore la marque de l'enfance et des poignets osseux qui émergeaient des manches trop courtes de sa chemise.

Max.

La vue de son petit frère lui fit l'effet d'un coup de poing, et il tomba à genoux dans l'herbe. Il ne se fit pas mal. Toutes ses sensations étaient émoussées, comme dans n'importe quel rêve. Max n'avait pas changé. Il était resté ce garçon aux genoux cagneux, à peine sorti de l'enfance et à l'orée de l'adolescence. Sauf qu'il ne grandirait jamais.

— Max, dit Jace. Max, je suis vraiment désolé.

Max s'immobilisa. Une petite brise s'était levée, écartant ses cheveux bruns de son visage. Derrière ses lunettes, ses yeux avaient une expression solennelle.

— Jace. Ce n'est pas pour moi que je suis là. Je ne suis pas venu te hanter ni te faire culpabiliser.

« Bien sûr que non, fit une voix dans la tête de Jace. Max t'a toujours aimé, il te respectait, il te trouvait formidable. »

— Les cauchemars que tu fais, poursuivit Max, ce sont des messages.

— Ces cauchemars sont l'œuvre d'un démon, Max. Les Frères Silencieux ont dit…

— Ils se trompent, répliqua vivement Max. Ils ne sont plus qu'une poignée, et leurs pouvoirs se sont affaiblis. Ces rêves sont censés te transmettre un message. Tu t'es mépris sur leur sens. Ils ne t'ordonnent pas de faire du mal à Clary. Ils t'avertissent que tu lui en fais déjà.

Jace secoua la tête.

— Je ne comprends pas.

— Les anges m'ont chargé de te parler parce que je te connais bien, dit Max de sa voix claire et juvénile. Je sais comment tu es avec les gens que tu aimes, ce n'est jamais volontairement que tu les blesses. Mais tu n'as pas détruit toute l'emprise que Valentin avait sur toi. Sa voix te parle encore à l'oreille et, malgré toi, tu l'entends. Ces rêves te montrent que tant que tu n'auras pas tué cette part de toi-même, tu ne pourras pas être avec Clary.

— Alors je la tuerai ! s'exclama Jace. Je ferai ce qu'il faut pour ça. Explique-moi comment.

Max lui adressa un grand sourire et lui tendit un objet. C'était un couteau au manche d'argent massif, la dague de Stephen Herondale, celle qui provenait du coffret. Jace la reconnut immédiatement.

— Prends ce couteau, dit Max, et retourne-le contre toi. La part de toi-même qui se trouve dans ce rêve avec moi doit mourir, et ensuite tu seras purifié.

Jace prit la dague. Max sourit.

— Bien. Nous sommes nombreux ici, de l'autre côté, à nous inquiéter pour toi. Ton père est là.

— Qui, Valentin ?

— Ton vrai père. Il m'a chargé de te dire que cette dague éliminera tout ce qu'il y a de corrompu en toi.

Max sourit d'un air angélique tandis que Jace dirigeait la lame de la dague vers lui. Au dernier moment, il hésita. Ce geste lui rappelait trop celui de Valentin quand il lui avait transpercé le cœur. Il se pencha sur son bras droit et pratiqua une longue incision du coude au poignet. Il ne ressentit aucune douleur. Puis il fit passer la dague dans sa main droite et lacéra son autre bras. Du sang rubis jaillit des coupures, plus rouge que dans la vraie vie, et se mit à goutter dans l'herbe.

Max poussa un faible soupir, se baissa pour tremper les doigts de sa main droite dans la petite rigole de sang et les montra à Jace. Il fit un pas dans sa direction, puis un autre. De près, Jace voyait nettement ses traits : sa peau lisse d'enfant, ses paupières diaphanes, ses yeux... Il ne se souvenait pas qu'ils fussent si sombres. Max posa la main sur le torse de Jace, juste au-dessus du cœur, et de ses doigts sanglants il se mit à tracer un symbole. Une rune, pour être plus précis. Elle n'évoquait rien de connu à Jace, avec ses angles bizarres et ses coins qui se chevauchaient.

Une fois qu'il eut terminé, Max recula, la tête penchée sur le côté tel un artiste examinant sa dernière œuvre. Soudain, une douleur fulgurante assaillit Jace. Il eut l'impression qu'un feu dévorait la peau de son torse. Max le regardait, le sourire aux lèvres, en pliant ses doigts ensanglantés.

— Ça te fait mal, Jace Lightwood ? demanda-t-il d'une voix qui n'avait plus rien de commun avec celle de Max, une voix rauque, aiguë et familière.

— Max... murmura Jace.

— Pour les souffrances que tu as causées, tu souffriras à ton tour, dit Max, dont le visage commençait à se transformer. Pour les malheurs dont tu es la cause, tu seras toi aussi malheureux. Tu es à moi maintenant, Jace Lightwood. À moi.

La douleur aveuglait Jace. Les mains plaquées sur sa poitrine, il perdit l'équilibre et tomba dans un puits de ténèbres.

Assis sur le canapé, Simon se tenait la tête dans les mains.

— C'est ma faute ! J'aurais mieux fait de tuer Maureen quand j'ai bu son sang. C'est à cause de moi si elle est morte.

Jordan se vautra dans le fauteuil en face de lui. Il portait un jean et deux tee-shirts superposés aux manches pleines de trous dans lesquels il avait glissé les pouces, et il tirait sur le tissu. La médaille dorée des Praetor Lupus étincelait à son cou.

— Allons, dit-il. Tu ne pouvais pas savoir. Elle allait bien quand je l'ai mise dans le taxi. C'est arrivé après.

Simon avait le tournis.

— Mais je l'ai mordue. Elle ne va pas revenir, hein ? Elle ne va pas se transformer en vampire ?

— Mais non, voyons, tu le sais aussi bien que moi. Il aurait fallu que tu lui donnes de ton sang pour qu'elle devienne un vampire. Si elle avait bu ton sang et qu'ensuite elle était morte alors, oui, OK, on aurait déjà filé au cimetière pour monter la garde. Mais il n'est rien arrivé de tel, tu t'en serais souvenu.

Simon avait un goût de sang aigre dans la bouche.

— Ils ont cru que c'était ma petite amie. Ils m'ont prévenu qu'ils la tueraient si je ne leur obéissais pas et, ne me voyant pas venir, ils lui ont tranché la gorge. Elle a dû espérer toute la journée que je viendrais...

Pris d'un haut-le-cœur, il se pencha en inspirant profondément pour éviter de vomir.

— D'accord, dit Jordan, mais la question qui nous occupe, c'est : qui sont-ils ? (Il jeta un regard sévère à Simon.) Je pense qu'il est peut-être temps pour toi d'appeler l'Institut. Je ne porte pas les Chasseurs d'Ombres dans mon cœur, néanmoins j'ai toujours entendu dire que leurs archives sont remarquablement exhaustives. Peut-être qu'ils ont quelque chose sur l'adresse mentionnée dans le message.

Simon hésita.

— Allez, reprit Jordan. Tu en as assez fait pour eux. C'est leur tour, maintenant.

Avec un haussement d'épaules, Simon alla chercher son téléphone. De retour dans le salon, il composa le numéro de Jace. Isabelle décrocha à la deuxième sonnerie.

— Encore toi ?

— Désolé, fit Simon, gêné.

Apparemment, leur petite discussion dans la sacristie n'avait pas radouci Isabelle autant qu'il l'avait espéré.

— Je cherchais Jace, mais je suppose que je peux t'en parler...

— Charmant, comme d'habitude, répliqua Isabelle. Je croyais qu'il était avec toi.

— Non, répondit Simon avec un malaise grandissant. Qui t'a dit ça ?

— Clary. Peut-être qu'ils avaient envie de s'offrir un peu de bon temps, tous les deux.

La voix d'Isabelle ne trahissait aucune inquiétude, à juste titre, sans doute. Clary aurait été la dernière personne susceptible de mentir sur les déplacements de Jace si celui-ci avait eu des problèmes.

— Bref, Jace a laissé son téléphone dans sa chambre, reprit Isabelle. Si tu le vois, rappelle-lui qu'il est censé venir à la fête de Luke et de Jocelyne ce soir. S'il ne vient pas, Clary va l'étrangler.

Simon avait failli oublier qu'il était lui aussi convié à cette fête.

— D'accord, dit-il. Écoute, Isabelle. J'ai un problème, là.

— Accouche. J'adore les problèmes.

— Je ne sais pas si celui-là va te plaire, lança-t-il d'un ton dubitatif avant de lui résumer la situation.

Elle poussa une exclamation horrifiée en apprenant qu'il avait mordu Maureen, et il sentit sa gorge se nouer.

— Simon... murmura-t-elle.

— Je sais, je sais, dit-il tristement. Tu crois que je ne regrette pas ? Regretter, le mot est faible.

— Si c'est toi qui l'as tuée, ça signifie que tu as enfreint la loi. Tu deviens donc un hors-la-loi et je suis obligée de t'éliminer.

— Mais ce n'est pas moi ! protesta-t-il d'une voix tremblante. Jordan jure qu'elle allait bien quand il l'a mise dans le taxi. Et le journal prétend qu'on lui a tranché la gorge. C'est moi qu'on cherchait à atteindre en l'assassinant. La seule question, c'est pourquoi.

— On n'en a pas fini avec ce problème, observa Isabelle d'un ton grave. Mais avant toute chose, va me chercher le message qu'on t'a laissé, et lis-le-moi.

Simon s'exécuta et entendit Isabelle pousser un hoquet de surprise.

— Je connais cette adresse, dit-elle. C'est là que Clary m'a donné rendez-vous hier. C'est une église au nord de Manhattan. Le quartier général d'une secte adoratrice de démons, apparemment.

— Qu'est-ce qu'une secte de ce genre peut bien me vouloir ? songea Simon tout haut, ce qui lui valut un regard intrigué de Jordan, qui n'entendait qu'une partie de la conversation.

— Je n'en sais rien. Tu es un vampire immunisé contre la lumière du soleil. Tu détiens des pouvoirs immenses. Tu deviens forcément une cible pour les dingues et les adeptes de magie noire. C'est comme ça.

Simon jugea qu'Isabelle aurait pu se montrer un peu plus compatissante.

— Écoute, tu vas à la fête ce soir, pas vrai ? reprit-elle. On en reparlera là-bas. Et j'avertirai ma mère de ce qui s'est passé. Ils ont déjà ouvert une enquête sur l'Église de Talto, ils pourront ajouter ça au dossier.

— À ce soir, alors, dit Simon, bien qu'il n'eût aucune envie de se rendre à une fête.

— Et emmène Jordan avec toi. Tu as besoin d'un garde du corps.

— Impossible, Maia sera là.

— Je lui parlerai, déclara Isabelle, avec beaucoup plus d'assurance que n'en aurait eu Simon à sa place. On se voit là-bas.

Après qu'elle eut raccroché, Simon se tourna vers Jordan qui s'était allongé sur le futon, la tête calée contre un des coussins tissés.

— Qu'est-ce que tu as entendu ?

— Assez pour comprendre que nous allons à une fête ce soir. J'en ai entendu parler. Je ne fais pas partie de la meute de Garroway, donc je n'ai pas été invité.

— Tu seras mon cavalier, dit Simon en rempochant son téléphone.

— J'ai suffisamment confiance en ma virilité pour accepter ton invitation, lâcha Jordan. Mais il va falloir te trouver quelque chose à te mettre, ajouta-t-il alors que Simon regagnait sa chambre. Je veux que tu te fasses beau pour moi.

À l'époque où Long Island City était encore un site industriel et non un quartier à la mode regorgeant de galeries d'art et de cafés, l'Aciérie était une usine de textiles. Depuis, l'intérieur de cet énorme bâtiment de brique avait été réhabilité. Le sol se composait de plaques superposées d'acier brossé ; le plafond était soutenu par d'étroites poutres en métal sur lesquelles s'enroulaient des guirlandes de minuscules loupiotes blanches. Un escalier en fer forgé menait à des coursives ornées de plantes grimpantes. Une immense verrière ouvrait sur le ciel nocturne. L'édifice était même doté d'une terrasse dominant l'East River, laquelle offrait une vue spectaculaire du pont tout illuminé de Queensboro, qui s'étendait du Queens jusqu'à Manhattan.

La meute de Luke s'était surpassée en matière de décoration, disposant avec art de gros vases en étain contenant des brassées de fleurs ivoire aux longues tiges, et des tables recouvertes de lin blanc installées en cercle autour d'une estrade sur laquelle un quatuor de violonistes lycanthropes jouait des airs de musique classique. Clary ne pouvait s'empêcher de regretter l'absence de Simon ; à n'en pas douter, il aurait trouvé que Werewolf String Quartet était un joli nom pour un groupe.

Errant de table en table, elle réarrangeait des choses qui n'en avaient nullement besoin, tripotait les fleurs et redressait des couverts parfaitement alignés. Jusqu'à présent, seule une poignée d'invités étaient arrivés, et elle ne connaissait aucun d'eux. Près de la porte, le sourire aux lèvres, Jocelyne et Luke accueillaient leurs hôtes. Luke semblait mal à l'aise dans son costume, et Jocelyne rayonnante dans sa robe bleue ajustée. Après les événements des derniers jours, Clary était soulagée de voir sa mère heureuse, même si elle se demandait quelle était la part de naturel et de comédie. Il y avait une certaine raideur dans l'attitude de Jocelyne qui l'inquiétait : était-elle vraiment heureuse ou souriait-elle malgré sa peine ?

Non que Clary ignorât ce qu'elle ressentait. Quoi qu'il puisse se passer autour d'elle, Jace ne quittait pas ses pensées. Que lui faisaient les Frères Silencieux ? Allait-il bien ? Seraient-ils capables d'éloigner l'influence démoniaque ? La veille, elle n'avait pu dormir. Les yeux grands ouverts dans l'obscurité de sa chambre, elle s'était inquiétée jusqu'à s'en rendre malade.

Plus que tout au monde, elle aurait voulu qu'il soit là. Elle avait choisi sa robe – d'un or pâle et plus moulante que ce qu'elle portait d'habitude – dans l'espoir qu'il l'aimerait. Or, il n'était pas là pour la voir. C'était un détail sans importance, elle s'en rendait compte ; elle aurait volontiers porté un sac à patates pour le restant de ses jours si cela avait pu aider Jace à aller mieux. En outre, il lui répétait constamment qu'elle était belle, et ne se plaignait jamais du fait qu'elle ne portait quasiment que des jeans et des baskets, mais elle s'était figuré que cette robe lui plairait.

Un peu plus tôt dans la soirée, debout devant le miroir, elle s'était presque trouvée jolie. Sa mère lui avait toujours dit qu'elle s'était révélée sur le tard, et en observant son reflet dans la glace, Clary avait songé qu'elle était peut-être comme elle. Elle n'était plus plate comme une limande – elle avait pris une taille de soutien-gorge dans l'année – et en plissant les yeux elle pouvait presque apercevoir... Oui, c'étaient bien des hanches. Elle avait désormais des formes, discrètes certes, mais il fallait bien commencer quelque part.

Portant la main à sa gorge, elle toucha l'anneau des Morgenstern. Pour la première fois depuis des jours, elle avait eu envie de le porter. Par ce geste, elle avait l'impression de renouveler sa confiance envers Jace, de lui prouver sa loyauté même s'il n'était pas là pour le voir. Elle était résolue à porter l'anneau jusqu'à leurs retrouvailles.

— Clarissa Morgenstern ? fit une voix douce dans son dos.

Clary se retourna, surprise. Cette voix ne lui évoquait rien. Une grande fille mince âgée d'une vingtaine d'années se tenait devant elle. Un réseau de veines vertes se détachait sur sa peau laiteuse et ses cheveux blonds avaient eux aussi des reflets verdâtres. Ses yeux, bleus jusqu'au blanc de l'œil, ressemblaient à des billes, et elle portait une minuscule robe de la même couleur, si fine que Clary la soupçonna d'être frigorifiée. Un souvenir remonta lentement à la surface de son esprit.

— Kaelie, dit-elle en reconnaissant la serveuse de Taki's.

Elle se souvint aussi que Kaelie et Jace avaient eu une aventure, mais ce fait lui semblait si dérisoire au regard de tout le reste qu'elle le chassa aussitôt de son esprit.

— Je ne savais pas... Tu connais Luke ? s'enquit-elle.

— Ne te méprends pas, je ne suis pas invitée, répondit Kaelie en balayant la question de Clary d'un revers de main. Ce n'est pas pour assister à vos réjouissances que ma reine m'envoie, mais pour te parler. (Elle jeta un coup d'œil derrière elle, les yeux brillant de curiosité.) J'ignorais que ta mère épousait un loup-garou.

Clary leva les sourcils.

— Et alors ?

Kaelie l'examina de la tête aux pieds avec une expression amusée.

— Ma reine m'avait prévenue que tu n'étais pas commode malgré ta petite taille. À la Cour, on se moquerait de ton gabarit.

— On n'est pas à la Cour, lâcha Clary. Et on n'est pas chez Taki's non plus. C'est toi qui es venue me trouver, donc tu as cinq secondes pour m'expliquer ce que me veut la reine. Je ne l'aime pas beaucoup, et je ne suis pas d'humeur à supporter ses petits jeux.

De son ongle vert, Kaelie désigna la gorge de Clary.

— Ma reine veut savoir pourquoi tu arbores l'anneau des Morgenstern. C'est en mémoire de ton père ?

Clary porta vivement la main à son cou.

— C'est pour Jace. C'est lui qui me l'a donné,

répondit-elle de but en blanc avant de se maudire intérieurement : il ne fallait jamais parler plus que nécessaire en présence de la reine de la Cour des Lumières ou de l'un de ses sujets.

— Mais ce n'est pas un Morgenstern, objecta Kaelie. C'est un Herondale, et cette famille possède son propre emblème, le héron. Rien à voir, donc, avec l'étoile du matin. Tu ne trouves pas que ça lui va mieux, de s'élever tel un oiseau plutôt que déchoir comme Lucifer ?

— Kaelie, dit Clary entre ses dents. Que me veut la reine de la Cour des Lumières ?

La jeune fée éclata de rire.

— Tout doux ! Elle souhaite seulement te donner ça.

À ces mots, elle tendit à Clary une minuscule clochette en argent surmontée d'une boucle servant à la suspendre à une chaîne. Comme Kaelie avançait la main vers Clary, la clochette tinta, aussi doucement que le murmure de la pluie.

Clary recula.

— Je ne veux pas des cadeaux de ta reine, car elle attend toujours quelque chose en retour. Je ne veux rien lui devoir.

— Ce n'est pas un cadeau, répliqua Kaelie avec impatience. C'est un signal. La reine te pardonne l'entêtement dont tu as fait preuve par le passé. Elle prédit que tu auras bientôt besoin de son aide, et tient à t'offrir ceci au cas où tu te déciderais à la solliciter. Il te suffira de faire tinter cette clochette pour faire venir un serviteur de la Cour qui t'emmènera auprès d'elle.

Clary secoua la tête.

— Je ne m'en servirai pas.

Kaelie haussa les épaules.

— Ça ne te coûte rien de la prendre.

Comme dans un rêve, Clary vit sa main se tendre vers la clochette.

— Tu ferais n'importe quoi pour le sauver, pas vrai ? reprit Kaelie d'une voix aussi douce et cristalline que le tintement de la clochette. Quoi qu'il t'en coûte, quoi que tu puisses devoir aux cieux ou à l'enfer.

Des voix résonnèrent dans la tête de Clary. « T'es-tu jamais demandé quels mensonges a pu glisser ta mère dans ce qu'elle t'a raconté pour servir son but ? Penses-tu réellement connaître tous les secrets de ton passé ? »

« Mme Dorothea a dit à Jace qu'il tomberait amoureux de la mauvaise personne. »

« Il n'est pas condamné, mais ce sera difficile. »

La clochette tinta quand Clary referma ses doigts dessus. Kaelie sourit, et ses yeux bleus brillèrent ; on aurait dit des perles de verre.

— Sage décision.

Clary hésita. Mais avant qu'elle ait pu rendre la clochette à la messagère, elle entendit quelqu'un l'appeler et, jetant un regard dans son dos, elle vit sa mère s'avancer dans sa direction. Quand elle se retourna, elle constata sans surprise que Kaelie avait déjà disparu dans la foule comme une brume chassée par le lever du soleil.

— Clary, dit Jocelyne en la rejoignant, je te cherchais

des yeux et Luke t'a vue, seule dans ton coin. Tout va bien ?

« Seule dans ton coin ? » Clary se demanda à quel genre de charme avait eu recours Kaelie ; normalement, Jocelyne était capable de les percer à jour.

— Oui, maman.

— Où est Simon ? Je pensais qu'il viendrait.

Évidemment, c'était l'absence de Simon qu'elle avait remarquée, et non celle de Jace, alors qu'il était censé être là et qu'à titre de petit ami il aurait probablement dû arriver tôt.

— Maman, fit Clary après un silence, est-ce qu'un jour tu pourras aimer Jace ?

Le regard de Jocelyne s'adoucit.

— J'ai vu qu'il n'était pas là, Clary. Je n'étais pas sûre que tu veuilles en parler, voilà tout.

— Ce que je voulais dire, poursuivit obstinément Clary, c'est : qu'est-ce qu'il doit faire pour être aimé de toi ?

— Te rendre heureuse, répondit Jocelyne.

Elle caressa le visage de Clary ; serrant les poings, celle-ci sentit la clochette s'enfoncer dans sa paume.

— Il me rend heureuse mais il ne peut pas tout contrôler, maman. Il se passe des choses...

Elle chercha ses mots. Comment expliquer à sa mère, sans lui révéler quoi que ce soit, que ce n'était pas Jace qui la rendait malheureuse mais les épreuves qu'il traversait ?

— Tu l'aimes tellement, dit Jocelyne avec douceur. Ça m'effraie. J'ai toujours eu à cœur de te protéger.

— On peut dire que tu as réussi !

Clary se calma sur-le-champ. Le moment était mal

choisi pour couvrir sa mère de reproches ou se disputer avec elle. Luke les observait de loin, d'un regard débordant d'amour et d'inquiétude.

— Si seulement tu le connaissais ! s'exclama Clary avec tristesse. Mais je suppose que toutes les filles disent la même chose de leur copain.

— Tu as raison, admit Jocelyne, à sa stupéfaction. Je ne le connais pas vraiment. Quand je le regarde, il me rappelle un peu sa mère. J'ignore pourquoi car il ne lui ressemble pas, si ce n'est qu'elle était belle, elle aussi, et qu'il émanait d'elle la même vulnérabilité...

— Vulnérabilité ? répéta Clary, interloquée.

Elle s'était toujours figuré qu'elle était la seule à trouver Jace vulnérable.

— Oh que oui, fit Jocelyne. Je voulais la haïr d'avoir volé Stephen à Amatis, mais on ne pouvait pas s'empêcher de vouloir protéger Céline. C'est un peu ça avec Jace. (Elle semblait perdue dans ses pensées.) Ou serait-ce seulement parce que le monde abîme si facilement les belles choses ? (Elle baissa la main.) Aucune importance. Je lutte avec mes souvenirs, mais ils n'appartiennent qu'à moi. Jace ne doit pas en porter le poids. Laisse-moi te dire une chose, cependant. S'il ne t'aimait pas comme il t'aime, et c'est écrit sur sa figure chaque fois qu'il te regarde, je ne supporterais pas sa présence, ne serait-ce qu'un instant. Garde ça en tête quand tu te mets en colère contre moi.

Comme Clary allait protester, elle la fit taire d'un sourire et d'une tape sur la joue, puis rejoignit Luke après avoir encouragé d'un geste sa fille à se mêler à la foule. Clary hocha la tête et regarda sa mère s'éloigner tandis que la clochette qu'elle serrait toujours dans sa main lui brûlait la paume comme le bout incandescent d'une allumette.

Aux alentours de l'Aciérie, on ne trouvait quasiment que des entrepôts et des galeries d'art, soit le genre de voisinage qui disparaissait une fois la nuit tombée. Jordan et Simon n'eurent donc aucun mal à trouver une place de parking. Sautant au bas de la camionnette, Simon s'aperçut que Jordan était déjà sur le trottoir et qu'il le jaugeait du regard.

Simon n'avait pas emporté un seul vêtement convenable en partant de chez lui – il n'avait rien de mieux à se mettre qu'un blouson d'aviateur ayant appartenu à son père –, aussi Jordan et lui avaient passé l'après-midi à écumer les boutiques de l'East Village pour lui dénicher une tenue décente. Ils avaient fini par trouver un costume italien d'une ancienne collection dans un dépôt-vente qui proposait, pour l'essentiel, des platform-boots à paillettes et des écharpes Pucci des années soixante. Simon soupçonna Magnus de s'habiller dans ce magasin.

— Quoi ? fit-il en tirant nerveusement sur les manches de sa veste.

Elle était un peu trop petite pour lui mais Jordan était d'avis que personne ne s'en apercevrait tant que Simon éviterait de la boutonner.

— J'ai l'air si ridicule que ça ?

Jordan haussa les épaules.

— Tu ne risques pas de faire des jaloux. Je me demandais juste si tu étais armé. Tu veux quelque chose ? Une dague, peut-être ?

Il entrouvrit sa veste et Simon vit un objet métallique étinceler sur la doublure.

— Pas étonnant que vous vous entendiez si bien, Jace et toi. Vous êtes des arsenaux ambulants.

Simon secoua la tête d'un air las et se dirigea vers l'entrée de l'Aciérie, qui se trouvait de l'autre côté de la rue. Elle était surmontée d'un vaste auvent doré obscurcissant un rectangle de trottoir, lequel avait été recouvert d'un tapis rouge sombre avec l'emblème d'un loup imprimé sur le tissu. Simon ne put s'empêcher de sourire.

Soudain, il aperçut Isabelle, adossée contre l'un des poteaux qui soutenaient la toile. Elle avait relevé ses cheveux et portait une longue robe rouge fendue jusqu'en haut de la cuisse. Des bracelets en or s'enroulaient autour de son bras droit. Du moins, cela ressemblait à des bracelets, mais Simon savait qu'en réalité il s'agissait de son fouet en électrum. Elle était couverte de Marques. Elles s'entrelaçaient sur la peau de ses bras, remontaient le long de sa cuisse, encerclaient son cou et s'épanouissaient sur sa poitrine en grande partie découverte par le décolleté plongeant de sa robe. Simon s'efforça de regarder ailleurs.

— Salut, Isabelle.

Jordan avait lui aussi toutes les peines du monde à ne pas la regarder avec des yeux de merlan frit.

— Euh... Salut. Je m'appelle Jordan, bredouilla-t-il.

— On s'est déjà croisés, répondit froidement Isabelle en ignorant la main qu'il lui tendait. Maia était en train d'essayer de t'arracher les yeux. À juste titre, d'ailleurs.

L'inquiétude se peignit sur les traits de Jordan.

— Elle est ici ? Elle va bien ?

— Oui, elle est ici. Pour le reste, ça ne te regarde pas...

— Je me sens responsable d'elle.

— Ah, et où se loge ce sentiment ? Dans ton slip, peut-être ?

Jordan parut indigné. Isabelle agita sa main délicate d'un geste désinvolte.

— Écoute, quels que soient tes torts, le passé c'est le passé. Je sais que tu fais partie des Praetor Lupus, maintenant, et j'ai fait un topo à Maia. Elle est d'accord pour tolérer ta présence et t'ignorer. Mais n'en demande pas plus. Ne va pas l'enquiquiner, n'essaie pas de lui parler, ne la regarde même pas ou je te transforme en origami.

Simon ricana.

— C'est ça, rigole, toi, poursuivit Isabelle en le montrant du doigt. Elle ne veut pas te parler non plus. Alors malgré le fait qu'elle soit mignonne à croquer ce soir – et si j'aimais les filles, je craquerais complètement pour elle –, vous n'avez pas le droit de vous approcher d'elle. Pigé ?

Tous deux hochèrent la tête en contemplant leurs chaussures comme des gamins collés par la maîtresse d'école.

Isabelle se détacha du poteau.

— Très bien. Vous pouvez y aller.

15

BEATI BELLICOSI

L'INTÉRIEUR DE L'ACIÉRIE était éclairé par des dizaines de spots multicolores. Quelques invités s'étaient déjà assis, mais la plupart allaient et venaient, une coupe de champagne à la main. Des serveurs évoluaient parmi eux en distribuant des boissons. Simon remarqua qu'il s'agissait, là encore, de loups-garous : apparemment, la meute de Luke avait pris en charge toute la soirée. Simon refusa la flûte qu'on lui tendait. Depuis sa mauvaise expérience à la fête de Magnus, il répugnait à boire d'autres breuvages que ceux qu'il se préparait lui-même et, par ailleurs, il ne savait jamais quels liquides, hormis le sang, il était capable de digérer.

Debout près d'un pilier en brique, Maia riait et bavardait avec deux autres lycanthropes. Son fourreau chatoyant en satin orange mettait en valeur sa peau sombre, et ses cheveux, une masse indomptable de boucles brunes aux reflets dorés, formaient un halo autour de son visage. En voyant Simon et Jordan, elle se détourna ostensiblement, révélant le dos en V de

352

sa robe qui dénudait beaucoup de peau, y compris le papillon tatoué sur ses reins.

— Je ne crois pas qu'elle avait ce tatouage à l'époque où on s'est connus, marmonna Jordan.

Simon le regarda du coin de l'œil. Il louchait sur son ex-petite amie avec un air de concupiscence qui pouvait bien lui valoir un coup de poing dans la figure de la part d'Isabelle s'il n'y prêtait pas attention.

— Viens, dit Simon en le poussant devant lui. On va chercher nos sièges.

Isabelle, qui s'était retournée pour les surveiller, leur adressa un sourire de chat.

— Bonne idée.

Ils se faufilèrent parmi la foule jusqu'à l'endroit où on avait dressé les tables et s'aperçurent que la leur était en partie occupée. Clary était assise sur l'une des chaises, les yeux baissés sur sa flûte remplie de soda. Près d'elle se trouvaient Alec et Magnus, tous deux vêtus du costume sombre qu'ils portaient en rentrant de Vienne. Magnus jouait avec les franges de sa longue écharpe blanche tandis qu'Alec, les bras croisés, fixait le vide avec une expression féroce.

En voyant Simon et Jordan, Clary se leva d'un bond, l'air manifestement soulagé. Elle contourna la table pour accueillir Simon, et il constata qu'elle avait choisi une robe en soie dorée toute simple et des sandales plates. Sans talons pour lui donner de la hauteur, elle paraissait minuscule. L'anneau des Morgenstern brillait à son cou. Elle se hissa sur la pointe des pieds pour étreindre Simon et marmonna :

— Je crois qu'Alec et Magnus se sont disputés.

— On dirait, oui, répondit-il entre ses dents. Où est ton amoureux ?

À ces mots, Clary détacha les bras de son cou.

— Il a été retenu à l'Institut. (Elle se détourna.) Salut, Kyle.

Celui-ci esquissa un sourire gêné.

— C'est Jordan, en fait.

— C'est ce que j'ai entendu dire. (Clary désigna les sièges d'un geste.) Bon, on devrait peut-être s'asseoir. Je crois qu'ils ne devraient pas tarder à porter un toast. Ensuite, avec un peu de chance, on pourra se mettre à table.

Tout le monde s'assit. Un silence pesant s'installa.

— Alors, Jordan, fit Magnus en promenant un long doigt ganté de blanc sur le bord de sa flûte, il paraît que tu es chez les Praetor Lupus. Je vois que tu portes leur médaillon. Qu'est-ce qu'il y a d'écrit dessus ?

Jordan acquiesça. Il était rouge, ses yeux pétillaient et, visiblement, il avait toutes les peines du monde à se concentrer sur la conversation. Il suivait Maia du regard à travers toute la salle en froissant et défroissant le bord de la nappe entre ses doigts sans même en avoir conscience.

— *Beati Bellicosi*. « Bénis soient les guerriers. »

— C'est une bonne organisation, observa Magnus. J'ai bien connu son fondateur dans les années 1800. Woolsey Scott. Il était issu d'une vieille famille de lycanthropes très respectable.

Alec émit un grognement exaspéré.

— Lui aussi, tu as couché avec ?

Magnus ouvrit de grands yeux.

— Alexander !

— Quoi ? Je ne sais rien de ton passé, répliqua Alec. Tu refuses de m'en parler. Tu préfères me répéter que ça n'a pas d'importance.

Le visage de Magnus ne trahissait pas la moindre émotion, mais une ombre de colère perça dans sa voix.

— Qu'est-ce que ça signifie ? Que chaque fois que je vais mentionner quelqu'un que je connais, tu vas me demander si j'ai eu une aventure avec lui ?

Malgré l'air obstiné d'Alec, Simon ne put s'empêcher d'éprouver un élan de sympathie pour lui. De la tristesse se lisait dans ses yeux bleus.

— Peut-être.

— J'ai rencontré Napoléon une fois, mais il ne s'est rien passé. Je l'ai trouvé étonnamment prude pour un Français.

— Tu as rencontré Napoléon ?

Jordan qui, selon toute apparence, n'avait pas compris l'enjeu de la conversation, semblait impressionné.

— Alors c'est vrai ce qu'on raconte sur les sorciers ? dit-il.

Alec lui jeta un regard excédé.

— Qu'est-ce qui est vrai ?

— Alexander, dit Magnus d'un ton glacial.

Clary croisa le regard de Simon de l'autre côté de la table et ouvrit de grands yeux qui semblaient dire : « Oh oh. »

— Tu comptes te montrer grossier avec tous ceux qui m'adressent la parole ?

— Et pourquoi pas ? gronda Alec. Je te gêne, c'est ça ? Tu comptais flirter avec lui, peut-être. Il est plutôt pas mal, mais il faut aimer le genre hirsute et baraqué avec des traits accusés.

— Hé ho, fit Jordan calmement.

Magnus se prit la tête à deux mains.

— Mais il y a aussi plein de jolies filles ici, vu qu'apparemment tu aimes les deux. Qu'est-ce que tu n'aimes pas, d'ailleurs ? On se le demande !

— Les sirènes, répliqua Magnus en gardant la même position. Je trouve qu'elles sentent le poisson.

— Ce n'est pas drôle, s'écria Alec avec colère.

Il se leva de table en donnant un coup de pied dans sa chaise et rejoignit la foule au pas de charge.

Magnus avait toujours la tête dans les mains ; ses épis noirs émergeaient entre ses doigts.

— Je ne vois pas pourquoi le passé devrait avoir de l'importance, dit-il sans s'adresser à quelqu'un en particulier.

À la surprise de Simon, Jordan prit la parole.

— Le passé, c'est très important. C'est ce qu'on nous apprend dès notre arrivée chez les Praetor. Il ne faut pas oublier nos actions passées, sans quoi on n'apprend jamais rien d'elles.

Magnus releva la tête et ses yeux verts pailletés d'or étincelèrent.

— Quel âge as-tu ? Seize ans ?

— Dix-huit, répondit Jordan, l'air un peu intimidé.

Soit l'âge d'Alec, songea Simon en souriant intérieurement. La dispute d'Alec et de Magnus ne le faisait pas particulièrement rire, mais il ne pouvait s'empêcher d'éprouver une joie mauvaise devant l'expression de Jordan, qui devait peser deux fois plus lourd que Magnus : malgré sa haute taille, ce dernier était très mince, voire maigre, et pourtant Jordan avait manifestement peur de lui. Simon se retourna pour lancer un regard à Clary, mais elle avait les yeux fixés sur la porte, et son visage était devenu livide. Jetant sa serviette sur la table, elle murmura quelques mots d'excuse, se leva d'un bond et s'éloigna en hâte.

Magnus leva les bras au ciel.

— Eh bien, si c'est un exode en masse...

Après s'être levé à son tour d'un mouvement gracieux, il rajusta son écharpe et disparut dans la foule, sans doute pour retrouver Alec.

Simon jeta un coup d'œil à Jordan : il avait de nouveau les yeux rivés sur Maia, qui leur tournait le dos. Elle était en grande conversation avec Luke et Jocelyne, et riait en rejetant ses boucles en arrière.

— N'y pense même pas, dit Simon en se levant. Tu restes ici.

— Et je fais quoi ? s'indigna Jordan.

— Ce que ferait n'importe quel Praetor Lupus dans cette situation. Tu médites. Tu recentres tes pouvoirs de Jedi. Je reviens dans cinq minutes, et tu as intérêt à être encore là.

Jordan s'adossa à sa chaise, les bras croisés, l'air visiblement offusqué, mais Simon avait cessé de prêter attention à lui. Il suivit Clary qui se détachait sur la foule telle une petite tache de lumière dorée couronnée d'une chevelure incendiaire.

Il la rattrapa près d'une des colonnes recouvertes de guirlandes. Comme il posait la main sur son épaule, elle se retourna avec une exclamation de surprise, la main levée comme pour le repousser. Elle se détendit en le reconnaissant.

— Tu m'as fait peur !

— On dirait, oui. Qu'est-ce qu'il y a ? Tu sembles paniquée.

— Je...

Elle haussa les épaules. Malgré ses airs désinvoltes, son cœur battait à toute vitesse.

— J'ai cru voir Jace.

— J'avais deviné. Mais...

— Mais quoi ?

— Tu parais vraiment bouleversée.

Il ne savait pas trop pourquoi il avait exprimé sa pensée, ni quelle réponse il espérait. Elle se mordit la lèvre, comme chaque fois qu'elle était nerveuse. Pendant un bref instant, son regard prit une expression lointaine. Ce regard-là, Simon ne le connaissait que trop. Un des traits de Clary qu'il avait toujours chéri, c'était sa faculté à se réfugier dans son imaginaire et à s'enfermer dans son univers peuplé de sortilèges, de princes, de grandes destinées et de magie. Avant, il était lui aussi capable de s'immerger dans ces mondes fantasmagoriques d'autant plus excitants qu'ils étaient sans aucun danger... parce que fictionnels. Maintenant que la réalité et l'imaginaire étaient entrés en collision, il se demandait si, comme lui, Clary regrettait le passé, la normalité. Mais il en allait peut-être de la normalité comme de la vue ou du silence : il fallait la perdre pour comprendre qu'elle était précieuse.

— Il est dans une mauvaise passe, murmura-t-elle. J'ai peur pour lui.

— Je sais, dit Simon. Écoute, je ne veux pas paraître

indiscret mais... il a découvert ce qui n'allait pas chez lui ?

— Il... (Elle s'interrompit.) Il va bien. Il a du mal à régler certains détails de son passé avec Valentin, c'est tout. Tu vois ?

Simon voyait parfaitement. Il voyait aussi que Clary lui mentait, elle qui ne lui avait jamais rien caché. Il la dévisagea d'un air sévère.

— Il fait des cauchemars, dit-elle enfin. Il a peur qu'un démon se cache derrière tout ça.

— Un démon ? répéta Simon, incrédule.

Il savait que Jace faisait des mauvais rêves, ce dernier le lui avait dit, mais il n'avait jamais été question de démons.

— Eh bien, apparemment, il existe une catégorie de démons qui peuvent t'atteindre par l'intermédiaire de tes rêves, expliqua Clary à contrecœur. Mais je suis sûre que ce n'est rien. Tout le monde fait des cauchemars de temps en temps, pas vrai ? (Elle posa la main sur le bras de Simon.) Je vais aller voir comment il va. Je reviens.

Son regard s'était déjà tourné vers la porte menant à la terrasse ; il hocha la tête et la regarda disparaître dans la foule.

Elle semblait si petite ! Il la revoyait à l'école primaire, lorsqu'il la ramenait jusque devant chez elle et la regardait monter les marches du perron, minuscule et déterminée, sa boîte à sandwichs tapant contre son genou à chacun de ses pas. Il sentit son cœur – ce cœur qui ne battait plus – se serrer et il se demanda s'il existait en ce monde un sentiment plus douloureux que celui de ne pas pouvoir protéger ceux qu'on aime.

— Tu en fais, une tête, fit une voix rauque et familière derrière lui. C'est le fait de savoir que tu es un horrible individu ?

Simon se retourna et vit Maia appuyée au pilier derrière lui. Elle avait une guirlande de loupiotes autour du cou, et le visage rosi par le champagne et la chaleur qui régnait dans la salle.

— Ou, devrais-je dire, poursuivit-elle, un horrible vampire.

— Tu peux aussi ajouter que j'étais un horrible petit ami, déclara Simon.

Elle eut un sourire en coin.

— Bat trouve que je suis trop dure avec toi. Il prétend que les garçons se comportent toujours comme des crétins dès qu'il y a une fille dans les parages. Surtout ceux qui n'ont jamais eu beaucoup de chance avec elles.

— À croire qu'il lit en moi comme dans un livre ouvert.

Maia secoua la tête.

— C'est dur de rester fâchée contre toi. Mais j'y travaille.

À ces mots, elle se détourna pour partir.

— Maia, fit Simon. S'il te plaît, attends.

Il commençait à avoir la migraine et le tournis. Cependant, s'il ne lui parlait pas dès maintenant, il ne le ferait probablement jamais. Elle se retourna et le dévisagea d'un air interrogateur.

— Je suis désolé pour ce que j'ai fait. Je sais que je te l'ai déjà dit, mais c'est sincère.

Elle haussa les épaules, l'air impassible.

— Bat a peut-être raison, poursuivit-il, mais je crois que c'est un peu plus compliqué que ça. Je voulais être avec toi, et ça va paraître très égoïste, parce que avec toi j'avais l'impression d'être quelqu'un de normal. Je retrouvais celui que j'étais avant.

— Je suis un loup-garou, Simon. Ce n'est pas ce qu'il y a de plus normal.

— Mais... tu l'es, protesta-t-il en butant un peu sur les mots. Tu es authentique, franche... probablement l'une des personnes les plus sincères que j'aie rencontrées. Tu voulais jouer aux jeux vidéo, parler de BD, aller danser ou assister à des concerts, bref, mener la vie de tout le monde. Tu me traitais comme une personne normale. Tu ne m'as jamais appelé « vampire », pour toi j'étais toujours Simon.

— C'est ce que font les amis.

Maia restait adossée à son pilier, et son regard s'était radouci.

— Mais pas les couples, ajouta-t-elle.

Simon la dévisagea sans rien dire. Sa migraine redoublait.

— Et voilà que tu débarques avec Jordan, lâcha Maia. Qu'est-ce qui t'est passé par la tête ?

— Ce n'est pas juste, protesta Simon. J'ignorais que c'était ton ex...

— Je sais. Isabelle m'a tout expliqué. J'avais quand même envie de te fracasser.

— Ah oui ? fit Simon en jetant un coup d'œil à Jordan qui était assis seul à la table ronde drapée de lin, tel le lycéen dont la cavalière ne s'est pas montrée au bal de fin d'année.

Simon se sentit soudain très fatigué. Il était las de s'inquiéter pour tout le monde et de se sentir coupable.

— Est-ce qu'Isa t'a raconté que Jordan s'est arrangé pour être affecté à ma surveillance dans le seul but d'être près de toi ? Tu devrais voir comme il demande de tes nouvelles. Sa façon de prononcer ton nom. Et de me rentrer dans le tas quand il croyait que je te trompais...

— Tu ne m'as pas trompée. On ne s'était rien promis. Tromper, c'est différent...

Simon sourit et Maia s'interrompit en rougissant.

— J'imagine que je devrais me réjouir, dit-il. Tu le détestes tant que tu prends mon parti contre lui...

— C'était il y a des années. Il n'a jamais essayé de me recontacter. Pas une seule fois.

— Si, il a essayé. Tu savais que, la nuit où il t'a mordue, il venait de se transformer pour la première fois ?

Elle secoua la tête en agitant ses boucles et ses grands yeux couleur ambre prirent une expression sérieuse.

— Non. Je pensais qu'il savait...

— Qu'il était un loup-garou ? Non. Il savait qu'il perdait le contrôle, d'une certaine manière, mais comment aurait-il pu deviner ? Le lendemain, il est parti à ta recherche, mais les Praetor l'ont dissuadé de t'approcher. Ils l'ont tenu à l'écart de toi. Même par la suite, il n'a jamais cessé de te chercher. Au cours de ces deux dernières années, je ne crois pas qu'il se soit écoulé un jour sans qu'il se demande où tu étais...

— Pourquoi tu le défends ? murmura-t-elle.

— Parce que tu dois savoir. Je suis un petit ami horrible, et j'ai une dette envers toi. Tu dois savoir qu'il n'avait pas l'intention de t'abandonner. S'il a choisi cette mission, c'est seulement parce que ton nom était mentionné dans mon dossier.

Maia secoua de nouveau la tête, et les brillants de son collier scintillèrent comme des étoiles.

— Et qu'est-ce que tu veux que je fasse maintenant ?

— Je n'en sais rien.

Simon avait l'impression qu'on lui plantait des clous dans le crâne.

— Tout ce que je peux te dire, c'est que je suis la dernière personne à qui demander conseil en matière de cœur. (Il pressa la main sur son front.) Je vais prendre l'air. Jordan est à la table là-bas si tu veux lui parler.

Il désigna un coin de la salle, puis gagna la porte en titubant, loin du regard interrogateur de Maia, loin des conversations et des rires.

En poussant la porte de la terrasse, Clary fut assaillie par un souffle d'air glacial. Elle frissonna et regretta de ne pas avoir mis son manteau, mais n'eut pas le courage de retourner le récupérer à l'intérieur. Elle s'avança en refermant la porte derrière elle.

La terrasse était recouverte de dalles et délimitée par des balustrades en fer forgé. Les torches de tiki qui brûlaient de part et d'autre ne réchauffaient pas vraiment l'atmosphère, ce qui expliquait probablement pourquoi il n'y avait personne d'autre que Jace.

Appuyé à la rambarde, il contemplait le fleuve en contrebas.

Clary lutta contre l'envie de se jeter à son cou. Il portait un costume sombre, la veste ouverte sur une chemise blanche, et avait la tête tournée. Elle ne l'avait encore jamais vu vêtu de la sorte ; cela lui donnait l'air plus vieux, et un peu lointain. Le vent soufflant du fleuve ébouriffa ses cheveux blonds ; elle entrevit sur sa gorge la petite cicatrice qu'avait laissée la morsure de Simon et se souvint que Jace l'avait laissé le mordre, qu'il avait risqué sa vie pour elle.

— Jace.

Il se tourna vers elle et lui sourit. Ce sourire familier fit fondre ses dernières réticences et elle se précipita dans ses bras. Il la souleva du sol et la tint longtemps embrassée, le visage enfoui dans son cou.

— Tu vas bien, dit-elle enfin, quand il l'eut reposée. (Elle essuya d'un geste brusque les larmes au coin de ses yeux.) Les Frères Silencieux ne t'auraient pas laissé partir si ce n'était pas le cas, pas vrai ? Mais je croyais que le rituel devait durer des jours...

— Eh non.

Il prit son visage dans ses mains et lui sourit. Derrière lui, le pont de Queensboro scintillait sur les flots.

— Tu connais les Frères Silencieux. Ils aiment bien en faire tout un plat. Mais en réalité, c'était une cérémonie assez simple. (Il rit.) Je me suis senti un peu bête. C'est un rituel destiné aux jeunes enfants. Je n'arrêtais pas de me dire que si je m'en débarrassais vite, je pourrais te voir dans ta jolie robe de soirée. Ça m'a aidé. (Il l'examina de la tête aux pieds.) Et laisse-moi te dire que je ne suis pas déçu. Tu es sublime.

— Tu n'es pas mal non plus, lança-t-elle en riant à travers ses larmes. Je ne savais même pas que tu avais un costume.

— Je n'en avais pas. J'ai dû m'en acheter un.

Du pouce, il caressa ses joues humides de larmes.

— Clary...

— Pourquoi tu es sorti ? Il fait un froid de canard. Tu ne veux pas retourner à l'intérieur ?

Il secoua la tête.

— Je voulais te parler seul à seule.

— Vas-y, dit-elle dans un souffle.

Elle prit ses mains et les posa sur sa taille. Elle avait une envie folle de se blottir contre lui.

— Il y a autre chose ? Ça va aller, maintenant ? Je t'en supplie, ne me cache rien. Après tout ce qui s'est passé, tu devrais savoir que je peux encaisser les mauvaises nouvelles.

Elle sentait bien que c'étaient les nerfs qui la faisaient parler, mais elle ne pouvait pas s'en empêcher. Elle avait l'impression que son cœur battait au rythme de mille pulsations par minute.

— Je veux juste que tu ailles bien, conclut-elle d'un ton aussi calme que possible.

Le regard de Jace s'assombrit.

— Je n'arrête pas de passer en revue le contenu du coffret qui appartenait à mon père. Ça me laisse froid. Les lettres, les photos. Je ne sais pas qui étaient ces gens. Ils n'ont aucune réalité pour moi. Valentin, si.

Clary cilla. Elle ne s'attendait pas à cette conversation.

— Tu te souviens, je t'ai dit que ça prendrait du temps...

Il ne semblait même pas l'entendre.

— Si j'étais vraiment Jace Morgenstern, est-ce que tu m'aimerais toujours ? Si j'étais Sébastien, tu m'aimerais ?

Elle serra ses mains dans les siennes.

— Tu ne seras jamais comme lui.

— Si Valentin m'avait fait la même chose qu'à Sébastien, tu m'aimerais ?

Il y avait une urgence dans sa question qui la déconcerta.

— Mais dans ce cas, tu ne serais pas toi.

Il se tut, comme si elle l'avait blessé... or comment l'aurait-elle pu ? C'était la vérité. Il n'était comme pas Sébastien.

— Je ne sais pas qui je suis, reprit-il. Quand je m'observe dans le miroir, je vois Stephen Herondale, mais j'agis comme un Lightwood, et je parle comme mon père... comme Valentin. C'est dans ton regard que je vois qui je suis, et j'essaie d'être cette personne-là parce que tu as foi en elle, et la foi, ça suffit peut-être à faire de moi ce que tu veux.

— Moi, je ne veux rien de plus que ce que tu es déjà et ce que tu as toujours été, protesta Clary.

Cependant, elle ne pouvait pas chasser l'impression qu'elle avait de s'adresser à un mur. Elle avait beau répéter à Jace qu'elle l'aimait, c'était comme s'il ne l'entendait pas.

— Tu ne sais peut-être plus qui tu es. Moi je le sais. Et un jour, toi aussi tu sauras. Dans l'intervalle, tu ne peux pas constamment craindre de me perdre, ça n'arrivera pas.

— Il existe un moyen... (Jace leva les yeux vers elle.) Donne-moi ta main.

Surprise, Clary s'exécuta et se souvint de la première fois où il la lui avait tenue. La rune, l'œil ouvert qu'il avait cherché en vain, était désormais tatouée sur le dos de sa main. C'était sa première rune permanente. Il retourna sa main pour exposer son poignet et la peau vulnérable de son avant-bras.

Elle frissonna. Il lui semblait que la brise du fleuve s'insinuait jusque dans ses os.

— Jace, qu'est-ce que tu fais ?

— Tu te souviens de ce que je t'ai raconté au sujet des mariages entre Chasseurs d'Ombres ? Au lieu d'échanger des anneaux, les époux se marquent l'un l'autre avec des runes d'amour et d'engagement.

Il l'observa longuement ; sous l'épaisse frange de ses cils dorés, ses yeux semblaient immenses et vulnérables.

— J'aimerais te marquer pour qu'on soit liés l'un à l'autre, Clary. C'est juste une petite rune, mais elle est permanente. Tu es d'accord ?

Elle hésita. Une rune permanente, à un si jeune âge ? Sa mère serait furieuse. Cependant, rien de ce qu'elle pouvait dire ne semblait le convaincre. Peut-être que cette rune y parviendrait. Sans un mot, elle sortit sa stèle et la lui tendit. Il la prit en frôlant ses doigts au passage. Elle tremblait de plus en plus, et le froid l'enveloppait complètement à présent. Il berça son bras contre lui, appliqua la pointe de la stèle sur sa peau, la déplaça sur l'épiderme d'abord lentement puis, comme elle ne protestait pas, avec plus de force. Elle avait si froid que la brûlure de la stèle était presque agréable. Elle regarda les lignes sombres jaillir de la pointe de l'instrument pour former un motif tout en angles et lignes droites.

Une panique soudaine s'empara d'elle. Ce motif ne lui évoquait ni amour ni promesses ; il y avait quelque chose d'autre là-dessous, quelque chose de sombre qui avait trait au contrôle et à la soumission, à la mort et aux ténèbres. S'était-il trompé de rune ? Mais c'était Jace ; il devait savoir ce qu'il faisait. Et pourtant, un engourdissement remontait le long de son bras – un picotement désagréable, comme si ses nerfs se réveillaient – et elle se sentait étourdie, le sol semblait se dérober sous ses pieds...

— Jace, fit-elle d'une voix gagnée par l'anxiété. Jace, je ne crois pas que...

Il lâcha son bras et tint la stèle en équilibre dans sa main avec la même grâce que lorsqu'il maniait une arme.

— Je suis désolé, Clary. Je veux être lié à toi. Je ne te mentirais jamais à ce sujet.

Elle ouvrit la bouche pour lui demander ce qu'il entendait par là, mais aucun son n'en sortit. Les ténèbres surgirent devant elle à toute allure. La dernière sensation qu'elle éprouva fut les bras de Jace qui l'enlaçaient tandis qu'elle tombait.

Après avoir erré pendant ce qu'il lui sembla une éternité au milieu de cette fête qu'il trouvait particulièrement assommante, Magnus finit par retrouver Alec, assis seul à une table derrière un massif de roses blanches artificielles. Un certain nombre de flûtes, à moitié pleines pour la plupart, avaient été abandonnées sur la table par les invités. Alec lui-même semblait un peu abandonné. Il fixait le vide d'un air maussade, le menton appuyé dans la main. Il ne leva pas les yeux à l'approche de Magnus, même quand celui-ci du pied tira une chaise, la tourna face à lui et s'assit à califourchon dessus, les bras posés sur le dossier.

— Tu veux retourner à Vienne ?

Le regard toujours ailleurs, Alec ne répondit pas.

— Ou on pourrait tenter une autre destination, reprit Magnus. C'est toi qui décides. Thaïlande, Caroline du Sud, Brésil, Pérou… Oh, attends, non. Je suis interdit de séjour au Pérou. J'avais oublié. C'est une histoire un peu longue, mais amusante si ça te dit de l'entendre.

L'expression d'Alec indiqua clairement qu'il n'était pas intéressé. Il se détourna ostensiblement et observa le quatuor à cordes à l'autre bout de la pièce en prenant l'air fasciné.

Comme Alec l'ignorait, Magnus entreprit de se distraire en changeant la couleur du champagne dans les flûtes posées sur la table. Il en colora une en bleu, une autre en rose, et s'attelait à une troisième quand Alec le retint par le poignet.

— Arrête, dit-il. On te regarde.

Magnus baissa les yeux vers ses doigts, d'où jaillissaient des étincelles bleues. Alec avait raison : peut-être qu'il n'était pas très discret.

— Il faut bien que je m'occupe puisque tu refuses de me parler.

— Ce n'est pas vrai, protesta Alec. Je te parle.

— Ah oui ? Je viens de te proposer d'aller à Vienne,

en Thaïlande, ou sur la lune, et je ne me rappelle pas t'avoir entendu répondre.

— Je ne sais pas de quoi j'ai envie.

Alec jouait avec une fourchette en plastique et, bien qu'il gardât le regard baissé, on devinait le bleu clair de ses iris sous ses paupières aussi pâles et fines que du parchemin. Magnus avait toujours trouvé les humains plus beaux qu'aucune créature vivante sur cette terre, et il s'était souvent demandé pourquoi. Quelques années à peine avant la décrépitude, avait dit Camille. Or c'était justement leur mortalité qui leur conférait ce charme, la flamme d'une chandelle qui vacille mais n'en brille pas moins. « La mort est mère de la beauté », disait le poète. Magnus se demanda si l'Ange avait jamais envisagé d'offrir l'immortalité aux Nephilim, ses serviteurs humains. Mais non, malgré leur force, ils tombaient depuis le commencement du monde comme tombent toujours les humains au combat.

— Tu as encore ce regard, observa Alec avec aigreur en lui jetant un coup d'œil par-dessous. On dirait que tu regardes quelque chose que je ne peux pas voir. Tu penses à Camille ?

— Pas vraiment, répondit Magnus. Qu'est-ce que tu as surpris de notre conversation ?

— Presque tout. Je vous ai écoutés à travers la porte.

Alec se mit à piquer la nappe de sa fourchette.

— Je ne crois pas que tu aies tout entendu.

Magnus regarda fixement la fourchette en plastique, qui échappa aux mains d'Alec et glissa vers lui. Il referma sa main dessus et poursuivit :

— Arrête avec ce truc ! Qu'est-ce que j'ai bien pu dire à Camille pour que tu te mettes dans un état pareil ?

— Qui est Will ?

Magnus laissa échapper un ricanement.

— Will ? Bon Dieu ! C'était il y a longtemps. Will était un Chasseur d'Ombres, tout comme toi. Et c'est vrai que tu lui ressembles physiquement, mais tu n'as aucun point commun avec lui par ailleurs. Jace lui ressemble davantage, du moins par le caractère, et notre relation n'avait rien à voir avec celle que j'ai avec toi. C'est ça qui t'énerve ?

— Je n'aime pas l'idée que tu restes avec moi parce que je ressemble à un type qui te plaisait il y a des siècles.

— Je n'ai jamais rien dit de tel. C'est Camille qui l'a sous-entendu. Elle est experte en manipulation et en insinuations. Elle l'a toujours été.

— Tu ne l'as pas détrompée.

— Si tu laisses faire Camille, elle t'attaque sur tous les fronts. Essaie d'en défendre un, et elle passe à un autre. Le seul moyen de s'en tirer avec elle, c'est de feindre l'indifférence.

— D'après elle, les beaux garçons ont toujours été ton point faible. Ce qui me laisse à penser que, pour toi, je ne suis que le dernier d'une longue lignée de joujoux. Quand l'un meurt ou s'en va, tu t'en choisis un autre. Je ne suis rien. Je suis... insignifiant.

— Alexander...

— Et franchement, poursuivit Alec en reportant le regard sur la table, c'est injuste, parce que à mes yeux tu es tout sauf insignifiant. J'ai changé de vie pour toi.

Mais en ce qui te concerne, rien ne change jamais, pas vrai ? Je suppose que c'est le lot de l'éternité. Rien n'a vraiment d'importance, finalement.

— Et moi je te dis que tu comptes pour moi...

— Et le Livre Blanc ? demanda brusquement Alec. Pourquoi tu tenais tellement à l'avoir ?

Magnus le dévisagea d'un air perplexe.

— Tu sais très bien pourquoi. C'est un livre de sortilèges très puissant.

— Mais tu le voulais pour une raison spécifique, n'est-ce pas ? C'était pour un sort en particulier ? (Alec soupira.) Tu n'es pas obligé de répondre ; je vois à ton air que j'ai deviné. Tu... tu cherchais un sortilège pour me rendre immortel ?

Magnus tressaillit.

— Alec, murmura-t-il. Non. Non, je... Jamais je ne ferais ça.

Alec lui jeta un regard perçant.

— Pourquoi pas ? Avec toutes les relations que tu as eues, tu n'as jamais songé à offrir l'immortalité à un de tes partenaires ? Tu n'aurais pas envie de m'avoir à tes côtés pour toujours ?

— Bien sûr que si !

S'apercevant qu'il criait presque, Magnus maîtrisa sa voix au prix d'un violent effort.

— Mais tu ne comprends pas. On n'a rien sans rien. Le prix de l'immortalité...

— Magnus !

Isabelle s'avançait au pas de course vers eux, son téléphone à la main.

— Magnus, il faut que je te parle.

En temps normal, Magnus appréciait la sœur

d'Alec. En ce moment même, c'était beaucoup moins le cas.

— Adorable, formidable Isabelle. Pourrais-tu t'en aller, s'il te plaît ? Ce n'est vraiment pas le moment.

Isabelle observa tour à tour son frère et Magnus.

— Alors tu ne veux pas savoir que Camille vient de s'évader du Sanctuaire et que ma mère t'ordonne de retourner à l'Institut immédiatement pour les aider à la retrouver ?

— Non, je ne veux pas savoir.

— Eh bien, c'est dommage, parce que c'est la vérité. Je suppose que rien ne t'oblige à y aller, mais...

Elle laissa sa phrase en suspens, néanmoins Magnus comprit qu'il n'avait pas le choix. S'il n'y allait pas, l'Enclave le soupçonnerait d'avoir joué un rôle dans l'évasion de Camille, et c'était la dernière chose dont il avait besoin. Maryse serait furieuse, et cela compliquerait encore davantage sa relation avec Alec. Pourtant...

— Elle s'est évadée ? s'exclama Alec. Personne n'a jamais réussi à s'échapper du Sanctuaire !

— Eh bien, fit Isabelle, c'est la première fois.

Alec s'affaissa sur sa chaise.

— Vas-y. C'est une urgence. On reparlera plus tard.

— Magnus...

Même si Isabelle prit un air penaud, il était impossible de se méprendre sur le ton pressant de sa voix.

— D'accord, lança Magnus. (Il se leva et ajouta en se penchant vers Alec :) Mais tu n'es pas insignifiant.

Alec rougit.

— Si tu le dis.

— Oui, je te le dis, marmonna Magnus avant d'emboîter le pas à Isabelle.

Dans la rue déserte, Simon s'adossa au mur couvert de lierre de l'Aciérie et leva les yeux vers le ciel. Les lumières du pont éclipsaient la clarté des étoiles, si bien qu'il ne voyait rien d'autre qu'un manteau de ténèbres veloutées. Il regretta avec une tristesse soudaine de ne pas pouvoir respirer l'air glacial pour s'éclaircir les idées et de ne pas le sentir sur sa peau. Il ne portait qu'une chemise et cela ne faisait aucune différence. Il ne ressentait plus le froid, et même le souvenir du froid s'éloignait de lui un peu plus chaque jour, comme les réminiscences d'une autre vie.

— Simon ?

Il se figea. Cette voix, fluette et familière, qui semblait comme portée par le vent. « Souris. » C'était la dernière chose qu'elle lui avait dite.

Mais ce ne pouvait pas être elle. Elle était morte.

— Tu ne me vois pas, Simon ? reprit la voix, plus ténue que jamais, à peine un souffle. Je suis juste là.

La terreur s'empara de Simon. Il ouvrit les yeux et tourna lentement la tête.

Maureen s'avança sous la lumière d'un lampadaire au coin de Vernon Boulevard. Elle portait une longue robe d'un blanc virginal. Ses cheveux lui tombant sur les épaules brillaient d'un éclat jaune sous la lumière artificielle. Il y avait encore de la terre sur certaines mèches. Elle était chaussée de petites mules blanches et son visage était d'une pâleur cadavérique. Ses pommettes étaient fardées de rouge, et sa bouche peinte

374

en rose foncé comme si on l'avait maquillée avec un marqueur.

Simon sentit ses genoux se dérober sous lui. Il se laissa glisser le long du mur auquel il était adossé et s'assit par terre, les jambes ramenées contre lui. Il avait l'impression que sa tête allait exploser.

Maureen laissa échapper un gloussement de petite fille et se détacha du cercle de lumière. Elle s'avança vers lui, les yeux baissés, avec un air à la fois amusé et content de soi.

— Je me doutais bien que tu serais surpris.

— Tu es un vampire, dit Simon. Mais… comment ? Ce n'est pas moi qui t'ai fait ça. Je sais que ce n'est pas moi.

Maureen secoua la tête.

— C'est vrai. Mais c'est à cause de toi. Ils m'ont prise pour ta copine, tu sais. Ils sont venus me chercher dans ma chambre cette nuit-là et ils m'ont enfermée dans une cage toute la journée du lendemain. Ils m'ont dit de ne pas m'inquiéter car tu viendrais me chercher. Tu n'es pas venu.

— Je ne savais pas, protesta Simon, la voix brisée par l'émotion. Je serais venu sinon.

Maureen rejeta ses cheveux blonds en arrière d'un geste qui rappelait douloureusement Camille.

— Ce n'est pas grave, reprit-elle de sa voix enfantine. Au coucher du soleil, ils m'ont donné le choix entre mourir ou devenir un vampire.

— Et c'est ça que tu as choisi ?

— Je ne voulais pas mourir, souffla-t-elle. Et maintenant je serai belle et jeune éternellement. Je peux rester dehors toute la nuit, je n'ai plus besoin de rentrer chez moi. Et puis elle prend soin de moi.

— De qui tu parles ? Qui est-ce ? Camille ? Écoute, Maureen. Elle est folle. Tu ne devrais pas l'écouter. (Simon chancela.) Je peux t'aider. Te trouver un endroit où dormir. T'apprendre à devenir un bon vampire...

— Oh, Simon. (Elle sourit en découvrant ses petites dents blanches bien alignées.) Je ne crois pas que tu sois très doué. Tu ne voulais pas me mordre, pourtant tu l'as fait. Je m'en souviens. Tes yeux sont devenus tout noirs comme ceux d'un requin, et tu m'as mordue.

— Je regrette tellement ! Si tu me laissais t'aider...

— Tu pourrais venir avec moi. Ça, ça me rendrait service.

— Où ça ?

Maureen jeta un coup d'œil de part et d'autre de la rue déserte. Elle ressemblait à un fantôme dans sa robe légère. Le vent faisait voler les pans du tissu, mais visiblement elle ne sentait pas le froid.

— Tu as été choisi, dit-elle, parce que le soleil ne peut rien contre toi. Ceux qui m'ont fait ça te veulent, mais ils savent que tu portes la Marque maintenant. Ils ne peuvent pas t'approcher ; c'est à toi de venir à eux. Alors ils m'ont chargée d'être leur messagère. (Elle pencha la tête de côté à la manière d'un oiseau.) Moi, je ne compte peut-être pas pour toi, mais la prochaine fois ils viseront juste. Ils continueront à s'en prendre à ceux que tu aimes jusqu'à ce qu'il ne te reste personne, alors tu ferais mieux de m'accompagner pour savoir ce qu'ils veulent.

— Et toi, tu le sais ? demanda Simon. Tu sais ce qu'ils veulent ?

Elle secoua la tête. Elle était si pâle sous la lumière incertaine du lampadaire qu'elle semblait presque transparente. « Comme elle l'a toujours été pour moi », songea tristement Simon.

— Est-ce que c'est important ? s'enquit-elle en lui offrant le bras.

— Non, répondit-il. Je suppose que non.

Et à ces mots, il prit sa main.

16
LES ANGES dE NEW YORK

— ON EST ARRIVÉS, dit Maureen à Simon.

Elle s'était arrêtée au beau milieu du trottoir et leva les yeux vers un immense édifice de verre et de pierre qui, à l'évidence, avait été bâti dans l'esprit des complexes résidentiels de luxe édifiés dans l'Upper East Side avant la Seconde Guerre mondiale, avec des touches modernes qui s'en démarquaient : les hautes baies vitrées, le toit de cuivre épargné par le vert-de-gris, les bannières drapées sur la façade promettant des appartements à partir de 750 000 dollars. Apparemment, l'acquisition d'un logement dans cet immeuble donnait accès à un jardin en terrasse, un centre de remise en forme, une piscine chauffée et un service de portiers vingt-quatre heures sur vingt-quatre, le tout à partir du mois de décembre. Pour l'heure, le bâtiment était encore en travaux, comme l'attestaient les écriteaux suspendus aux échafaudages qui masquaient les murs.

Simon se tourna vers Maureen. Manifestement, elle s'était vite acclimatée à sa nouvelle condition de vampire. Ils avaient traversé en courant le pont de

Queensboro puis remonté la Seconde Avenue, et ses mules étaient dans un triste état. Pourtant, elle n'avait pas ralenti un seul instant et ne trahissait aucune fatigue. À présent, elle contemplait l'édifice d'un air béat, son petit visage illuminé par ce qui, d'après Simon, ne pouvait être que de l'impatience.

— Cet endroit est fermé au public, observa-t-il, conscient qu'il enfonçait une porte ouverte. Maureen...

— Chut ! fit-elle en arrachant une affiche placardée sur un coin d'échafaudage, et avec elle une plaque de plâtre et des clous rouillés qui s'éparpillèrent au sol.

Maureen poussa la plaque d'un coup de pied et examina le trou qu'elle venait de faire en souriant.

Un vieil homme qui passait près d'eux en promenant au bout d'une laisse un caniche engoncé dans un petit manteau s'arrêta pour les dévisager avec des yeux ronds.

— Tu devrais habiller plus chaudement ta petite sœur, dit-il à Simon. Maigre comme elle est, elle doit être frigorifiée par ce temps.

Avant que Simon puisse répondre, Maureen se tourna vers le vieillard avec un sourire féroce découvrant ses crocs effilés.

— Je ne suis pas sa sœur, siffla-t-elle.

L'homme blêmit et s'éloigna précipitamment en traînant son chien derrière lui. Simon secoua la tête.

— Tu n'étais pas obligée de faire ça.

Les crocs de Maureen avaient transpercé sa lèvre inférieure, ce qui arrivait souvent à Simon avant qu'il s'y habitue. Des gouttelettes de sang coulèrent le long de son menton.

— Je n'ai pas d'ordres à recevoir de toi, répliqua-t-elle avec mauvaise humeur, mais ses crocs se rétractèrent.

Elle essuya le sang sur son menton d'un revers de main, un geste enfantin qui ne servit qu'à l'étaler encore davantage, puis se tourna vers le trou dans la façade.

— Viens.

Elle se baissa pour franchir l'ouverture, et Simon l'imita. Ils traversèrent une salle qui, manifestement, servait de dépotoir aux ouvriers. Le sol était jonché d'outils cassés, de fragments de brique, de vieux sacs en plastique et de canettes de soda vides. Maureen releva le bas de sa robe et se fraya un chemin parmi les ordures avec une mine dégoûtée. Elle sauta par-dessus une tranchée étroite et gravit une volée de marches délabrées. Simon lui emboîta le pas.

L'escalier menait à une porte automatique ouverte derrière laquelle s'étendait un vaste hall en marbre. Un énorme lustre pendait du plafond, mais aucune lumière n'éclairait ses breloques en cristal. Il aurait fait trop sombre dans la pièce pour qu'un être humain puisse s'orienter. Un comptoir de réception en marbre destiné au portier, une méridienne verte et un miroir à dorures meublaient l'espace, et une rangée d'ascenseurs s'alignaient de chaque côté. Maureen pressa le bouton de l'un d'eux et, à la surprise de Simon, il s'illumina.

— Où on va ? s'enquit-il.

La porte de l'ascenseur s'ouvrit et Maureen s'avança à l'intérieur, Simon sur les talons. Des panneaux rouge et or tapissaient les parois de la cabine, ainsi que des miroirs en verre dépoli.

— Au paradis, répondit-elle en gloussant.

Elle appuya sur le bouton « terrasse » et les portes de l'ascenseur se refermèrent.

— Je ne trouve pas Simon.

Isabelle, qui s'était adossée à un pilier en s'efforçant de faire bonne figure, leva les yeux vers Jordan. Il lui parut démesurément grand. Il devait mesurer plus d'un mètre quatre-vingt-cinq. La première fois qu'elle l'avait vu, elle l'avait trouvé très séduisant, avec ses cheveux bruns en bataille et ses yeux verts, mais depuis qu'elle savait qu'il était l'ex de Maia, elle l'avait relégué sans état d'âme dans le coin de son cerveau qu'elle réservait aux garçons intouchables.

— Eh bien, je ne l'ai pas vu, répliqua-t-elle. Je croyais que tu étais son garde du corps.

— Il m'a dit qu'il revenait tout de suite. C'était il y a quarante minutes. J'ai pensé qu'il allait aux toilettes.

— Qu'est-ce que c'est que ce garde du corps ? s'exclama Isabelle. Tu aurais dû l'accompagner.

Jordan parut horrifié.

— Les hommes ne vont pas aux toilettes ensemble !

Isabelle soupira.

— Ton homophobie latente t'attirera toujours des ennuis. Viens, ajouta-t-elle. On va le chercher.

Ils passèrent la foule au peigne fin en se frayant un chemin parmi les invités. Alec boudait seul à une table en jouant avec une flûte à champagne vide.

— Non, je ne l'ai pas vu, dit-il en réponse à leur question. Mais je dois admettre que je ne l'ai pas cherché.

— Eh bien, aide-nous, décréta Isabelle. Ça t'évitera de faire la tête.

Alec se joignit à eux en haussant les épaules. Ils décidèrent de se séparer pour être plus efficaces. Alec se rendit à l'étage pour inspecter les coursives et le second niveau. Jordan sortit pour vérifier les terrasses et l'entrée. Isabelle se consacra à la salle de réception. Elle en était à se demander s'il ne fallait pas jeter un coup d'œil sous les tables, quitte à paraître ridicule, quand Maia vint à sa rencontre.

— Tout va bien ?

Elle aperçut Alec au loin, puis regarda dans la direction où Jordan était parti.

— Qu'est-ce que vous cherchez ? Il y a un problème ?

Isabelle lui fit part de la situation.

— Je lui ai parlé il y a une demi-heure à peine.

— Jordan aussi, mais il est introuvable. Et comme il a été victime d'une tentative d'assassinat récemment...

Maia reposa son verre sur la table.

— Je vais vous donner un coup de main.

— Tu n'es pas obligée. Je sais que tu ne portes pas Simon dans ton cœur en ce moment...

— Ça ne veut pas dire que je ne vais pas vous aider s'il a des problèmes, s'indigna Maia comme si l'attitude d'Isabelle était ridicule. Jordan n'était pas censé le surveiller ?

Isabelle leva les bras au ciel.

— Si, mais apparemment, les hommes ne vont pas aux toilettes ensemble. Je n'ai pas tout compris.

— C'est toujours pareil avec eux, lâcha Maia.

Elles se faufilèrent parmi la foule, bien qu'Isabelle fût à peu près certaine qu'elles ne trouveraient pas Simon au milieu des invités. Elle avait un nœud dans l'estomac qui grandissait à mesure que les minutes s'écoulaient. Lorsqu'ils se furent rejoints à l'endroit convenu, elle avait l'impression d'avoir avalé d'un trait un verre d'eau glacée.

— Il n'est pas ici, dit-elle.

Jordan poussa un juron, puis regarda Maia d'un air coupable.

— Désolé.

— J'ai entendu pire, rétorqua-t-elle. Bon, c'est quoi, la prochaine étape ? Quelqu'un a essayé de l'appeler ?

— On tombe directement sur sa boîte vocale.

— Vous avez une idée de l'endroit où il aurait pu aller ? demanda Alec.

— Dans le meilleur des cas, il est rentré à l'appartement, répondit Jordan. Au pire, les gens qui lui couraient après ont fini par lui mettre la main dessus.

— Quoi ? fit Alec, abasourdi.

Si Isabelle avait raconté à Maia l'histoire de Simon, elle n'avait pas encore eu l'occasion de mettre son frère au parfum.

— Je retourne chez moi, annonça Jordan. S'il est là-bas, tant mieux. Le cas échéant, c'est quand même par là qu'il faut commencer. Ils savent où il habite. Ils nous ont laissé des messages là-bas. Il y en aura peut-être un, conclut-il d'un ton dubitatif.

— Je viens avec toi, dit Isabelle sans hésiter.

— Tu n'es pas obligée…

— Si. C'est moi qui ai insisté pour qu'il vienne ce

soir. Je suis responsable. Et de toute façon, je m'ennuie dans cette fête.

— Oui, moi aussi, renchérit Alec, soulagé à la perspective de s'en aller. On devrait peut-être y aller tous ensemble. On met Clary au courant ?

Isabelle secoua la tête.

— C'est la soirée de sa mère. Ça ne serait pas juste pour elle. On arrivera peut-être à se débrouiller tous les trois.

— Tous les trois ? répéta Maia avec une pointe d'agacement dans la voix.

— Tu veux venir avec nous, Maia ? demanda timidement Jordan.

Isabelle se figea ; elle n'était pas sûre de la réaction de Maia face à une sollicitation directe de son ex-petit ami. Celle-ci pinça un peu les lèvres et jeta un regard pensif à Jordan.

— C'est Simon, répondit-elle enfin, comme si cela résumait tout. Je vais chercher mon manteau.

La porte de l'ascenseur s'ouvrit sur un océan de ténèbres. Maureen émit un autre gloussement suraigu et s'avança dans l'obscurité en sautillant tandis que Simon lui emboîtait le pas avec un soupir résigné.

Ils se tenaient sur le seuil d'une vaste pièce sans fenêtres. Il n'y avait pas d'éclairages mais le mur à gauche de l'ascenseur était percé d'une imposante porte vitrée, au travers de laquelle Simon distinguait l'étendue plate du toit et, au-dessus, le ciel nocturne piqueté d'étoiles pâlichonnes.

Le vent s'était remis à souffler. Simon franchit la porte derrière Maureen. Sa robe volait autour d'elle tel un papillon battant des ailes pour lutter contre une bourrasque. Le jardin de la terrasse était aussi soigné que le laissaient supposer les bannières. Le sol était recouvert de dalles hexagonales en pierre lisse ; des massifs de fleurs s'épanouissaient sous des parois de verre et des haies taillées en forme de monstres ou d'animaux se dressaient çà et là. L'allée qu'ils empruntèrent était jalonnée de minuscules loupiotes. Tout autour d'eux s'élevaient des immeubles résidentiels en verre et en acier aux fenêtres éclairées.

L'allée déboucha sur une volée de marches qui menaient à une vaste terrasse carrée ceinte sur trois côtés par un mur élevé protégeant le jardin. Visiblement, c'était un lieu de réunion où les futurs occupants de l'immeuble pourraient se rencontrer. Un gros bloc de béton probablement destiné à héberger un barbecue trônait au milieu de la terrasse, laquelle était bordée de massifs de roses soigneusement entretenus qui fleuriraient au mois de juin, et les treillages ornant les murs disparaîtraient un jour sous un tapis de feuilles. Au final, ce serait un endroit charmant, un jardin luxueux au-dessus de l'Upper East Side, où l'on pourrait se prélasser dans une chaise longue en regardant l'East River miroiter sous le couchant et la ville s'étendre telle une mosaïque de lumières scintillantes une fois la nuit tombée.

Sauf que le carrelage avait été barbouillé d'une substance noire et visqueuse qui avait servi à tracer un cercle approximatif au centre d'un cercle plus large. Dans l'espace entre les deux cercles, d'innombrables runes avaient été peintes à la hâte. Sans être un Chasseur d'Ombres, Simon avait vu assez de runes dans sa

vie pour reconnaître celles qui provenaient du Grimoire. Or, ce n'était pas le cas de celles-ci. Il émanait
d'elles une aura menaçante, comme un juron griffonné
sur un mur dans une langue étrangère.

Au centre des cercles trônait un bloc en béton, sur
lequel était posé un objet massif de forme rectangu-
laire recouvert d'une étoffe noire. L'objet en question
n'était pas sans rappeler un cercueil. Quant à la base
du bloc de béton, elle était gravée de runes. Si le sang
de Simon avait encore circulé dans ses veines, il se
serait glacé.

Maureen frappa dans ses mains.

— Oh, fit-elle de sa petite voix d'elfe, que c'est joli !

— Joli ? Maureen, qu'est-ce que...

— Alors tu me l'as amené, dit une voix de femme
distinguée et... familière.

Simon se retourna. Une grande femme aux cheveux
noirs coupés court se tenait derrière lui dans l'allée.
Sa silhouette très filiforme était drapée dans un long
manteau noir ceinturé à la taille comme ceux des
femmes fatales dans les films d'espions des années
quarante.

— Merci, Maureen, reprit-elle.

Elle avait un beau visage aux traits durs avec des
pommettes hautes et de grands yeux sombres.

— Tu as très bien travaillé. Tu peux t'en aller maintenant. (Elle se tourna vers Simon.) Simon Lewis.
Merci d'être venu.

En même temps qu'elle prononçait son nom, il la
reconnut. La dernière fois qu'il l'avait vue, c'était sous
une pluie battante devant l'Alto Bar.

— Je me souviens de vous. Vous m'avez donné votre carte de visite. La manager. Dites donc, vous tenez vraiment à promouvoir mon groupe ! Je ne savais pas qu'on était doués à ce point.

— Épargne-moi tes sarcasmes, répliqua la femme. Ils ne te mèneront nulle part. (Elle jeta un regard à Maureen.) Maureen, tu peux disposer.

Cette fois, elle employa un ton ferme, et Maureen, qui rôdait autour d'eux tel un petit fantôme, poussa un léger cri de frayeur et se précipita dans la direction d'où ils étaient venus. Simon la vit disparaître derrière la porte vitrée qui menait aux ascenseurs et regretta presque son départ. Maureen n'était pas d'une compagnie inoubliable, mais sans elle il se sentait soudain très seul. Quelle que fût cette femme étrange, il flottait autour d'elle une aura de puissance maléfique qu'il n'avait pas perçue la première fois à cause de l'ivresse provoquée par le sang qu'il venait de boire.

— Tu m'as donné du fil à retordre, Simon.

À présent, la voix de la femme semblait provenir d'une autre direction, à quelques mètres de là. Simon fit volte-face et s'aperçut qu'elle se tenait près du bloc de béton, au centre des cercles. Des nuages obscurcissaient la lune en projetant des ombres sur son visage. Étant au pied des marches, il devait tendre le cou pour la voir.

— Je pensais que je n'aurais aucun mal à capturer un simple vampire, et jeune de surcroît. Ce n'est pas comme si je n'avais jamais rencontré de vampire diurne, même s'il est vrai qu'il n'y en a pas eu depuis un siècle. Oui, ajouta-t-elle en souriant devant son air interdit, je suis plus âgée que j'en ai l'air.

— Moi, je ne vous trouve pas si bien conservée que ça.

Ignorant l'insulte, elle poursuivit :

— J'ai envoyé mes gens te chercher, et seul l'un d'entre eux est revenu avec une sombre histoire de feu sacré et de colère divine. Il s'est révélé complètement inutile après cela. J'ai été obligée de m'en débarrasser. J'étais très agacée, je dois avouer. Ensuite, j'ai décidé de m'occuper moi-même du problème. Je suis allée te trouver lors de ton concert pitoyable, et c'est là que je l'ai vue. La Marque. Ayant connu personnellement Caïn, je ne pouvais pas me tromper.

— Vous avez rencontré Caïn ? (Simon secoua la tête.) Vous ne pensez pas que je vais gober ça !

— Crois-le ou non, ça ne fait aucune différence pour moi. Je suis plus âgée que les rêves de tes semblables, mon enfant. J'ai flâné dans les allées du jardin d'Éden. J'ai connu Adam avant Ève. J'ai été sa première femme mais, comme je refusais de lui obéir, Dieu m'a chassée et lui a façonné une nouvelle épouse à partir de son propre corps, afin qu'elle lui reste soumise. (Elle eut un petit sourire.) On m'a donné beaucoup de noms. Mais tu peux m'appeler Lilith, la mère de tous les démons.

Simon, qui n'avait pas eu froid depuis des mois, frissonna. Il avait déjà entendu prononcer ce nom. Il ne pouvait plus se rappeler à quelle occasion précisément, mais il savait qu'il était associé aux ténèbres, au mal et à des choses terribles.

— Ta Marque m'a mise en présence d'une énigme, reprit Lilith. Car vois-tu, vampire, j'ai besoin de toi.

De ta force vitale... de ton sang. Cependant, je ne peux ni te contraindre ni te faire du mal.

Elle parlait comme si le fait d'avoir besoin de son sang était la chose la plus naturelle du monde.

— Vous... buvez du sang ? demanda Simon, hébété, comme s'il était prisonnier d'un rêve étrange ; à ses yeux, tout cela ne pouvait pas réellement se produire.

Elle rit.

— Les démons ne se nourrissent pas de sang, imbécile. Ce n'est pas pour moi. (Elle tendit une main gracile vers lui.) Approche.

Simon secoua la tête.

— Je ne pose pas un pied dans ce cercle.

Elle haussa les épaules.

— À ta guise. Je voulais seulement t'offrir une meilleure vue.

Elle agita imperceptiblement les doigts, d'un geste presque négligent, comme quelqu'un qui écarterait un rideau. L'étoffe noire qui recouvrait l'objet en forme de cercueil disparut.

Simon considéra, bouche bée, ce qui se trouvait en dessous. Il ne s'était pas trompé. Il s'agissait bel et bien d'un cercueil de verre, assez long et large pour contenir le corps d'un adulte. « Un cercueil de verre, comme celui de Blanche-Neige », songea-t-il. Mais ce cercueil-là ne sortait pas d'un conte de fées. Il était rempli d'un liquide opaque dans lequel était immergé un corps dénudé jusqu'à la taille avec des cheveux blond pâle flottant autour de son visage comme des algues. Sébastien.

Il n'y avait pas de message glissé sous le paillasson de l'appartement de Jordan, et pas d'indice immédiatement repérable à l'intérieur. Pendant qu'Alec montait la garde au pied de l'escalier et que Maia et Jordan fouillaient le sac à dos de Simon dans le salon, Isabelle, debout sur le seuil de sa chambre, parcourut des yeux le lieu où il avait dormi au cours des derniers jours. Il semblait si vide, avec ses quatre murs nus, son matelas posé à même le sol, sa couverture blanche pliée au pied du lit et son unique fenêtre donnant sur l'Avenue B...

Isabelle entendait les bruits familiers de cette ville qui l'avait vue grandir. Elle avait trouvé le silence d'Idris terriblement inquiétant sans le hurlement des alarmes de voitures, les cris des badauds, les sirènes d'ambulances et la musique tonitruante, ces bruits qui ne cessaient jamais à New York, même au cœur de la nuit. Mais tandis qu'elle contemplait la petite chambre de Simon, ils lui semblaient soudain très lointains et elle se demandait s'il lui était arrivé de se sentir seul la nuit, alors qu'il cherchait le sommeil, les yeux fixés sur le plafond.

Pourtant, elle n'avait jamais vu sa chambre chez sa mère, qui devait être tapissée de posters et remplie de trophées sportifs, de ces boîtes de jeux qu'il aimait tant, d'instruments de musique, de livres... en bref, tout l'attirail d'un adolescent ordinaire. Elle n'avait jamais demandé à lui rendre visite là-bas, et il ne le lui avait jamais proposé. Elle avait toujours été terrifiée à l'idée de rencontrer sa mère et de faire quoi que ce soit qui puisse impliquer plus de promesses qu'elle n'était disposée à faire. Mais à présent qu'elle regardait cette chambre semblable à une coquille vide tout en percevant l'incroyable électricité de la ville tout autour d'elle, elle éprouvait une angoisse sourde pour Simon, teintée d'une ombre de regret.

Elle se détourna et allait regagner le salon quand elle se figea en entendant un murmure de voix, et reconnut celle de Maia. Elle ne semblait pas en colère, ce qui pouvait surprendre étant donné la haine qu'elle semblait vouer à Jordan.

— Rien, disait-elle. Des clés, un tas de bouts de papier avec des scores griffonnés dessus.

Isabelle risqua un coup d'œil dans l'embrasure de la porte et vit Maia, debout face au comptoir de la cuisine, la main dans la poche zippée du sac à dos de Simon. De l'autre côté du comptoir, Jordan la regardait. C'était bien elle qu'il regardait, et pas ce qu'elle était en train de faire, nota Isabelle. Il avait ce regard qu'ont les garçons quand ils sont si amoureux d'une fille que le moindre de ses gestes les fascine.

— Je vais vérifier son portefeuille.

Jordan, qui avait troqué son costume pour un jean et une veste en cuir, fronça les sourcils.

— C'est bizarre qu'il l'ait laissé. Je peux voir ?

Il tendit la main, et Maia recula si brusquement qu'elle fit tomber le portefeuille.

— Je ne... (Jordan ramena lentement sa main le long de son corps.) Je suis désolé.

Maia poussa un profond soupir.

— Écoute, j'ai parlé à Simon. Je sais que tu n'avais pas l'intention de me transformer. Je sais que tu n'avais aucune idée de ce qui t'arrivait. Je me rappelle comment c'était. Je me souviens que j'étais terrifiée.

Avec des gestes prudents, Jordan reposa les mains sur le comptoir. « Comme c'est drôle, songea Isabelle, de voir quelqu'un d'aussi grand essayer de se faire tout petit. »

— J'aurais dû être là pour toi, dit-il.

— Mais les Praetor ne t'ont pas laissé faire. Et, regardons les choses en face, tu ne savais rien sur les loups-garous à cette époque ; on aurait été comme deux aveugles tournant en rond. Peut-être qu'il valait mieux que tu ne sois pas là. Ça m'a poussée à aller chercher de l'aide ailleurs. Sans ça, je n'aurais pas trouvé la meute.

— Au début, j'espérais que les Praetor Lupus t'accueilleraient parmi eux, murmura Jordan. Comme ça, j'aurais pu te revoir. Et puis je me suis rendu compte que c'était égoïste et que j'aurais dû regretter de t'avoir transmis ce mal. Je savais que c'était du cinquante-cinquante. Tu pouvais aussi bien faire partie des chanceux.

— Eh bien, je n'ai pas eu de chance, déclara-t-elle d'un ton égal. Peu à peu, j'ai commencé à te voir comme un monstre. Je pensais que tu savais ce que tu faisais quand tu m'as mordue. J'ai cru que tu voulais me faire payer le fait d'avoir embrassé ce garçon. Alors je t'ai détesté. Et le fait de te haïr m'a facilité la vie. C'était plus simple d'avoir un bouc émissaire.

— Tu as tous les droits de m'en vouloir. C'est ma faute.

Elle promena son doigt sur le comptoir en évitant de le regarder dans les yeux.

— Je t'en veux. Mais… plus autant qu'avant.

Jordan prit sa tête dans ses mains.

— Il ne se passe pas un jour sans que je pense à ce que je t'ai fait. Je t'ai mordue. Je t'ai transformée. J'ai levé la main sur toi. J'ai fait du mal à la personne que j'aimais plus que tout au monde.

Les yeux de Maia étaient brillants de larmes.

— Ne dis pas ça. Tu crois que ça me rend service ?

Isabelle se racla bruyamment la gorge et s'avança dans le salon.

— Bon, vous avez trouvé quelque chose ?

Maia détourna la tête en clignant des yeux. Ce fut Jordan qui répondit :

— Non, pas vraiment. On s'apprêtait à fouiller son portefeuille. (Il le prit là où Maia l'avait laissé tomber et le lança à Isabelle.) Tiens.

Elle l'attrapa au vol et l'ouvrit. Il contenait la carte scolaire de Simon, ses papiers d'identité, un médiator coincé dans la poche destinée aux cartes de crédit, un billet de dix dollars et un ticket de caisse. Un autre objet attira l'œil d'Isabelle : une carte de visite négligemment glissée derrière un photomaton de Simon et de Clary, sur lequel ils souriaient tous les deux.

Isabelle prit la carte pour l'examiner. Sous un motif tarabiscoté, presque abstrait, représentant une guitare flottant sur des nuages, figurait un nom, Satrina Kendall, ainsi que la mention « manager », un numéro de téléphone et une adresse dans l'Upper East Side. Isabelle fronça les sourcils. Un vague souvenir émergea du tréfonds de sa mémoire.

Elle brandit la carte à l'intention de Jordan et de Maia, qui étaient occupés à se regarder en chiens de faïence.

— Qu'est-ce que vous pensez de ça ?

Avant qu'ils aient pu répondre, la porte de l'appartement s'ouvrit et Alec entra. Il semblait de mauvaise humeur.

— Vous avez trouvé quelque chose ? Ça fait une demi-heure que j'attends en bas et je n'ai rien remarqué de spécial. Excepté un étudiant qui a vomi dans l'escalier.

— Tiens, dit Isabelle en tendant la carte à son frère. Jette un coup d'œil à ça. Tu ne vois pas quelque chose de bizarre ?

— Tu veux dire, hormis le fait qu'aucun manager ne pourrait s'intéresser au groupe minable de Lewis ? (Alec prit la carte entre deux doigts et un pli barra son front.) Satrina ?

— Ce nom t'évoque quelque chose ? s'enquit Maia.

Elle avait encore les yeux rouges, mais sa voix ne tremblait plus.

— Satrina est l'un des dix-sept noms de Lilith, la mère de tous les démons. C'est à cause d'elle que les sorciers sont surnommés les Enfants de Lilith, expliqua Alec. Elle a engendré les démons, qui ont créé à leur tour la race des sorciers.

— Et tu as mémorisé ses dix-sept noms ? demanda Jordan d'un ton dubitatif.

Alec lui jeta un regard glacial.

— Rappelle-moi qui tu es, toi ?

— Oh, la ferme, Alec ! s'exclama Isabelle sur le ton qu'elle n'employait qu'avec son frère. On n'a pas tous ton talent pour mémoriser des détails assommants. Je suppose que tu ne te souviens pas des autres noms de Lilith ?

D'un air méprisant, Alec se mit à les énumérer :

— Satrina, Lilith, Ita, Kali, Batna, Talto...

— Talto ! glapit Isabelle. C'est ça ! Je savais bien que ça me disait quelque chose. J'étais sûre qu'il y avait un lien !

Elle leur fit un bref compte rendu au sujet de l'Église de Talto, et de ce que Clary avait trouvé là-bas en précisant que cette secte était impliquée dans la mort du bébé à moitié démon de l'hôpital Beth Israel.

— Tu aurais pu m'en parler avant, grommela Alec. Oui, Talto est un autre nom de Lilith. Et Lilith a toujours été associée aux nourrissons. C'était la première femme d'Adam, qui a fui le jardin d'Éden parce qu'elle refusait d'obéir à son époux ou à Dieu. Lequel l'a punie pour sa désobéissance en la condamnant à voir mourir tous les enfants qu'elle porterait. La légende raconte que chaque fois qu'elle essayait d'avoir un enfant, elle accouchait d'un mort-né. Pour finir elle a juré de se venger de Dieu en affaiblissant ou en assassinant les nourrissons humains. On peut dire qu'elle est la déesse des enfants morts.

— Mais tu as dit que c'était la mère de tous les démons, objecta Maia.

— Elle les a créés en répandant des gouttes de son sang sur la terre d'Édom. Comme ils étaient nés de sa haine pour Dieu et l'humanité, ils sont devenus des démons.

Conscient que tous les regards étaient rivés sur lui, Alec haussa les épaules.

— Ce n'est qu'un mythe.

— Tous les mythes sont vrais, répliqua Isabelle. Tu le sais bien, Alec.

C'était sa doctrine depuis son plus jeune âge. Tous

les Chasseurs d'Ombres partageaient cette croyance. Il n'existait ni religion ni vérité uniques, et les mythes n'étaient jamais dépourvus de signification.

— Je sais autre chose, lança Alec en lui rendant la carte de visite. C'est que ce numéro de téléphone et cette adresse n'existent pas.

— Peut-être, concéda Isabelle en glissant la carte dans sa poche. Mais on n'a pas d'autre piste, alors c'est par là qu'on va commencer.

Simon resta bouche bée. Le corps qui flottait à l'intérieur du cercueil ne semblait pas vivant ; du moins, il ne respirait pas. Et pourtant, à l'évidence, il n'était pas mort à proprement parler. Cela faisait bien deux mois. Simon était certain que si Sébastien était vraiment mort, son corps aurait dû être dans un piètre état. Or, certes, il était blanc comme un linge ; à la place d'une de ses mains il y avait un moignon emmailloté dans un bandage, mais par ailleurs il était intact. Sébastien semblait dormir, les paupières closes, les bras plaqués le long du corps. Seul le fait que sa poitrine ne se soulevait pas au rythme de sa respiration indiquait que quelque chose clochait.

— Mais il est mort, objecta Simon, sachant qu'il devait sembler ridicule. Jace l'a tué.

Lilith posa une main blême sur la paroi en verre du cercueil.

— Jonathan, dit-elle, et Simon se souvint qu'il s'agissait de son vrai nom.

La voix de Lilith avait pris une inflexion douce en le prononçant, comme si elle fredonnait un air à un enfant.

— Il est beau, n'est-ce pas ?

— Hum, fit Simon en jetant un regard haineux à la créature qui reposait à l'intérieur du cercueil, celle qui avait froidement assassiné Max Lightwood, alors âgé de neuf ans, celle qui avait tué Hodge, celle qui avait tenté de les tuer tous. Ce n'est pas vraiment mon genre.

— Jonathan est unique. Il est le seul Chasseur d'Ombres de ma connaissance qui soit en partie un Démon Supérieur. Cela fait de lui un être très puissant.

— Il est mort, répéta Simon.

Il sentait confusément qu'il devait assener cette vérité, même si Lilith ne semblait pas de cet avis. Baissant les yeux vers Sébastien, elle fronça les sourcils.

— C'est vrai. Jace Lightwood s'est glissé derrière lui et l'a poignardé dans le dos. Il lui a transpercé le cœur.

— Comment...

— J'étais à Idris. Quand Valentin a ouvert la porte des mondes démoniaques, je suis entrée, non pas pour prendre part à sa stupide bataille, mais par simple curiosité. Ce Valentin et son *hubris*... (Elle s'interrompit et haussa les épaules.) Évidemment, le ciel l'a puni de son orgueil. J'ai assisté à son sacrifice ; j'ai vu l'Ange s'élever, puis se retourner contre lui. J'ai vu ce qu'il en a résulté. Je suis le plus vieux des démons ; je connais les anciennes lois. Une vie pour une vie. J'ai couru retrouver Jonathan. Il était presque trop tard. Sa part d'humanité était déjà morte : son cœur avait cessé de battre, ses poumons de respirer. Les vieilles lois n'ont pas suffi. J'ai essayé de le ramener, mais il était parti trop loin. Il ne me restait plus qu'à le préserver en prévision de ce moment.

Simon se demanda fugitivement ce qu'il adviendrait s'il tentait de fuir en bousculant cette démone folle à lier et en se jetant du toit de l'immeuble. Grâce à la Marque, il ne pouvait pas être blessé par une autre créature vivante, mais il doutait que son pouvoir soit capable de le protéger de la gravité. Et cependant, il était un vampire. S'il faisait une chute de quarante étages et que tous ses os étaient réduits en miettes, pourrait-il guérir ? Il avala péniblement sa salive et s'aperçut que Lilith le considérait d'un air amusé.

— Tu ne veux pas savoir de quel moment je parle ? demanda-t-elle d'un ton à la fois glacial et séducteur.

Avant qu'il ait pu répondre, elle se pencha, les coudes appuyés sur le cercueil.

— Je suppose que tu connais l'histoire de la naissance des Nephilim ? L'ange Raziel a mêlé son sang à celui des hommes, puis l'a donné à boire à un humain, et celui-ci est devenu le premier des Nephilim.

— Oui, j'en ai entendu parler.

— En effet, l'Ange a créé une nouvelle race de créatures. Et maintenant, avec Jonathan, une nouvelle race va voir le jour. Tout comme Jonathan Shadowhunter a montré la voie aux premiers Nephilim, ce Jonathan-ci conduira la nouvelle race que j'ai l'intention de créer.

— La nouvelle race que vous... (Simon leva les bras au ciel.) Vous savez quoi, si vous voulez créer une nouvelle espèce à partir d'un cadavre, allez-y. Je ne vois pas quel est le rapport avec moi.

— Il est mort mais il ne va pas le rester, expliqua Lilith d'une voix dépourvue d'émotion. Il existe une espèce de Créature Obscure dont le sang offre la possibilité de, disons, ressusciter.

— Les vampires, résuma Simon. Vous voulez que je transforme Sébastien en vampire ?

— Son nom est Jonathan, répliqua-t-elle sèchement. Et, oui, dans un sens, je veux que tu le mordes, que tu boives son sang et que tu lui donnes le tien en échange...

— Vous pouvez toujours courir.

— Es-tu bien sûr de ce que tu dis ?

— Un monde sans Sébastien (il utilisait ce nom délibérément) est un monde meilleur. Je refuse. (La colère le gagnait.) D'ailleurs, même si je le voulais, je n'en aurais pas le pouvoir. Il est mort. Les vampires ne peuvent pas ramener les morts à la vie. Vous devriez le savoir, puisque vous êtes si maligne. Une fois que l'âme a quitté le corps, rien ne peut la ramener, et heureusement.

Lilith posa les yeux sur lui.

— Tu n'es vraiment pas au courant ? Clary ne t'a rien dit ?

Simon commençait à en avoir assez.

— De quoi parlez-vous ?

Elle eut un petit rire.

— Œil pour œil, dent pour dent. Une vie pour une vie. Pour éviter le chaos, l'ordre doit régner. Si une vie est donnée à la lumière, une autre est due aux ténèbres.

— Je n'ai aucune idée de ce que vous me racontez, déclara Simon en insistant sur chaque syllabe. Et je m'en contrefiche. Vous autres, les forces du mal, avec vos discours flippants sur l'eugénisme, vous commencez à me taper sur le système, alors je vais m'en aller maintenant. Vous êtes libre d'essayer de m'en empêcher. Je vous y encourage.

Elle le regarda et éclata de rire.

— « Et Caïn se leva. » Tu ressembles un peu à celui dont tu portes la Marque. Il était aussi têtu et aussi téméraire que toi.

— Il s'est rebellé contre...

« Dieu. » Le mot s'étrangla dans sa gorge.

— Moi, je n'ai que votre compte à régler, conclut-il.

À ces mots, il se détourna pour partir.

— À ta place, je ne me tournerais pas le dos, vampire, lâcha Lilith, et quelque chose dans le ton de sa voix le fit hésiter. Tu t'imagines qu'on ne peut pas t'atteindre, poursuivit-elle avec un sourire moqueur. Et il est vrai que je ne peux pas lever la main sur toi. Je ne suis pas une imbécile ; j'ai déjà vu s'abattre la colère divine. Je n'ai aucunement l'intention de l'attirer sur moi. Je ne suis pas Valentin, qui a voulu négocier avec des forces qui le dépassaient. Je suis un démon, et très ancien avec ça. Je connais l'humanité bien mieux que tu ne le penses. Je comprends ses défauts : l'orgueil, la soif de pouvoir, le désir de la chair, la cupidité, la vanité, l'amour.

— L'amour n'est pas un défaut.

— Ah oui ? fit-elle d'un ton glacial.

Il se retourna malgré lui et vit Jace dans l'allée. Il portait un costume sombre et une chemise blanche.

Clary était debout devant lui, immobile dans la jolie robe couleur or qu'elle portait à la soirée. De longues mèches rousses et ondulées s'étaient échappées de son chignon et lui tombaient sur les épaules. Elle se tenait très droite contre Jace qui l'encerclait de ses bras. La vision de leur couple aurait pu évoquer un cliché romantique si Jace n'avait pas tenu à la main un long couteau, dont il appuyait la pointe contre la gorge de Clary.

Simon en resta bouche bée. Le visage de Jace n'exprimait aucune émotion, et il n'y avait pas la moindre étincelle dans ses yeux. Il semblait hébété.

Il inclina imperceptiblement la tête.

— Je vous l'ai amenée, dame Lilith, annonça-t-il. Comme vous l'avez demandé.

17

« Et Caïn se leva »

CLARY n'avait jamais eu aussi froid.

Même alors qu'elle émergeait du lac Lyn en toussant et en crachant son eau empoisonnée sur la berge. Même quand elle avait cru Jace mort, elle n'avait pas éprouvé cette terrible paralysie du cœur. À ce moment-là, elle se consumait de rage pour son père. Mais à présent, elle se sentait glacée de la tête aux pieds.

Elle avait repris conscience dans le hall de marbre d'un immeuble bizarre, sous l'ombre d'un lustre éteint. Jace la portait, un bras glissé sous ses genoux repliés, l'autre soutenant sa nuque. Comme elle avait encore le tournis, elle avait niché la tête dans son cou pendant quelques instants, en s'efforçant de se rappeler où elle était.

— Qu'est-ce qui s'est passé ? avait-elle murmuré.

Ils étaient arrivés devant un ascenseur. Jace pressa le bouton, et Clary entendit le cliquetis familier annonçant que la machine descendait. Mais où se trouvaient-ils donc ?

— Tu t'es évanouie, répondit Jace.

— Mais comment...

Tout à coup, les souvenirs affluèrent, et elle se tut. Les mains de Jace sur elle, la brûlure de sa stèle sur sa peau, les ténèbres qui l'avaient submergée. L'impression désagréable que lui avait laissée la rune qu'il avait dessinée sur son bras. Elle se tint tranquille pendant un moment, puis dit :

— Pose-moi par terre.

Jace obéit, et ils se dévisagèrent. Ils étaient tout près l'un de l'autre. Il lui aurait suffi de tendre la main pour le toucher mais, pour la première fois depuis qu'elle le connaissait, elle n'en avait pas envie. Elle avait l'impression de regarder un étranger. Il ressemblait à Jace, il avait la même voix et, pourtant, ses yeux brillaient d'une lueur étrange et lointaine, et le petit sourire qui flottait sur ses lèvres était celui d'un inconnu.

La porte s'ouvrit derrière lui. Clary se revit dans la nef de l'Institut, en train de dire « Je t'aime » alors que la grille de l'ascenseur se refermait. Cette fois-ci, la porte s'ouvrait derrière Jace, aussi noire que l'entrée d'une caverne. Elle tâta sa poche ; sa stèle avait disparu.

— Tu m'as assommée, dit-elle. Avec une rune. Puis tu m'as emmenée ici. Pourquoi ?

Le beau visage de Jace resta impassible.

— Il fallait que je le fasse. Je n'avais pas le choix.

Elle se détourna et courut vers la sortie, mais il la rattrapa en un instant. Il avait été toujours été plus rapide. Il se jeta devant elle pour lui barrer la route, les bras levés.

— Clary, ne t'enfuis pas. S'il te plaît. Pour moi.

Elle le considéra d'un air incrédule. Sa voix n'avait pas changé, et pourtant ce n'était pas lui. On aurait plutôt dit un enregistrement, songea-t-elle : tout y était, le timbre, les inflexions, sauf la vie qui l'animait d'ordinaire. Comment avait-elle pu ne pas le remarquer ? Elle l'avait trouvé distant, mais avait mis cette froideur sur le compte du stress et des soucis, alors que la vérité, c'est qu'il n'était plus là. L'estomac de Clary se souleva et elle se précipita de nouveau vers la porte. Jace la rattrapa par la taille et l'attira contre lui. Comme elle le repoussait, ses doigts se prirent dans le tissu de sa chemise et arrachèrent un bout d'étoffe.

Clary se figea, stupéfaite. Là, sur sa poitrine, juste au-dessus du cœur, une rune.

Elle n'en avait jamais vu de semblable. Elle n'était pas noire, comme celle des Chasseurs d'Ombres, mais rouge sombre, semblable à du sang. À des lieues de la grâce délicate des runes du Grimoire, elle était laide et grossière ; des lignes droites remplaçaient les courbes sensuelles que Clary avait pu observer jusqu'alors.

Jace ne semblait pas s'être aperçu de sa présence. Il baissa les yeux, se demandant ce qui avait bien pu attirer son attention, puis reporta le regard sur elle, perplexe.

— Ce n'est rien. Tu ne m'as pas fait mal.

— Cette rune... commença-t-elle avant de s'interrompre.

Peut-être ignorait-il qu'elle était là.

— Laisse-moi partir, Jace, reprit-elle en reculant d'un pas. Tu n'es pas obligé de faire ça.

— Tu te trompes, dit-il en l'attirant de nouveau contre lui.

Cette fois, elle ne résista pas. Que se passerait-il si elle parvenait à s'échapper ? Elle ne pouvait pas le laisser seul ici. Jace était encore quelque part derrière ces yeux vitreux. Peut-être même qu'il l'appelait à l'aide. Elle devait rester avec lui et découvrir ce qui se tramait. Elle le laissa la soulever dans ses bras pour la porter jusqu'à l'ascenseur.

— Les Frères Silencieux vont s'apercevoir de ton absence, remarqua-t-elle tandis que les boutons des étages s'illuminaient, l'un après l'autre, à mesure que l'ascenseur s'élevait. Ils vont alerter l'Enclave et se lancer à ta recherche...

— Je n'ai rien à craindre d'eux. Je ne suis pas un prisonnier. Pour eux, je n'avais aucune raison de m'enfuir. Ils ne s'apercevront pas de ma disparition avant demain matin.

— Et s'ils se réveillent plus tôt ?

— Oh, impossible, fit-il avec certitude. Il est plus probable que les autres invités de la fête s'aperçoivent de ton absence. Mais qu'est-ce qu'ils peuvent y faire ? Ils ne savent pas où tu es allée, et l'immeuble est protégé contre les runes susceptibles de te localiser. (Il écarta les cheveux de Clary de son visage et elle se tint tranquille.) Crois-moi, personne ne viendra te chercher.

En sortant de l'ascenseur, il dégaina son couteau.

— Je ne te ferai jamais de mal. Tu le sais, pas vrai ? dit-il en caressant ses cheveux de la pointe de la lame avant de la diriger vers sa gorge.

Un souffle d'air glacial balaya les bras et les épaules

nus de Clary dès qu'ils pénétrèrent sur la terrasse. Les mains de Jace étaient chaudes sur sa peau et elle sentait cette chaleur se diffuser à travers sa robe légère. Pourtant elle ne se réchauffait pas. Elle avait l'impression qu'à l'intérieur elle était pleine d'éclats coupants de glace.

Son sang se glaça davantage lorsqu'elle aperçut Simon qui l'observait avec des yeux ronds. La surprise avait figé ses traits. Elle adressa à peine un regard à la femme aux cheveux noirs et au visage cruel qui se tenait à côté de lui. Son attention fut immédiatement attirée par le cercueil transparent posé sur son piédestal de pierre. Il semblait irradier, comme éclairé par une lumière laiteuse émanant de son contenu. Le liquide dans lequel flottait Jonathan n'était visiblement pas de l'eau. Clary songea avec indifférence qu'en temps normal elle aurait hurlé à la vue de son frère flottant, immobile et sans vie, dans un cercueil semblable à celui de Blanche-Neige. Mais ainsi paralysée, elle se contenta d'observer la scène avec une certaine distance.

« Des lèvres rouges comme le sang, une peau blanche comme la neige, des cheveux noirs comme l'ébène. » Eh bien, c'était en partie vrai. À l'époque où elle avait connu Sébastien, il avait les cheveux noirs, mais ils étaient d'un blond presque blanc à présent et flottaient autour de sa tête telles des algues albinos. Il avait la même couleur de cheveux que son père. « Que notre père », corrigea Clary. Sa peau était si pâle et translucide qu'elle semblait faite de cristaux lumineux. Cependant, il avait les lèvres, ainsi que les paupières, aussi pâles que sa carnation.

— Merci, Jace, dit la femme que Jace avait appelée « dame Lilith ». Tu as travaillé vite et bien. Je pensais que tu me donnerais du fil à retordre, mais il semble que je me sois inquiétée pour rien.

Clary examina l'inconnue. Bien que son apparence ne lui dît rien, sa voix lui était familière. Elle l'avait déjà entendue auparavant. Où... ? Elle essaya de s'écarter de Jace, mais il resserra son étreinte. La pointe du couteau effleura sa gorge. « Un accident », se dit-elle. Jace – même ce Jace-là – ne lui ferait jamais de mal.

— Vous, dit-elle à Lilith entre ses dents. Qu'est-ce que vous avez fait à Jace ?

— La fille de Valentin se décide à parler, répliqua la femme en souriant. Simon ? Tu veux bien lui expliquer ?

Simon semblait sur le point de vomir.

— Je n'en ai aucune idée. Crois-moi, vous étiez les deux dernières personnes que je m'attendais à voir ici.

— Les Frères Silencieux prétendent que c'est un démon qui est responsable de ce qui arrive à Jace, lâcha Clary, et elle constata que Simon semblait plus dérouté que jamais ; la femme, en revanche, se contenta de la regarder fixement de ses yeux noirs de jais. Ce démon, c'est vous, n'est-ce pas ? Mais pourquoi Jace ? Qu'est-ce que vous nous voulez ?

— « Nous » ? répéta Lilith en riant. Comme si tu avais du poids dans cette histoire, ma fille. Pourquoi toi ? Parce que tu es le moyen d'arriver à mes fins. Parce que j'avais besoin de ces garçons, et il se trouve qu'ils t'aiment tous les deux. Parce que Jace Herondale est la personne en qui tu as le plus confiance. En outre, le vampire t'aime assez pour sacrifier sa vie. Peut-être qu'on ne peut pas te faire de mal, ajouta-t-elle en se tournant vers Simon. Mais à elle, si. Es-tu obstiné au point de rester debout les bras croisés pendant que Jace lui tranche la gorge ?

Pâle comme la mort, Simon secoua lentement la tête, mais avant qu'il puisse répondre, Clary s'écria :

— Simon, non ! Quoi qu'elle te demande, refuse d'obéir. Jace ne me ferait jamais de mal.

La femme tourna son regard impénétrable vers Jace et sourit.

— Vas-y, entaille sa gorge. Juste un peu.

Clary sentit les épaules de Jace se raidir, comme dans le parc lorsqu'il lui avait montré comment se battre. Un objet à la fois brûlant et glacé lui érafla la gorge et un filet de sang coula le long de son cou. Simon écarquilla les yeux.

Il l'avait fait. Clary revit Jace étendu sur le sol de sa chambre à l'Institut, l'air profondément triste. « Je rêve que tu entres dans ma chambre, que je te poignarde ou que je t'étrangle, et que tu meurs en me regardant avec de grands yeux pendant que ta vie s'écoule entre mes mains. »

Sur le moment, elle ne l'avait pas cru. C'était Jace, après tout. Il ne lui ferait jamais de mal. Baissant les yeux, elle vit le sang qui tachait le col de sa robe. On aurait dit de la peinture rouge.

— Tu vois ? fit la femme. Il m'obéit au doigt et à l'œil. Ne lui en veux pas. Il est totalement sous mon emprise. Pendant des semaines, je me suis immiscée dans ses pensées, j'ai sondé ses rêves, appris à connaître ses désirs et ses peurs. Dans un de ces rêves, il a accepté que je le marque, et cette Marque le consume depuis. Désormais, j'ai son âme entre les mains, que je peux façonner ou diriger à ma guise. Il fera tout ce que je lui demande.

Clary se remémora les paroles des Frères Silencieux. « À la naissance d'un Chasseur d'Ombres, les Frères Silencieux et les Sœurs de Fer accomplissent un rituel et protègent l'enfant au moyen de sortilèges. En ressuscitant, Jace est né une seconde fois, mais il n'a pas bénéficié de ces rituels et de ces protections. Ainsi, son esprit, telle une porte non verrouillée, est perméable à n'importe quelle influence démoniaque. »

« C'est ma faute, songea-t-elle. C'est moi qui l'ai ramené et qui ai insisté pour que ça reste un secret. Si nous avions parlé à quelqu'un de ce qui s'est passé, le rituel aurait peut-être pu être accompli à temps, et on aurait pu éviter que Lilith s'immisce dans sa tête. » Elle se sentait furieuse contre elle-même. Derrière elle, Jace demeurait aussi immobile et silencieux qu'une statue. Il avait toujours les bras autour d'elle et la pointe de son couteau appuyée sur sa gorge. Elle la sentit s'enfoncer dans sa peau alors qu'elle inspirait pour parler en s'efforçant de maîtriser sa voix.

— D'accord, Jace est sous votre contrôle, mais je ne comprends toujours pas pourquoi. Il existe sûrement d'autres moyens plus simples de me menacer.

Lilith poussa un soupir comme si toute cette histoire commençait à l'ennuyer.

— J'ai besoin de toi, expliqua-t-elle d'un ton patient, pour convaincre Simon de me donner son sang. Et j'ai besoin de Jace, non seulement parce qu'il me fallait un moyen de te conduire jusqu'ici, mais aussi à titre de contrepoids. En magie, l'équilibre est primordial, Clarissa.

Elle montra du doigt le cercle ébauché à la peinture noire sur les dalles, puis Jace.

— Il a été le premier à revenir, la première âme rendue à ce monde au nom de la lumière. Par conséquent, il doit être présent pour que je puisse ressusciter une autre âme au nom des ténèbres. Tu comprends maintenant, idiote ? Nous sommes tous nécessaires ici. Simon doit mourir. Jace doit vivre. Et Jonathan doit revenir à la vie. Quant à toi, fille de Valentin, tu seras le catalyseur de tout cela.

La voix de la démone s'était réduite à un murmure quasi incantatoire. Avec un tressaillement de surprise, Clary se rappela où elle l'avait entendue auparavant. Elle revit son père, debout à l'intérieur d'un pentagramme, et, agenouillée à ses pieds, une femme aux cheveux noirs avec des tentacules qui lui sortaient des orbites. La femme avait dit : « L'enfant né avec ce sang dans les veines aura un pouvoir plus grand que celui des Démons Supérieurs qui peuplent les abysses entre les mondes. Mais il le privera de son humanité. »

— Je sais qui vous êtes, dit Clary entre ses dents. Je vous ai vue entailler votre main et recueillir le sang dans une coupe pour mon père. C'est l'ange Ithuriel qui me l'a montré dans une vision.

Simon regarda tour à tour Clary et la femme, dont les yeux sombres exprimaient la surprise. Clary la soupçonnait pourtant de ne pas s'étonner facilement.

— J'ai vu mon père vous invoquer, reprit-elle. Je me rappelle le nom qu'il vous donnait : « Dame d'Édom. » Vous êtes un Démon Supérieur. Vous avez donné votre sang à mon frère. Vous l'avez transformé en monstre. Sans votre intervention...

— Tout cela est vrai. J'ai donné mon sang à Valentin Morgenstern, il l'a injecté à son fils et voilà le résultat.

La femme caressa de la main la paroi en verre du cercueil de Sébastien. Un sourire étrange flottait sur ses lèvres.

— On pourrait presque affirmer, en un sens, que je suis la mère de Jonathan.

— Je t'avais dit que cette adresse ne nous mènerait à rien, grommela Alec.

Isabelle l'ignora. Dès l'instant où ils avaient franchi les portes de l'immeuble, le rubis qu'elle portait autour du cou s'était mis à battre doucement, lui faisant l'effet de pulsations lointaines d'un cœur. C'était le signe d'une présence démoniaque. Dans d'autres circonstances, elle se serait attendue à ce que son frère perçoive les mêmes vibrations étranges qu'elle, mais visiblement, il était trop absorbé par sa dispute avec Magnus pour se concentrer.

— Sors ta pierre de rune, lui dit-elle. J'ai laissé la mienne à la maison.

Il lui jeta un regard courroucé. Il faisait sombre dans le hall, assez sombre pour qu'un être humain normal n'y voie goutte. Maia et Jordan possédaient tous deux l'excellente vision nocturne des loups-garous. Ils s'étaient postés à deux extrémités de la pièce ; Jordan examinait la réception en marbre tandis qu'adossée au mur opposé Maia contemplait les bagues à ses doigts.

— Tu es censée l'emporter partout avec toi, maugréa Alec.

— Oh, parce que tu as pensé à prendre ton Détecteur ? répliqua Isabelle. C'est bien ce qu'il me semblait. Au moins, j'ai ça. (Elle tapota son pendentif.) Je peux t'affirmer qu'il y a une présence démoniaque ici.

Jordan tourna brusquement la tête.

— Il y a des démons dans cet immeuble ?

— Je ne sais pas... peut-être qu'il n'y en a qu'un seul. Ça vibre et puis ça s'arrête, admit Isabelle. Mais ça fait trop de coïncidences pour qu'on se soit trompés d'adresse. Il faut qu'on en ait le cœur net.

Un halo de lumière pâle jaillit autour d'elle. Elle jeta un coup d'œil en arrière et vit Alec brandir sa pierre de rune en réduisant sa clarté entre ses doigts. La pierre projetait des ombres bizarres sur son visage et lui donnait l'air plus vieux.

— En route, dit-il. On va fouiller l'immeuble étage par étage.

Ils se dirigèrent vers un ascenseur. Alec ouvrait la marche, suivi d'Isabelle, de Jordan et de Maia. Les bottes d'Isabelle avaient des runes de silence gravées sous les semelles, mais les talons de Maia cliquetaient sur le sol en marbre. Les sourcils froncés, elle s'arrêta pour ôter ses chaussures et poursuivit sa route pieds nus. Au moment où elle entrait dans l'ascenseur, Isabelle s'aperçut qu'elle portait un anneau d'or serti d'une turquoise au gros orteil du pied gauche.

Baissant les yeux à son tour, Jordan déclara d'un ton surpris :

— Je me souviens de cette bague. Je te l'avais achetée à...

— Tais-toi, dit Maia en appuyant sur le bouton de fermeture de la porte.

Ils s'arrêtèrent à tous les étages. La plupart étaient encore en travaux : il n'y avait pas d'électricité et des fils pendaient du plafond. Les fenêtres étaient obstruées par des planches. La brise soulevait les bâches de protection, leur donnant l'air de fantômes. Isabelle gardait la main plaquée sur son pendentif, mais rien ne se produisit avant qu'ils aient atteint le dixième étage. Au moment où la porte de l'ascenseur s'ouvrait, elle sentit le pendentif tressaillir contre sa paume, comme si elle tenait dans sa main un minuscule oiseau battant des ailes.

— Il y a quelque chose ici, murmura-t-elle.

Alec se contenta de hocher la tête. Jordan ouvrit la bouche pour parler, mais Maia lui donna un coup de coude. Isabelle devança son frère en sortant de l'ascenseur. À présent, le rubis palpitait et vibrait dans sa main tel un insecte en détresse.

Derrière elle, Alec chuchota : « Sandalphon », et un éclair de lumière jaillit. Contrairement aux autres étages qu'ils avaient visités, celui-ci semblait en partie terminé. Des murs en granit se dressaient autour d'eux et le sol était recouvert de carrelage noir et lisse. Le couloir bifurquait dans deux directions. La première débouchait sur un tas de matériel de construction et de câbles emmêlés. La seconde sur une arche ouvrant sur un océan de ténèbres.

Isabelle se tourna pour regarder ses compagnons. Alec avait troqué sa pierre de rune pour un poignard séraphique qui éclairait l'intérieur de l'ascenseur aussi bien qu'une lanterne. Jordan avait dégainé un grand couteau qu'il agrippait dans sa main droite, et Maia semblait sur le point de rassembler ses cheveux ; mais elle baissa les mains et brandit une longue épingle aiguisée comme un rasoir. Ses ongles avaient laissé place à des griffes et ses yeux brillaient d'une lueur féroce.

— Suivez-moi, ordonna Isabelle. Et ne faites pas de bruit.

Le rubis continuait à lui tapoter la gorge, insistant, alors qu'elle s'avançait dans le couloir. Elle n'entendait pas les autres derrière elle, mais savait qu'ils la suivaient à leurs ombres qui s'étiraient sur les murs en granit. Elle avait la gorge nouée et les nerfs à fleur de peau, comme chaque fois qu'elle se préparait à se battre. C'était le moment qu'elle aimait le moins, l'attente avant le déchaînement de violence. Pendant le combat, plus rien n'importait que le combat lui-même, alors qu'en cet instant elle devait lutter pour rester concentrée sur la tâche qui l'attendait.

L'arche se dressa au-dessus d'eux, étonnamment décalée dans cet immeuble moderne avec ses colonnes en marbre ornées de volutes. Isabelle leva les yeux en passant dessous et sursauta. Le visage grotesque d'une gargouille la fixait d'un œil mauvais. Elle lui rendit sa grimace et inspecta la pièce dans laquelle elle venait d'entrer.

Elle était vaste, haute de plafond, visiblement destinée à abriter un jour un immense loft. De larges baies vitrées offraient une vue imprenable sur l'East River, le Queens au loin et la pancarte lumineuse de Pepsi avec ses lettres clignotantes bleu marine et rouge sang qui se reflétaient sur les flots noirs. Les lumières des immeubles voisins scintillaient dans le soir comme les guirlandes d'un arbre de Noël. Dans l'obscurité de la pièce, Isabelle distingua de drôles de formes bossues disposées à intervalles réguliers sur le sol. Perplexe, elle plissa les yeux. Les formes demeuraient immobiles ; vues d'ici, on aurait dit des éléments de mobilier compacts, de forme cubique, mais...

— Alec, dit-elle à voix basse.

Son pendentif se tordait telle une créature vivante, son rubis lui brûlait la peau.

Son frère la rejoignit un instant plus tard. Il leva son poignard, et la pièce fut inondée de lumière. Isabelle porta la main à sa bouche.

— Oh, Seigneur ! murmura-t-elle. Oh, par l'Ange, non !

— Vous n'êtes pas sa mère ! s'écria Simon.

Lilith ne lui accorda pas même un regard. Elle avait toujours les mains posées sur le cercueil de verre dans lequel flottait Sébastien, immobile. Simon remarqua qu'il avait les pieds nus.

— Il en a déjà une, reprit-il. C'est la mère de Clary. Clary est sa sœur. Sébastien... Jonathan ne sera pas content si vous lui faites du mal.

Lilith leva les yeux et éclata de rire.

— Bien essayé, vampire, mais je ne suis pas si bête. J'ai vu mon fils grandir, tu sais. Je lui ai souvent rendu visite sous la forme d'une chouette. J'ai pu constater que la femme qui l'avait mis au monde le haïssait. Il n'a aucune affection pour elle, et il se moque complètement de sa sœur. Il me ressemble davantage qu'à Jocelyne Morgenstern.

Ses yeux noirs se posèrent sur Jace puis sur Clary, qui n'avaient pas bougé. Clary était toujours prisonnière des bras de Jace, la pointe du couteau posée sur sa gorge. Il pointait l'arme sur elle avec désinvolture, comme s'il y prêtait à peine attention. Mais Simon savait qu'il pouvait passer en un éclair d'une apparente indifférence à une violence incontrôlable.

— Jace, ordonna Lilith. Entre dans le cercle et amène la fille avec toi.

Jace s'avança docilement en poussant Clary devant lui. Au moment où ils franchissaient la ligne noire, les runes à l'intérieur du cercle s'illuminèrent brusquement de rouge, ainsi que celle qui ornait la poitrine de Jace juste au-dessus de son cœur, avec une telle intensité que Simon ferma les yeux mais, même avec les paupières closes, il voyait encore la rune maléfique imprimée sur sa rétine.

— Ouvre les yeux, vampire, aboya Lilith. Le moment est venu. Alors, tu acceptes de me donner ton sang ? Tu connais le prix à payer si tu refuses.

Simon regarda Sébastien dans son cercueil. Une rune jumelle de celle qui venait de briller sur le torse de Jace venait d'apparaître au même endroit sur sa peau nue. Elle commença à se dissiper puis disparut, et Sébastien redevint aussi pâle et immobile qu'un instant plus tôt.

— Je ne peux pas vous le ramener, dit Simon. Il est mort. Je veux bien vous donner mon sang, mais il ne pourra pas le boire.

Lilith poussa un soupir excédé et une lueur diabolique brilla dans ses yeux.

— D'abord tu dois le mordre. Le sang de l'Ange

416

coule dans tes veines. Il le ranimera suffisamment pour qu'il soit à même de le boire. Mors-le, donne-lui ton sang et ramène-le-moi.

Simon la considéra d'un air affolé.

— Mais... prétendez-vous que j'ai le pouvoir de ressusciter les morts ?

— Depuis que tu peux voir le jour, oui. Mais tu n'as pas le droit de l'utiliser.

— Comment ça ?

Elle sourit en promenant un ongle griffu et peint en rouge sur le cercueil de Sébastien.

— On dit que ce sont les vainqueurs qui écrivent l'histoire. Il n'y a peut-être pas autant de différences que tu le crois entre la lumière et les ténèbres. Après tout, sans l'obscurité, la lumière ne peut briller.

Simon la dévisagea sans comprendre.

— L'équilibre, expliqua-t-elle. Il existe des lois plus anciennes que ce que tu t'imagines. D'après l'une d'elles, on ne peut pas ressusciter les morts. Quand l'âme quitte le corps, elle appartient à la mort. Et elle ne peut pas lui être reprise sans en payer le prix.

— Et vous êtes prête à payer ce prix pour lui ? s'exclama Simon en désignant Sébastien.

— Il est le prix à payer ! (Elle éclata d'un rire presque humain en rejetant la tête en arrière.) Si la lumière ramène une âme d'entre les morts, alors les ténèbres ont le droit d'en faire autant. C'est mon droit que je suis venue réclamer. Mais tu devrais peut-être demander des explications à ton amie Clary.

Simon se tourna vers Clary. Elle semblait au bord de l'évanouissement.

— Raziel, fit-elle d'une voix à peine audible. Quand Jace est mort...

— Jace est mort ? répéta Simon d'une voix suraiguë.

Bien qu'étant au centre de la conversation, Jace restait serein, impassible, et sa main qui tenait le couteau ne tremblait pas.

— Valentin lui a passé son épée au travers du corps, dit Clary dans un souffle. Puis l'Ange a tué Valentin et m'a dit que je pouvais avoir tout ce que je désirais. Moi je voulais que Jace revienne, je voulais qu'il revienne, alors il l'a ramené... pour moi. (Ses yeux semblaient immenses dans son petit visage blême.) Il n'est mort que pendant quelques minutes...

— Ça a suffi, rétorqua Lilith. Je rôdais près de mon fils pendant son duel avec Jace ; je l'ai vu tomber et exhaler son dernier souffle. Ensuite, j'ai suivi Jace jusqu'au lac ; j'ai assisté à sa mort puis à sa résurrection. Là, j'ai compris que je tenais ma chance. Je suis retournée au bord du ruisseau et j'ai emporté le corps de mon fils... Je l'ai préservé dans l'attente de ce moment. (Elle couva le cercueil d'un regard tendre.) L'équilibre en tout. Œil pour œil. Dent pour dent. Une vie pour une autre. Jace est le contrepoids. Si Jace vit, alors Jonathan doit vivre, lui aussi.

Simon ne pouvait pas détacher les yeux de Clary.

— C'est vrai ce qu'elle dit au sujet de l'Ange ? Et tu n'en as jamais parlé à personne ?

À son étonnement, ce fut Jace qui répondit en frottant sa joue contre les cheveux de Clary :

— C'était notre secret.

Les yeux de Clary étincelèrent, mais elle ne bougea pas.

— Tu vois, vampire, reprit Lilith. Je me contente de prendre ce qui me revient de droit. D'après la Loi, le premier à avoir été ramené doit être présent dans le cercle pour que le deuxième vive. (Elle désigna Jace d'un claquement de doigts dédaigneux.) Il est là. Toi aussi. Tout est prêt.

— Dans ce cas, vous n'avez pas besoin de Clary, objecta Simon. Laissez-la en dehors de ça.

— Si, j'ai besoin d'elle pour te motiver. Je ne peux pas m'en prendre directement à toi, en revanche je peux toucher ton cœur en versant le sang de cette fille. Et je ne vais pas m'en priver.

Elle se tourna vers Clary, et Simon suivit son regard. La jeune fille était si pâle que sa peau prenait des reflets bleutés, à moins que ce fût le froid. Ses yeux verts se détachaient, immenses, sur son visage livide. Une traînée de sang séché s'étirait de sa clavicule au décolleté de sa robe, à présent tachée. Ses mains qui pendaient le long de son corps tremblaient violemment.

Simon la revit à l'âge de sept ans, avec ses bras maigres, ses taches de rousseur et les barrettes en plastique bleu qu'elle avait gardées jusqu'à l'entrée au collège. Il repensa à la première fois où il avait remarqué ses formes féminines sous les jeans et les tee-shirts amples qu'elle portait toujours, en se demandant s'il avait le droit de la regarder. Il songea à son rire et à son coup de crayon, aux dessins regorgeant de détails qu'elle semait derrière elle : châteaux forts, chevaux lancés au galop, personnages bariolés sortis de son imagination. « Tu peux aller à l'école à pied, avait dit sa mère, à condition que Simon t'accompagne. » Il pensa à sa main qui serrait la sienne lorsqu'ils traversaient la rue et au sentiment qu'il avait éprouvé alors d'avoir accepté une tâche énorme : celle de veiller à sa sécurité.

Il avait été amoureux d'elle, et peut-être qu'une part de lui-même le resterait toujours, parce qu'elle avait été son premier amour. Mais cela n'avait plus d'importance, désormais. Clary faisait partie de lui ; il en avait toujours été ainsi et cela ne changerait pas. Sans cesser de la regarder, il secoua imperceptiblement la tête. Il savait ce qu'elle pensait. « Ne lui donne pas ce qu'elle veut. Advienne que pourra. »

Il entra dans le cercle ; au moment où il franchissait la ligne noire, un frisson pareil à un choc électrique lui parcourut le corps.

— C'est bon, dit-il. Je vais le faire.

— Non ! s'écria Clary, mais Simon garda les yeux fixés sur Lilith qui, un sourire triomphant sur les lèvres, effleura de la main gauche la paroi du cercueil.

Le couvercle se souleva comme une boîte de sardines, du moins c'est l'image étrange qui vint à l'esprit de Simon, et se mit à fondre avant de dégouliner sur les flancs du piédestal. Au moment de toucher le sol, les gouttes se cristallisaient en minuscules éclats de verre.

Le cercueil était désormais ouvert tel un bocal à poisson. Le corps de Sébastien flottait toujours à l'intérieur, et Simon crut voir de nouveau briller la rune sur son torse tandis que Lilith plongeait les mains dans le liquide. Elle prit les bras ballants de Sébastien et les croisa sur sa poitrine d'un geste tendre en glissant le moignon bandé sous sa main intacte. Elle écarta une mèche de cheveux mouillés sur son front livide et recula en secouant ses mains.

— À ton tour, vampire.

Simon s'avança vers le cercueil. La peau du visage de Sébastien était flasque, ses paupières closes. Simon se rappela à quel point il convoitait le sang de Maureen. Mais là... là, il devait se nourrir sur un cadavre. À cette seule pensée, son estomac se soulevait.

Il sentait le regard de Clary peser sur lui, et son souffle s'accélérer comme il se penchait sur Sébastien. Il sentait aussi la présence de Jace, qui l'observait de son regard inexpressif. Il referma les mains sur les épaules glacées de Sébastien et, réprimant un haut-le-cœur, il enfonça ses crocs dans sa gorge. Du sang noir emplit sa bouche, amer comme un poison.

Isabelle s'avança sans bruit parmi les piédestaux de pierre. Alec lui emboîta le pas en l'éclairant de Sandalphon. Maia s'était réfugiée dans un coin de la salle pour vomir, pliée en deux, en s'appuyant au mur ; Jordan rôdait autour d'elle, hésitant à lui caresser le dos de peur d'essuyer une rebuffade.

Isabelle ne pouvait pas blâmer Maia d'être malade. Sans ses années d'entraînement, elle n'en aurait pas mené large non plus. Elle n'avait jamais vu un spectacle aussi atroce. Sur chacun des dizaines de piédestaux disséminés dans la salle était posé un panier semblable à un berceau, à l'intérieur duquel se trouvait un bébé mort.

En arpentant une rangée après l'autre, elle avait d'abord espéré trouver des survivants. Mais ces enfants étaient morts depuis longtemps. Leur peau était grise, leur petit visage pâle et bleu. Ils étaient emmaillotés dans de fines couvertures, et malgré le froid qui régnait dans la salle, Isabelle ne pensait pas qu'il était la cause de leur mort. Cependant, elle ignorait ce qui avait pu les tuer et n'avait pas le courage de les examiner de trop près. Manifestement, c'était le travail de l'Enclave, désormais.

Derrière elle, Alec avait le visage inondé de larmes. Il jurait entre ses dents quand ils atteignirent le dernier piédestal. Maia était allée s'appuyer contre une baie vitrée ; Jordan lui avait donné un mouchoir pour s'essuyer le visage. Les lumières blanches et froides de la ville brillaient dans le dos de la jeune fille en perçant le verre sombre comme des sillons de diamant.

— Isa, lança Alec. Qui a pu faire une chose pareille, à ton avis ? Pourquoi quelqu'un… même un démon…

Il se tut. Isabelle devina ses pensées. À la naissance de Max, elle avait sept ans, et Alec neuf. En se penchant sur le berceau de leur petit frère, amusés et enchantés par l'arrivée de cette créature fascinante, ils avaient joué avec ses doigts minuscules et ri des drôles de grimaces qu'il faisait quand ils le chatouillaient.

Le cœur d'Isabelle se serra. Max. Alors qu'elle s'écartait des rangées de petits berceaux devenus cercueils, une angoisse terrible la submergea. Elle ne pouvait pas ignorer le fait que le pendentif autour de son cou brillait avec une intensité et une régularité inhabituelles.

Cela ne pouvait signifier qu'une chose : la présence d'un Démon Supérieur.

Elle repensa à ce que Clary avait vu à la morgue de Beth Israel. « Il ressemblait à un bébé normal, sauf qu'il avait des griffes... »

Elle s'avança prudemment vers l'un des berceaux et, en prenant garde à ne pas toucher le bébé, elle ôta la couverture qui recouvrait son corps.

Elle laissa échapper un hoquet de dégoût. Des bras et des poignets potelés de bébé, tout ce qu'il y avait de plus ordinaire. Ses petites mains semblaient douces au toucher. Mais ses doigts étaient terminés par des griffes noires, on aurait dit des os calcinés et recourbées telles de minuscules serres. Malgré elle, Isabelle recula.

— Quoi ? fit Maia en la rejoignant. Qu'est-ce que tu as trouvé ?

Elle était toujours pâle, mais sa voix ne tremblait pas. Jordan la suivit, les mains dans les poches.

— Par l'Ange ! (Alec, qui s'était rapproché d'Isabelle, examinait le contenu du berceau.) Est-ce que... ça ressemble au bébé de Beth Israel dont t'a parlé Clary ?

Isabelle hocha la tête.

— Il faut croire que ce n'était pas le seul. Quelqu'un a essayé d'en faire beaucoup d'autres. D'autres... Sébastien.

— Pourquoi voudrait-on faire d'autres personnes comme lui ? s'interrogea Alec d'un ton haineux.

— Il était fort et rapide, répondit Isabelle.

Il lui était presque douloureux de faire un compliment à l'assassin de son frère.

— Je suppose qu'ils essayaient de créer une race de super-guerriers.

— Ça n'a pas marché, observa tristement Maia.

Un bruit à peine audible fit tressaillir Isabelle. Elle releva brusquement la tête et porta la main à sa ceinture, où elle gardait son fouet. Distinguant du mouvement près de la porte, dans un recoin sombre de la salle, elle se détacha des autres et s'élança dans le couloir en direction des ascenseurs. Il y avait bel et bien quelque chose devant elle, une ombre qui avait jailli des ténèbres de la salle et longeait le mur. Isabelle accéléra et, se jetant sur elle, la plaqua sur le sol.

Isabelle n'avait pas affaire à un fantôme car, en tombant, la créature poussa un grognement de surprise tout à fait humain. Elles roulèrent ensemble sur le sol. Un coude osseux s'enfonça dans la clavicule d'Isabelle et elle reçut un coup de genou dans le plexus solaire. La respiration coupée, elle roula sur le côté et, le temps qu'elle s'empare de son fouet, son adversaire s'était déjà relevé. Elle tomba à plat ventre, fit claquer son fouet, qui alla s'enrouler autour de la cheville du fuyard. Elle tira et il perdit l'équilibre.

Puis elle se releva maladroitement et, de sa main libre, prit sa stèle. D'un geste vif, elle finit de tracer la *nyx* sur son bras gauche et, sous l'effet de la rune de vision nocturne, sa vue s'adapta immédiatement à son environnement comme si le couloir avait été soudain inondé de lumière. Elle distinguait mieux son assaillant à présent : une silhouette frêle vêtue d'un jogging gris et chaussée de baskets de la même couleur. La capuche de son survêtement était retombée, révélant un crâne rasé, mais son visage était indéniablement celui d'une femme avec des pommettes saillantes et de grands yeux sombres.

— Ne bouge plus, ordonna Isabelle en tirant sur son fouet.

La femme poussa un cri de douleur et découvrit ses dents.

— Minables, gronda-t-elle. Impies. Je ne vous dirai rien.

Isabelle rangea sa stèle.

— Si je tire encore sur ce fouet, il te coupera la jambe.

Elle resserra un peu son étreinte et se dressa au-dessus de la femme.

— Qu'est-il arrivé à ces bébés ?

La femme ricana.

— Ils n'étaient pas assez robustes. Du bétail trop chétif.

— Trop chétif pour quoi ?

Comme la femme ne disait mot, Isabelle poursuivit :

— Réponds ou tu vas perdre ta jambe. À toi de voir. Crois-moi, je n'hésiterai pas à te laisser te vider de ton sang. Les assassins d'enfants ne méritent aucune pitié.

La femme siffla comme un serpent.

— Si tu me touches, elle te le fera payer.

— De qui...

Isabelle s'interrompit. Les paroles d'Alec lui revinrent en mémoire. « Talto est un autre nom de Lilith. On peut dire que c'est la déesse des enfants morts. »

— Lilith, souffla-t-elle. Vous vénérez Lilith. Vous avez fait tout ça... pour elle ?

— Isabelle, lança Alec en levant la lame illuminée de Sandalphon devant lui. Qu'est-ce qui se passe ici ?

Maia et Jordan sont partis chercher d'autres... enfants, mais apparemment ils sont tous dans la grande salle.

— Cette... femme, lâcha Isabelle avec dégoût, est membre de l'Église de Talto, une secte vouée au culte de Lilith. C'est pour elle qu'ils ont assassiné tous ces bébés.

— Assassiné ? Pas du tout ! s'écria la femme en essayant de se relever. Sacrifié ! On leur a fait passer des tests et ils étaient trop faibles. Ce n'est pas notre faute.

— Laisse-moi deviner. Vous avez injecté du sang de démon à des femmes enceintes. Or, c'est une substance toxique. Ces enfants ne pouvaient pas survivre. Ils sont nés difformes et ils sont morts.

La femme poussa un gémissement imperceptible, et Isabelle vit Alec plisser les yeux. Il avait toujours été le meilleur d'entre eux pour déchiffrer les émotions des gens.

— Un de ces bébés était le tien, déclara-t-il. Comment as-tu pu injecter du sang de démon à ton propre enfant ?

Les lèvres de la femme se mirent à trembler.

— Je ne lui ai rien injecté du tout. C'était nous, les mères, qui recevions ces injections. Nous et nos hommes. Elles nous rendaient plus forts, plus rapides. Mais peu à peu, nous sommes tombés malades. Nous avons perdu nos cheveux. Nos ongles...

Elle leva les mains pour leur montrer ses ongles noircis. Certains étaient tombés, laissant la chair à vif. Quant à ses bras, ils étaient couverts de bleus.

— Nous sommes tous en train de mourir, confessa-t-elle avec une certaine satisfaction. Ce sera fini dans quelques jours.

— Elle vous a forcés à ingurgiter son poison, et vous la vénérez ? s'étonna Alec.

— Tu ne comprends rien, répliqua la femme d'un ton rêveur. Avant qu'elle me trouve, je n'avais rien. Pareil pour les autres. J'errais dans les rues. Je dormais sur les grilles de métro pour ne pas crever de froid. Lilith m'a donné un toit et une famille qui s'occupe de moi. En sa présence, je me sens en sécurité. Ça ne m'était jamais arrivé avant.

— Tu as vu Lilith ? s'exclama Isabelle en s'efforçant de masquer son incrédulité.

Elle s'y connaissait en sectes démoniaques ; elle avait rédigé un rapport sur la question pour Hodge et avait obtenu une excellente note. La plupart de ces sectes vénéraient des démons imaginaires. Certaines d'entre elles réussissaient parfois à invoquer des démons mineurs, qui massacraient leurs membres une fois libérés, ou se faisaient servir sans rien accorder en retour. Elle n'avait jamais entendu parler d'une secte vouée à un Démon Supérieur dont les membres aient vu ledit démon en chair et en os. Encore moins dans le cas d'une créature aussi puissante que Lilith, qui était la mère des sorciers.

La femme ferma les yeux à demi.

— Oui. Grâce à son sang qui circule dans mes veines, je peux sentir sa présence. Et elle est tout près maintenant.

D'un geste involontaire, Isabelle porta la main à son pendentif qui vibrait par intermittence depuis leur entrée dans l'immeuble ; elle avait pensé que c'était peut-être dû à la présence de sang démoniaque dans les corps des bébés morts, mais la proximité d'un Démon Supérieur était une cause bien plus probable.

— Elle est ici ? Où est-elle ?

La femme semblait sombrer peu à peu dans le sommeil.

— En haut, répondit-elle d'un ton absent. Avec le vampire qui marche en plein jour. Elle nous a envoyés le chercher, mais il bénéficiait d'une protection. On ne pouvait pas lever la main sur lui. Tous ceux qui l'approchaient tombaient comme des mouches. Frère Adam est revenu, lui. Quand il nous a raconté que le vampire était protégé par un feu sacré, dame Lilith s'est mise en colère. Elle l'a tué sur-le-champ. Il a eu de la chance de mourir de sa main, oui, bien de la chance. (Son souffle devint rauque.) Mais elle est très intelligente, dame Lilith. Elle a trouvé un autre moyen de faire venir le garçon...

Isabelle en laissa tomber son fouet.

— Simon ? Elle a fait venir Simon ici ? Mais pourquoi ?

— Quiconque l'approche n'en revient jamais... souffla la femme.

Isabelle tomba à genoux et ramassa son fouet.

— Cesse de geindre et dis-moi où il est, ordonnat-elle d'une voix tremblante. Où est Simon ? Dis-le-moi ou...

— Isabelle, intervint Alec d'un ton grave. Isa, ça ne sert à rien. Elle est morte.

Isabelle considéra la femme d'un air incrédule. Elle s'était éteinte, semblait-il, entre deux respirations, les yeux grands ouverts, les traits avachis. On pouvait voir maintenant, au-delà des privations, de la calvitie et des bleus, qu'elle n'avait guère plus de vingt ans.

Isabelle jura entre ses dents.

— Je ne comprends pas, dit Alec. Qu'est-ce qu'un Démon Supérieur peut bien vouloir à Simon ? C'est un vampire ! D'accord, un vampire puissant, mais...

— La Marque de Caïn, répondit Isabelle d'un ton distrait. Ç'a forcément un lien avec la Marque. (Elle se dirigea vers l'ascenseur et pressa le bouton d'appel.) Si Lilith était vraiment la première femme d'Adam, et Caïn le fils de ce dernier, alors la Marque est presque aussi ancienne qu'elle.

— Où tu vas ?

— Elle a dit qu'ils étaient en haut. Je vais passer chaque étage au peigne fin jusqu'à ce que je les retrouve.

— Elle ne peut pas lui faire de mal, Isa, objecta Alec de ce ton raisonnable qu'elle détestait. Je sais que tu es inquiète, mais il a la Marque de Caïn ; il est intouchable. Même un Démon Supérieur ne peut rien contre lui.

Isabelle lui jeta un regard mauvais.

— Alors, qu'est-ce qu'elle lui veut, à ton avis, hein ? Elle a besoin de quelqu'un pour récupérer son linge au pressing l'après-midi ? Franchement, Alec...

Un tintement retentit et la flèche de l'ascenseur s'alluma. Isabelle s'avança au moment où la porte s'ouvrait. Un flot de lumière en jaillit... puis un groupe d'hommes et de femmes, tous chauves, émaciés et vêtus du même survêtement gris, se précipita au-dehors. Ils brandissaient des armes de fortune ramassées sur le chantier : fragments de verre effilés, barres de fer, blocs de béton. Aucun ne dit mot. Dans un silence aussi étrange qu'absolu, ils surgirent de l'ascenseur comme un seul homme et se ruèrent sur Alec et Isabelle.

18

LES STIGMATES DU FEU

DES NUAGES avaient déferlé au-dessus du fleuve, apportant avec eux une brume épaisse qui, sans avoir envahi le toit, s'étendait tout autour. Les bâtiments se dressaient telles des colonnes de lumière indistinctes, et la lune brillait faiblement, semblable à une lampe recouverte d'un voile parmi les nuées basses défilant à toute allure. Les débris de verre du cercueil éparpillés sur les dalles du sol scintillaient comme des éclats de glace, et Lilith elle-même luisait, pâle sous l'astre lunaire, en regardant Simon boire le sang de Sébastien, penché sur son corps immobile.

Clary avait du mal à regarder cette scène. Elle savait que Simon détestait ce qu'il était en train de faire, et qu'il le faisait pour elle. Pour elle, et peut-être un peu pour Jace. Elle devinait aussi quelle serait la prochaine étape du rituel. Simon donnerait son sang à Sébastien, puis il mourrait. Il arrivait que les vampires meurent quand on les vidait de leur sang. Il mourrait, elle le perdrait à jamais, et tout cela par sa faute.

Elle sentait le poids des bras de Jace resserrés autour d'elle et les battements ténus, réguliers, de son cœur contre son omoplate. Elle se souvint du soir où il l'avait tenue dans ses bras sur les marches de la Salle des Accords, du vent dans les feuilles au moment où il l'avait embrassée, de ses mains chaudes posées sur son visage. Ce soir-là aussi, elle avait senti le cœur de Jace cogner dans sa poitrine, et elle avait songé qu'il n'en existait aucun autre qui puisse battre ainsi, à l'unisson avec le sien.

Il devait être enfermé quelque part derrière ce masque d'indifférence, à l'instar de Sébastien dans sa prison de verre. Il devait y avoir un moyen de l'atteindre.

Lilith regardait toujours fixement Simon de ses grands yeux sombres, comme si Jace et Clary n'existaient pas.

— Jace, chuchota Clary. Jace, je ne veux pas voir ça.

Elle se colla contre lui, fit mine de se blottir dans ses bras, puis grimaça en sentant le couteau effleurer sa gorge.

— S'il te plaît, Jace. Tu n'as pas besoin de ce couteau. Tu sais bien que je ne peux pas te faire de mal.

— Mais pourquoi…

— Je veux juste te regarder. Je veux voir ton visage.

Elle sentit sa poitrine se soulever. Un frisson le parcourut, comme s'il luttait contre une force invisible, puis, rapide comme l'éclair, d'un geste dont lui seul avait le secret, il glissa le couteau dans sa ceinture sans desserrer l'étreinte de son bras droit autour d'elle.

Le cœur de Clary bondit. « Je pourrais m'enfuir », pensa-t-elle tout en sachant qu'il aurait tôt fait de la rattraper. Cela ne dura qu'un instant. Quelques secondes plus tard, ses deux bras s'étaient de nouveau refermés autour d'elle. Elle sentit ses doigts sur son dos, puis sur ses bras nus tandis qu'il la faisait pivoter vers lui.

À présent, elle tournait le dos à Simon et à la démone. Elle contempla le visage si familier de Jace, dont elle connaissait chaque détail, des mèches qui lui tombaient sur le front aux petites cicatrices qui barraient sa pommette et sa tempe, en passant par ses cils un ton plus foncés que ses cheveux, et ses yeux d'un or pâle. C'était en cela qu'il était différent, songea-t-elle. Il était resté le même, à l'exception de ce regard vide, comme s'il contemplait une pièce déserte à travers une vitre.

— J'ai peur, confessa-t-elle.

Il lui caressa l'épaule, et elle s'aperçut avec un sentiment de malaise que son corps répondait toujours à ses caresses.

— Il ne t'arrivera rien, je ne le permettrai pas, dit-il.

Elle le dévisagea, perplexe. « Tu le penses vraiment, hein ? Tu ne vois pas que tes actes sont déconnectés de tes intentions. »

— Elle va me tuer, Jace. Tu ne pourras pas l'en empêcher.

Il secoua la tête.

— Non, elle ne ferait jamais ça.

Clary avait envie de hurler, mais elle s'efforça de rester calme en choisissant ses mots avec soin.

— Je sais que tu es là, Jace. Le vrai toi. (Elle se colla contre lui, le ventre comprimé par la boucle de sa ceinture.) Tu peux la battre...

Ce n'était pas la chose à dire. Soudain, il se raidit et une lueur d'angoisse s'alluma dans ses yeux, l'expression d'un animal pris au piège. Un instant plus tard, son visage se ferma.

— Non, c'est impossible.

Clary frissonna. Ce regard si dur ! En la voyant trembler, il se radoucit.

— Tu as froid ? demanda-t-il, et, l'espace d'une seconde, il sembla redevenir Jace, celui qui se souciait de son bien-être ; elle en eut la gorge nouée.

Elle hocha la tête, bien que le froid fût le cadet de ses soucis.

— Je peux mettre les mains sous ta veste ?

Il acquiesça. Son vêtement n'était pas boutonné ; elle glissa les mains en dessous. Un silence inquiétant régnait sur les lieux. La ville semblait figée à l'intérieur d'un prisme glacé. Même la lumière émanant des immeubles voisins paraissait froide et morte.

La respiration de Jace était lente et régulière. Sous sa chemise déchirée, Clary voyait la rune imprimée sur sa poitrine. Elle semblait vibrer chaque fois qu'il respirait, collée à lui comme une sangsue répugnante qui aspirait tout ce qu'il y avait de bon en lui, tout ce qui était Jace.

Elle se souvint de ce que Luke lui avait dit au sujet des runes. « En l'abîmant suffisamment, on peut anéantir son pouvoir ou l'amoindrir. Parfois, au cours d'une bataille, l'ennemi essaie de brûler ou d'entailler la peau des Chasseurs d'Ombres pour les priver du pouvoir de leurs runes. »

Elle garda les yeux fixés sur le visage de Jace. « Oublie ce qui se passe autour de toi, s'enjoignit-elle. Oublie Simon et le couteau de Jace. Ce que tu vas dire maintenant peut faire toute la différence. »

— Tu te rappelles ce que tu m'as dit dans le parc ? murmura-t-elle.

Il baissa les yeux vers elle, surpris.

— Hein ?

— Quand je t'ai avoué que je ne parlais pas italien. Je me rappelle très bien ce que signifiait ta citation : que l'amour était le plus grand pouvoir au monde.

Un pli barra le front de Jace.

— Je ne...

— Si, tu l'as dit.

« Vas-y doucement », pensa-t-elle, mais elle était incapable de gommer la tension qui perçait dans sa voix.

— Tu te souviens ? Le plus grand pouvoir, c'est ce que tu m'as dit. Plus puissant que le paradis ou l'enfer. Il est donc forcément plus puissant que Lilith.

Rien. Jace la regardait comme s'il ne pouvait pas l'entendre. Elle avait l'impression de crier dans un tunnel désert. « Jace, Jace, Jace, je sais que tu es là. »

— Il existe un moyen de me protéger sans lui désobéir, reprit-elle. Ce serait l'idéal, non ?

Elle pressa son corps un peu plus contre lui et sentit son estomac se nouer. C'était comme serrer Jace dans ses bras tout en serrant quelqu'un d'autre, un mélange de joie et d'horreur. Elle sentit son corps à lui répondre, et son cœur battre à ses oreilles, dans ses propres veines. Il n'avait pas cessé de la désirer, quel que fût le contrôle qu'exerçait Lilith sur son cerveau.

— Je vais te le dire à l'oreille, poursuivit-elle en effleurant son cou de ses lèvres. (Elle respira l'odeur de sa peau, aussi familière que la sienne.) Écoute-moi.

Elle leva le visage vers lui, et au moment où il se penchait pour l'entendre, elle referma la main sur le manche du couteau pendu à sa ceinture, s'en empara comme il le lui avait montré lors de leurs entraînements et lacéra son torse d'un grand geste. Jace poussa un cri – de surprise plus que de douleur –, du sang jaillit de l'entaille et dégoulina sur la rune. Il porta la main à son cœur, la retira et contempla, médusé, sa paume sanglante puis Clary, comme s'il n'arrivait pas à croire à une telle trahison.

Clary s'écarta brusquement et Lilith poussa un hurlement de rage. Simon se redressa en regardant son amie, la main plaquée sur la bouche, le menton et la chemise maculés de sang noir, les yeux écarquillés de surprise.

— Jace ! s'écria Lilith d'une voix aiguë. Jace, rattrape-la... Je te l'ordonne...

Jace ne bougea pas. Il observa tour à tour Clary, Lilith, puis sa main ensanglantée. Simon s'était éloigné de Lilith de quelques pas ; soudain, il s'immobilisa avec un soubresaut et tomba à genoux. Lilith se détourna de Jace et s'avança vers lui, le visage déformé par la colère.

— Lève-toi ! glapit-elle. Debout ! Tu as bu son sang. Maintenant il a besoin du tien !

Simon essaya de se redresser, glissa mollement sur le sol et vomit du sang noir. Clary se rappela l'avoir entendu dire à Idris que le sang de Sébastien avait un goût de poison. Lilith prit son élan pour lui donner un coup de pied, puis chancela en arrière, comme si une main invisible l'avait repoussée violemment. Elle poussa un hululement de chouette, un pur cri de rage et de haine qui n'avait rien d'humain. Clary eut l'impression qu'on lui enfonçait des bouts de verre dans les oreilles.

— Laissez Simon tranquille ! cria-t-elle. Vous ne voyez pas qu'il est malade ?

Elle regretta immédiatement d'avoir ouvert la bouche. Lilith se tourna lentement, et son regard froid, impérieux glissa sur Jace.

— Je te l'ordonne, Jace Herondale. Ne la laisse pas sortir du cercle. Prends son arme.

Clary avait presque oublié qu'elle tenait encore le couteau dans sa main. Elle avait si froid qu'elle était presque paralysée, mais un accès de rage incontrôlable vis-à-vis de Lilith libéra ses mouvements. Elle jeta le couteau par terre. Il glissa sur les dalles et atterrit aux pieds de Jace. Il le regarda d'un air hébété, comme s'il n'avait encore jamais vu une arme.

La bouche de Lilith évoquait une balafre rouge sur son visage blême. Le blanc de ses yeux s'était coloré de noir. Elle n'avait plus rien d'humain.

— Jace, siffla-t-elle. Jace Herondale, tu m'as entendue ? Je t'ordonne de m'obéir.

— Prends-le, dit Clary, les yeux fixés sur Jace. Prends-le, et tue-la ou tue-moi. À toi de choisir.

Lentement, Jace se baissa pour ramasser le couteau.

Alec tenait Sandalphon dans une main, un *hachiwara* – ces dagues destinées à parer plusieurs assaillants – dans l'autre. Au moins six hommes gisaient déjà à ses pieds, morts ou inconscients.

Alec avait combattu quelques démons à l'occasion, mais affronter les membres de l'Église de Talto avait de quoi glacer le sang. Ils déferlaient comme un raz de marée avec une force et une rapidité étonnantes, dans un silence absolu. En outre, ils n'avaient apparemment aucune peur de la mort. Alec et Isabelle avaient beau leur crier de rester en arrière, ils continuaient d'avancer en rangs serrés en se jetant sur les Chasseurs d'Ombres avec l'inconséquence suicidaire d'une bande de lemmings se précipitant du haut d'une falaise. Ils avaient acculé Alec et Isabelle au bout du couloir, dans la grande salle remplie de piédestaux, quand le bruit de la bataille rameuta Jordan et Maia : Jordan sous son apparence de loup et Maia toujours sous sa forme humaine, mais toutes griffes dehors.

Les membres de la secte semblèrent à peine s'apercevoir de leur présence. Ils continuaient de se jeter à corps perdu dans la bataille, tombant l'un après l'autre tandis qu'Alec, Maia et Jordan distribuaient des coups de couteau et de griffes. Le fouet d'Isabelle traçait des arabesques scintillantes dans l'air avant de lacérer les corps en projetant de fines gouttelettes de sang. Maia s'en sortait mieux que les autres. Une douzaine de cadavres au bas mot s'entassaient autour d'elle, et elle s'élançait avec frénésie vers un nouvel assaillant, les mains rougies jusqu'aux poignets.

Un fidèle barra le chemin d'Alec et fonça vers lui, bras tendus. Sa capuche était rabattue sur son visage, si bien qu'Alec ne pouvait déterminer ni son âge ni son sexe. Il enfonça Sandalphon jusqu'à la garde dans la région du cœur. Un cri rauque et sonore s'éleva. L'homme s'effondra en se tenant la poitrine tandis que des flammes léchaient les bords de la déchirure de sa veste en molleton. Alec se détourna, pris de nausée. Il n'aimait guère voir les dégâts causés par un poignard séraphique sur un corps humain.

Soudain, il reçut un coup violent dans le dos, se retourna et vit un homme brandissant une barre de fer. Il avait le visage si émacié que ses pommettes semblaient sur le point de transpercer la peau de ses joues. Avec un sifflement, il fondit de nouveau sur Alec, qui fit un pas de côté et évita le coup de justesse. Il fit volte-face et envoya promener la barre de fer d'un coup de pied. Elle tomba par terre ; l'homme recula, faillit trébucher sur un cadavre... et prit ses jambes à son cou.

Alec hésita un bref instant. Le fuyard avait presque atteint la porte. Alec savait qu'il avait intérêt à le suivre pour éviter qu'il aille chercher des renforts, mais il était mort de fatigue, dégoûté et un peu nauséeux. Ces gens étaient probablement possédés. Pourtant, bien qu'ils n'aient plus beaucoup d'humanité en eux, il avait encore l'impression d'assassiner des êtres humains.

Il se demanda ce que Magnus penserait de tout cela, bien qu'à vrai dire il s'en doutât un peu. Il avait déjà combattu des adorateurs de démons, lesquels puisaient leur énergie dans l'humanité de leurs serviteurs, à qui il ne restait qu'un désir sauvage de tuer et un corps à l'agonie. On ne pouvait plus les aider ; il était trop tard pour les soigner. Alec entendit la voix de Magnus comme s'il se trouvait à côté de lui : « Les tuer, c'est un acte de miséricorde. »

Après avoir glissé son *hachiwara* dans sa ceinture, il se lança à la poursuite du fuyard et poussa la porte qui donnait sur un hall désert. L'ascenseur le plus éloigné de lui s'ouvrit et le hurlement suraigu d'une alarme résonna dans le corridor derrière lui. Plusieurs portes s'encadraient dans le hall. Avec un haussement d'épaules, Alec en choisit une au hasard.

Il se retrouva dans un dédale de petites pièces encore en travaux : des cloisons avaient été installées à la va-vite, et des bouquets de fils multicolores sortaient de trous dans les murs. Le poignard séraphique dessinait un patchwork lumineux sur les parois tandis qu'Alec traversait les pièces à pas prudents, les nerfs à vif. Soudain, le faisceau lumineux de son arme captura un mouvement, et il sursauta. Baissant son poignard, il distingua une paire d'yeux rouges et une petite forme grise nichée dans un trou du mur. Il fit la grimace. Bienvenue à New York. Même dans un immeuble flambant neuf, on trouvait encore des rats.

Enfin, les pièces en enfilade débouchèrent sur un espace plus vaste quoique plus petit que la salle aux piédestaux. Une baie vitrée en partie recouverte de bouts de cartons scotchés s'étendait sur un côté.

Une forme sombre était recroquevillée dans un coin de la pièce, près d'un enchevêtrement de tuyaux. Alec s'avança prudemment. Était-ce l'obscurité qui lui jouait des tours ? Non, il s'agissait bien d'une forme humaine vêtue de noir qui se blottissait contre le mur. Alec sentit sa rune de vision nocturne lui picoter la peau et il plissa les yeux. Il distingua une femme mince, pieds nus, dont les mains étaient enchaînées à l'un des tuyaux. Elle leva la tête à son approche, et la pâle lumière filtrant par la baie vitrée éclaira ses cheveux blonds.

— Alexander ? s'exclama-t-elle, incrédule. Alexander Lightwood ?

C'était Camille.

— Jace !

La voix de Lilith s'abattit comme un fouet sur la chair nue. Même Clary tressaillit en l'entendant.

— Je t'ordonne de...

Jace prit son élan ; Clary se raidit et le vit lancer le couteau dans la direction de Lilith. Il fendit l'air, décrivit un tour sur lui-même et se planta dans sa poitrine. Elle recula en chancelant, perdit l'équilibre, et ses talons glissèrent sur la pierre lisse du carrelage. Après s'être redressée en rugissant, elle arracha le couteau de sa poitrine et le jeta par terre en crachant quelques mots dans une langue inconnue. Il toucha le sol en sifflant, sa lame à moitié rongée comme si on l'avait trempée dans un acide surpuissant.

Lilith se tourna vivement vers Clary.

— Qu'est-ce que tu lui as fait ? s'écria-t-elle, les yeux exorbités.

Un instant plus tard, deux minuscules serpents noirs jaillirent de ses orbites ; Clary poussa un cri, recula et faillit s'affaler sur une haie. C'était la Lilith qu'elle avait vue dans la vision d'Ithuriel, avec ses yeux terribles et sa voix tonnante. Elle s'avança vers Clary...

... Et soudain Jace s'interposa pour lui barrer le passage. Clary l'observa. Il était redevenu lui-même. Il semblait animé d'un feu sacré, comme Raziel lors de cette nuit horrible près du lac Lyn. Il avait tiré de sa ceinture un poignard séraphique dont la lame argentée se reflétait dans ses yeux. Du sang maculait sa chemise trouée et sa peau dénudée. À le voir ainsi regarder Lilith, Clary songea que si les anges venaient de l'enfer, ils auraient ressemblé à ça.

— Michel, dit-il, et Clary n'aurait su dire si c'était le pouvoir de ce nom ou la rage qui perçait dans sa voix, mais la lame du poignard brillait plus fort qu'aucune avant elle.

Aveuglée, Clary détourna la tête un instant, et vit Simon recroquevillé par terre près du cercueil de Sébastien.

Son cœur bondit dans sa poitrine. Et si le sang de Sébastien l'avait empoisonné ? La Marque de Caïn ne lui serait d'aucun secours. C'était quelque chose qu'il s'était infligé de son plein gré pour sauver sa vie à elle.

— Ah, Michel, fit Lilith d'un ton moqueur en s'avançant vers Jace. Le capitaine des armées célestes. Je l'ai bien connu.

Jace brandit son poignard séraphique ; il se mit à scintiller comme une étoile, avec tellement d'intensité que Clary en vint à se demander s'il n'était pas visible de toute la ville, comme un projecteur perçant l'obscurité.

— N'approche pas.

À l'étonnement de Clary, Lilith s'arrêta.

— Michel a tué le démon Samaël, que j'aimais. Comment se fait-il, petit Chasseur d'Ombres, que tes anges soient aussi impitoyables ? Pourquoi détruisent-ils tous ceux qui refusent de leur obéir ?

— J'ignorais que tu étais une apôtre du libre arbitre, répliqua Jace, et son ton lourd de sarcasme acheva de convaincre Clary qu'il était bien redevenu lui-même. Et si tu nous laissais partir maintenant ? Moi, Simon et Clary. Qu'en dis-tu, démone ? C'est fini. Tu n'as plus aucun contrôle sur moi. Je ne ferai pas de mal à Clary, et Simon ne t'obéira pas. Quant à ce fumier que tu essaies de ressusciter, je te suggère de te débarrasser de son corps avant qu'il commence à pourrir, parce qu'il ne reviendra pas et qu'il a depuis longtemps dépassé la date limite.

Lilith cracha sur Jace un torrent de flammes noires qui, en touchant le sol, se transformèrent en un serpent. La créature rampa vers lui, la gueule béante. Il la repoussa du pied et se jeta sur la démone en brandissant son poignard. Mais Lilith disparut comme une ombre quand la lumière du poignard l'éclaira, pour réapparaître juste derrière Jace. Au moment où il faisait volte-face, elle tendit le bras d'un geste presque nonchalant et posa la main sur sa poitrine.

Jace vola dans les airs en laissant échapper son poignard qui tomba sur le sol dallé et percuta de plein fouet le parapet du toit, avec tant de violence que des craquelures apparurent sur la pierre. Il retomba lourdement par terre, visiblement sonné.

Clary s'élança pour ramasser le poignard séraphique, mais n'eut pas le temps de l'atteindre. Lilith la saisit à deux mains et la projeta loin d'elle avec une force incroyable. Clary s'écroula dans une haie basse en s'égratignant sur ses branchages. Elle se débattit pour dégager sa robe, entendit le tissu soyeux se déchirer et se redressa au moment où Lilith relevait Jace par le devant de sa chemise.

443

La démone sourit en découvrant des dents noires étincelantes comme du métal.

— Je suis contente que tu te sois relevé, petit Nephilim. Je veux voir ton visage quand tu mourras, et non te poignarder dans le dos comme tu l'as fait avec mon fils.

Jace s'essuya le visage d'un revers de manche ; sa joue entaillée saignait abondamment et le tissu de sa chemise se teinta de rouge.

— Ce n'est pas ton fils. Tu lui as fait don de ton sang. Ça ne fait pas de lui ta descendance. La mère des sorciers... (Il se détourna pour cracher un filet de bave ensanglantée.) Tu n'es la mère de personne.

Les serpents jaillirent furieusement des orbites de Lilith. Clary, qui avait enfin réussi à se dépêtrer de la haie, s'aperçut que les deux reptiles avaient les yeux rouges et luisants. Elle sentit son estomac se soulever.

— Alors, on a détruit ma rune ? cracha Lilith. C'est très grossier de ta part.

— Mais efficace, répliqua Jace.

— Tu n'es pas de taille à lutter contre moi, Jace Herondale. Tu es peut-être le plus grand Chasseur d'Ombres que cette terre ait porté, mais je suis plus puissante qu'un Démon Supérieur.

— Alors, affronte-moi, dit Jace. Je te donnerai une arme. Quant à moi, j'ai mon poignard séraphique. Affronte-moi en combat singulier et nous verrons bien qui l'emportera.

Lilith le toisa en secouant ses mèches noires qui dansèrent autour d'elle comme des volutes de fumée.

— Je suis le plus ancien de tous les démons. Je ne suis pas un soldat. Tu ne peux pas me rouler en titillant mon orgueil, et je n'ai que faire de ton duel. C'est une faiblesse propre à ton sexe, et moi je suis une femme. J'aurai recours à toutes les armes pour obtenir ce que je veux.

À ces mots, elle lâcha sa chemise et le repoussa d'un geste dédaigneux. Jace chancela mais retrouva rapidement son équilibre et se jeta par terre pour ramasser son poignard séraphique.

Il réussit à s'en emparer en même temps que Lilith ouvrait les bras en éclatant de rire. Des ombres semi-opaques jaillirent de ses paumes ouvertes. Même Jace parut désarçonné. Les ombres prirent bientôt la forme de deux démons identiques aux yeux rouges et luisants. Comme ils touchaient le sol en grognant et en piaffant d'impatience, Clary s'aperçut, stupéfaite, qu'il s'agissait de chiens. Deux chiens noirs décharnés à l'œil haineux, qui ressemblaient vaguement à des dobermans.

— Les chiens de l'enfer, souffla Jace. Clary...

Il s'interrompit car l'une des créatures venait de bondir dans sa direction en poussant un long hurlement, sa gueule grande ouverte semblable à la mâchoire d'un requin. Un instant plus tard, l'autre l'imita et s'élança vers Clary.

— Camille ! Qu'est-ce que vous faites là ? s'écria Alec.

Il se sentait un peu sonné, et comprit qu'il devait lui faire l'effet d'un idiot. Or, il n'avait aucune envie de passer pour un imbécile devant l'ex-petite amie de Magnus.

— C'est Lilith, dit la femme vampire d'une petite

voix tremblante. Elle a envoyé ses fidèles me chercher. Ils se sont introduits dans le Sanctuaire. Il n'est pas protégé contre les humains, et ce sont encore des hommes, malgré tout. Ils m'ont détachée et emmenée ici, auprès d'elle. (Elle leva les mains, et les chaînes qui emprisonnaient ses poignets cliquetèrent.) Ils m'ont brutalisée.

Alec s'accroupit pour examiner Camille. Les vampires n'avaient pas de bleus, ils cicatrisaient trop vite pour cela. En revanche, ses cheveux étaient poissés de sang, et il en déduisit qu'elle disait la vérité.

— Admettons que je vous croie, lâcha-t-il, qu'est-ce qu'elle vous veut ? D'après ce que je sais de Lilith, elle ne s'intéresse pas particulièrement aux vampires.

— Tu sais pourquoi l'Enclave me retenait prisonnière, non ? Tu en as forcément entendu parler.

— Vous avez assassiné trois Chasseurs d'Ombres. Magnus prétend que c'est sur l'ordre de quelqu'un. (Il fit une pause.) Qui ça, Lilith ?

— Si je te le dis, tu m'aideras ?

La lèvre inférieure de Camille tremblait ; ses yeux verts, immenses, semblaient implorer Alec. Elle était d'une grande beauté. Il se demanda si, jadis, elle avait regardé Magnus de la même manière. À cette pensée, il eut envie de la secouer comme un prunier.

— Peut-être, répondit-il, étonné par la froideur de sa voix. Vous n'êtes pas vraiment en position de marchander. Je pourrais tourner les talons et vous laisser aux mains de Lilith, ça ne changerait pas grand-chose pour moi.

— Mais si ! objecta-t-elle à voix basse. Magnus t'aime. Il ne t'aimerait plus si tu étais le genre de personne capable d'abandonner une pauvre créature sans défense.

— Il vous a aimée aussi, dit Alec.

Elle sourit d'un air mélancolique.

— J'ai l'impression qu'il a beaucoup appris depuis.

— Écoutez, si vous me dites la vérité, je vous libérerai avant de vous remettre à l'Enclave. Ils vous traiteront toujours mieux que Lilith.

Elle contempla ses poignets.

— L'Enclave m'a enchaînée. Lilith aussi. Je vois peu de différence entre les deux.

— C'est à vous de choisir. Faites-moi confiance. Ou faites-lui confiance.

Alec se rendait compte qu'il prenait un risque. Un long silence s'écoula avant que Camille réponde :

— Très bien. Si Magnus a confiance en toi, alors je ferai de même. (Elle leva la tête et fit de son mieux pour prendre l'air digne malgré ses vêtements déchirés et ses cheveux poissés de sang.) C'est Lilith qui est venue me trouver, et non l'inverse. Elle avait entendu dire que je cherchais à reprendre ma place de chef du clan de Manhattan. Elle m'a promis de me venir en aide si j'acceptais de l'aider en retour.

— L'aider en massacrant des Chasseurs d'Ombres ?

— Elle avait besoin de leur sang pour les bébés. Elle injectait du sang de Chasseur d'Ombres et de démons aux mères dans le but de reproduire l'expérience de Valentin avec son fils. Mais ça n'a pas marché. Les bébés sont nés difformes... et ils n'ont pas survécu. (Devant l'air scandalisé d'Alec, elle ajouta :) Au début, j'ignorais à quoi elle destinait ce sang. Tu n'as peut-être pas une haute opinion de moi, mais je n'éprouve aucun plaisir à tuer des innocents.

— Vous n'étiez pas obligée d'accepter.

Camille sourit d'un air las.

— Quand on a vécu aussi longtemps que moi, c'est parce qu'on a appris les règles du jeu et qu'on a conclu les bonnes alliances au bon moment. Il faut non seulement pactiser avec les puissants, mais aussi parier sur ceux qui vous aideront à le devenir. Je savais que si je refusais d'assister Lilith, elle me tuerait. Par nature, les démons sont des êtres méfiants, et elle aurait pensé que je finirais par aller voir l'Enclave pour lui révéler ses projets, même si je lui avais promis de n'en rien faire. J'ai estimé que Lilith était plus dangereuse pour moi que tes amis.

— Et ça ne vous a pas posé problème de massacrer des Chasseurs d'Ombres ?

— Ils faisaient partie du Cercle. Ils avaient tué des membres de mon espèce et de la tienne.

— Et Simon Lewis ? Pourquoi vous intéressait-il à ce point ?

— Tout le monde voudrait l'avoir dans son camp, répondit Camille en haussant les épaules. Et je savais qu'il portait la Marque de Caïn. L'un des sous-fifres de Raphaël m'est encore loyal. C'est lui qui m'a appris la nouvelle. Peu d'autres Créatures Obscures sont au courant. Cela fait de lui un allié d'une valeur inestimable.

— C'est pour cette raison que Lilith cherche à mettre la main sur lui ?

Camille ouvrit de grands yeux. Sous sa peau livide, Alec distinguait ses veines ; elles avaient foncé et commençaient à s'étendre à tout son visage comme les craquelures d'une porcelaine. Les vampires affamés devenaient incontrôlables, puis perdaient conscience à force d'être privés de sang. Plus ils étaient vieux, plus ils étaient capables de résister à la faim, mais Alec ne put s'empêcher de se demander à quand remontait la dernière fois qu'elle s'était nourrie.

— Qu'est-ce que tu veux dire ?

— Apparemment, elle a fait venir Simon, répondit Alec. Ils sont quelque part dans l'immeuble.

Camille observa un silence, puis éclata de rire.

— Quelle ironie ! s'exclama-t-elle. Elle n'a jamais mentionné son nom en ma présence, j'ai fait de même, et pourtant, chacune de notre côté, nous le poursuivions pour parvenir à nos fins. Si elle a besoin de lui, c'est pour son sang, ajouta-t-elle. Le rituel qu'elle veut accomplir est très certainement lié à cela. Le sang de Lewis, qui mêle les propriétés du sang de Chasseur d'Ombres à celles du sang de Créature Obscure, lui serait forcément très utile.

Un léger malaise étreignit Alec.

— Mais elle ne peut pas lui faire de mal. La Marque de Caïn...

— Elle trouvera un autre moyen de l'atteindre. C'est de Lilith, mère de tous les sorciers, que l'on parle. Elle vit depuis des milliers d'années, Alexander.

Alec se leva.

— Alors je ferais mieux de découvrir ce qu'elle manigance.

Camille fit cliqueter ses chaînes en essayant de se mettre à genoux.

— Attends... Tu m'as promis de me libérer.

Alec baissa les yeux vers elle.

— Non, je vous ai dit que je vous remettrais à l'Enclave.

— Si tu me laisses ici, rien n'empêchera Lilith de me trouver la première.

D'un mouvement de tête, elle rejeta ses cheveux en arrière. Un pli soucieux barrait son front.

— Alexander, je t'en supplie...

— Qui est Will ? demanda Alec de but en blanc.

Il regretta immédiatement sa question.

— Will ?

D'abord, Camille le regarda sans comprendre, puis un sourire amusé flotta sur ses lèvres.

— Tu as entendu ma conversation avec Magnus.

— En partie seulement. Will est mort, n'est-ce pas ? Magnus a dit qu'il l'avait connu il y a longtemps...

— Je sais ce qui te chiffonne, petit Chasseur d'Ombres, déclara Camille d'une voix douce et musicale.

Derrière elle, à travers la baie vitrée, Alec distingua les lumières clignotantes d'un avion survolant la ville.

— Au début, tu étais heureux. Tu vivais l'instant présent sans penser à l'avenir. Maintenant, tu as pris conscience de ce qui t'attend. Tu vieilliras et un jour, tu mourras. Mais Magnus, lui, continuera sans toi. Vous ne vieillirez pas ensemble. Vous prendrez des chemins différents.

Alec pensa aux passagers de l'avion là-haut dans le ciel, qui regardaient la ville s'étendre sous eux comme un tapis scintillant de diamants. Bien sûr, il n'était jamais monté dans un avion. Il ne pouvait qu'imaginer comment on se sentait en pareille situation : seul, loin, coupé du monde.

— Ça, vous n'en savez rien, protesta-t-il.

Elle sourit d'un air compatissant.

— Pour l'instant, tu es beau, tu respires la jeunesse. Mais dans vingt ans ? Quarante ? Cinquante ? Aimera-t-il encore tes yeux bleus quand leur éclat se sera terni, ta peau douce quand l'âge l'aura creusée de rides, tes mains quand elles se seront flétries, tes cheveux quand ils auront blanchi...

— Taisez-vous ! (Alec sentit sa voix flancher et s'en voulut.) Taisez-vous. Je ne veux plus rien entendre.

— Ce n'est pas une fatalité, susurra Camille en se penchant vers lui, les yeux étincelants. Et si je te disais que tu n'es pas obligé de vieillir ni de mourir ?

Un accès de rage submergea Alec.

— Je n'ai pas envie de devenir un vampire. Ce n'est même pas la peine de me le proposer. Plutôt mourir.

Pendant une fraction de seconde, le visage de Camille s'assombrit. Un instant plus tard, elle avait retrouvé le contrôle d'elle-même ; un mince sourire étira ses lèvres.

— Ce n'était pas mon intention. Et si je te disais qu'il existe un autre moyen de rester ensemble pour l'éternité ?

Alec avala péniblement sa salive. Il avait la bouche sèche.

— Je vous écoute, dit-il.

Camille fit tinter ses chaînes.

— Libère-moi.

— Non, parlez d'abord.

— C'est hors de question, répliqua-t-elle d'un ton

glacial. Tu prétendais que je n'étais pas en position de négocier ? Eh bien, il semblerait que si. Et je n'ai pas l'intention de renoncer à mon avantage.

Alec hésita. Les paroles de Magnus lui revinrent en mémoire : « Elle est experte en manipulation et en insinuations. Elle l'a toujours été. »

« Mais, Magnus, songea-t-il, tu ne m'as pas mis en garde. Tu ne m'avais pas prévenu qu'un jour je me réveillerais en prenant conscience que tu ne pourras pas me suivre jusqu'au bout. Nous sommes viscéralement différents. Il n'y a pas de "jusqu'à ce que la mort nous sépare" quand on vit éternellement. »

Il fit un pas vers Camille, puis un autre. Après avoir pris son élan, il abattit son poignard séraphique de toutes ses forces sur les chaînes de Camille et libéra ses poignets. Elle leva les mains, l'air triomphant.

— Alec ! appela Isabelle.

Alec se retourna et la vit debout sur le seuil, le fouet à la main. Il était maculé de sang, ainsi que ses bras et sa robe en soie.

— Qu'est-ce que tu fais ici ?

— Rien, je...

La honte et l'horreur submergèrent Alec. Sans réfléchir, il s'avança devant Camille pour la dissimuler à sa sœur.

— Ils sont tous morts, déclara Isabelle d'un ton morne. On les a tous tués. Allez, viens. Il faut qu'on se remette en quête de Simon. (Elle dévisagea Alec avec insistance.) Tu te sens bien ? Tu es tout pâle.

— Je l'ai libérée, bredouilla Alec. Je n'aurais pas dû. C'est juste que...

— Libéré qui ? demanda Isabelle en entrant dans la pièce.

Les lumières de la ville faisaient scintiller sa robe et lui donnaient une allure spectrale.

— Alec, qu'est-ce que tu me chantes ?

L'expression d'Isabelle trahissait la perplexité. Suivant son regard, Alec se retourna... et ne vit rien. Le tuyau était toujours là, un fragment de chaîne traînait à proximité, quelques particules de poussière voletaient dans l'air. Quant à Camille, elle avait disparu.

Clary eut à peine le temps de se protéger le visage de ses bras que le molosse se jetait sur elle, boule de muscles et d'os à l'haleine fétide. Ses pieds se dérobèrent sous elle ; elle se rappela que Jace lui avait expliqué comment tomber sans se faire mal, mais ses conseils s'envolèrent. Elle atterrit sur le coude, et une douleur vive irradia dans tout son bras. Un instant plus tard, le chien était sur elle, il lui écrasait la poitrine de ses pattes, et sa queue osseuse remuait comme l'imitation grotesque d'un brave toutou, sauf que cette queue-là était hérissée, telle une masse d'armes médiévale, de pointes pareilles à des clous. Un grognement s'échappa de son large thorax, si sonore que Clary sentit ses os vibrer.

— Maintiens-la à terre et tranche-lui la gorge si elle essaie de fuir ! cria Lilith tandis que le deuxième monstre bondissait sur Jace.

Ils roulèrent sur le sol dans un enchevêtrement de bras, de jambes et de crocs. Clary tourna péniblement la tête de l'autre côté et vit Lilith s'avancer vers le cercueil de verre, près duquel Simon était toujours étendu. À l'intérieur du cercueil, Sébastien flottait, aussi immobile qu'un noyé. Le liquide laiteux avait pris une teinte noirâtre, sans doute à cause de son sang.

Le chien qui clouait Clary au sol gronda près de son oreille. Un frisson de peur la parcourut, auquel s'ajouta la colère. Elle était autant dirigée contre elle-même que contre Lilith. Elle était une Chasseuse d'Ombres, désormais. À l'époque où elle n'avait jamais entendu parler des Nephilim, on pouvait encore comprendre qu'un démon Vorace l'emporte facilement sur elle. Mais depuis, elle avait suivi un entraînement. Elle aurait dû faire mieux que ça.

« N'importe quel objet peut être une arme », lui avait dit Jace dans le parc. Le poids du chien l'écrasait ; elle poussa un gémissement étranglé et porta les mains à sa gorge comme si elle avait du mal à trouver de l'air. Le monstre se mit à aboyer en montrant les crocs ; les doigts de Clary se refermèrent sur la chaîne autour de son cou. Elle tira dessus d'un coup sec et la chaîne céda. D'un geste brusque, elle en fouetta les yeux de la créature, qui recula en poussant un hurlement de douleur. Clary roula sur le côté et se redressa sur les genoux. L'œil ensanglanté, le chien s'accroupit comme pour bondir. La chaîne avait glissé des mains de Clary, et l'anneau des Morgenstern roulait dans la direction opposée ; elle tendit la main vers le bijou au moment où le monstre s'élançait...

L'éclat d'une lame étincela dans l'obscurité et, frôlant le visage de Clary, alla trancher la tête du chien. L'animal poussa un bref grognement et disparut en laissant derrière lui une marque de brûlé sur le sol, ainsi que cette odeur nauséabonde propre aux démons.

Clary sentit qu'on la relevait doucement. Elle ouvrit les yeux et vit Jace ; il avait glissé son poignard séraphique dans sa ceinture pour la soutenir et l'observait d'un regard étrange qui exprimait à la fois l'espoir, l'inquiétude, l'amour, le désir et la colère. Sa chemise était déchirée en divers endroits et maculée de sang. Il avait perdu sa veste et ses cheveux blonds étaient plaqués par la sueur et le sang. Pendant un bref moment, ils se dévisagèrent, les mains de Jace agrippées aux siennes. Puis tous deux prirent la parole en même temps.

— Tu es… commença-t-elle.

— Clary !

Sans lui lâcher les mains, il la poussa hors du cercle, en direction de l'allée qui menait aux ascenseurs.

— Va-t'en, dit-il d'une voix entrecoupée. Sors d'ici, Clary.

— Jace…

Il laissa échapper un soupir tremblant.

— Je t'en prie…

Et à ces mots, dégainant son poignard de sa ceinture, il se tourna vers le cercle.

— Lève-toi, grogna Lilith. Allez, lève-toi.

Une main secoua l'épaule de Simon, et la douleur remonta jusque dans sa tête. Jusqu'alors, il flottait dans les ténèbres ; il ouvrit les yeux, vit le ciel constellé d'étoiles et le visage pâle de Lilith penché sur lui. Des serpents noirs lui sortaient des yeux. Le choc causé par cette vision d'horreur suffit à le faire se relever d'un bond.

Dès qu'il fut debout, il se remit à vomir et faillit retomber à genoux. Fermant les yeux pour lutter contre la nausée, il entendit Lilith rugir son nom, puis elle le prit par le bras pour le faire avancer. Il se laissa guider. Le goût amer et écœurant du sang de Sébastien lui emplissait la bouche ; il circulait dans ses veines, lui donnait des haut-le-cœur, une impression de grande faiblesse et des frissons jusque dans les os. Sa tête semblait peser des tonnes, et les vertiges affluaient et refluaient par vagues.

Lilith relâcha son étreinte glaciale d'un geste brusque. Simon ouvrit les yeux et constata qu'il se tenait au-dessus du cercueil de verre, comme quelques minutes plus tôt. Sébastien flottait dans le liquide noir et opaque, les traits figés. Deux trous sombres étaient visibles sur un côté de sa gorge, à l'endroit où Simon l'avait mordu.

« Donne-lui ton sang, fit la voix de Lilith à l'intérieur de son crâne. Donne-le-lui maintenant. »

Simon dodelina de la tête, la vue trouble. Il s'efforça de distinguer Clary et Jace à travers les ténèbres grandissantes.

« Sers-toi de tes crocs, disait Lilith. Ouvre ton poignet. Donne ton sang à Jonathan. Guéris-le. »

Simon porta son poignet à sa bouche. « Guéris-le ? » Ramener quelqu'un d'entre les morts, c'était un peu plus que le guérir. Peut-être que la main de Sébastien repousserait. Peut-être que c'était ce qu'elle entendait par là. Il attendit que ses crocs sortent, mais rien ne se produisit. Il était trop écœuré pour avoir faim ; il réprima à grand-peine un fou rire nerveux.

— Je ne peux pas, hoqueta-t-il. Je ne peux pas...

— Lilith !

La voix de Jace transperça les ténèbres ; Lilith se retourna avec un sifflement incrédule. Simon baissa lentement le bras en écarquillant les yeux. Il se concentra sur la lumière devant lui, qui se révéla être la lame illuminée du poignard séraphique que tenait Jace. Simon le voyait nettement à présent, une image distincte peinte sur l'obscurité. Il n'avait plus sa veste, il était sale, sa chemise déchirée était tachée de sang noir, mais il avait le regard vif, déterminé, lucide. Il n'avait plus l'air d'un zombie ou d'un somnambule.

— Où est-elle ? s'écria Lilith. Où est la fille ?

« Clary. » Simon scruta le brouillard autour de Jace, mais il ne la voyait nulle part. Il retrouvait peu à peu l'usage de ses yeux et voyait du sang maculer les dalles du sol, ainsi que des lambeaux de satin accrochés aux branchages d'une haie. Des empreintes de pattes se mêlaient au sang. Simon sentit sa gorge se serrer. Il se tourna vivement vers Jace, qui semblait en colère, très en colère même, mais pas anéanti comme il aurait dû l'être s'il était arrivé quelque chose à Clary. Où était-elle donc ?

— Elle n'a rien à voir avec ça, disait Jace. Tu te prétends invincible, démone ? Moi, je parie le contraire. Voyons lequel de nous deux a raison.

Lilith bougea si vite que sa silhouette devint floue. Une seconde plus tôt elle se trouvait près de Simon, et l'instant d'après elle réapparut sur une marche au-dessus de Jace. Elle fit mine de se jeter sur lui ; il l'esquiva d'une pirouette, se retrouva derrière elle et lui lacéra l'épaule de son poignard. Elle poussa un cri et partit de nouveau à l'assaut tandis que du sang s'écoulait de sa blessure. Il était noir et luisant. Elle joignit les mains dans un bruit de tonnerre comme si elle cherchait à briser le poignard de Jace entre ses paumes, mais il s'était déjà éloigné d'un bond en faisant danser dans l'air, tel un clin d'œil moqueur, la lame scintillante de son arme.

D'après les conjectures de Simon, un autre Chasseur d'Ombres que Jace y aurait déjà laissé sa peau. Il repensa aux paroles de Camille : « L'homme ne peut se mesurer au divin. » Malgré le sang de l'Ange qui coulait dans leurs veines, les Chasseurs d'Ombres étaient des êtres humains. Or, Lilith était bien plus qu'un démon.

Une douleur vive assaillit Simon. À sa surprise, il s'aperçut que ses crocs avaient fini par sortir et qu'il s'était coupé la lèvre inférieure. La douleur et le goût du sang l'arrachèrent à sa torpeur. Il se releva lentement, les yeux fixés sur Lilith qui ne semblait pas lui prêter attention. Elle avait le regard rivé sur Jace. Avec un autre rugissement de fureur, elle se jeta sur lui. À les voir tous deux esquiver puis repartir à l'assaut sur le toit de l'immeuble, Simon avait l'impression d'observer deux phalènes se frôlant sans jamais se toucher. Même avec sa vue de vampire, il avait du mal à suivre leurs mouvements tandis qu'ils sautaient par-dessus les haies ou couraient dans les allées. Lilith finit par acculer Jace contre le mur bas qui protégeait un cadran solaire aux chiffres dorés. Jace bougeait si vite que les contours de sa silhouette devenaient flous, la lame de son poignard jaillissait çà et là autour de Lilith, si bien qu'elle semblait prisonnière d'un réseau de filaments scintillants. Un autre qu'elle aurait été taillé en pièces au bout de quelques secondes. Mais elle se déplaçait aussi vite qu'un ruban de fumée. Elle disparaissait et réapparaissait à sa guise, et si Jace ne se fatiguait visiblement pas, Simon percevait sa frustration.

Pour finir, Jace lança son poignard vers Lilith, qui l'attrapa au vol. Sa main se referma sur la lame, et des gouttes de sang noir jaillirent de sa paume, se transformant, quand elles touchaient le sol, en minuscules serpents noirs qui rampèrent en direction d'une haie.

Tenant le poignard à deux mains, elle le brandit au-dessus de sa tête. Du sang s'écoulait comme des traînées de goudron sur ses poignets et ses avant-bras blancs. Avec un sourire féroce, elle cassa la lame en deux : une partie se désintégra en poussière brillante entre ses mains, tandis que l'autre morceau encore rattaché au manche se mettait à cracher des flammes noires.

— Pauvre petit Michaël, ironisa Lilith. Il a toujours été fragile.

Jace peinait à retrouver son souffle, les poings serrés, les cheveux collés par la sueur.

— Cette manie d'essaimer des noms, lâcha-t-il. J'ai bien connu Michaël. J'ai bien connu Samaël. C'est l'ange Gabriel qui m'a coupé les cheveux. Un peu comme dans le *Who's Who* mais avec des personnages bibliques.

« Du Jace tout craché », songea Simon. S'il se livrait à des moqueries et des bravades, c'est parce qu'il sentait que sa fin était proche et qu'il voulait partir dignement, bien campé sur ses deux jambes, comme un guerrier. À la façon d'un Chasseur d'Ombres. Son chant du cygne serait forcément émaillé de plaisanteries, de sarcasmes, d'arrogance feinte, et il aurait toujours ce regard qui semblait dire : « Je vaux mieux que toi. »

— Lilith, poursuivit Jace, et dans sa bouche ce nom sonna comme une insulte. J'ai étudié ton cas à l'école. Le ciel t'a condamnée à être stérile. Tu as mis au monde mille enfants, et ils sont tous morts, c'est bien ça ?

Impassible, Lilith tenait toujours à la main le poignard séraphique dont le fragment de lame jetait des reflets noirs.

— Prends garde à toi, petit Chasseur d'Ombres.

— Ou quoi ? Tu vas me tuer, c'est ça ? Vas-y.

Le sang coulait sur la joue entaillée de Jace ; il ne fit pas mine de l'essuyer.

« Non ! » Simon tenta de faire un pas dans sa direction ; ses genoux se dérobèrent sous lui et il tomba, les mains à plat par terre. Il prit une grande inspiration. Il n'avait plus besoin d'oxygène, et pourtant cela le calmait. Il s'agrippa au bord du piédestal pour se tenir debout. Sa tête l'élançait. Il n'aurait jamais le temps. Lilith n'avait plus qu'à se servir du poignard qu'elle tenait.

Pourtant, elle n'en fit rien. Les yeux fixés sur Jace, elle ne bougea pas et, soudain, les yeux du garçon étincelèrent.

— Tu ne peux pas me tuer, lança-t-il d'une voix forte. Comme tu l'as dit tout à l'heure, je suis le contrepoids, le seul lien qui le rattache à ce monde. (Il montra d'un geste le cercueil de Sébastien.) Si je meurs, il meurt aussi, n'est-ce pas ? (Il recula d'un pas.) Je pourrais me jeter du haut de ce toit à l'instant même et mettre un terme à tout ça.

Pour la première fois, Lilith montra des signes d'agitation. Elle tourna la tête de part et d'autre tandis que les serpents gesticulaient dans ses orbites comme s'ils cherchaient la direction du vent.

— Où est-elle ? Où est la fille ?

Jace essuya le sang et la sueur sur son visage en souriant. Il avait la lèvre fendue, et du sang coulait sur son menton.

— Laisse tomber. Je l'ai fait redescendre pendant que tu avais le dos tourné. Elle est en sécurité.

— Tu mens, rugit Lilith.

Jace recula d'un autre pas. Quelques mètres le séparaient du parapet. Simon savait qu'il était capable de survivre à toutes sortes de catastrophes, mais une chute de quarante étages, c'était peut-être trop, même pour lui.

— Tu oublies que j'étais là, Chasseur d'Ombres, siffla Lilith. Je t'ai vu mourir. J'ai vu Valentin verser des larmes sur ton cadavre. J'étais là quand l'Ange a demandé à Clarissa ce qu'elle désirait plus que tout au monde, et elle a répondu toi. Comment a-t-elle pu s'imaginer qu'en ramenant l'être aimé d'entre les morts il n'y aurait pas de conséquences ? C'est bien ce que vous avez cru, tous les deux ? Bande d'idiots. (Lilith cracha.) Vous vous aimez, il suffit de vous regarder pour le comprendre, de cet amour qui peut mettre le monde à feu et à sang ou le ressusciter dans

461

toute sa gloire. Non, elle ne t'abandonnerait jamais si elle te savait en danger.

Elle releva la tête et tendit la main, les doigts repliés comme des griffes.

— Là-bas !

Un hurlement s'éleva, et une des haies s'ouvrit, découvrant Clary qui se tapissait derrière. Sans cesser de se débattre et de griffer le sol, elle fut traînée de force dans la direction de Lilith. Ses doigts laissèrent des traînées sanglantes sur les dalles.

— Non ! cria Jace.

Il s'élança vers elle, puis se figea en même temps qu'elle s'élevait dans le vide où elle resta suspendue, se balançant doucement devant Lilith. Elle était pieds nus ; sa robe en satin, à présent si sale que le noir et le rouge l'emportaient sur l'or, voletait autour d'elle, une de ses bretelles, déchirée, pendait sur son bras. Ses cheveux tombaient épars sur ses épaules. Elle posa sur Lilith un regard brûlant de haine.

— Espèce de garce !

Le visage de Jace s'était figé d'horreur. Simon voyait bien qu'il avait cru dur comme fer que Clary avait réussi à s'enfuir. Mais Lilith avait vu juste, et elle savourait sa victoire en agitant les mains à la manière d'un marionnettiste tandis que Clary tournoyait dans le vide. Elle remua les doigts, et ce qui ressemblait à l'éclair d'un fouet argenté s'abattit sur le corps de Clary ; sa robe se déchira, ainsi que la peau en dessous. Elle poussa un cri, plaqua les mains sur sa blessure et son sang éclaboussa les dalles comme une pluie écarlate.

— Clary !

Jace se tourna vers Lilith. Il était pâle à présent. L'heure n'était plus aux bravades. Il serrait si fort les poings que les jointures de ses doigts avaient blanchi.

— Très bien, reprit-il. Laissez-la partir, et je ferai ce que vous voudrez. Pareil pour Simon. On vous laissera…

— Vous me laisserez ?

Lilith semblait avoir retrouvé une contenance. Les serpents s'agitaient dans ses orbites, sa peau blanche luisait, sa bouche était béante, son nez avait presque disparu.

— Vous n'avez pas le choix ! s'exclama-t-elle. En outre, vous m'avez mise en colère, tous autant que vous êtes. Si vous vous étiez résignés à m'obéir, j'aurais peut-être consenti à vous laisser partir. Vous ne le saurez jamais, désormais.

Simon lâcha le piédestal, vacilla un instant et parvint à se redresser. Il fit un pas, puis un autre. Il avait l'impression de gravir une colline en transportant d'énormes sacs de sable mouillé. Chaque fois que son pied touchait le sol, une douleur fulgurante irradiait son corps. Il s'efforça de se concentrer sur sa progression, un pas après l'autre.

— Je ne peux peut-être pas te tuer, poursuivit Lilith. Mais je peux la torturer sous tes yeux jusqu'à ce qu'elle perde la raison. Il existe des choses bien pires que la mort, Chasseur d'Ombres.

Elle claqua des doigts, et le fouet s'abattit de nouveau sur Clary, lacérant son épaule, cette fois. La jeune fille se plia en deux mais se retint de crier, les mains plaquées sur la bouche, le corps roulé en boule comme si elle pouvait se protéger de Lilith.

Jace allait se jeter sur la démone quand, du coin de l'œil, il aperçut Simon. Leurs regards se croisèrent. Le temps se suspendit. Simon regarda Lilith qui fixait son attention sur Clary, la main levée, prête à assener un autre coup plus vicieux que le précédent. Jace était blême de peur ; son regard s'assombrit quand il croisa celui de Simon. Alors il comprit et recula d'un pas.

Le monde devint flou autour de Simon. Comme il se jetait en avant, deux pensées lui traversèrent l'esprit. La première, que c'était impossible, qu'il n'atteindrait jamais Lilith à temps ; sa main s'abattait déjà et un éclair argenté fendait l'air devant elle. La deuxième, qu'il avait oublié à quelle vitesse pouvait se déplacer un vampire. Il sentit les muscles de ses jambes et de son dos se tendre à l'extrême, les os de ses chevilles et de ses pieds craquer...

Et soudain, il se glissa entre Lilith et Clary, à l'instant précis où la main de la démone s'abattait. Le long fil argenté, aiguisé comme un rasoir, lui lacéra le visage et le torse. Pendant une fraction de seconde, il éprouva une douleur insoutenable, puis il lui sembla que l'air autour de lui se désintégrait en confettis scintillants. Il entendit Clary pousser un cri de surprise qui transperça les ténèbres.

— Simon !

Lilith se figea. Elle regarda tour à tour Simon et Clary, toujours suspendue dans le vide, puis sa main, et poussa un long soupir entrecoupé.

— Sept fois, murmura-t-elle.

Soudain, un éclair aveuglant déchira la nuit. Ébloui, Simon ferma les yeux. La seule image qui lui vint, tandis qu'une immense colonne de feu s'abattait du ciel sur Lilith, fut celle d'une armée de fourmis désintégrée par le rayon d'une loupe. Pendant un long moment, elle se consuma, blanche sur l'obscurité, prisonnière des flammes, la bouche déformée par un cri silencieux. Ses cheveux agités par le souffle du feu se détachèrent telle une masse de minuscules filaments de lumière sur les ténèbres, puis elle se désintégra en une pluie de sel, dont les milliers de particules cristallines s'abattirent aux pieds de Simon avec une beauté terrifiante.

19

L'enfer est satisfait

La CLARTÉ ÉBLOUISSANTE qui s'imprimait derrière les paupières closes de Clary se dissipa. Les ténèbres revinrent et, au bout d'un moment qui lui sembla une éternité, laissèrent place à une lumière grisâtre, intermittente, traversée d'ombres. Une surface dure et froide lui comprimait le dos, et tout son corps la faisait souffrir. Elle percevait des murmures au-dessus d'elle, qui lui meurtrissaient l'intérieur du crâne. Quelqu'un lui effleura la gorge, puis retira sa main. Elle prit une grande inspiration.

Elle entrouvrit les yeux et regarda autour d'elle en s'efforçant de ne pas trop bouger. Elle gisait sur les dalles froides du jardin suspendu, et un des pavés s'enfonçait dans son dos. Elle était retombée par terre au moment où Lilith avait disparu, et son corps était couvert de bleus et d'égratignures. Elle n'avait plus de chaussures, ses genoux étaient en sang, et sa robe, lacérée par le fouet magique de Lilith, était en lambeaux. Du sang s'écoulait par les déchirures.

Simon était agenouillé près d'elle, l'air anxieux. La Marque de Caïn luisait encore sur son front.

— Son pouls est régulier, mais tout de même, disait-il. Tu es censé avoir plein de runes de guérison à ta disposition. Tu peux bien faire quelque chose pour elle...

— Pas sans stèle. Lilith m'a forcé à jeter celle de Clary pour ne pas qu'elle puisse s'en servir à son réveil.

La voix qu'elle entendait était celle de Jace, altérée par une angoisse qu'il s'efforçait de maîtriser. Il s'agenouilla de l'autre côté ; son visage était dissimulé dans l'ombre.

— Tu peux la porter jusqu'en bas ? Si on l'emmène à l'Institut...

— Tu veux que moi, je la porte ? s'exclama Simon, stupéfait, et Clary ne pouvait pas l'en blâmer.

— Je doute qu'elle accepte que je la touche, répliqua Jace en se levant, comme s'il n'arrivait pas à rester en place. Si tu pouvais...

Sa voix se brisa, et il se détourna pour contempler l'endroit où Lilith se tenait une minute plus tôt, une étendue de pierre nue à présent constellée de particules de sable. Clary entendit Simon pousser un soupir théâtral puis il se pencha sur elle en posant les mains sur ses bras.

Pendant toute la descente, elle garda les yeux ouverts, et leurs regards se croisèrent à plusieurs reprises. Même s'il s'était aperçu qu'elle avait repris conscience, ils n'échangèrent pas un mot. Elle avait du mal à regarder la Marque, qui brillait comme une étoile blanche sur son front.

Elle avait conscience, en lui donnant la Marque de Caïn, qu'elle accomplissait un acte terrifiant et colossal aux conséquences quasi imprévisibles. Elle ne reniait pas son geste, et pourtant, en voyant Lilith, un Démon Supérieur aussi vieux que l'humanité, se transformer en sel, elle avait pensé : « Qu'ai-je fait ? »

— Je vais bien, dit-elle enfin en se redressant sur ses coudes à vif. Je peux marcher.

En entendant sa voix, Jace se retourna. Le cœur de Clary se serra. Il était couvert de sang et d'ecchymoses, une longue estafilade barrait sa joue et sa lèvre inférieure était enflée. Elle l'avait rarement vu aussi mal en point mais, bien entendu, s'il n'avait pas de stèle pour la soigner, il ne pouvait pas non plus grand-chose pour lui-même.

Son expression était totalement indéchiffrable. Même Clary, pourtant habituée à lire en lui comme dans un livre ouvert, n'y décela rien. Le regard de Jace se posa sur sa gorge, à l'endroit où le sang commençait à former une croûte. Soudain, son masque d'impassibilité se craquela, et il détourna le regard avant qu'elle puisse voir son expression changer.

Balayant d'un geste la sollicitude de Simon, elle essaya de se tenir sur ses jambes. Elle ressentit une douleur cuisante à la cheville et laissa échapper un cri. Elle se mordit la lèvre en se rappelant que les Chasseurs d'Ombres étaient censés endurer stoïquement la douleur. Il ne leur était pas permis de se plaindre.

— C'est ma cheville, marmonna-t-elle. Je crois que j'ai une entorse ou une fracture.

Jace jeta un regard à Simon.

— Porte-la comme je te l'ai demandé.

Cette fois, Simon n'attendit pas la réponse de Clary ; il glissa un bras sous ses genoux et l'autre sous ses épaules, puis la souleva. Elle se laissa faire en se cramponnant à son cou. Jace se dirigea vers les portes qui menaient à l'intérieur. Simon lui emboîta le pas en portant Clary comme une porcelaine fragile. Elle avait presque oublié sa force, maintenant qu'il était un vampire. Elle songea avec un brin de nostalgie qu'elle n'avait plus cette odeur de savon et d'after-shave bon marché mêlée aux effluves de ses chewing-gums préférés à la cannelle. Elle reconnut le parfum caractéristique de son shampooing mais, par ailleurs, il ne dégageait plus aucune odeur, et sa peau était froide comme du marbre. Elle resserra les bras autour de son cou en regrettant qu'il ne puisse pas lui transmettre un peu de chaleur corporelle. Le bout de ses doigts était bleu et elle avait le corps engourdi.

Devant eux, Jace poussa d'un coup d'épaule la porte vitrée. Ils s'engouffrèrent à l'intérieur ; là, heureusement, il faisait un peu plus chaud. « C'est bizarre d'être dans les bras de quelqu'un qui ne respire pas », songea Clary. Une étrange électricité semblait encore habiter Simon, un vestige de la lumière éblouissante qui avait illuminé le toit quand Lilith avait été anéantie. Clary avait envie de lui demander comment il allait, mais le silence de Jace était si pesant qu'elle avait peur de le rompre.

Alors qu'il tendait la main pour appuyer sur le bouton d'appel de l'ascenseur, la porte s'ouvrit et Isabelle en sortit comme un diable de sa boîte en traînant derrière elle son fouet doré telle la queue d'une comète. Alec la suivait de près ; en voyant Jace, Clary et Simon, elle s'arrêta net, et Alec faillit s'affaler sur elle. Dans d'autres circonstances, la scène aurait presque pu être comique.

— Mais... hoqueta Isabelle.

Elle était couverte de sang et d'égratignures, sa belle robe rouge était déchirée au niveau des genoux et des mèches noires poissées de sang s'échappaient de son chignon. Alec n'en menait pas large non plus : une manche de sa veste avait été lacérée, mais la peau en dessous semblait intacte.

— Qu'est-ce que vous faites ici ?

Jace, Clary et Simon dévisagèrent Isabelle d'un air interdit, trop sonnés pour répondre.

— On pourrait vous retourner la question, finit par lâcher Jace d'un ton sec.

— On pensait que tous les deux, vous étiez restés à la soirée, déclara Isabelle. C'est Simon qu'on cherchait.

Clary l'avait rarement vue aussi décontenancée. Simon laissa échapper un hoquet de surprise.

— Ah bon, vous me cherchiez ?

Isabelle rougit.

— Je...

— Jace ? fit Alec.

Après avoir lancé un regard étonné à Clary et à Simon, il avait reporté son attention sur Jace, comme d'habitude. Il avait beau ne plus être amoureux de lui, s'il l'avait jamais été, ils n'en étaient pas moins des *parabatai*, et, dans toutes les batailles, Jace était toujours le premier sur la liste de ses préoccupations.

— Qu'est-ce que tu fais ici ? reprit-il. Et qu'est-ce qui t'est arrivé, pour l'amour de l'Ange ?

Jace dévisagea Alec comme s'il avait affaire à un

étranger. On aurait dit un personnage de cauchemar examinant un paysage inconnu, non parce qu'il le trouvait surprenant ou spectaculaire, mais pour se préparer aux horreurs qu'il recelait peut-être.

— Ta stèle, dit-il enfin d'une voix entrecoupée par l'émotion. Tu l'as sur toi ?

Alec tâta sa ceinture, l'air perplexe.

— Bien sûr. (Il la tendit à Jace.) Si tu as besoin d'une *iratze*...

— Ce n'est pas pour moi, répondit Jace de la même voix étrange. C'est pour elle. (Il désigna Clary.) Elle en a plus besoin que moi. (Il reporta le regard sur Alec.) Je t'en prie, Alec. Aide-la pour moi.

À ces mots, il alla se planter devant la porte vitrée et contempla le jardin au-dehors... ou son propre reflet, Clary n'aurait su le dire avec certitude.

Alec observa Jace pendant quelques instants, puis s'avança vers Clary et Simon, sa stèle à la main. Il fit signe à Simon de poser Clary par terre, et celui-ci s'exécuta avec des gestes doux en calant son dos contre le mur. Il recula tandis qu'Alec s'agenouillait auprès d'elle. Elle lut de la perplexité sur son visage, et de l'étonnement en découvrant les entailles sur son ventre et sur son bras.

— Qui t'a fait ça ?

Clary jeta un regard désemparé vers Jace, qui leur tournait toujours le dos. Elle voyait son reflet dans la porte vitrée, son visage blême assombri çà et là par des ecchymoses. Le devant de sa chemise était noir de sang.

— C'est difficile à expliquer.

— Pourquoi ne pas nous avoir prévenus ? s'exclama

Isabelle d'une petite voix indignée. Pourquoi ne pas nous avoir avertis que vous étiez ici ? Vous vous doutez bien qu'on serait venus si vous nous aviez appelés à l'aide !

— On n'en a pas eu le temps, expliqua Simon. Et j'ignorais que Clary et Jace seraient ici. Je croyais que je serais seul. Je ne voulais pas te mêler à mes problèmes.

— M... me mêler à tes problèmes ? bredouilla Isabelle. T... tu...

Et soudain, à la surprise générale – y compris la sienne, visiblement – elle se jeta au cou de Simon. Pris de court, il recula en chancelant, mais retrouva rapidement son équilibre et l'étreignit à son tour en se prenant les pieds dans son fouet. Il la tint serrée contre lui, le menton dans ses cheveux. Clary n'en était pas certaine, car Isabelle parlait trop bas pour qu'elle puisse l'entendre, mais il lui sembla qu'elle insultait Simon à mi-voix.

Alec, qui était toujours penché sur Clary, laquelle lui masquait la vue d'Isabelle et de Simon, leva les sourcils, mais ne fit aucun commentaire. Il appliqua la stèle sur sa peau, et la douleur la fit sursauter.

— Je sais que ça fait mal, dit-il à voix basse. Tu as dû te cogner la tête. Il faudrait que Magnus t'examine. Et Jace ? Est-ce qu'il est gravement blessé ?

— Je n'en sais rien, répondit Clary en secouant la tête. Il ne me laisse pas l'approcher.

Lui prenant le menton, Alec lui fit tourner la tête de gauche et de droite et traça une autre *iratze* sur son cou.

— Qu'est-ce qu'il a fait de si terrible ?

Clary leva les yeux vers lui.

— Qu'est-ce qui te fait croire qu'il a fait quelque chose de mal ?

Alec lâcha Clary.

— Je le connais, à force. En te repoussant, c'est lui qu'il essaie de punir, pas toi.

— Il ne me laisse pas l'approcher, répéta Clary d'un ton indigné.

— Tu comptes plus que tout pour lui, dit Alec avec une douceur surprenante.

Il s'assit sur ses talons et repoussa ses longues mèches brunes de ses yeux. Il avait changé, ces derniers temps, songea Clary. Il dégageait plus d'assurance qu'à l'époque de leur première rencontre, et cela lui permettait de se montrer plus généreux avec les autres qu'il ne l'avait été avec lui-même.

— Comment vous avez atterri ici, tous les deux ? reprit-il. On ne s'est même pas aperçus que vous aviez quitté la soirée avec Simon...

— Ils ne sont pas partis avec moi, intervint Simon, qui s'était détaché d'Isabelle, mais se tenait toujours près d'elle. Je suis venu ici seul. Enfin, pas tout à fait. Disons que j'ai été... convoqué.

Clary acquiesça.

— C'est vrai. On n'est pas partis ensemble. Quand Jace m'a amenée ici, je n'imaginais pas un seul instant que je verrais Simon.

— Jace t'a amenée ici ? répéta Isabelle, stupéfaite. Jace, si tu étais au courant pour Lilith et l'Église de Talto, tu aurais dû nous en parler.

Jace regardait toujours par la porte vitrée.

— Ça m'est sorti de la tête, je suppose, répliqua-t-il d'une voix atone.

Alec et Isabelle regardèrent leur frère adoptif avec des yeux ronds, puis se tournèrent vers Clary dans l'espoir d'obtenir une explication à son comportement.

— Ce n'était pas vraiment Jace, dit-elle enfin. Il était sous l'emprise de Lilith.

— Il était possédé ? s'exclama Isabelle en ouvrant de grands yeux.

Sa main se resserra convulsivement sur son fouet.

Jace se tourna vers elle et, avec des gestes lents, il écarta les pans déchirés de sa chemise pour leur montrer la rune monstrueuse et l'estafilade sanglante qui la balafrait.

— Ça, c'est la Marque de Lilith, expliqua-t-il de la même voix désincarnée. C'est grâce à elle qu'elle me contrôlait.

Alec secoua la tête ; il semblait très perturbé.

— Jace, normalement, le seul moyen de se débarrasser d'une emprise démoniaque, c'est de tuer le démon qui l'exerce. Lilith est l'un des démons les plus puissants qui aient jamais...

— Elle est morte, l'interrompit Clary. C'est Simon qui l'a tuée. Ou plutôt, la Marque de Caïn.

Tous les regards convergèrent vers Simon.

— Et vous deux ? Comment vous avez atterri ici ? demanda-t-il, un peu sur la défensive.

— On te cherchait, répondit Isabelle. On est tombés sur la carte de visite que Lilith t'avait donnée. C'est Jordan qui nous a ouvert l'appartement. Il est en bas avec Maia. (Elle frissonna.) Lilith a commis des choses horribles... Vous n'en croiriez pas vos yeux.

Alec leva les bras au ciel.

— Pas si vite, les amis. On veut bien vous donner notre version de l'histoire, mais vous, du moins Simon et Clary, vous devrez nous donner la vôtre.

L'explication prit moins de temps que ne l'avait supposé Clary. C'est Isabelle qui s'en chargea pour l'essentiel, en faisant de grands gestes avec son fouet qui menaçaient, de temps à autre, de trancher le bras ou la jambe de l'un de ses amis. Alec profita de l'occasion pour aller sur le toit envoyer un message à l'Enclave afin de donner leur localisation et d'obtenir du renfort. Jace s'effaça sans un mot pour le laisser passer et fit de même à son retour. Il n'ouvrit pas la bouche non plus quand Clary et Simon expliquèrent à leur tour ce qui s'était passé sur la terrasse du toit, même quand ils en arrivèrent à Raziel et à la résurrection de Jace à Idris. Isabelle finit par les interrompre quand Clary raconta que Lilith, qui se considérait comme la « mère » de Sébastien, conservait son corps dans un cercueil de verre.

— Sébastien ? s'écria-t-elle en faisant claquer son fouet sur le sol avec assez de force pour ouvrir une brèche dans le marbre. Sébastien est là-dehors ? Et il n'est pas mort ?

Elle se tourna vers Jace, qui s'était adossé à la porte vitrée, les bras croisés, l'air impassible.

— Mais je l'ai vu mourir de mes propres yeux ! J'ai vu Jace trancher sa colonne vertébrale, et j'ai vu son corps tomber dans le ruisseau. Et maintenant tu me dis qu'il est en vie ?

Simon s'empressa de la rassurer.

— Non. Son corps est là-bas, mais il est bel et bien mort. Lilith n'a pas eu le temps d'achever la cérémonie.

Il posa la main sur son épaule, mais elle se dégagea d'un geste brusque. Son visage était devenu livide.

— Il n'est pas encore assez mort pour moi, déclara-t-elle. Je vais aller le tailler en pièces.

À ces mots, elle se tourna vers la porte. Simon la rattrapa par l'épaule.

— Isa. Non.

— Non ? répéta-t-elle, incrédule. Donne-moi une bonne raison de ne pas le réduire en confettis.

Le regard de Simon balaya le hall en s'arrêtant un instant sur Jace, comme s'il s'attendait qu'il renchérisse ou ajoute un commentaire. Il n'esquissa même pas un geste.

— Écoute, tu as compris cette histoire de rituel, pas vrai ? finit par dire Simon. C'est parce que Jace est revenu d'entre les morts que Lilith pouvait ressusciter Sébastien. Et pour ce faire, elle avait besoin que Jace soit, pour reprendre ses termes...

— Un contrepoids, intervint Clary.

— La Marque que Jace a sur la poitrine. La Marque de Lilith. (Inconsciemment, Simon porta la main à son cœur.) Sébastien a la même. Je les ai vues briller en même temps quand Jace est entré dans le cercle.

Isabelle se mordit la lèvre.

— Et alors ? fit-elle avec impatience.

— Je crois qu'elle a établi un lien entre eux. Si Jace mourait, Sébastien ne pourrait pas vivre. Bref, si tu tailles Sébastien en pièces...

— Il pourrait arriver quelque chose à Jace, conclut Clary, qui venait de comprendre à son tour. Oh, mon Dieu. Oh, Isa, ne fais pas ça.

— Alors on va le laisser vivre ? demanda Isabelle.

— Réduis-le en bouillie si ça te chante, lâcha Jace. Tu as ma permission.

— Tais-toi, dit Alec. Cesse de te comporter comme si ta vie n'avait aucune importance. Isa, tu les as entendus ? Sébastien n'est pas vivant.

— Il n'est pas mort non plus !

— Nous avons besoin de l'Enclave, déclara Alec. Il faut remettre son corps aux Frères Silencieux. Ils rompront le lien avec Jace, et alors tu pourras t'acharner sur lui autant que tu voudras, Isa. C'est le fils de Valentin. Et c'est un meurtrier. Tout le monde a perdu quelqu'un pendant la bataille d'Alicante. Tu crois qu'ils feront preuve de clémence ? Ils l'étriperont tranquillement jusqu'à ce qu'il ne donne plus le moindre signe de vie.

Isabelle leva les yeux vers son frère, et des larmes roulèrent sur ses joues en traçant des sillons dans la crasse et le sang qui maculaient son visage.

— Je déteste ça, dit-elle. Je déteste quand tu as raison.

Alec attira sa sœur contre lui et l'embrassa sur le front.

— Je sais.

Elle serra brièvement la main de son frère, puis se dégagea.

— D'accord. Je veux bien laisser Sébastien tranquille mais je ne supporte pas l'idée d'être près de lui

Elle jeta un regard vers la porte vitrée, près de laquelle se tenait toujours Jace.

— Descendons. On peut attendre l'Enclave dans le hall. Il faut retrouver Maia et Jordan ; ils doivent se demander où on est passés.

Simon s'éclaircit la voix.

— Quelqu'un devrait rester ici pour garder un œil sur... sur ce qui se passe. Je m'en charge.

— Non, intervint Jace. Toi tu descends, moi je reste ici. Tout ça, c'est ma faute. J'aurais dû m'assurer que Sébastien était mort quand j'en avais la possibilité. Quant au reste...

Il s'interrompit. Mais Clary se souvint du jour où il lui avait caressé le visage dans un couloir sombre de l'Institut en murmurant : « *Mea culpa, mea maxima culpa.* »

Elle se tourna vers les autres. Isabelle venait de presser le bouton de l'ascenseur, qui s'était allumé. Clary percevait le grondement lointain de la cabine qui montait vers eux.

— Alec, tu devrais peut-être rester avec Jace, suggéra Isabelle, les sourcils froncés.

— Je n'ai pas besoin d'aide, répliqua Jace. Ça va aller.

Isabelle leva les mains au ciel au moment où l'ascenseur s'arrêtait avec un tintement.

— Très bien. Tu as gagné. Reste ici tout seul à bouder si ça te chante.

Elle s'engouffra dans l'ascenseur, suivie de Simon et d'Alec. Clary fut la dernière à y entrer, le dos tourné à Jace. Il s'était replongé dans sa contemplation, mais elle distinguait son reflet dans la vitre de la porte. Il avait les lèvres pâles, serrées, le regard noir.

« Jace », songea-t-elle au moment où la porte se refermait. Elle aurait tant voulu qu'il se retourne, qu'il lui lance un dernier regard avant qu'elle s'en aille. Il n'en fit rien mais, soudain, elle sentit des mains fermes l'agripper par les épaules et la pousser hors de l'ascenseur. Elle entendit Isabelle s'écrier : « Alec, qu'est-ce que tu fais ? » au moment où elle franchissait la porte en titubant. Elle se retourna et eut le temps de voir Alec hausser les épaules avec un sourire penaud qui semblait dire : « Qu'est-ce que je pouvais faire d'autre ? » Clary fit un pas vers lui mais il était trop tard ; la porte de l'ascenseur s'était déjà refermée.

Elle était seule avec Jace.

La pièce était jonchée de cadavres en survêtement gris. Debout près de la fenêtre, pantelante, Maia observait la scène d'un air incrédule. Après avoir pris part à la bataille de Brocelinde à Idris, elle croyait avoir vu le pire. Et pourtant... Cette fois, ce n'était pas de l'ichor démoniaque qui avait coulé, mais du sang d'être humain. Quant à ces bébés recroquevillés dans leur berceau, aux petites mains hérissées de griffes repliées l'une sur l'autre comme des menottes de poupées...

Maia contempla ses propres mains. Elles étaient maculées de sang. Après avoir rétracté ses griffes, elle le regarda dégouliner sur ses paumes et ses poignets Ses pieds nus en étaient couverts, eux aussi, et une longue estafilade saignait encore sur son épaule. Certes, les lycanthropes guérissaient vite, mais elle savait qu'elle serait encore contusionnée à son réveil demain. Chez les loups-garous, les ecchymoses duraient rarement plus d'une journée. Elle se souvint du temps où elle était humaine : son frère Daniel était devenu expert dans l'art de la pincer à des endroits où les bleus ne se verraient pas.

— Maia…

Jordan franchit le seuil en se penchant pour éviter un entrelacs de fils qui pendaient du plafond. Il la rejoignit en zigzaguant entre les cadavres.

— Tu vas bien ? demanda-t-il.

L'inquiétude qui se peignait sur son visage noua l'estomac de Maia.

— Où sont Isabelle et Alec ?

Il secoua la tête. Visiblement, il avait subi moins de dommages qu'elle. Son épais blouson en cuir l'avait protégé, ainsi que son jean et ses boots. Il avait une longue balafre sur la joue, du sang séché dans ses cheveux châtains et sur la lame du couteau qu'il tenait à la main.

— J'ai fouillé tout l'étage, je ne les ai pas vus. J'ai trouvé deux corps dans les autres pièces. Ils ont peut-être…

La nuit s'éclaira comme un poignard séraphique. Une clarté blanche illumina les fenêtres et s'engouffra dans la pièce. Pendant un bref moment, Maia crut que le monde autour d'elle avait pris feu et Jordan, s'avançant vers elle dans la lumière aveuglante, sembla presque disparaître dans une mer d'argent miroitante. Maia s'entendit crier et recula, aveuglée, en se cognant la tête contre la baie vitrée. Elle plaqua les mains sur ses yeux…

Et la lumière s'éteignit. Le monde se mit à tanguer autour d'elle. Elle trouva Jordan à tâtons et jeta ses bras autour de son cou, comme quand il venait la chercher chez elle. Dans ces moments-là, il la soulevait de terre en la faisant tournoyer et enroulait une mèche frisée de ses cheveux autour de ses doigts.

À cette époque, il était plus frêle, plus étroit d'épaules. Depuis, il avait gagné des muscles, et le serrer contre soi, c'était comme étreindre une colonne de granit au milieu d'une tempête de sable. Elle se cramponna à lui et sentit les battements de son cœur contre son oreille tandis qu'il lui caressait les cheveux d'un geste à la fois malhabile et apaisant, pourtant si familier...

— Maia... ce n'est rien...

Elle leva la tête et colla ses lèvres aux siennes. Il avait changé à bien des égards, mais ses baisers étaient restés les mêmes, et ses lèvres étaient toujours aussi douces. Pendant une seconde, il se figea de surprise, puis la serra plus fort contre lui en dessinant des cercles sur son dos nu. Elle se souvint de leur premier baiser. Elle lui avait confié ses boucles d'oreilles pour qu'il les range dans le compartiment à gants de sa voiture, et sa main tremblait si fort qu'il les avait fait tomber. Il s'était confondu en excuses jusqu'à ce qu'elle le fasse taire d'un baiser. Elle avait alors pensé qu'il était le garçon le plus adorable qu'elle ait jamais connu.

Puis il avait été mordu, et tout avait changé.

Elle fit mine de se dégager, un peu étourdie et à bout de souffle. Jordan la lâcha sur-le-champ et l'observa, la bouche entrouverte, l'air hébété. Derrière lui, à travers la baie vitrée, Maia voyait la ville, intacte ; elle s'était presque attendue à découvrir une vaste étendue blanche et desséchée de l'autre côté de la vitre, mais tout était exactement à l'identique. Rien n'avait changé. Des lumières clignotaient aux fenêtres des immeubles en face de la rue ; elle percevait le faible ronronnement du trafic en contrebas.

— On devrait se mettre à la recherche des autres, dit-elle.

— Maia, fit Jordan. Pourquoi tu m'as m'embrassé ?

— Je ne sais pas. Tu crois qu'on devrait essayer les ascenseurs ?

— Maia…

— Je ne sais pas, Jordan. J'ignore pourquoi je t'ai embrassé et si je vais recommencer. La seule chose que je sais, c'est que je suis inquiète pour mes amis et que je veux sortir d'ici. D'accord ?

Il acquiesça. Elle voyait bien qu'il avait un million de choses à dire, néanmoins il se résolut à se taire, et elle lui en fut reconnaissante. Passant la main dans ses cheveux ébouriffés et constellés de poussière de plâtre, il répondit :

— D'accord.

Silence. Jace était toujours appuyé contre la porte ; à présent, il avait le front pressé contre la vitre et les yeux fermés. Clary en vint même à se demander s'il avait conscience de sa présence. Elle fit un pas vers lui mais, avant qu'elle ait pu dire quoi que ce soit, il poussa la porte et s'avança sur le toit.

Elle resta immobile un moment à le regarder s'éloigner. Bien sûr, elle aurait pu rappeler l'ascenseur et redescendre pour attendre l'Enclave dans le hall avec les autres. Si Jace n'avait pas envie de parler, elle ne pouvait pas l'y contraindre. Si, comme Alec le prétendait, il cherchait à se punir, elle n'avait plus qu'à attendre qu'il ait passé ce cap.

Elle se tourna vers l'ascenseur... et suspendit son geste. La colère montait en elle et lui piquait les yeux. « Non », pensa-t-elle. Elle ne pouvait pas le laisser se comporter ainsi. C'était peut-être sa façon d'être avec les autres, mais pas avec elle. Ils se devaient plus que ça.

Elle fit demi-tour et se dirigea vers la porte vitrée. Sa cheville la faisait encore souffrir, même si les *iratze* appliquées par Alec s'avéraient efficaces. La douleur qui irradiait dans tout son corps s'était réduite à un élancement sourd. Elle poussa la porte, s'avança sur la terrasse et tressaillit au contact des dalles glacées sous ses pieds nus.

Elle aperçut Jace immédiatement ; il était accroupi près des marches. À ses pieds, le carrelage était taché de sang et d'ichor, et constellé de sable. Il se leva à son approche et un objet étincela dans sa main.

C'était l'anneau des Morgenstern, toujours suspendu à sa chaîne.

Le vent s'était levé ; il rabattit ses cheveux blond foncé sur son visage. Il les repoussa d'un geste impatient.

— Je viens de me rappeler qu'on l'avait laissé ici.

À la surprise de Clary, sa voix était normale.

— C'est pour ça que tu voulais rester ? s'enquit-elle. Pour le récupérer ?

Les doigts de Jace se refermèrent sur l'anneau.

— J'y suis attaché. C'est bête, je sais.

— Tu aurais pu nous le dire, Alec ne serait pas parti...

— Je n'ai pas ma place parmi vous, dit-il d'un ton abrupt. Après ce que j'ai fait, je ne mérite pas les *iratze*, les gestes d'affection et le réconfort que pourraient me donner mes amis. Je préfère rester ici avec lui. (Du menton, il désigna le corps immobile de Sébastien gisant dans son cercueil ouvert.) Et une chose est sûre, c'est que je ne suis pas digne de toi.

Clary croisa les bras.

— Ça ne t'a pas effleuré l'esprit que, peut-être, je méritais une chance de te parler de ce qui s'est passé ?

Il la dévisagea d'un air perplexe. Ils ne se trouvaient qu'à quelques pas l'un de l'autre, mais il leur semblait qu'un fossé infranchissable les séparait.

— Je ne vois pas pourquoi tu m'accorderais ne serait-ce qu'un regard, alors quant à me parler...

— Jace... Tu n'étais pas toi-même.

Il hésita. Le ciel était si noir et les lumières si vives aux fenêtres des gratte-ciel voisins qu'ils semblaient se tenir au centre d'un filet cousu de pierreries scintillantes.

— Si tu dis vrai, alors pourquoi je me souviens de tout ce que j'ai fait ? objecta-t-il. Les gens victimes d'une possession ne se souviennent pas après coup de ce qu'ils ont fait quand le démon les habitait. Moi, je me souviens de tout.

Il se détourna brusquement et se dirigea vers le parapet du toit. Elle le suivit, soulagée qu'il se décide à mettre de la distance entre eux et le cadavre de

Sébastien, désormais dissimulé par une rangée de haies.

— Jace ! appela-t-elle, et il se retourna, le dos au mur.

Derrière lui, les lumières de la ville éclairaient la nuit comme les tours de verre d'Alicante.

— Si tu t'en souviens, c'est parce qu'elle le voulait, lâcha Clary en le rejoignant, un peu essoufflée. Elle l'a fait pour te torturer. Elle voulait t'obliger à te voir faire du mal à ceux que tu aimes.

— Et j'ai tout vu, dit-il à voix basse. C'était comme si une part de moi-même observait la scène de loin et me hurlait d'arrêter. Mais l'autre partie se sentait parfaitement sereine et avait l'impression de prendre les bonnes décisions. Comme s'il n'y avait pas d'autre choix. Je me demande si c'est ainsi que Valentin percevait tous ses actes. Comme si c'était très facile d'avoir raison. (Il détourna les yeux.) Tu ne devrais pas être ici avec moi. Tu devrais t'en aller.

Clary alla s'adosser au mur à côté de lui en serrant ses bras autour d'elle pour se réchauffer. À contre-cœur, il se tourna vers elle.

— Clary...

— Tu n'as pas à me dire ce que je dois faire.

— Je sais. Je l'ai très vite compris avec toi. J'ignore pourquoi je suis tombé amoureux d'une fille plus têtue que moi.

Clary resta silencieuse un moment. Son cœur s'était serré en l'entendant prononcer le mot « amoureux ».

— Les choses que tu m'as dites sur la terrasse de l'Aciérie, fit-elle dans un souffle. Tu les pensais ?

— Quelles choses ?

Elle faillit répondre : « Le fait que tu m'aimes », puis se ravisa : il ne l'avait pas dit en ces termes, n'est-ce pas ? Il s'était contenté de sous-entendus. Et l'amour qu'ils éprouvaient l'un pour l'autre était déjà une certitude pour elle.

— Tu n'arrêtais pas de me poser la même question : est-ce que je t'aimerais encore si tu étais comme Sébastien, comme Valentin.

— Et tu m'as répondu que, dans ce cas, je ne serais pas moi. Tu vois bien que tu t'es trompée, dit-il d'un ton amer. Ce que j'ai fait ce soir...

Clary se rapprocha de lui. Il se raidit, sans pour autant faire mine de s'écarter. Elle agrippa le devant de sa chemise, se pencha vers lui et dit en articulant chaque syllabe :

— Ce n'était pas toi.

— Va expliquer ça à ta mère ou à Luke quand ils te demanderont d'où ça vient.

Il effleura la base de son cou ; l'entaille avait cicatrisé mais sa peau et le tissu de sa robe étaient encore tachés de sang.

— Je leur dirai que c'est ma faute.

Il la dévisagea avec incrédulité.

— Tu ne peux pas leur mentir.

— C'est la vérité. Tu étais mort, et je t'ai fait ressusciter. C'est moi qui ai déséquilibré la balance. J'ai ouvert la voie à Lilith et à son satané rituel. J'aurais pu demander n'importe quoi, et je t'ai demandé, toi. (Elle agrippa un peu plus fort sa chemise de ses doigts blanchis par le froid.) Je recommencerais, quoi qu'il arrive. Je t'aime, Jace Wayland, Herondale, Lightwood, quel que soit ton nom. Je t'aime et je t'aimerai toujours. Prétendre que les choses auraient pu se passer différemment, c'est une perte de temps.

La souffrance se peignit sur le visage de Jace, et le cœur de Clary se serra. Il se pencha pour prendre son visage dans ses mains chaudes.

— Tu te souviens de ce que je t'ai dit au sujet de Dieu ? murmura-t-il. Que j'ignorais s'il existait mais que, dans tous les cas, nous étions seuls ? Je n'ai toujours pas la réponse ; je sais seulement que la foi existe, elle, et que je ne méritais pas d'être touché par elle. Et puis tu es arrivée. Tu as bouleversé toutes mes certitudes. Tu te rappelles la citation de Dante ? « *L'amor che move il sole e l'altre stelle* » ?

Elle leva les yeux en esquissant un sourire.

— Je ne parle toujours pas l'italien.

— C'est un extrait du dernier vers du *Paradis*. « Mais déjà il tournait mon désir et mon vouloir, l'amour qui meut le soleil et les autres étoiles. » Dante apparente la foi à un amour dévorant, et peut-être que c'est blasphématoire, mais c'est ainsi que je vois l'amour que je te porte. Tu es entrée dans ma vie et soudain, j'ai trouvé une vérité à laquelle me raccrocher : le fait que tu m'aimes et que je t'aime.

Bien que son regard soit tourné vers elle, il semblait lointain, comme s'il était fixé sur un point à l'horizon.

— Puis j'ai commencé à faire de mauvais rêves, poursuivit-il, et alors j'ai pensé que je m'étais peut-être trompé. Que je ne te méritais pas. Que je ne méritais pas d'être parfaitement heureux... Après tout, qui mérite ce bonheur ? Et après ce soir...

— Arrête.

Clary lâcha sa chemise et posa les mains sur son

torse. Son cœur tambourinait sous ses doigts ; il avait les joues roses, et ce n'était pas seulement à cause du froid.

— Écoute, Jace. Malgré tout ce qui s'est passé ce soir, j'ai la certitude que ce n'était pas toi qui me faisais du mal. Je suis absolument convaincue que tu es quelqu'un de bien. Et ça ne changera pas.

Jace soupira.

— Je ne sais même pas comment m'y prendre pour me montrer digne de ça.

— Tu n'as rien à faire. J'ai foi en toi, et ça suffit.

Jace caressa les cheveux de Clary. La buée générée par leurs souffles s'élevait entre eux comme un petit nuage blanc.

— Tu m'as tellement manqué, murmura-t-il en l'embrassant tendrement, sans le désespoir et l'urgence de ses baisers précédents.

Elle ferma les yeux et il lui sembla que le monde se mettait à tourner autour d'elle comme une toupie. Nouant ses bras autour de son cou, elle se hissa sur la pointe des pieds pour lui rendre ses baisers. Les doigts de Jace effleurèrent sa peau et le satin de sa robe. Elle frissonna et se laissa aller contre lui. Leurs bouches avaient le goût du sang, du sel et des cendres, mais quelle importance ? Le monde, la ville et toutes ses lumières semblaient s'être réduits à eux seuls, le cœur bouillonnant d'un univers glacé.

Il recula le premier, comme à contrecœur. Elle comprit pourquoi un instant plus tard. De la rue en contrebas leur parvinrent des coups de klaxon et des crissements de pneus.

— L'Enclave, dit-il d'un ton résigné après s'être raclé la gorge. Ils sont là.

Clary glissa sa main dans la sienne et, jetant un coup d'œil par-dessus le parapet, vit qu'une file de grosses voitures noires s'était garée devant l'échafaudage. Des Chasseurs d'Ombres en sortaient. Clary ne pouvait pas voir leur visage à cette distance, mais elle crut reconnaître Maryse, escortée d'une poignée de personnes en tenue de combat. Un moment plus tard, la camionnette de Luke se rangea contre le trottoir dans un rugissement de moteur, et Jocelyne en descendit. Clary l'aurait reconnue entre tous, rien qu'à sa façon de se mouvoir.

— Ma mère est là, dit-elle en se tournant vers Jace. Je ferais mieux de redescendre. Je n'ai pas envie qu'elle monte et qu'elle le voie.

Elle désigna du menton le cercueil de Sébastien. Jace écarta ses cheveux de son visage.

— Je n'ai pas envie que tu t'éloignes de moi.

— Alors descends avec moi.

— Non, il faut que quelqu'un reste ici.

Il prit sa main, la retourna dans la sienne et y déposa l'anneau des Morgenstern. Le fermoir de la chaîne s'était tordu quand elle l'avait arrachée de son cou, mais il avait réussi à lui rendre sa forme initiale.

— Prends-le, s'il te plaît.

Elle baissa les yeux, puis posa un regard hésitant sur Jace.

— J'aimerais bien comprendre ce qu'il signifie pour toi.

Il haussa imperceptiblement les épaules.

— Je l'ai porté pendant dix ans. J'y ai laissé une

partie de moi. En te donnant cet anneau, je t'ai confié mon passé et tous les secrets qu'il renferme. Et puis... (Il effleura une des étoiles gravées dans le métal.) ... C'est « l'amour qui meut le soleil et les autres étoiles ». Tu n'as qu'à faire comme si c'était la signification de ces étoiles, plutôt que le nom de Morgenstern.

En guise de réponse, elle fit passer la chaîne par-dessus sa tête et sentit que l'anneau se remettait à sa place, sous sa clavicule, comme la pièce d'un puzzle. Sans mot dire, ils échangèrent un long regard, plus intense à certains égards qu'un contact physique. Elle s'efforça de mémoriser cette image de lui à cet instant précis : ses cheveux blonds emmêlés, l'ombre de ses cils, les éclats d'or sombre dans l'ambre clair de ses iris.

— Je reviens tout de suite, dit-elle en serrant sa main dans la sienne. Cinq minutes.

— Vas-y, lança-t-il d'un ton brusque en lui lâchant la main.

Elle se détourna pour regagner l'allée. Dès l'instant où elle se fut éloignée de lui, elle eut de nouveau froid et, quand elle atteignit la porte vitrée, elle était gelée jusqu'aux os. Elle s'arrêta en ouvrant la porte et se retourna pour lui lancer un dernier regard, mais il n'était plus qu'une ombre se détachant sur les lumières de New York. « L'amour qui meut le soleil et les autres étoiles », songea-t-elle, puis, comme en écho, les mots de Lilith lui revinrent en mémoire : « Cet amour qui peut mettre le monde à feu et à sang ou le ressusciter dans toute sa gloire. » Un frisson lui parcourut le dos, et le froid n'en était pas seul responsable. Elle chercha Jace des yeux, mais il avait disparu dans l'obscurité. Alors, elle rentra dans l'immeuble en laissant la porte se refermer derrière elle.

Alec était remonté chercher Jordan et Maia. Simon et Isabelle attendaient seuls dans le hall désert, assis côte à côte sur la méridienne verte. Isabelle tenait dans sa main la pierre de rune d'Alec, qui éclairait les lieux d'une lumière spectrale en se reflétant sur les pendeloques du lustre.

Isabelle n'avait pas dit grand-chose depuis que son frère l'avait laissée seule avec Simon. Elle gardait la tête baissée, les yeux fixés sur ses mains, et ses cheveux bruns lui tombaient sur la figure. Elle avait des mains délicates aux longs doigts calleux, comme ses frères. Simon ne s'en était jamais aperçu jusque-là, mais elle portait à la main droite un anneau d'argent gravé d'un L en son centre, entouré d'un motif de flammes. Il lui rappela celui que Clary portait autour du cou, avec ses petites étoiles.

— C'est la bague de famille des Lightwood, dit-elle en surprenant son regard. Chaque famille a son emblème. Le nôtre, c'est le feu.

« Ça te va bien », songea-t-il. Aucun autre élément n'aurait pu mieux la représenter, avec sa robe d'un rouge flamboyant et ses humeurs aussi imprévisibles que des étincelles. Sur le toit, il avait d'abord cru qu'elle allait l'étrangler quand, nouant les bras autour de son cou, elle l'avait traité de tous les noms en le serrant comme pour ne jamais le laisser partir. À présent, elle avait les yeux perdus dans le vague et semblait aussi inaccessible qu'une étoile. Tout cela était très déconcertant pour lui.

« Tu les aimes tellement, tes amis Chasseurs d'Ombres ! avait dit Camille. Comme le faucon aime le maître qui l'enchaîne et l'aveugle. »

— Tout à l'heure sur le toit, commença-t-il d'un ton hésitant en regardant Isabelle enrouler une mèche de cheveux autour de son index, quand tu disais que tu ne t'étais pas aperçue de la disparition de Clary et de Jace, et que c'était moi que tu venais chercher, c'était vrai ?

Isabelle leva les yeux et glissa la mèche derrière son oreille.

— Bien sûr, répondit-elle d'un ton indigné. Ces derniers temps, tu étais en danger, Simon, et avec l'annonce de l'évasion de Camille... (Elle s'interrompit.) Et puis, Jordan est responsable de toi. Il était paniqué.

— Alors c'était son idée de partir à ma recherche ?

Isabelle le dévisagea un long moment. Son regard était indéchiffrable.

— C'est moi qui me suis aperçue de ta disparition, dit-elle enfin. C'est moi qui voulais qu'on te cherche.

Simon s'éclaircit la voix. Bizarrement, il se sentait un peu étourdi.

— Mais pourquoi ? Je croyais que tu me détestais.

Ce n'était pas la chose à dire. Isabelle secoua ses mèches brunes et s'écarta un peu de lui.

— Oh, Simon. Ne sois pas bête.

— Isa...

D'un geste hésitant, il toucha son poignet. Elle se contenta de le regarder sans bouger.

— Camille m'a dit quelque chose dans le Sanctuaire. Elle prétend que les Chasseurs d'Ombres ne s'intéressent pas aux Créatures Obscures, qu'ils se servent de nous, rien de plus. Elle m'a dit que les Nephilim ne feraient jamais rien pour moi. Mais toi, tu es venue me chercher.

— Évidemment, répliqua-t-elle d'une petite voix étouffée. Quand j'ai compris qu'il t'était arrivé quelque chose...

Il se pencha vers elle. Leurs visages étaient à quelques centimètres l'un de l'autre. Il voyait les cristaux du lustre se refléter dans ses yeux noirs. Elle entrouvrit les lèvres, et il perçut la chaleur de son souffle. Pour la première fois depuis qu'il était devenu vampire, il sentait une onde de chaleur, semblable à un courant électrique, passer entre eux.

— Isabelle, dit-il en choisissant délibérément son prénom plutôt que son diminutif. Je peux...

À cet instant, la porte de l'ascenseur s'ouvrit, et Alec, Maia et Jordan en sortirent. Alec jeta un regard suspicieux à Simon et à Isabelle qui s'étaient écartés brusquement l'un de l'autre, mais avant qu'il ait pu dire quoi que ce soit, la porte donnant sur la rue s'ouvrit à la volée, et des Chasseurs d'Ombres firent irruption dans le hall. Simon reconnut Kadir et Maryse, qui se dirigèrent immédiatement vers Isabelle et l'entraînèrent dans un coin pour la questionner.

Simon se leva, mal à l'aise, s'éloigna de quelques pas, et faillit être renversé par Magnus qui se précipitait au-devant d'Alec. Il ne parut pas s'apercevoir de la présence de Simon. « Après tout, dans cent ou deux cents ans, il n'y aura plus que toi et moi », lui avait-il rappelé dans le Sanctuaire. Assailli par un sentiment écrasant de solitude parmi la foule des Chasseurs d'Ombres, Simon se plaqua contre le mur dans l'espoir qu'on ne le remarquerait pas.

Alec leva les yeux juste au moment où Magnus le rejoignait. Il l'attira contre lui et ses doigts s'attardèrent sur son visage comme pour chercher d'éventuels bleus ou égratignures.

— Comment tu as pu t'en aller comme ça sans même me prévenir ? dit-il. J'aurais pu t'aider...

— Arrête.

Alec, qui se sentait d'humeur belliqueuse, recula. Magnus se ressaisit et reprit d'une voix plus calme :

— Je suis désolé. Je n'aurais pas dû quitter la fête. J'aurais dû rester avec toi. Camille s'est enfuie, de toute façon. Personne ne sait où elle a pu aller, et comme vous ne pouvez pas prendre les vampires en filature...

Il haussa les épaules.

Alec chassa de son esprit l'image de Camille enchaînée, l'observant d'un air féroce.

— Aucune importance, lâcha-t-il. Je sais que tu essayais juste d'aider. Je ne t'en veux pas d'avoir quitté la soirée.

— Mais tu étais furieux, je l'ai bien vu. Je me suis fait un sang d'encre. J'ai cru que tu t'étais mis en danger parce que tu étais en colère contre moi...

— Je suis un Chasseur d'Ombres, Magnus, l'interrompit Alec. Je fais mon devoir. Ça n'a rien à voir avec toi. La prochaine fois, trouve-toi un courtier en assurances ou...

— Alexander. Il n'y aura pas de prochaine fois.

Magnus appuya son front contre celui d'Alec et plongea son regard dans le sien. Alec sentit son cœur battre plus vite.

— Vraiment ? Tu es immortel. Ce n'est pas le cas de tout le monde.

— Je sais que j'ai dit ça, mais, Alexander...

— Arrête de m'appeler comme ça. Alexander, c'est réservé à mes parents. Je suppose que c'est très intelligent de ta part d'avoir accepté ma mortalité avec un tel fatalisme – tout le monde meurt, bla bla bla –, mais est-ce que tu as pensé à ce que je ressens ? Les couples ordinaires peuvent espérer vieillir ensemble et mourir au même moment. Nous, on n'a rien de tout ça. Je ne sais même pas ce que tu veux.

Alec ignorait à quelle réaction s'attendre de la part de Magnus : colère, protestations, moqueries. Celui-ci se contenta de répondre d'une voix légèrement altérée :

— Alec... Alec. Si je t'ai donné l'impression que j'avais accepté l'idée de ta mort, alors je te présente mes excuses. J'ai eu beau faire, je ne peux pas m'empêcher de t'imaginer dans cinquante ou soixante ans. J'ai longtemps cru que je serais prêt à te laisser partir le moment venu. Mais c'est de toi qu'il s'agit, et je me rends compte désormais que je n'aurai pas plus de facilité à l'accepter alors que maintenant.

— Eh bien, qu'est-ce qu'on fait ? murmura Alec.

Magnus haussa les épaules et sourit subitement ; avec ses cheveux noirs en bataille et ses yeux étincelants, il ressemblait à un adolescent malicieux.

— On fait comme tout le monde, répondit-il. Tu l'as dit toi-même. On espère.

Alec et Magnus avaient commencé à s'embrasser dans un coin de la pièce, et Simon ne savait plus où regarder. Il ne voulait pas qu'ils s'imaginent qu'il espionnait leur moment d'intimité, mais, chaque fois qu'il tournait la tête d'un côté ou de l'autre, il croisait le regard hostile d'un Chasseur d'Ombres. Bien qu'il leur eût livré Camille, aucun d'eux ne le considérait avec bienveillance. Le fait qu'Isabelle l'accepte et se soucie de son sort était une chose, les autres Chasseurs d'Ombres en étaient une autre. Il devinait leurs pensées : les mots « vampire », « Créature Obscure », « ennemi » étaient écrits sur leur visage. Il éprouva un grand soulagement quand la porte s'ouvrit de nouveau et que Jocelyne déboula dans le hall, toujours vêtue de sa robe du soir. Luke marchait à quelques pas derrière elle.

— Simon ! s'écria-t-elle en l'apercevant.

Elle courut vers lui et, à sa stupéfaction, elle l'étreignit à l'étouffer.

— Simon, où est Clary ? Est-ce qu'elle va bien ?

Simon ouvrit la bouche pour répondre, mais aucun son n'en sortit. Comment expliquer à Jocelyne ce qui s'était passé cette nuit ? Elle serait horrifiée d'apprendre que la cruauté de Lilith, les enfants qu'elle avait assassinés, le sang qu'elle avait répandu, tout cela n'avait servi qu'un seul but : fabriquer des créatures semblables à Sébastien, dont le corps reposait dans un cercueil sur la terrasse du toit où se trouvaient Clary et Jace en ce moment même.

« Je ne peux pas lui dire ça », songea-t-il. Il aperçut Luke derrière elle, qui l'observait d'un air d'expectative. Un peu plus loin, les Chasseurs d'Ombres s'étaient rassemblés autour d'Isabelle qui devait probablement leur faire le récit des événements de la soirée.

— Je... bredouilla-t-il, affolé, et soudain la porte de l'ascenseur s'ouvrit de nouveau.

Clary en sortit, pieds nus, sa jolie robe de satin en lambeaux. Les bleus commençaient déjà à s'estomper sur ses bras et ses jambes. Pourtant, elle souriait ; elle rayonnait, même. Elle semblait plus heureuse que Simon ne l'avait vue depuis des semaines.

— Maman ! s'exclama-t-elle au moment où Jocelyne se précipitait pour la serrer dans ses bras.

Clary sourit à Simon par-dessus l'épaule de sa mère. Il parcourut le vestibule du regard. Alec et Magnus étaient toujours dans les bras l'un de l'autre. Quant à Maia et Jordan, ils avaient disparu. Isabelle était encore entourée de Chasseurs d'Ombres, et Simon entendait des exclamations d'horreur et de surprise s'élever du groupe suspendu à ses lèvres. Il la soupçonna de retirer du plaisir de son histoire. Isabelle adorait être le centre de l'attention, quelle qu'en fût la raison.

Une main se posa sur son épaule.

— Tu vas bien, Simon ? demanda Luke.

Simon se tourna vers lui. Luke lui apparut tel qu'il avait toujours été : solide, calme, d'une loyauté à toute épreuve. Pas le moins du monde abattu, bien que sa soirée de fiançailles eût été gâchée par une catastrophe inattendue.

Le père de Simon était mort depuis si longtemps qu'il s'en souvenait à peine. Rebecca se rappelait quelques détails à son sujet : le fait qu'il portait une barbe et qu'il l'aidait à bâtir des tours tarabiscotées avec son jeu de construction, mais Simon n'en avait aucun souvenir. C'était un de ses points communs avec Clary, un élément dans leurs existences respectives qui les avait rapprochés : ils étaient deux enfants sans père, élevés par des femmes fortes.

Enfin, ce n'était qu'en partie vrai, songea Simon. Bien que sa mère eût eu des hommes dans sa vie, il n'avait jamais bénéficié d'une autre présence paternelle significative que celle de Luke. Il estimait que, d'une certaine manière, Clary et lui se l'étaient partagé. De la même façon, sa meute sollicitait toujours ses conseils. Pour un célibataire sans enfants, il avait, de l'avis de Simon, beaucoup de gamins sous sa responsabilité.

— Bof, répondit-il, donnant à Luke la réponse honnête qu'il aurait probablement faite à son propre père. J'ai connu des jours meilleurs.

Luke fit pivoter Simon vers lui.

— Tu es couvert de sang. Et je suppose que ce n'est pas le tien, vu que... (Il montra la Marque de Caïn.) Mais bon, reprit-il d'une voix douce, même couvert de sang et avec une Marque sur le front, Simon sera toujours Simon. Tu peux m'expliquer ce qui s'est passé ?

— Tu as raison, ce sang n'est pas le mien. Mais c'est une longue histoire.

Simon leva la tête vers Luke. Avant, il se demandait parfois si un jour, au terme de sa croissance, il pourrait le dépasser. Il savait maintenant que ça n'arriverait pas.

— Luke, tu penses que c'est possible, même involontairement, de si mal agir qu'on en devient impardonnable ?

Luke l'observa en silence pendant un long moment.

— Pense à quelqu'un que tu aimes, Simon, répondit-il enfin. Quelqu'un qui compte vraiment. Est-ce qu'il y a quelque chose qui pourrait te faire cesser de l'aimer ?

Des images se succédèrent dans la tête de Simon : Clary lui souriant par-dessus son épaule ; sa sœur le chatouillant quand il était petit ; sa mère, assoupie dans le canapé, un plaid drapé sur les épaules ; Isabelle...

Il s'empressa de chasser ces images. Clary n'avait jamais rien fait qui ne puisse être pardonné ; il en allait de même pour les personnes qu'il venait d'évoquer dans sa tête. Il pensa à Clary, qui avait réussi à pardonner à sa mère de lui avoir volé ses souvenirs. À Jace, à ce qu'il avait fait sur la terrasse, à l'air qu'il avait eu ensuite. Il n'avait pas agi de son propre chef, et pourtant Simon doutait qu'il puisse se pardonner. Enfin, il songea à Jordan qui, sans s'absoudre de ce qu'il avait fait à Maia, essayait d'aller de l'avant, avait rejoint les Praetor Lupus et consacrait sa vie aux autres.

— J'ai mordu quelqu'un, dit-il de but en blanc.

Les mots avaient jailli de sa bouche et, l'instant d'après, il les regrettait déjà. Il se prépara à une réaction horrifiée de la part de Luke, mais elle ne vint pas.

— Cette personne, elle a survécu ?

— Je..

Comment lui parler de Maureen ? Lilith l'avait congédiée, pourtant Simon n'était pas certain d'en avoir terminé avec elle.

— Je ne l'ai pas tuée.

Luke hocha la tête.

— Tu sais comment les loups-garous prennent la tête d'une meute. Ils doivent tuer l'ancien chef. J'ai fait cela par deux fois. Mes cicatrices sont là pour le prouver.

Il écarta le col de sa chemise, et Simon entrevit une grosse cicatrice blanche qui ressemblait à un coup de griffe.

— La seconde fois, j'ai agi par calcul. C'était un meurtre de sang-froid. Je voulais devenir le chef et j'y suis parvenu. (Luke haussa les épaules.) Tu es un vampire. C'est dans ta nature de boire du sang. Tu as tenu très longtemps sans le faire. Je sais que tu peux marcher en plein jour, Simon, et que de ce fait tu t'enorgueillis d'être un garçon normal, mais tu n'en demeures pas moins un vampire. Plus tu essaieras de brider ta véritable nature, plus elle te contrôlera. Sois toi-même. Ceux qui t'aiment vraiment continueront de t'aimer.

— Ma mère... objecta Simon d'une voix rauque.

— Clary m'a raconté ce qui s'est passé avec elle, et que depuis tu t'es installé chez Jordan Kyle. Avec le temps, ta mère changera d'avis, Simon. Tout comme Amatis avec moi. Tu es toujours son fils. Je lui parlerai, si tu le souhaites.

Simon secoua la tête en silence. Sa mère avait toujours apprécié Luke. Si elle apprenait qu'il était un loup-garou, cela ne ferait qu'empirer les choses.

Luke acquiesça, comme s'il comprenait.

— Si tu n'as pas envie de retourner chez Jordan, tu peux venir passer la nuit sur mon canapé. Je suis certain que Clary serait ravie de t'avoir à la maison, et nous pourrions parler demain de ce qu'il faut faire au sujet de ta mère.

Simon redressa les épaules et regarda Isabelle à l'autre bout de la pièce, son fouet scintillant, l'éclat de son pendentif autour de son cou, ses gestes vifs tandis qu'elle parlait. Isabelle, qui n'avait peur de rien. Il songea à sa mère, à la façon dont elle l'avait rejeté, à la peur qu'il avait lue dans ses yeux. Depuis, il s'était efforcé de tenir à distance ce souvenir. Il avait fui son problème. Mais il était temps de l'affronter.

— Non, répondit-il. Merci, mais je n'ai pas besoin d'un toit pour cette nuit. Je crois... que je vais rentrer chez moi.

Seul sur le toit, Jace contemplait la ville et les eaux noires miroitantes de l'East River qui serpentaient entre Brooklyn et Manhattan. Ses mains et ses lèvres avaient gardé la tiédeur du contact de Clary, mais le vent soufflant du fleuve était glacial, et la chaleur refluait vite. Le froid transperçait le tissu léger de sa chemise comme la lame d'un poignard.

Il inspira une grande bouffée d'air glacé et expira lentement. Tout son corps était tendu. Il attendait que retentisse le tintement de l'ascenseur, que les portes s'ouvrent, que les Chasseurs d'Ombres envahissent le jardin. D'abord, ils se montreraient compatissants, ils s'inquiéteraient pour lui. Ensuite, en apprenant ce qui s'était passé, ils prendraient leurs distances, échange-raient des regards lourds de sous-entendus, pensant qu'il ne les verrait pas. Il avait été possédé par un démon – un Démon Supérieur, qui plus est –, il avait œuvré contre l'Enclave, il avait menacé un autre Chasseur d'Ombres.

Que penserait Jocelyne quand elle saurait ce qu'il avait fait subir à Clary ? Luke serait peut-être compréhensif, plus enclin à pardonner. Mais Jocelyne... Il n'avait jamais pu se résoudre à lui parler honnêtement, en choisissant des mots susceptibles de la rassurer. « J'aime votre fille plus que tout au monde. Je ne lui ferai jamais aucun mal. »

Elle se contenterait de le dévisager de ses yeux d'un vert si proche de ceux de Clary. Elle attendait bien plus que cela. Elle tenait à entendre de sa bouche ce dont lui-même doutait encore.

« Je ne suis pas comme Valentin. »

« Vraiment ? » Les mots semblaient suspendus dans l'air glacial, tel un murmure perçu de lui seul. « Tu n'as jamais connu ta mère. Tu n'as jamais connu ton père. Tu as donné ton cœur à Valentin dès ton plus jeune âge, comme le font tous les enfants, et tu as fait corps avec lui. Tu ne peux pas t'amputer de cela d'un coup de poignard. »

Sa main gauche était gelée. Baissant les yeux, il s'aperçut qu'il avait, malgré lui, ramassé la dague, celle au manche d'argent qui avait appartenu à son véritable père. La lame, pourtant à moitié fondue par le sang de Lilith, s'était reconstituée et étincelait comme une promesse. Un froid qui n'avait rien à voir avec la température extérieure s'insinua dans sa poitrine.

Combien de fois s'était-il réveillé dans cet état, hoquetant et trempé de sueur, la dague à la main ? Et Clary, toujours Clary, étendue à ses pieds.

Mais Lilith était morte. Tout était fini. Il fit mine de glisser la dague dans sa ceinture, pourtant sa main refusa d'obéir à son cerveau. Une sensation de chaleur désagréable, puis une douleur cuisante, envahit sa poitrine et, baissant les yeux, il s'aperçut que la balafre rouge qui zébrait la Marque de Lilith s'était refermée. La Marque rougeoyait de nouveau sur la peau de son torse.

Jace renonça à ranger la dague dans sa ceinture. Les jointures des doigts blanches à force de serrer le manche, le poignet tremblant, il essaya désespérément de retourner l'arme contre lui. Son cœur battait la chamade. Il avait refusé qu'on le soigne avec des *iratze*. Comment la blessure infligée par Clary avait-elle pu guérir aussi vite ? S'il parvenait à lacérer la Marque de nouveau, même de façon temporaire...

Mais sa main refusait de lui obéir. Son bras pendait, raide, le long de son corps qui, contre sa volonté, se tourna lentement vers le piédestal sur lequel reposait le corps de Sébastien.

Le cercueil s'était nimbé d'une vague lueur verdâtre qui évoquait la faible clarté d'une pierre de lune, cependant cette lumière-là lui transperçait les yeux. Il tenta de reculer – ses jambes s'immobilisèrent. Des gouttes de sueur glacée dégoulinaient dans son dos. Une voix se mit à murmurer dans un recoin de son esprit.

Approche.

C'était la voix de Sébastien.

Tu pensais être libéré avec la disparition de Lilith ? La morsure du vampire m'a réveillé ; à présent, son sang qui coule dans mes veines te soumet à ma volonté.

Approche.

Jace essaya de planter les talons dans le sol, mais son corps le trahit malgré les protestations de sa conscience. Il avait beau lutter, ses pieds le poussaient toujours vers le cercueil. Le cercle peint sur le sol se mit à briller, vert sur les dalles noires, et le cercueil sembla lui répondre par un second éclair de lumière émeraude. Sans comprendre comment, il se retrouva penché au-dessus du sarcophage.

Il se mordit violemment la lèvre dans l'espoir que la douleur l'arracherait à l'état second dans lequel il se trouvait. Sans succès. Les yeux fixés sur Sébastien, qui flottait comme un noyé dans l'eau opaque, il sentit le goût de son sang dans sa bouche. « De ses yeux naissent les perles », disait le poète. Sa chevelure évoquait une poignée d'algues pâles, ses paupières closes étaient bleues. Sa bouche avait le même pli sévère que celle de son père. C'était comme contempler la réplique d'un jeune Valentin.

Contre sa volonté, Jace leva les bras. Sa main gauche appliqua la pointe de la dague sur sa paume droite, à l'endroit où ligne de vie et ligne de cœur se rencontraient.

Des mots jaillirent de ses lèvres, dans une langue inconnue de lui, et pourtant il comprit leur sens : c'étaient les incantations du rituel. Son esprit intimait à son corps l'ordre de s'arrêter, en pure perte. Sa main gauche qui tenait le couteau s'abattit et, d'un geste sûr, pratiqua une entaille nette et peu profonde dans sa paume droite. Presque immédiatement, elle se mit à saigner. Il avait l'impression d'être figé dans un bloc de ciment. Horrifié, il regarda les premières gouttes de sang éclabousser le visage de Sébastien.

Les yeux du cadavre s'ouvrirent brusquement. Ils étaient noirs, plus noirs encore que ceux de Valentin, noirs comme ceux de la démone qui prétendait l'avoir enfanté. Ils se posèrent sur Jace et, tels deux miroirs obscurs, lui renvoyèrent le reflet de son propre visage, déformé et méconnaissable, tandis que sa bouche ânonnait le rituel, vomissant des mots incompréhensibles comme un déluge de flots noirs.

Le sang coulait plus abondamment à présent, teintant de rouge sombre le liquide opaque à l'intérieur du cercueil. Sébastien remua. L'eau rougeâtre bouillonna autour de lui tandis qu'il se redressait, ses yeux noirs fixés sur Jace.

La deuxième partie du rituel, fit sa voix dans la tête du Chasseur d'Ombres. *Il est presque achevé.*

L'eau s'écoulait de long de son corps comme des larmes. Ses cheveux clairs plaqués sur son front semblaient décolorés. Il tendit la main, et Jace, au mépris du hurlement qui résonnait dans sa tête, lui tendit la dague, lame en premier. Sébastien fit glisser sa main le long de son fil acéré. Du sang jaillit de l'entaille. Il repoussa la dague d'un geste brusque et agrippa la main de Jace.

C'était la dernière chose à laquelle il s'attendait. Il sentit la pression glaciale des doigts de Sébastien qui se cramponnaient à sa main pour coller leurs deux entailles sanglantes l'une contre l'autre. Il avait l'impression de toucher du métal. Le froid s'insinua dans les veines de sa main. Un frisson le parcourut, puis un autre ; il fut pris de convulsions si violentes qu'il lui sembla que son corps était ballotté dans tous les sens. Il voulut crier...

Et son cri mourut dans sa gorge. Il baissa les yeux sur leurs mains agrippées l'une à l'autre. Du sang recouvrait leurs doigts, à l'instar d'une élégante dentelle rouge. Il luisait sous la froide lumière électrique de la ville et se déplaçait sur leur peau, non pas comme un liquide, mais comme un réseau de fils vivants. Il emprisonnait leurs mains de ses liens écarlates.

Un étrange sentiment de paix envahit Jace. Il avait l'impression de se tenir au sommet d'une montagne et que le monde s'étendait en dessous de lui, à portée de main. Les lumières de la ville n'étaient plus le fait de l'électricité, elles brillaient telles des milliers d'étoiles scintillantes d'un éclat bienveillant qui semblait dire : « C'est bien. C'est ce que ton père aurait voulu. »

Dans un recoin de son esprit, il vit Clary, son visage pâle, ses longs cheveux roux, sa bouche formuler les mots : « Je reviens tout de suite. Dans cinq minutes. »

Mais sa voix se perdit dans le lointain, noyée sous une autre voix familière, et sa silhouette implorante s'évanouit dans l'obscurité, telle Eurydice disparaissant quand Orphée s'était retourné pour la regarder une dernière fois. Il la vit tendre une dernière fois ses bras blancs, puis les ténèbres se refermèrent sur elle.

Une voix nouvelle, familière résonnait à présent dans la tête de Jace. Une voix autrefois haïe et maintenant étrangement bienvenue. La voix de Sébastien

Elle semblait s'immiscer dans ses veines, à travers le sang qui passait de sa main à la sienne, telle une chaîne rougeoyante.

Toi et moi, nous ne faisons qu'un, maintenant, petit frère, disait-il. *Nous ne faisons qu'un.*

Remerciements

Comme toujours dans la genèse d'un livre, la famille constitue le principal soutien : mon mari Josh, mon père et ma mère, Jim Hill et Kate Connor ; la famille Eson ; Melanie, Jonathan et Helen Lewis ; Florence et Joyce. Ce roman, plus encore que les autres, étant le fruit d'un intense travail de groupe, tous mes remerciements à : Delia Sherman, Holly Black, Sarah Rees Brennan, Justine Larbalestier, Elka Cloke, Robin Wasserman, avec une mention spéciale à Maureen Johnson pour avoir prêté son nom au personnage de Maureen. Merci à Wayne Miller de m'avoir aidée avec les traductions du latin. Merci à Margie Longoria pour avoir soutenu le Project Book Babe : Michael Garza, le gérant de la supérette, tient son nom de son fils, Michael Eliseo Joe Garza. Ma gratitude éternelle à mon agent, Barry Goldblatt ; à mon éditrice, Karen Wojtyla ; à Emily Fabre, pour avoir procédé à des changements bien après l'échéance ; à Cliff Nielson et à Russell Gordon, pour leurs magnifiques couvertures ; et aux équipes de Simon & Schuster et de Walker Books qui ont fait en sorte que la magie opère. Pour finir, merci à Linus et à Lucy, mes chats, de n'avoir vomi qu'une seule fois sur mon manuscrit.

Les Anges Déchus a été écrit avec le concours du programme Scrivener, à San Miguel de Allende, au Mexique.

Ouvrage composé par
PCA - 44400 REZÉ

Cet ouvrage a été imprimé en France par

BUSSIÈRE

à Saint-Amand-Montrond (Cher)
en mai 2014

N° d'impression : 2009666.
Dépôt légal : juin 2012.
Suite du premier tirage : mai 2014.

www.pocketjeunesse.fr
POCKET JEUNESSE

12, avenue d'Italie – 75627 PARIS Cedex 13